Wissenschaft des Judentums

Wissenschaft des Judentums
חכמת ישראל

Anfänge der Judaistik in Europa

Herausgegeben
von Julius Carlebach

Wissenschaftliche Buchgesellschaft
Darmstadt

Einbandgestaltung: Neil McBeath, Stuttgart.

Die Drucklegung dieses Buches wurde freundlicherweise von der Stiftung Irene Bollag-Herzheimer, Basel, unterstützt.

Die Deutsche Bibliothek – CIP-Einheitsaufnahme

Wissenschaft des Judentums: Anfänge der Judaistik in Europa / hrsg. von Julius Carlebach. – Darmstadt: Wiss. Buchges., 1992
ISBN 3-534-11683-6
NE: Carlebach, Julius [Hrsg.]

Bestellnummer 11683-6

Gedruckt auf säurefreiem und alterungsbeständigem Offsetpapier
Satz: Fotosatz Janß GmbH, Pfungstadt
Druck und Einband: Wissenschaftliche Buchgesellschaft, Darmstadt
Printed in Germany
Schrift: Times, 9.5/11

ISBN 3-534-11683-6

INHALT

I. Die Schulen

II. Die Lehre

EINLEITUNG

Von Julius Carlebach

I

Es wird noch eine Weile dauern, bis eine definitive und umfassende Geschichte der „Wissenschaft des Judentums“ und ihrer Realisierung in Angriff genommen werden kann, nicht zuletzt deshalb, weil andauernd neues und wichtiges Material zum Vorschein kommt.[1] Dieser kleine Band enthält die überarbeiteten Referate des Symposiums, das die Hochschule für Jüdische Studien in Heidelberg 1989 veranstaltet hat. Die einzelnen Aufsätze erlauben einen guten Einblick in die Mannigfaltigkeit und auch Originalität der Forschung, die auf internationaler Ebene betrieben wird. Sie geben Gelegenheit zu sehen, wie sich das Zusammentreffen jüdischer und deutscher Gelehrsamkeit in der ersten Hälfte des 19. Jahrhunderts, trotz der anhaltenden Verweigerung der nichtjüdischen Verantwortlichen, ausgewirkt hat. Dabei kommt insbesondere das Problem der eingeforderten Assimilation und Konversion zur Sprache; auch welche Vorläufer und Parallelentwicklungen zum Teil eigener Ausprägung es gegeben hat. Eine gewisse Konvergenz der Beiträge – trotz Freiheit der Themenwahl – ist auffallend.

Einige Hinweise zu den Schwerpunkten und Problemen sollen hier vorausgeschickt werden. Der Band behandelt v. a. zwei Themenbereiche. Der eine betrifft die jüdischen Institutionen, die sich mit der „Wissenschaft des Judentums“ befaßten, der andere die geisteswissenschaftlichen Wirkungen, die vielfältig vom Ideal und von der Praxis der Wissenschaft des Judentums ausgingen. Diese doppelte institutions- und geistesgeschichtliche Perspektive ist wichtig. Lassen sich doch auf diese Weise ideologische und institutionelle Wechselwirkungen rekonstruieren. Die Kenntnis der einzelnen Lehranstalten, einschließlich ihrer sozialen und finanziellen Grundlagen, ist daher unentbehrlich für ein Verständnis der Wissenschaft des Judentums. Das muß auch eine systematische Untersuchung der Verbindung der einzelnen Lehranstalten zu dem sie tragenden jüdischen Kommunalwesen und des Verhältnisses zwischen den jüdischen Lehrhäusern sowie auch des Mißverhältnisses zu den Staatsorganen, die sie trotz erheblicher Leistungen ignorierten, einschließen. Wir brauchen auch ein besseres Verständnis dafür, weshalb sich einige Lehreinrichtungen nicht halten konnten, während andere – trotz erheblicher äußerer Schwierigkeiten – großen Erfolg hatten.

Darüber hinaus ist zu untersuchen, aus welchen Gründen einige Schulen die engen Grenzen des Rabbinerseminars nie verließen, während andere die Doppelfunktion von Rabbinerseminar und Hochschule mühelos erfüllten.

Die Auswahl der vorgestellten Lehranstalten mußte im Rahmen eines Symposiums unsystematisch bleiben. Es ist daher die Rede von Anstalten, denen nur ein kurzes Leben beschieden war, von anderen, die vergleichsweise langlebig waren, von einer, die sogar bis heute noch fortlebt, obwohl das nationalsozialistische Regime nichts unversucht gelassen hat, alle diese Institutionen zu vernichten. Es bleiben viele Lücken. Vor allem fehlt ein Beitrag über das berühmte Breslauer Seminar.

Gleichzeitig mit der „Wissenschaft des Judentums" entstanden im 19. Jahrhundert weltweit Rabbinerseminare[2]. So wurden zwischen 1811 und 1896 in acht verschiedenen Ländern fünfzehn Seminare eröffnet. Einige von ihnen haben bis heute nichts von ihrem Ruf eingebüßt und werden in der Forschung eingehend behandelt. Das älteste jedoch, das berühmte Rabbinerseminar in Westfalen, ist in der Forschung völlig unterrepräsentiert. Das Seminar von Padua wird hier erstmals systematisch behandelt. Ihren Entwicklungen standen die Regierungen zum Teil feindselig gegenüber. Sie waren übrigens nur zum Teil reine Rabbinerseminare. Sowohl die Leistungen der Gelehrten, die an den Seminaren unterrichteten, während sie sich oft gleichzeitig an staatlichen Universitäten „nur" als Orientalisten auszeichnen durften, wie auch die Existenz einer „praktischen Theologie" in den Theologischen Fakultäten der deutschen Universitäten legten den Schluß nahe, daß Rabbinerseminare als den Theologischen Fakultäten gleichwertige wissenschaftliche Einrichtungen angesehen werden könnten. Deshalb darf die Geschichte dieser Seminare auch der Geschichte der „Wissenschaft des Judentums" zugeordnet werden.

Die Konzeption des Rabbinerseminars, das auf neuzeitliche Anforderungen reagiert, entspricht eigentlich nicht jüdischer Lehrtradition. In der Tradition des Judentums ist die Jeschiwa – die Talmudschule[3] – die eigentliche hohe Schule. In dieser einzigartigen pädagogischen Einrichtung wurden und werden bis heute Rabbiner ausgebildet, obwohl diese Ausbildung nicht ihre Aufgabe ist, sondern das Lernen um seiner selbst willen, „Torah Lischma", die Bewahrung der umfangreichen Tradition durch die Gelehrten, wie in vielen alten, insbesondere orientalischen Kulturen – man denke nur an den Islam oder an die christliche Scholastik. Mehrere Gründer und namhafte Vertreter der „Wissenschaft des Judentums" haben das System der Jeschiwot abgelehnt, so daß es kaum ein Zufall ist, daß die Jeschiwot im Laufe des 19. Jahrhunderts in Deutschland langsam verschwanden. Sie waren nicht geeignet, bei dem geistigen und materiellen Ausbruch aus dem Ghetto und der nachfolgenden Entwicklung des deutschen Judentums formend zu wirken.

Allerdings muß auch betont werden, daß die traditionellen Jeschiwot unter den neuzeitlichen Bedingungen eine grundlegende Wandlung erfahren haben und auch in Osteuropa Kritik ausgesetzt waren. Analog zum Ideal der „Wissenschaft des Judentums" kam v. a. durch den „Wilnaer Gaon" (Elijah ben Solomon Zalman, 1720–1797), der u. a. auch die textkritische Untersuchung der jüdischen Quellen einführte, ein neues Denken in die Jeschiwot, das sich in der Gründung neuer und neu ausgerichteter Talmudschulen äußerte. Sie konnten bestimmte Methoden der späteren „Wissenschaft des Judentums" mit der Lebensform des Ghettos als Ort jüdischer Identität verbinden, obwohl auch in den äußeren Lebensbedingungen einige Anpassung an veränderte soziale Verhältnisse in den Gemeinden erfolgte. Schrittweise glichen sich die modernen Jeschiwot den Rabbinerseminaren an. Die erste neue Jeschiwa[4] (1802 gegründet) schaffte z. B. die alte Tradition ab, die Studenten durch Familien in der Gemeinde verköstigen zu lassen. Das gab der Jeschiwa eine größere Autonomie, sich abzugrenzen oder auch für säkulare Fächer zu öffnen, um ihren Absolventen eine Weiterbildung in Westeuropa zu ermöglichen. Hier lag das große Reservoir autonomen jüdischen Lernens in einer Zeit allgemeiner Assimilation des Judentums. Mit der Vernichtung der Juden in Osteuropa sind auch dort diese Jeschiwot untergegangen. Doch das System wurde durch die Flüchtlinge und die Überlebenden nach Nordamerika, nach Israel, in die Schweiz und nach England gebracht, so daß es heute (i. e. 1991) mehr Jeschiwot und mehr Studenten gibt als je zuvor in der Geschichte des jüdischen Volkes. Aber auch die „Wissenschaft des Judentums" hat sich heute durch den wachsenden Einfluß der „jüdischen" Universitäten, hauptsächlich in Israel und in den Vereinigten Staaten von Amerika, als ein ganz normaler Bereich etabliert. Selbstverständlich befruchten in den Forschungseinrichtungen jüdische und allgemeinwissenschaftliche Fächer einander und üben den Austausch von Techniken und Methoden. Daß es nicht schon im 19. Jahrhundert zu diesem Junktim kam, haben die Vertreter der „Wissenschaft des Judentums" als besonders schmerzvoll erfahren, da insbesondere das Staatswesen ihnen den nötigen akademischen Rahmen verweigert hat. Betrachten wir die hervorragende Editionstätigkeit jüdischer Gelehrter im letzten und am Anfang dieses Jahrhunderts und danach, die sozusagen postum höchste Bewunderung in der akademischen Welt findet, so ist sie um so beachtlicher, wenn wir an die großen persönlichen und institutionellen Schwierigkeiten denken, unter denen sie entstanden ist.

II

Den institutionellen Rahmenbedingungen entsprach die geistige Standortbestimmung der „Wissenschaft des Judentums". Einer der wichtigsten, aber nicht genügend untersuchten Einflüsse für die Entwicklung der Wissenschaft des Judentums im engeren Sinn war die Bedeutung, die Christian Wilhelm Dohm im Jahre 1781 in seinem berühmten Werk ›Über die bürgerliche Verbesserung der Juden‹ der Emanzipation der Juden gab. Dohm erklärte, daß die allgemein angenommene moralische und geistige Korruption der Juden nicht der Grund für die Mißhandlung der Juden sei, sondern im Gegenteil die Folge ihrer Mißhandlung. Diese These sollte nicht nur für den politischen, sondern auch für den geistigen Bereich gelten. Vielen gebildeten Juden schien es notwendig, um von Verfolgung und Unterdrückung verschont zu bleiben, sich von ihrem Judentum zu distanzieren. Sie lehnten alles in der Tradition ab, was Ausdruck der religiösen Absonderung war. Aber da dieser Offenheit für die allgemeine Kultur gleichzeitig die Ablehnung z. B. an den Universitäten gegenüberstand, haben gerade die führenden Männer der „Wissenschaft des Judentums" den Weg zu einem reflektierten Judentum gefunden.

So wurde die Annahme und Anerkennung einer „historisch-kritischen" Methode fast ein heiliges Gebot. Noch bis in die zwanziger Jahre dieses Jahrhunderts erhielt sich die Illusion, daß „Wissenschaft nie destruktiv (sei), da ihr Ziel ein heiliges sei (...). Das ist das Große an der Wissenschaft, daß sie sich selbst überwindet; ihre eigenen Irrtümer aufdeckt ..."[5]. Wie auch sonst wurde hier die Wissenschaft zum Instrument großer Veränderungen. Die kritische Methode beweist z. B., daß jüdische Gesetze und Bräuche bis hin zu den fundamentalsten als zeitbedingt und der Entwicklung unterworfen angesehen werden müssen. Dieser nicht mehr umkehrbare Erkenntnisprozeß hat dann auch häufig entscheidende religiöse Folgen gehabt. Hier liegt die theoretische Basis für den Aufstieg eines radikalen Reformjudentums und eines weniger extremen historischen oder konservativen Judentums. Die intellektuellen Erben von Moses Mendelssohn eigneten sich die Wissenschaft des Judentums als ein Instrument, als eine Ideologie an, um die Juden in Deutschland aus den Ghettos heraus in die Moderne zu führen. Das Studium des Judentums sollte unabhängig von religiösen und nationalen Bedingungen eine volkserzieherische Rolle spielen. Für viele hatte das zur Folge, daß sie das Judentum nur noch als Kulturerbe bewahren wollten. In dem Maß, in dem bei einzelnen oder Institutionen die „Wissenschaft des Judentums" anderen Zielen als den wissenschaftlichen untergeordnet war, etwa religiösen Zielen, setzten sie sich heftigen Angriffen aus, solche Parteilichkeit verstoße gegen die Wertneutralität der Wissenschaft. Doch darf man auch nicht vergessen, daß viele der religiös-neutralen Wissenschaftler der Forschung den Zugang zur jüdischen Tradition vielfach eröffnet und zahlreiche religiöse Quellen neu erschlossen haben. Viele Namen dieser Wissenschaftler werden auf den folgenden Seiten auftauchen.

III

Die „Wissenschaft des Judentums" setzte sich von Anfang an heftigen Angriffen aus. Sie stieß mit ihrem doppelten Partikularismus – Erforschung des Judentums durch Juden – u. a. auf das Unverständnis der preußischen Bildungsreformer, sie stand im Widerspruch zum offiziell verkündeten Universalismus, obwohl dieser nie verwirklicht wurde. Schlimmer war vielleicht der Streit innerhalb des Judentums. Insofern daraus so etwas wie ein Parteiprogramm werden konnte, gerieten die Vertreter der „Wissenschaft des Judentums" in heftigen Streit mit den bewahrenden, den konservativen Kräften. Der Kampf, der bei der Gründung der Seminare entbrannt war, der Kampf auch zwischen den Seminaren beweist, wie schwer es gewesen sein muß, die Gegensätze zwischen der alten und der neuen Geisteshaltung auszugleichen. Doch sollte man in der Kritik der Konservativen auch die Sorge erkennen, daß man sich nicht weiter mit dem Schatz der Tradition auseinandersetzt und sich von ihm formen läßt. Vor fast einem Jahrhundert hat Achad Ha'am beklagt: „. . . die Logik des Talmuds ist von jüdischer Seite noch nicht genügend erforscht worden, . . . so daß wir sprichwörtlich jedes unlogische und dem Denken widerstreitende Sophisma mit dem Namen 'talmudische Spitzfindigkeit' bezeichnen." [6] So bleibt das Studium des Talmuds außerhalb der Jeschiwot weithin eine Glaubens- und keine wissenschaftliche Aktivität, und dort nur in einem traditionellen Sinn. Vielleicht wird unter den heutigen Bedingungen die von Lévinas eingeführte Methode "reading the text within its own conventions" zu einer neuen Phase in dem wissenschaftlichen Studium des Talmuds führen, besonders für "cultured human beings who, without adhering to the answers Judaism brings to the vital questions of the times, are eager to know about the authentic civilization of Israel" [7]. Kritiker wie Achad Ha'am haben die Vertreter der „Wissenschaft des Judentums" als „Sklaven der Anderen" und die Wissenschaft des Judentums als ein „Denkmal geistiger Knechtschaft" bezeichnet.[8] Ähnlich ist die Kritik von Zionisten wie Gershom Scholem und Zalman Rubaschoff, die in der Wissenschaft des Judentums eine „Entjudung" durch „dämonische Kräfte" sahen.[9] Auffallend ist jedenfalls, daß die Entfremdung vom Judentum gleichzeitig mit der Wissenschaft des Judentums vor sich ging. Aber vermutlich traut man der Wissenschaft auch hier mehr zu, als sie je bewirken kann. Die Ursachen für Entfremdung, Anpassung und Anfeindung liegen sicher tiefer. Wie virulent das Problem der jüdischen Identität im Zusammenhang mit der „Wissenschaft des Judentums“ geblieben ist, erhellt sich auch daraus, daß es fast alle Beiträge des Symposiums durchdringt.

Anmerkungen

[1] Wir haben in einer ausgewählten Bibliographie versucht, das verstreute Material zusammenzutragen.

[2] S. Tabelle im Anhang.

[3] Jeschiwot haben ihren Anfang in den Akademien des Altertums. Sie sind als die Träger des talmudischen oder rabbinischen Judentums heute so wichtig, wie sie es seit jeher waren. Ich beschreibe sie als „Hochschulen“ ganz im Sinne einer der großen Persönlichkeiten der Wissenschaft des Judentums, Julius Fürst (1805–1873), der Jeschiwot als Hochschulen beschrieben hat und von ihren „Studiosen, Doktoren, Promotionen, Gelehrtengraden“ usw. spricht (vgl. Kultur- und Literaturgeschichte der Juden in Asien, Leipzig 1849 [Repr. 1970], 64–66).

[4] Die Volozhin Jeschiwa wurde von einem ehemaligen Studenten des Gaons von Wilna gegründet, der als „Chaim von Volozhin“ bekannt ist. Wie sein Lehrer war auch er gegen die klassische „Pilpul“-Methode im Talmudstudium.

[5] Ismar Elbogen, Festrede des Dozenten Prof. Dr. Elbogen bei der Feier des fünfzigjährigen Bestehens der Hochschule, in: Zweiundvierzigster Bericht der Hochschule für die Wissenschaft des Judentums in Berlin, 1925, 23–24 (siehe: Bibliographie).

[6] Achad Ha'am, Am Scheidewege, Berlin 1923 (verfaßt 1902), 210–211 (s. Bibliographie).

[7] Emmanuel Lévinas, Nine Talmudic Readings, Indiana U. P. 1990, 5 und 9.

[8] Achad Ha'am, Am Scheidewege, ebd. 212.

[9] Siehe Bibliographie: Zalman Rubaschoff (Schazar) und Gershom Scholem.

Anhang: Die Gründung jüdischer Schulen im neunzehnten Jahrhundert

	Hochschulen/Rabbinerseminare[1]		Jeschiwot
1811	Westfalen	1802	Volozhin[12]
1825	Metz[2]	1807	Preßburg[13]
1829	Padua*	1815	Mir
1834	Amsterdam		
		1851	Eisenstadt[14]**
1854	Breslau[3]		
1855	London[4]		
1859	Paris[5]		
1869	Ramsgate[6]		
1872	Berlin[7]*	1872	Kovno
1873	Berlin[8]*		

1875	Cincinnati[9]*	1875	Tels
1877	Budapest	1882	Slobodka[15]
1887	New York[10]*	1885	Lida**
1893	Wien	1890	Frankfurt a. M.[16]
1896	New York[11]*		

Anmerkungen zum Anhang

* Wissenschaft des Judentums.

** Säkulare Fächer werden auch gelehrt.

1 Rabbinerseminare sind im allgemeinen auch staatlich anerkannt.

2 Auch Collège Rabbinique genannt.

3 Von Zacharias Frankel (1801–1875) gegründet. Konservative Orientierung.

4 Als Jews' College bekannt. Von dem ehemaligen Deutschen Nathan Marcus Adler (1803–1890), Oberrabbiner des englischen Empires, gegründet.

5 Auch École Rabbinique genannt (keine Neugründung, sondern das Collège Rabbinique von Metz wurde 1859 nach Paris transferiert).

6 Auch Montefiore College, für sephardische Juden.

7 Reform-Orientierung, die erste sogenannte Hochschule.

8 Ezriel Hildesheimer (1820–1899), orthodoxe Orientierung.

9 American Reform Orientierung, Hebrew Union College.

10 Jewish Theological Seminary, amerikanisch-konservativ.

11 Yeshiva University, amerikanisch-orthodoxe Orientierung.

12 Erste der neuen Jeschiwot, die die Versorgung ihrer Schüler selbst übernommen und revidierte Lehrmethoden benutzt hat.

13 Von dem berühmten Chatam Sofer (R. Moses Schreiber, 1762–1834) reformiert und modernisiert. Wird später auch staatlich anerkannt.

14 Von Hildesheimer (s. o. Fußnote 8) gegründet.

15 Von Israel Salanter (1810–1883), Gründer der sog. Mussar-Bewegung, etabliert. Er hat später versucht, das Talmudstudium unter jüdischen Studenten an deutschen Universitäten zu verbreiten.

16 Gegründet vom Schwiegersohn des berühmten R. Samson Rafael Hirsch (1808–1888), R. Solomon Breuer (1850–1926).

DANK

Dieser kleine Band entstand auf der Grundlage eines Symposions über die Wissenschaft des Judentums, das die Hochschule für Jüdische Studien in Heidelberg im Herbst 1989 aus Anlaß des zehnten „Geburtstages" der Hochschule veranstaltete. Wir waren sehr erfreut über das Interesse und die Unterstützung, die uns von so vielen Seiten entgegengebracht wurde.

An dieser Stelle möchte ich unseren Dank im besonderen ausdrücken: den Referenten und Mitarbeitern, die sich so viel Mühe gegeben haben, unseren ersten öffentlichen Auftritt würdig zu gestalten; dem Internationalen Wissenschaftsforum Heidelberg, unserem Gastgeber und Berater; aber auch der Thyssen-Stiftung; dem Deutschen Akademischen Austauschdienst und dem Ministerium für Wissenschaft und Kunst Baden-Württemberg für die finanzielle Unterstützung, die es uns ermöglichte, die ausländischen Kollegen mit unseren eigenen Spezialisten zu einem wichtigen akademischen Austausch zusammenzubringen.

Julius Carlebach

VERZEICHNIS DER ABKÜRZUNGEN

AZJ:	Allgemeine Zeitung des Judent(h)ums, hrsg. von L. Philippson u. a., Leipzig, Berlin 1837–1922
HUCA:	Hebrew Union College Annual, Cincinnati 1924 ff.
Jeschurun:	(1) Ein Monatsblatt zur Förderung jüdischen Geistes und jüdischen Lebens, hrsg. von S. R. Hirsch, Frankfurt 1854–1870
–:	(2) Monatsschrift für Lehre und Leben im Judentum, hrsg. von J. Wohlgemuth, Berlin 1914–1930
Judaism:	Judaism, New York 1952 ff.
LBI Bulletin:	Bulletin des Leo Baeck Instituts, Tel Aviv, Jerusalem 1957 ff.
LBI-YB:	Leo Baeck Institute Year Book, hrsg. von R. Weltsch, A. Paucker u. a., London 1956 ff.
MGWJ:	Monatsschrift für Geschichte und Wissenschaft des Judent(h)ums, hrsg. von Z. Frankel u. a., Breslau 1851/52 – 1938
Orient:	Der Orient. Berichte, Studien und Kritiken für jüdische Geschichte und Literatur, hrsg. von J. Fürst, Leipzig 1840–1851
PAAJR:	Proceedings of the American Academy for Jewish Research, New York 1928/30 ff.
Pardès:	Pardès, Anthropologie, Histoire, Philosophie, Littérature, hrsg. von A. Kriegel u. Sh. Trigano, Paris 1985 ff.
REJ:	Revue des Études Juives, Publication trimestrielle de la Société des Études Juives, Paris 1880 ff.
Trumah:	Trumah, hrsg. von der Hochschule für Jüdische Studien Heidelberg, Wiesbaden 1987 ff.
ZGJD:	Zeitschrift für die Geschichte der Juden in Deutschland, hrsg. von I. Elbogen, Berlin 1929–1938
Zion:	Zion, Vierteljahresschrift zur Erforschung der jüdischen Geschichte (hebräisch), hrsg. von J. (F.) Baer u. a., Jerusalem 1925/26 ff.

ERÖFFNUNG

Von Gerda Komposch

Magnifizenz, meine Damen, meine Herren,

im Namen des Rektorats der Ruprecht-Karls-Universität und auch persönlich begrüße ich Sie sehr herzlich zum Symposion „Wissenschaft des Judentums – Schulen und Lehren", das heute mit einem Vortrag von Herrn Professor Dr. Michael Meyer eröffnet wird. Es ist wichtig, daß das Symposion in Deutschland stattfindet, und sinnvoll, daß Heidelberg der Tagungsort ist. Die große Tradition der 'Wissenschaft des Judentums' ist in Deutschland begründet worden. Leopold Zunz hat in den zwanziger Jahren des vorigen Jahrhunderts nicht nur den Begriff geprägt, sondern in einem langen Forscherleben die 'Wissenschaft des Judentums' als eigene gelehrte Disziplin auch fest etabliert. Indem er die traditionelle Lehrweise durch moderne, systematisch-kritische Forschung ersetzte, steckte er sich und denen, die ihm folgten, das Ziel, „alle Erscheinungs- und Betätigungsformen des Judentums aller Zeiten und Länder zu studieren und darzustellen", wie die Definition im ›Jüdischen Lexikon‹ von 1930 heißt.

Die neue 'Wissenschaft vom Judentum' erreichte nicht ihre Integration in die staatlichen Bildungseinrichtungen. Daher wurde zu ihrer besonderen Pflege neben den einflußreichen Rabbinerseminaren in Berlin und Breslau 1872 die Lehranstalt (später: Hochschule) für die Wissenschaft des Judentums in Berlin eröffnet, die jahrzehntelang eine weitausstrahlende Wirkung entfalten konnte, bis sie 1942 von den NS-Behörden zwangsweise geschlossen wurde.

Die Heidelberger Hochschule für Jüdische Studien, der sich die Ruprecht-Karls-Universität in täglicher Arbeitsgemeinschaft des Forschens und Lehrens verbunden weiß, ist Fortsetzerin und Erbin des großen Berliner Lehrhauses; sie wendet sich mit diesem Symposion in gewisser Weise ihrer eigenen Tradition zu. Die Universität Heidelberg ist durch einen ihrer bedeutenden Gelehrten dem Thema des Symposions unmittelbar verbunden. Eugen Täubler, der hier von 1925–1933 als Lehrstuhlinhaber für Alte Geschichte wirkte, war vor dem Ersten Weltkrieg Dozent an der Berliner Hochschule und organisierte 1919 die auf Initiative von Franz Rosenzweig und Hermann Cohen ins Leben gerufene Akademie für die Wissenschaft des Judentums in Berlin. Täubler, der 1933 in Solidarität mit seinen Glaubensgenossen sein Heidelberger Amt aufgab, obwohl er als Kriegsteilnehmer zunächst geschont worden wäre, widmete sich in den folgenden Jahren der Rettung der deutschen Juden und begann 1938 eine neue Lehrtätigkeit an seiner alten Wirkungsstätte, der Hochschule für die Wissenschaft des Judentums. Seine Antrittsvorlesung behandelte – überzeitlich und sehr zeitgemäß – das Thema „Judentum als tragische Existenz". Mit seiner Emigration an das Hebrew Union College in Cincinnati 1941 verlor Deutschland und gewann Amerika einen führenden Vertreter der 'Wissenschaft des Judentums'. So sind in der Person Täublers die große deutsche Tradition der 'Wissenschaft des Judentums', die internationale Dimension dieser Forschungen, die Universität Heidelberg und die Hochschule für Jüdische Studien als Nachfolgerin der Berliner Lehranstalt sinnvoll zusammengeführt, was dieser Tagung als gutes Vorzeichen dienen möge.

Meine Damen und Herren,
ich wünsche diesem Symposion einen erfolgreichen Verlauf und Ihnen allen einen angenehmen Aufenthalt hier in Heidelberg.

JÜDISCHE WISSENSCHAFT UND JÜDISCHE IDENTITÄT

Von MICHAEL A. MEYER

Dieses Jahr, in dem wir das zehnjährige Bestehen der Hochschule für Jüdische Studien feiern, bezeichnet zugleich das 170. Jahr seit der Gründung des „Vereins für Cultur und Wissenschaft der Juden“, der ersten der jüdischen Wissenschaft gewidmeten Gesellschaft, die im Jahre 1819 in Berlin entstand. Es ist daher zweifach angebracht, die Wesensart der Wissenschaft des Judentums, wie sie sich in Deutschland von ihren Anfängen bis in die heutige Zeit entwickelte, im weitesten Sinne neu zu bewerten. Es ist nicht meine Absicht, hier die außergewöhnlichen wissenschaftlichen Leistungen großer, ihrer Arbeit hingegebener Forscher aufzuzählen und zu untersuchen oder über die Geschichte der Anstalten, in denen die meisten dieser Leistungen vollbracht wurden, zu sprechen. Andere Teilnehmer werden im Verlauf dieses Symposions zu jenen Themen Stellung nehmen. Meine Aufgabe soll vielmehr sein, die über die Jahre sich verändernde Beziehung zwischen zwei Begriffen zu verfolgen, die in der modernen jüdischen Geschichte von zentraler Bedeutung sind, nämlich jüdische Wissenschaft und jüdische Identität. Wir werden sehen, daß erstere verschieden interpretiert wurde: als die jüdische Identität untergrabend, als diese übergehend und schließlich als diese neu belebend. Nicht nur Juden erkannten die weitreichende Bedeutung dieser Beziehung, sondern auch Christen, und sie reagierten dementsprechend. Daher dient dieser Versuch, das Verhältnis zwischen jüdischer Wissenschaft und jüdischer Identität aufzuzeichnen, auch dazu, von einer neuen Perspektive her sowohl die innere, geistige, wie auch die äußere Geschichte der Juden im modernen Deutschland zu beurteilen.

Die beiden hier behandelten Begriffe sind in ihrer Entstehung modern. Identität, im psychologischen und soziologischen Sinne, in dem sie für unsere Aufgabe dienlich ist, wurde erst in unserer Generation ein beliebtes Werkzeug der Analyse. Hier waren vor allem die theoretischen Studien Erik Eriksons bahnbrechend. In unserer Zeit, wo Krisen und Verwirrung den Reifeprozeß des Einzelnen begleiten und die Bestimmungen des eigenen Ichs erschweren, gewannen Arbeiten, die sich mit persönlicher oder kollektiver Identität beschäftigen, an Beliebtheit. Aber für die Juden wartete die Identitätsfrage nicht auf das 20. Jahrhundert. Sie wurden gezwungen, diesem Thema zu begegnen, als sie aus dem physischen und geistigen Ghetto in eine nicht-jüdische Umgebung eintraten. Christen betrachteten deren Aufnahme in die deutsche Gesellschaft höchst ambivalent, und zu unterschiedlichen Graden verlangten sie von den Juden, daß sie jene Identität änderten, die sie in der Vergangenheit auszeichnete. Die Juden hatten sich bisher, bedingt durch den sie von der nichtjüdischen Gemeinschaft ausschließenden Gesellschaftsdruck und durch ihr eigenes, auf ihrer Religion begründetes Überlegenheitsbewußtsein, nach außen abgeschlossen. Sie identifizierten sich nicht mit ihrer Umwelt, und deshalb war es bisher nicht nötig gewesen, das Jüdische in ihrem Wesen nach außen abzugrenzen. Nur als sie sich auch als Europäer und als Deutsche zu fühlen begannen, wurde ihre jüdische Identität problematisch.

Noch offensichtlicher ist der Eintritt der Wissenschaft in die jüdische Geschichte eine Folge der modernen Zeit. Zwar hat sie ihre Parallelen im traditionellen Judentum. Die Juden verehrten immer ihre Gelehrten und brachten ihnen großen Respekt entgegen. Sogar im Mittelalter zeichneten sich die Juden durch einen außergewöhnlich hohen Prozentsatz an (wenigstens männlicher) Lese- und Schreibfähigkeit aus. Aber es besteht ein gewaltiger Unterschied zwischen dem, was die Juden *Talmud Torah* oder auf jiddisch und deutsch „lernen" nannten, und der Wissenschaft des Judentums. Es ist ein Gebot der jüdischen Religion, die klassischen Texte genauestens zu studieren; der Ausdruck dafür ist *Melechet Schamajim* (wörtlich übersetzt: das Werk des Himmels).[1] Dieses Studium hatte einen klar bestimmten Zweck, und zwar, den Willen Gottes, wie er durch den Text der Torah und des Talmud vermittelt wird, zu erkennen. Deshalb, so schrieb Moses Maimonides im 12. Jahrhundert, übertrifft die Heiligkeit des Lehrhauses sogar die der Synagoge.[2] Es wurde angenommen, daß die Wahrheit im Text selbst liegt und nicht in der Denkweise oder den Forschungsmethoden des Gelehrten. Die moderne Wissenschaft brachte ein neues Element, welches in der alten Gelehrsamkeit nicht vorhanden war – die Kritik. Sie trennte die Gegenwart von der Vergangenheit und führte den Begriff der Entwicklung ein. Und sie verweltlichte das, was zuvor als zusätzlich heilig galt. Es überrascht nicht, daß die Wissenschaft des Judentums für die konservativsten Juden bald eine ernste Bedrohung ihres Glaubens – und daher ihrer Identität als religiös-gläubige Juden – darstellte.

Anderen Juden, die der intellektuellen Welt des 19. Jahrhunderts offener gegenüberstanden, wurde die Anwendung der Wissenschaft des Judentums in Form einer geschichtskritischen Forschung ein notwendiges Mittel, um das Überdauern des Judentums außerhalb eines Ghettos zu sichern. Sie waren davon überzeugt, daß eine jüdische Wissenschaft sie von den althergebrachten Lebensweisen befreien und neue Wege andeuten könnte, die mit der Moderne leichter zu vereinbaren wären; indem sie die alten Beziehungen löste, würde sie neue anknüpfen. Doch werden wir sehen, daß auch unter nicht-orthodoxen Juden die Wissenschaft des Judentums Zweifel aufwarf und Auseinandersetzungen über ihre Auswirkungen auf die jüdische Identität auslöste. Zu Beginn des 20. Jahrhunderts wurde sie der Gegenstand scharfer Kritik, nicht nur von seiten der orthodoxen Juden, sondern auch von einigen Gelehrten selbst, weiters von Befürwortern einer religiösen Wiederbelebung und auch von Zionisten. Von Anfang an und mit wenigen Ausnahmen beobachteten christliche Gelehrte die jüdische Wissenschaft mit Mißtrauen oder versuchten, sie zur Schädigung der jüdischen Identität zu mißbrauchen. Demgemäß erscheint die Verbindung zwischen jüdischer Wissenschaft und jüdischer Identität als vielschichtig und als mehrdeutig zugleich.

Die Modernisierung des Judentums begann vor dem Entstehen der Wissenschaft des Judentums. Der erste Angriff auf das ungestörte Eigenverständnis der Juden der prämodernen Zeit war die *Haskalah,* die jüdische Antwort auf die deutsche Aufklärung. Im Zeitalter Moses Mendelssohns erkannten die kulturell am meisten verdeutschten Juden, daß ihre traditionelle Lebensweise mit ihren Zielen, in der nichtjüdischen Gesellschaft Aufnahme zu finden und sich dort wohl zu fühlen, im Widerspruch stand. Diese Gesellschaft war nun mehr bereit als früher, sie als Juden in ihrer Mitte aufzunehmen, vorausgesetzt, sie würden einen Großteil jener Zusammengehörigkeitssymbole aufgeben, die sie bisher als Juden untereinander verbunden hatten. Mendelssohn vertrat den Standpunkt, daß das Judentum, richtig verstanden, nicht mit den Lehrsätzen der Aufklärung in Konflikt stand, daß es in der Tat vernünftiger und toleranter als das Christentum sei. Folglich mußte ein völliges Sich-Einsetzen für die Ideale der Aufklärung nicht notwendigerweise das Bekenntnis zum Judentum schädigen. Wie die meisten Männer der Aufklärung dachte Mendelssohn nicht in geschichtlichen Kategorien. Erst zwei Generationen später, als das geschichtliche Bewußtsein Vernunft und Rationalismus als die Schlüsselbegriffe zum Verständnis menschlicher Wirklichkeit ersetzte, wurde vielmehr das wissenschaftliche Geschichtsstudium und nicht die Vereinbarung des Judentums mit der Vernunft die Hauptaufgabe für jene, denen der Fortbestand des Judentums in der modernen Welt am Herzen lag und die Mittel zu dessen Rechtfertigung suchten.

Die Gruppe jener Männer, die 1819 den „Verein für Cultur und Wissenschaft der Juden“ gründete, war davon überzeugt, daß die Wissenschaft das intellektuelle Hauptmerkmal des modernen Zeitalters sei. Sollte die jüdische Identität in diesem Milieu überdauern, so mußte sie mit der Wissenschaft in Beziehung gebracht werden. Die Grundsätze der kritischen Wissenschaft, wie sie an deutschen Universitäten gelehrt wurden, wo mehrere der Vereinsmitglieder studierten, mußten nun auch auf die Quellen der jüdischen Religion angewendet werden. Das erhoffte Ergebnis war ein besseres Verständnis dessen, daß das Judentum sich über die Jahrhunderte verändert hatte und daß in seinem gegenwärtigen Abbau die ursprüngliche Idee des Judentums unter späteren „Ablagerungen" versteckt liege. Der Sturz des Rabbinismus und das Aufkommen von religiösen Reformen würden ein notwendiges und wichtiges Ergebnis der Wissenschaft sein. Immanuel Wohlwill drückte diese Ansicht 1822 in dem Artikel aus, der Leopold Zunzens ›Zeitschrift für die Wissenschaft des Judentums‹ einleitet: „Aber der freiere, wissenschaftliche Sinn dringt hindurch, durch das Unkraut des durch tausendjährige Gewohnheit mechanisch und gedankenlos gewordenen Ceremonien-Wesens – und erblickt im Innern noch dieselbe göttliche Idee, wie sie sich vormals in ihrer Klarheit offenbarte."[3] Auch die politische Emanzipation der Juden in Deutschland, die während der nach der Niederlage Napoleons einsetzenden Periode der Reaktion aufgehalten wurde, sollte von den sachlichen Studien der Juden wieder neue Kraft bekommen. Aber obwohl die Mitglieder des Vereins sorgfältig erwogen, was sie als die positiven praktischen Auswirkungen der neuen jüdischen Gelehrsamkeit auf das jüdische Leben ansahen, wollten sie vor allem zeigen, daß Judentum und Wissenschaft durchaus miteinander vereinbar seien – dasselbe Argument, das schon Mendelssohn früher für das Verhältnis von Judentum und Rationalismus vorgebracht hatte.

Daher war das unmittelbare Ziel des Vereins, das Judentum auf gleiche Höhe mit der Wissenschaft zu bringen, da diese nach Wohlwill „der Standpunkt des Europäischen Lebens" sei. Nur auf dem Niveau der Wissenschaft könne sich das Judentum in der modernen Welt erhalten. Die Hauptkomponente der Wissenschaft war jedoch die Kritik. Wissenschaftliche Mittel anzuwenden bedeutete aber, die Einheit und Heiligkeit der Tradition zu untergraben. Ihr erstes Stadium war der Abbruch. Nur nachdem das Gedankengebäude zerbröckelte, das auf dem unsicheren, der kritischen Untersuchung nicht standhaltenden Fundament aufgebaut war, könnten einige der alten Bausteine zum Aufbau eines neuen Gebäudes mit dauerhaften Grundmauern verwendet werden. Juden müßten ihr Festhalten an vielen alten Werten aufgeben, bevor sie sich mit den neuen vertraut machten. Trennung müßte der Wiedervereinigung vorausgehen oder wenigstens mit dieser parallel verlaufen. Aber das gesamte deutsche Judentum stimmte nicht so einfach damit überein, daß die jüdische Religion eine neue, von der Wissenschaft errichtete „Wohnstätte" brauche. Als die Samen, die vom Verein gesät wurden, während des 19. Jahrhunderts in kritischen Studien und in wissenschaftlichen Anstalten zu keimen begannen, wurde die Wissenschaft des Judentums für einige eine Macht, die die jüdische Identität stützte und sie für moderne Juden brauchbar machte. Aber für andere wurde sie eine Bedrohung der jüdischen Existenz oder zumindest eine gefährliche Kraft, die strengstens bewacht werden mußte. Denn uneingeschränkt würde sie alles überwuchern, was den Juden heilig war.

An einem Ende dieses Spektrums befanden sich jene modernen Juden, deren beschränkte Modernität die Wissenschaft des Judentums ganz ausschloß. Die deutschen Juden, die Anhänger der neo-orthodoxen Schule Samson Raphael Hirschs waren, bejahten sowohl die Gelegenheit, deutsche Patrioten zu werden, als auch die literarische Kultur, die ihnen Deutschland und Europa boten. Doch lehnten sie mit aller Schärfe jeden Versuch ab, Mittel der Geschichtskritik auf die religiösen Grundzüge des Judentums anzuwenden. Die Offenbarung in Torah und Talmud mußte von Natur aus literarischen oder geschichtlichen Untersuchungen unzugänglich bleiben. Sie war und blieb Gottes unantastbares Wort. Hirsch gab die Existenz einer rechtmäßigen jüdischen Wissenschaft zu. Dabei meinte er aber nicht die Anwendung jener wissenschaftlichen Kriterien, mit denen antike griechische und römische Schriften beurteilt wurden, auf die jüdischen Quellen. Er meinte eher eine einzigartige *jüdische* Wissenschaft, nämlich die, welche von den Juden jahrtausendelang ausgeübt worden war: also nur eine Fortsetzung des *talmud torah*, d. h. das ehrfürchtige Studium heiliger Texte.

Aber Hirsch gab sich damit nicht zufrieden, die Bastion der Tradition zu verteidigen. Er lag in Streit mit der modernen Wissenschaft über deren eigene Zielsetzungen. Hirsch meinte, daß die Wissenschaft des Judentums ihr Ziel, die jüdische Identität vor den Kräften der Assimilation zu erretten, ganz und gar nicht erreicht hätte. Während „lernen" die Aufgabe eines jeden Juden (zumindest des männlichen Juden) gewesen war, war die Wissenschaft des Judentums notwendigerweise elitär. Ihr Einfluß war auf diejenigen wenigen begrenzt, die sich entweder damit beschäftigten oder die dem nicht viel größeren Kreis derer angehörten, die die Forschungsresultate lasen. Die wahre jüdische Wissenschaft war eine „Wissenschaft des *Lebens*"; sie lehrte traditionsgläubige Juden, ein frommes Leben zu führen; sie war eine „Wissenschaft der *Juden*" in dem Sinne, daß sie einzig und allein ihnen gehörte. Das, was die moderne Wissenschaft hätte leisten können – der alten Vorstellungswelt eine neue Gestalt zu geben –, erreichte sie entweder nicht, oder sie weigerte sich, es zu tun. Anstatt dessen, meinte Hirsch, wurden die religiösen Begriffe selbst in Frage gestellt, wobei der jüdische Glaube, seiner Meinung nach die einzige Grundlage jüdischer Identität, geschwächt wurde. Aber die schädlichste Auswirkung der Wissenschaft des Judentums war die Tatsache, daß sie das Verlassen der Orthodoxie rechtfertigte. Im Jahre 1862 schrieb Hirsch über die „kritischen" Gelehrten: „Sie erblicken in allem diesen nur die allerdings willkommene wissenschaftliche Legalisierung ihres längst in der Praxis für sich und ihre Kinder vollzogenen Bruchs mit dem jüdischen Gesetz."[4] Anders gesagt, die Wissenschaft des Judentums war das Betäubungsmittel für ein schlechtes Gewissen; oder, um es nicht so grob auszudrücken: sogar dort, wo die Wissenschaft auch nur Bedenken erregt hatte, entschieden sich Eltern, ihre Kinder von einer traditionellen jüdischen Erziehung fernzuhalten. Da die Wissenschaft die Grundlage der religiösen Verpflichtungen in Frage stellte, unterbrach sie deren Vermittlung von einer Generation zur anderen. Letzten Endes ergänzte sie religiöse Taten nicht, sondern ersetzte sie. Für einige Gelehrte war sie die Hauptgrundlage ihres Judentums geworden. Die religiöse Ausübung ihres Judentums war für sie zweitrangig geworden, während Studien *über* das Judentum für sie am wichtigsten wurden. Zwischen sich und das Judentum setzten sie die ihm fremde Linse der Wissenschaft. Nach Hirschs Befinden war das Ergebnis der neuen Wissenschaft bestenfalls eine Art Ersatzidentität. Die jungen Gelehrten beteten nicht mehr die Worte der religiösen Poesie der Synagoge, sie studierten sie nur.

Hirsch und seine Anhänger warnten besonders vor einer Wissenschaft des Judentums, die sich für konservativ ausgab. Denn in diesem Falle war ihr schädlicher Einfluß schwer zu entdecken. Im Jahre 1859 veröffentlichte Zacharias Frankel seine ›Darkhe Ha-Mischnah‹, ein wichtiges wissenschaftliches Werk über die antiken Rabbinen. Obwohl er den jüdischen Weisen großen Respekt entgegenbrachte, wagte Frankel die Ansicht zu vertreten, daß trotz der klar ausgedrückten gegenteiligen Behauptung des Talmud es dennoch in der Mischna Gesetze gäbe, die nicht auf Sinai entstanden wären, sondern Neuerungen der Rabbinen selbst darstellten. Von einem orthodoxen Standpunkt aus gesehen kam diese Infragestellung der Offenbarung des Mündlichen Gesetzes einer Untergrabung der Grundlagen des traditionellen Judentum gleich und mußte daher das Schwinden des jüdischen Bewußtseins herbeiführen.[5] In den Augen der Orthodoxen war das von Frankel seit seiner Gründung im Jahre 1854 geleitete Jüdisch-Theologische Seminar in Breslau eine Quelle schädlichen Einflusses für die deutschen Juden, die weniger offensichtlich und daher um so gefährlicher war. Seine Lehrer und Schüler hielten sich im allgemeinen nicht weniger an die Gebote der Rabbinen als an die des Pentateuch, aber indem sie die Anwendung historischer Kritik auf talmudische Texte gelten ließen, schufen sie eine unaufhaltsam sich erweiternde Kluft zwischen Glauben und Glaubensausübung.[6]

Doch sogar unter den Orthodoxen war die Wissenschaft des Judentums eine Ursache für Meinungsverschiedenheiten. Esriel Hildesheimer, der 1873 der erste Direktor des Rabbinerseminars für das orthodoxe Judentum in Berlin geworden war, distanzierte sich nicht gänzlich vom kritischen Studium der Quellen. Seiner Meinung nach könnten Torah und Wissenschaft nebeneinander bestehen. Obwohl Hildesheimer und seine Mitarbeiter nie die Entstehung des Geschriebenen und des Mündlichen Gesetzes auf Sinai in Frage stellten, schrieben sie dennoch historisch-kritische Arbeiten, veröffentlichten kritische Ausgaben und verfaßten Bibliographien. David Hoffmann, Hildesheimers Kollege, war sogar bereit, Arbeiten von nicht-orthodoxen Forschern zu zitieren, und ließ weiters gelten, daß die Form der Mischna – jedoch nicht der Inhalt ihrer Gesetze – von den Rabbinen des Altertums selbst bestimmt wurde. Auf diese Art erlaubte das Berliner Rabbinerseminar, eine dem Judentum fremde Studienrichtung in die Rabbinerausbildung einzubringen. Sein Lehrkörper, der deswegen von Hirsch stark kritisiert wurde, vertrat die liberalste Position in der deutschen Orthodoxie.[7]

Am Jüdisch-Theologischen Seminar in Breslau hatte die Wissenschaft einen stärkeren Einfluß. Frankel selbst vermenschlichte die talmudische Literatur, während sein Kollege, der Historiker Heinrich Graetz, die Verse der Psalmen emendierte. Aber Frankel machte vor einer Kritik des Pentateuch halt. Die fünf Bücher Moses, der Kern der direkten göttlichen Offenbarung, blieben nach Frankel für die Wissenschaft unantastbar und sollten nicht quellengeschichtlich zergliedert werden. Abgeschirmt gegen die offenere Atmosphäre der Universitäten, erlaubte das Breslauer Seminar nur soviel Wissenschaft in seinen Hallen, wie von Frankel und seinen Mitarbeitern für die Stellung und die Macht des Judentums als förderlich angesehen wurde. Sie hatte keinen Zugang zum Allerheiligsten, das unberührt bleiben mußte. Der Lehrkörper des Seminars setzte sich nur aus Männern zusammen, die mit Frankels Begriff des Judentums[8] grundlegend übereinstimmten, und die Statuten des Seminars schrieben vor, daß ein Lehrer, der die Grundsätze des positiven und historischen Judentums aufgab und in einer „den obigen Standpunkt gefährdenden Lehrweise" lehrte, sich einer Entlassung ohne Entschädigung aussetzen würde.[9] Frankel war davon überzeugt, daß Wissenschaft ohne Glauben, wie schon im antiken Alexandrien, auch in Deutschland zu einem vollkommenen Verlust der jüdischen Identität führen würde.[10]

Dennoch war für Frankel eine beschränkt angewandte Wissenschaft für das Wohl des Judentums äußerst notwendig, denn sie enthüllte das innere Leben der Juden, ihre „Geistestätigkeit" während der Jahrhunderte und schlug dadurch eine Brücke zwischen Vergangenheit und Gegenwart. Ohne Wissenschaft, schrieb Frankel, gibt es „kein Judentum; es verfällt, so die Liebe zu seiner Wissenschaft sich verliert"[11]. Es überrascht nicht, daß Frankels eigene Schriften und jene Arbeiten, die in der berühmten ›Monatsschrift für Geschichte und Wissenschaft des Judentums‹ während seiner Zeit als Herausgeber erschienen, sich auf die „innere", die religiöse Geschichte der Juden konzentrierten, und hier im besonderen auf die Schriften der Rabbinen. Es wurden jene Elemente hervorgehoben, die die Juden als einzigartig darstellten und eine Grundlage lieferten für deren fortwährende religiös bedingte Selbständigkeit in Deutschland.[12]

Frankels Standpunkt glich dem Samuel David Luzzattos, eines zeitgenössischen, aus Italien stammenden jüdischen Gelehrten. Auch für Luzzatto galt nur jene jüdische Wissenschaft als wahre, die auf dem jüdischen Glauben beruhte. Der Gelehrte sei, meinte Luzzatto, dazu verpflichtet, die Bibel als Offenbarung und die Geschichte Israels als den Kampf des Göttlichen gegen das von außen in die jüdische Geschichte eindringende Weltliche zu betrachten. Die Aufabe der jüdischen Wissenschaft sei darzulegen, wie sich in jeder Generation das Göttliche gegen das Menschliche behauptet habe und daß, gesetzt den Fall, daß letzteres je die Oberhand gewänne, das jüdische Volk zwangsläufig zu bestehen aufhören würde. Kurzum, die jüdische Wissenschaft sollte die apriorischen, gegebenen Wahrheiten der jüdischen Theologie veranschaulichen und beweisen.[13]

Mit ihrer Konzentration auf die Religionsgeschichte gingen die beiden konservativen jüdischen Wissenschaftler Frankel und Luzzatto in eine ähnliche Richtung wie Abraham Geiger, der wichtigste intellektuelle Führer der Reformbewegung in Deutschland und einer der größten jüdischen Gelehrten der Moderne. Wie Frankel, so sah auch Geiger sich als Theologe und den Aufgabenbereich der Wissenschaft des Judentums als hauptsächlich theologisch. Auch seine Forschungen hatten das Ziel, die geistige Schaffenskraft der Juden zu enthüllen, den im Neuen Testament verzerrten guten Ruf der Pharisäer wiederherzustellen und die Forschung dazu zu verwenden, eine historische Grundlage für die religiöse jüdische Identität zu schaffen.

Geigers Ideen unterschieden sich von denen Frankels und Luzzattos erstens durch seine Bereitschaft, die Wissenschaft auf alle jüdischen Texte anzuwenden, sogar auf den Pentateuch, und zweitens durch ihre vorsätzliche Anwendung für die religiöse Reform. Obwohl er behauptete, nie von den Grundsätzen vorurteilsfreier historischer Bildung abzuweichen, gab Geiger, im Gegensatz zum Großteil der anderen Gelehrten, frei zu, daß „ich den inneren Kern (des Judentums) immer mit zu verarbeiten und Resultate für die Reform daraus zu ziehen bemüht war“ [14]. Für Geiger veranschaulichte die jüdische Wissenschaft die geschichtliche Anpassungsfähigkeit des Judentums und folglich die Möglichkeit seiner erneuten Umgestaltung auf eine Art und Weise, die es erlaubte, die jüdische Identität in der modernen Welt zu erhalten.[15]

Diese offenbar gegenwartsbezogenen religiösen Begründungen für die Wissenschaft des Judentums, die Frankel und Geiger zwar verschieden verstanden, aber trotzdem teilten, finden sich kaum im späteren Werk von Leopold Zunz, dem vielleicht bedeutendsten jüdischen Gelehrten des 19. Jahrhunderts. Nach seiner frühen Enttäuschung mit der religiösen Reform und einem kurzen und gescheiterten Versuch, sich als Rabbiner für den fortschrittlichen Teil der Prager Judengemeinde zu betätigen, zog sich Zunz immer mehr in die Wissenschaft des Judentums als eine Art Zufluchtsort vor der Gegenwart zurück. Er stand der sowohl bei Juden als auch bei Christen üblichen Tendenz, die Wissenschaft des Judentums zum Zwecke der

Förderung bestimmter religiöser Ideen und Begriffe zu verwenden, mit Abneigung gegenüber. In seiner Veröffentlichung ›Zur Geschichte und Litteratur‹ schrieb er 1845: „Unsere Wissenschaft soll sich daher zunächst von den Theologen emanzipieren und zur geschichtlichen Auffassung erheben."[16] Für Zunz wurde die jüdische Wissenschaft Selbstzweck. Jüdischer Gelehrter zu sein, war für ihn seine eigene und besondere jüdische Identität. In zunehmendem Maße beschäftigte er sich später, als er älter wurde, beinahe ausschließlich mit der jüdischen Vergangenheit und vernachlässigte gegenwärtige jüdische Angelegenheiten. Er hörte sogar auf, jüdische Zeitungen zu lesen. Das Werk des mittelalterlichen jüdischen Dichters Kalir kannte er gründlich; die Dichtung Y. L. Gordons, des führenden hebräischen Poeten seiner Gegenwart,[17] war ihm nicht bekannt. Es war seine inbrünstige Hoffnung, die Wissenschaft des Judentums als Studienzweig an deutschen Universitäten zu sehen, wo sie frei und unbeeinflußt von den Hintergedanken der Rabbiner und Seminare gedeihen konnte.

Zunz' gelehrter Schüler Moritz Steinschneider trennte die jüdische Wissenschaft noch weiter von der jüdischen Gegenwart. Steinschneiders wissenschaftliche Absicht lief darauf hinaus, den kulturellen Einfluß der Juden während des Mittelalters in islamischen Ländern aufzuzeigen, indem er deren längst vergessene Literatur wiederentdeckte. Dabei verfolgte Steinschneider kein rein jüdisch-internes Ziel, sondern die Anerkennung des jüdischen Beitrags an der Kultur Europas durch die Gelehrtenwelt.[18] Seine Schriften bestanden aus trockenen Daten, waren kaum lesbar und zeigten einen Mangel an historischer Vorstellungskraft, aber ihr Autor war stolz auf die Tatsache, daß sie gänzlich untendenziös und frei von jeder Sentimentalität waren. In dem Zeitalter positivistischer Geschichtsschreibung hielt Steinschneider das Ideal der Objektivität, der „reinen", jeglicher Gegenwartsbezogenheit enthobenen Forschung aufrecht. Er weigerte sich, eine Professur an einer jüdischen Anstalt anzunehmen oder ein Mitglied irgendeines jüdischen wissenschaftlichen Verbandes zu werden. Wie für Zunz bedeutete auch für ihn eine jüdische Wissenschaft, die in einer rein jüdischen Umgebung betrieben wird, die Bildung eines neuen intellektuellen Ghettos.[19]

Zunz und Steinschneider warteten beide sehnsüchtig auf eine Professur an einer deutschen Universität. Wiederholt, aber ohne Erfolg, beantragte Zunz bei der preußischen Regierung die Schaffung einer solchen Stellung. Im Jahre 1848 war er besonders hoffnungsvoll, als er glaubte, der weit verbreitete liberale Geist der Zeit könnte seinen Traum verwirklichen. In der Antwort von der Berliner Universität an ihn wurde jedoch die neugeschaffene politische Lage als Gegenargument gegen die Gründung eines solchen Lehrstuhls verwendet. Es heißt hier: „Eine Professur, die mit dem Nebengedanken gestiftet würde, das jüdische Wesen in seiner Besonderheit, in seinen entfremdenden Gesetzen und Gebräuchen geistig zu stützen und zu kräftigen, widerspräche dem Sinne der neuen, die starren Unterschiede ausgleichenden Freiheit; sie wäre eine Bevorrechtung der Juden, ein Mißbrauch der Universität . . ." [20] Anders ausgedrückt besagt dieses Zitat, daß die jüdische Wissenschaft nicht an der Universität Berlin als Studienrichtung aufgenommen werden könne, um nicht dort der Erhaltung einer vom Deutschtum verschiedenen und fortdauernden jüdischen Identität zu dienen. Notgedrungen blieb Zunz daher „Privatgelehrter". [21]

Natürlich konnten die deutschen Universitäten jüdische Studien nicht gänzlich ausschließen. Hebräisch und das Studium des Alten Testaments waren alteingesessene Bestandteile des Lehrplans der theologischen Fakultäten, und im 19. Jahrhundert wuchs auch das Interesse an nachbiblischer jüdischer Literatur. Aber die Wissenschaftler, die sich mit der Literatur der Juden befaßten, wie etwa Julius Wellhausen und Friedrich Delitzsch, verunglimpften ihre Forschungsobjekte und manchmal auch den Ruf jüdischer Gelehrter, deren Bildung oftmals die ihrer Kritiker übertraf. [22] Der gehässigste dieser Gelehrten war Paul de Lagarde, ein antisemitischer Orientalist an der Universität Göttingen. Obwohl er und seine Schüler sich gezwungenermaßen stark auf die Arbeiten der jüdischen Gelehrten stützten, griffen sie diese wegen deren angeblichen Überbewertung ihrer Forschungsobjekte an. Besonders Zunz hatte die Synagogendichtung des Mittelalters als Werk von hohem literarischen und religiösen Wert angesehen. Für Lagarde war eine solche Bewertung ein sicherer Beweis für Zunzens fremdartige Denkweise. Er und andere jüdische Wissenschaftler „verlangen Bewunderung für das, was uns wie jene von Zunz übersetzten Gedichte des jüdischen Mittelalters, und wie Zunzens Übersetzung selbst, entweder mit unauslöschlicher Spottlust oder mit Ekel erfüllt". [23]

Auf ähnliche Weise bemängelte der deutsche Historiker Heinrich von Treitschke den letzten Band von Heinrich Graetz' ›Geschichte der Juden‹, da der Autor sein Material, z. B. bei der Behandlung von Heine und Börne, mit rein jüdischen Maßstäben bewertete. Die deutschen Kriterien, deren sich Treitschke selbst bediente, ließ er außer acht. Tatsächlich schrieb Graetz seine geschichtliche Abhandlung, um in seinen jüdischen Lesern eine tiefere Identifikation einzupflanzen. Aber ebenso hatte auch Treitschke seine ›Deutsche Geschichte‹ geschrieben, um eine größere Treue für Deutschland zu erwecken. Die beiden „romantischen" Geschichtsschreibungen waren einander frappierend ähnlich. Jedoch konnte Graetz seine Ansichten nicht wirksam gegen den Berliner Professor verteidigen, und sogar seine Mitjuden wendeten sich von ihm ab. [24]

Dort, wo unter den christlichen Gelehrten der Antisemitismus fehlte, wurde oft eine Missionsabsicht an den Tag gelegt. Im Gegensatz zu Lagarde war Hermann Strack, Professor orientalischer Sprachen an der Universität

Berlin, ein Freund der Juden, der sie gegen die den Ritualmord betreffenden Verleumdungen verteidigte. Aber der Zweck des von ihm 1883 an der Berliner Universität gegründeten Institutum Judaicum war nicht nur die Förderung der jüdischen Wissenschaft, sondern auch die Absicht, Juden für das Christentum zu gewinnen. In einem 1906 gehaltenen Vortrag versuchte Strack die Grundlage der jüdischen Glaubenstreue aufzuzeigen mit dem Ziel, diese leichter schwächen zu können.[25] Das Institutum Judaicum, das Franz Delitzsch an der Universität Leipzig drei Jahre früher gründete, verfolgte einen ähnlichen Zweck.

So fanden jüdische Studenten an deutschen Universitäten ihre Religion entweder durch Antisemiten oder durch Missionare vertreten. Die deutsche Universität war auf die Schwächung der jüdischen Identität ausgerichtet, nicht auf ihre Unterstützung. Die Hoffnung der jüdischen Wissenschaftler, Anerkennung im deutschen akademischen Betrieb zu gewinnen, wurde wiederholt während des 19. und frühen 20. Jahrhunderts enttäuscht. Nur hier und dort durfte ein jüdischer Gelehrter eine oder zwei Vorlesungen halten, ohne jedoch eine ordentliche Professur zu erhalten.[26]

Zu Beginn des 20. Jahrhunderts war die Wissenschaft des Judentums in Deutschland im Rückgang begriffen. Ihre größten Gelehrten lebten nicht mehr; sie blieb von den Universitäten ausgeschlossen; und – für unser Thema von größter Bedeutung – die Verbindung zwischen Wissenschaft und Identität war immer schwächer geworden. Die jüdischen Wissenschaftler folgten hauptsächlich dem Beispiel von Zunz und Steinschneider. Anstatt sich auf die Erforschung umfassenderer Ideen und Begriffe zu konzentrieren, befaßten sie sich mit genauen Einzelheiten; eine Besessenheit, neue Tatsachen zu entdecken, verdrängte Bestrebungen, den geistigen Kern zu finden. Schon im Jahre 1879, auf die Entwicklung der Wissenschaft des Judentums zurückblickend, schrieb der Rabbiner Ludwig Philippson: „Sehen wir uns ihren Entwicklungsgang bis heute genauer an, so müssen wir uns eingestehen, daß sie eigentlich nur Geschichtsforschung geworden und wiederum diese Geschichtsforschung zur Geschichtsmikroskopie."[27] Verspottende Bemerkungen wurden laut, die zum Beispiel behaupteten, daß die jüdischen Wissenschaftler den Schnitt der Kleidung des mittelalterlichen Exegeten Raschi für wichtiger hielten als den Inhalt seiner Schriften.

Die Geschichtsdarstellung von Heinrich Graetz hatte eine außergewöhnliche Wirkung gehabt. Ihr populärwissenschaftlicher Stil ermöglichte ihren Eintritt in jeden jüdischen Haushalt, und in ihren Übersetzungen verbreitete sich ihr Einfluß über die ganze jüdische Welt.[28] Obwohl mangelhaft in bezug auf Methodologie und Objektivität, hatte dieses Werk Wissenschaft und Identität besser verbunden als jedes andere. Doch am Ende des 19. Jahrhunderts wurden keine gleichwertigen Arbeiten mehr geschrieben. Die jüdische Forschung war eine elitäre Beschäftigung geworden, und zwar nicht in dem Sinne, daß ihre Vertreter hohes Ansehen genossen, sondern weil sie auf eine solch fachbezogene und abstruse Weise schrieben, daß nur Eingeweihte mit gleicher Bildung und gleichen Interessen ihre Arbeit zu schätzen wußten. Die jüdischen Wissenschaftler hatten eine Norm angenommen, an die Max Weber in einem berühmten Vortrag erinnerte: „Eine wirklich endgültige und tüchtige Leistung ist bis heute stets: eine spezialistische Leistung.“ [29] Die Wissenschaft des Judentums hatte in ihrem Drang, die Voraussetzungen für wissenschaftliches Forschen zu erfüllen, ihre Verbindung zum jüdischen Leben beinahe völlig abgebrochen. Sie wurde ganz von ihrem Objekt bestimmt und nicht von den subjektiven Hoffnungen derer, die sich mit ihr beschäftigten.

In der Zeit nach dem Ersten Weltkrieg wurde eine Kritik an dieser Vorstellung von der Wissenschaft des Judentums aus drei voneinander unabhängigen Richtungen vernehmlich. Zunächst wurde innerhalb des Kreises der Wissenschaftler selbst Unmut ausgedrückt. Der Geschichtsforscher Ismar Elbogen, Professor an der Hochschule für die Wissenschaft des Judentums in Berlin, ließ die Universalmaßstäbe der Forschung uneingeschränkt gelten. Die Anstalt, an der er lehrte, war berühmt für ihre von theologischen Bedenken uneingeschränkte Forschungsarbeit. Er meinte: „Die Besonderheit unserer Wissenschaft bildet nur der Stoff, nicht die Methode oder Denkweise der Gelehrten.“ Doch sagte er noch über die Wissenschaft des Judentums: „Wenn sie auch sorgsamste historisch-philologische Bearbeitung der Quellen und Ermittlung der Tatsachen zu ihren Aufgaben zählt, so treibt sie sie nicht als Selbstzweck, nicht, um vergangene Zeiten und tote Schriftdenkmäler wieder erstehen zu lassen, sondern um die Fundamente zu erschließen, auf denen die Gegenwart sich aufbaut. Ihr Ziel ist und bleibt das *lebendige Judentum*, dieses muß den Brennpunkt bilden, nach dem alle Strahlen hinzielen, den leitenden Gedanken abgeben, der um die Vielheit der Materien und Untersuchungen das einheitliche Band schlingt.“ [30] Elbogen kämpfte für das, was er eine „Neuorientierung unserer Wissenschaft“ [31] nannte.

Ein zweiter Strom der Kritik kam aus einem kleinen Kreis jüdischer Gebildeter, die den religiösen Glauben und den Willen zum Judentum unter jenen Juden, die sich vom jüdischen Leben am weitesten entfernt hatten, wiedererwecken wollten. Die führende Kraft dieser Gruppe war der jüdische Theologe Franz Rosenzweig. Steinschneider hatte die Wiedergewinnung der jüdischen Vergangenheit als die Aufgabe der jüdischen Wissenschaft herausgestellt. Diese Wiedergewinnung würde zwar der jüdischen Schule zugute kommen, aber Steinschneider verstand Wissenschaft und Erziehung als zwei voneinander getrennte Betätigungsfelder.[32] Dagegen versuchte Rosenzweig, sie zu verbinden: „Der Lehrer und der Gelehrte müssen die gleiche Person sein.“ [33] In seiner Rede bei der Feier anläßlich der Eröffnung des von ihm 1920 in Frankfurt eingerichteten „Freien Jüdischen Lehrhauses" führte Rosenzweig absichtlich den prämodernen Ausdruck „lernen" wieder ein.[34] Für Rosenzweig hatte die Wissenschaft des Judentums ihre Unfähigkeit, die jüdische Identität zu erhalten, schlechthin bewiesen. Fachliteratur würde die assimilierten Juden Deutschlands nicht zum Judentum zurückbringen. Dieses Ziel konnte nur durch ein langsames Zurückführen zum Mittelpunkt, zu den grundlegenden Schriften der jüdischen Religion erreicht werden. Lernen war hier die geeignetste Art des Studiums, konnte aber die alte unkritische Methode der Jeschiwah nicht mehr anwenden, sondern es mußte von der Wissenschaft sich prägen lassen. Zu diesem Zweck schlug Rosenzweig die Gründung einer „Akademie für die Wissenschaft des Judentums" vor, deren Mitglieder Gelehrte und Lehrer sein sollten. Kurz danach entstand eine solche Akademie, und obwohl sie nicht in allen Punkten mit Rosenzweigs Vorstellung übereinstimmte, waren doch die Ziele ihrer verschiedenen wissenschaftlichen Projekte ähnlich. Der jüdische Philosophiehistoriker Julius Guttmann sah die Aufgabe der Akademie in der Rückführung der Juden zu den Quellen des jüdischen Lebens: aber nicht, um eine gewisse Richtung zu fördern, sondern um Selbstverständnis zu schaffen; nicht, um sich in der Apologetik oder Erbauung zu verlieren, sondern um „die Kräfte und Gehalte des jüdischen Geistes und Lebens"[35] offenzulegen. Zunehmend beschäftigten sich nun jüdische Gelehrte mit der Untersuchung der systematisierten Ausdrücke des jüdischen Geistes, wie sie sich in der Geschichte der jüdischen Philosophie spiegelten. Sie betrachteten ihre Studien als dienliches Mittel zur Stärkung des Judentums und wandten sich an die jüdischen Gemeinden mit der Bitte, ihre Arbeit zu unterstützen.[36]

Die schärfste Kritik der Wissenschaft des Judentums kam von den Zionisten. Schon im Jahre 1902 hatte der Befürworter des kulturellen Zionismus, Achad Ha-Am, die jüdische Wissenschaft als „Denkmal unserer geistigen Knechtschaft"[37] beklagt. Später kritisierte der große Forscher des jüdischen Mystizismus, Gershom Scholem, auf ähnliche Weise die jüdische Wissenschaft, indem er Steinschneiders überlieferte Bemerkung zitierte: „Wir haben nur noch die Aufgabe, die Überreste des Judentums ehrenvoll zu bestatten."[38]

Bald begann der Zionismus in Deutschland, die Wissenschaft des Judentums für seine eigenen ideologischen Zwecke zu verwenden. 1904 gab der Zionistenführer Arthur Ruppin ein Buch mit dem Titel ›Die Juden der Gegenwart‹ heraus. Den Umfang der Wissenschaft des Judentums mit durch demographische Studien gewonnenen Statistiken erweiternd, wollte Ruppin beweisen, daß die jüdische Identität in der Diaspora in zunehmendem Maße in Abnahme begriffen war und daß sie bald ganz verschwinden würde. Seine Tabellen bewiesen die Unfähigkeit der modernen religiösen Identität, die Geiger und Frankel durch die Wissenschaft des Judentums hatten neu formen wollen, sich dem Druck der Assimilation zu widersetzen. Die Wissenschaft hatte eigentlich durch ihre Verweltlichung der heiligen Schriften die Assimilation begünstigt.[39] Er führte die wachsende Zahl von Über- und Austritten sowie Mischehen an. Nur der Zustrom der Ostjuden verhinderte eine dramatische Verkleinerung der Anhängerzahl des Judentums. Da wenige Juden bereit waren, die moderne Kultur aufzugeben, war nach Ruppin die einzig mögliche Basis für eine weitergeführte jüdische Identität eine, die auf nationaler Ebene sich durch ethnische und sprachliche Einheit von den deutschen Christen unterschied. Die Wissenschaft des Judentums wurde bei Ruppin Diagnose, Prognose und Heilmittel zugleich – und alles aus der Perspektive des Zionismus gesehen.

Doch hatte der Zionismus auch große Ähnlichkeit mit dem positiven Programm eines Elbogen und eines Rosenzweig. Scholem definierte später seinen Zweck als „Erkenntnis unserer eigenen Wesensart und Geschichte", und darüber hinaus „das Lebendige im Judentum zu ergründen, statt einer antiquarisch-literarhistorischen eine phänomenologisch durchdringende sachliche Betrachtung zu unternehmen"[40]. Dieses Ziel ist dem nicht unähnlich, das anfänglich vor mehr als hundert Jahren von den Gründern der Wissenschaft des Judentums in Deutschland gesetzt, aber nicht völlig erreicht wurde.

Während der Weimarer Zeit wurde die jüdische Forschung an den deutschen Universitäten freundlicher aufgenommen. An der noch nicht lange gegründeten Universität in Frankfurt a. M. lehrte Martin Buber als Honorarprofessor für allgemeine Religionswissenschaft, und Nahum Glatzer erhielt einen Lehrauftrag für jüdische Religionswissenschaft und jüdische Ethik. Andere Universitäten beschäftigten jüdische Gelehrte auf Teilzeitbasis.[41] In Berlin fand 1925 ein erstaunlicher Haltungswandel der jüdischen Wissenschaft gegenüber statt, als Hugo Gressmann, ein berühmter Bibelforscher der Universität, das Institutum Judaicum drei Jahre nach Hermann Stracks Tod übernahm. Unter Gressmanns Leitung entledigte sich das Institut jeglicher Form von Missionsabsicht. Aber Gressmann ging noch weiter. Er war überzeugt, daß jüdische Gelehrte, mit ihrer geistigen Tradition bestens vertraut, einzigartig dafür geeignet seien, den Universitätsstudenten wertvolle Einsichten über das innere geistige Leben der Juden zu bieten. „Denn wahre Objektivität setzt immer Liebe voraus, und darum ist der jüdische Forscher der jüdischen Religion gegenüber immer im Vorteil; er muß sie notwendig besser kennen als der christliche Forscher." Darüber hinaus, behauptete Gressmann, sei das Studium der Judaistik die Behandlung einer Religion, die „sich bis in die Gegenwart als eine lebendige Kraft erwiesen hat". Im akademischen Jahr 1925/26 organisierte Gressmann eine Vortragsreihe unter der Schirmherrschaft des Instituts, in der führende jüdische Gelehrte aufgefordert wurden, sowohl einer christlichen als auch einer jüdischen Zuhörerschaft ein Verständnis für die Dynamik der jüdischen religiösen Schöpfungskraft zu vermitteln. In seiner Einleitungsrede bat er seine Hörerschaft, diese Vorträge „als eine Anerkennung der jüdischen Wissenschaft“ [42] zu betrachten. Bis zu seinem frühen Tod im Jahre 1927 war Gressmann auch ein Mitglied des „Präsidiums des Pro-Palästina Komitees“, einer Gruppe christlicher Förderer des Zionismus.

Für das deutsche Judentum kam in seiner Geschichte diese Neubeurteilung der jüdischen Wissenschaft durch Juden und Nichtjuden spät. Der Nationalsozialismus führte seine eigene Wissenschaft des Judentums in Form der Rassenforschung ein, und die Nazis schlossen eine Anstalt jüdischer Gelehrsamkeit nach der anderen. 1936 veranstaltete die zionistische jüdische Zeitung ›Jüdische Rundschau‹ eine Umfrage unter jüdischen Gelehrten über den Stand und die Zukunft der jüdischen Wissenschaft in Deutschland. Die Antworten bezeugten den Krisenzustand. Ein Gelehrter nach dem anderen suchte im Ausland Zuflucht; es gab „recht fühlbare Lücken“. Trotzdem schrieb Viktor Aptowitzer aus Wien: „Es ist Pflicht des Judentums, die jüdische Wissenschaft in Deutschland nicht untergehen zu lassen.“ Und Ismar Elbogen antwortete entschlossen aus Berlin: „Daß die schwere seelische Erschütterung, die wir heutigen Juden erlebt haben, auch auf die Wissenschaft wirken muß, ist klar. Sie verändert die Seelenhaltung, drängt gewisse Probleme an die vorderste Stelle. Aber sie darf das Ziel aller Wissenschaft, die Erforschung der Wahrheit, nicht beeinträchtigen.“ [43] Nur wenige Jahre später war die Wissenschaft des Judentums in Deutschland ganz vernichtet. Die „Hochschule (im Dritten Reich nur als Lehranstalt anerkannt) für die Wissenschaft des Judentums“, die letzte jüdische Gelehrtenanstalt, die noch geöffnet sein durfte, wurde 1942 geschlossen. Ihr letzter Lehrer, Leo Baeck, wurde nach Theresienstadt deportiert.

Auf dieser Seite des vom Holocaust geschaffenen Abgrunds feiert heute die jüdische Wissenschaft ihr Wiedererscheinen in Deutschland. Sie wird nun häufiger als „jüdische Studien“ (auf hebräisch: *mada'e ha-Jahadut* oder *limude ha-Jahadut*, auf englisch: “Jewish” oder “Judaic Studies”) bezeichnet, um die Vielzahl der Disziplinen anzudeuten, die darunter zusammenfallen. Diese Studien werden nun in einem Ausmaß, von dem man vor dem Zweiten Weltkrieg nicht einmal zu träumen wagte, von den führenden deutschen Universitäten aufgenommen. Wiederum werden wichtige Arbeiten in diesem Bereich in Deutschland veröffentlicht. Aber inwieweit, wenn überhaupt, stehen diese wissenschaftlichen Bestrebungen mit der jüdischen Identität jener Juden, die heute Deutschland ihre Heimat nennen, in Beziehung? Es ist noch zu früh für einen Historiker, hierüber schon ein Urteil abzugeben. Jedoch scheint die „Hochschule für Jüdische Studien“, die als eine selbstbestimmte jüdische Anstalt mit einer hervorragenden Universität verbunden ist, allein durch ihr Bestehen schon zu behaupten, daß ein solches Verhältnis auch weiterhin eine Möglichkeit bleibt. Egal, welche Richtung auch immer die Hochschule im nächsten Jahrzehnt einschlagen wird, so können wir heute an diesem Jahrestag, ob Juden oder Nichtjuden, die wir ihr wohlwollen, mit Hugo Gressmann übereinstimmen, der vor mehr als fünfzig Jahren sagte: „Die gemeine Voraussetzung, die wir alle teilen, ist die, daß das Judentum eine Geschichte erlebt hat, und zwar eine Geschichte, die es wert ist, daß man sich darin vertieft."

Anmerkungen

[1] Vgl. Isadore Twersky, Introduction to the Code of Maimonides, New Haven – London 1980, 170–171.

[2] Mischneh Torah, hilchot talmud torah, 4:9.

[3] S. 15–16.

[4] Wie gewinnen wir das Leben für unsere Wissenschaft?, Jeschurun 8 (1862) 89.

[5] Gottlieb Fischer, Herrn Dr. Z. Frankel's hodegetisches Werk über die Mischnah, Jeschurun 7 (1861) 197–198.

[6] Esriel Hildesheimer, Rabbi Esriel Hildesheimer on Zacharias Frankel and the Rabbinical Seminary in Breslau (Hebräisch), in: Ha-Ma'ayan, Tischri 5713 (1952) 65–73.

[7] Mordechai Breuer, Three Orthodox Approaches to Wissenschaft (Hebräisch), Jubilee Volume in Honor of . . . Joseph Soloveitchik, Bd. 2, Jerusalem – New York 1984, 856–865; ders., Jüdische Orthodoxie im Deutschen Reich 1871–1918, Frankfurt a. M. 1986, 168; David Ellenson und Richard Jacobs, Scholarship and Faith. David Hoffmann and his Relationship to Wissenschaft des Judentums, Modern Judaism 8 (1988) 27–40.

[8] M. Brann, Geschichte des jüdisch-theologischen Seminars in Breslau, Breslau 1904, 48–52.

[9] Statut für das jüdisch-theologische Seminar, Fraenckel'sche Stiftung, Breslau 1854.

[10] Ueber palästinische und alexandrinische Schriftforschung, in: Programm zur Eröffnung des jüdisch-theologischen Seminars, 10. August 1854, Breslau 1854, 42.

[11] Zacharias Frankel, Einleitendes, Monatsschrift für Geschichte und Wissenschaft des Judentums (MGWJ) 1 (1852) 5.

[12] Ismar Schorsch, The Emergence of Historical Consciousness in Modern Judaism, Leo Baeck Institute – Year Book (LBI-YB) 28 (1983) 429.

[13] Hebräischer Brief an S. L. Rapaport, 5. 6. 1860, in: Paul Mendes-Flohr, Hrsg., Hokhmat yisrael, Jerusalem 1979, 121–122.

[14] Nachgelassene Schriften, Bd. 2, Berlin 1875, 27.

[15] Ausführlicher in meinem Artikel: Jewish Religious Reform and Wissenschaft des Judentums. The Positions of Zunz, Geiger and Frankel, LBI-YB 16 (1971) 19-41.

[16] Ebd. 20.

[17] Mendes-Flohr 1979, 26 (s. Anm. 13).

[18] Die Zukunft der jüdischen Wissenschaft, Hamazkir. Hebraeische Bibliographie 9 (1869) 76–78.

[19] Gotthold Weil, Moritz Steinschneider, Jüdische Rundschau, 8. Febr. 1907, 53–55.

[20] S. Maybaum, Die Wissenschaft des Judentums, MGWJ 51 (1907) 655. Der Lehrkörper schrieb auch in seinem Bericht an den Minister, daß die Gründung eines Lehrstuhls für die Wissenschaft des Judentums die unerwünschte Auswirkung haben könnte, mehr jüdische Studenten auf die Universität zu locken. L. Geiger, Zunz im Verkehr mit Behörden und Hochgestellten, MGWJ 60 (1916) 340.

[21] Das Ressentiment, das jüdische Gelehrte wegen ihres Ausschlusses von den deutschen Universitäten trotz überlegenen Wissens fühlten, wird bei David Kaufmann ausgedrückt in seinem Aufsatz: Die Vertretung der jüdischen Wissenschaft an den Universitäten, Gesammelte Schriften, hrsg. von M. Brann, Bd. 1, Frankfurt a. M. 1908, 14–38.

[22] Michael A. Meyer, Response to Modernity. A History of the Reform Movement in Judaism, New York 1988, 202–204.

[23] Paul de Lagarde, Lipman Zunz und seine Verehrer, Mittheilungen 2, Göttingen 1887, 159–160. Auch einer von Lagardes Studenten fand es notwendig, in seiner Dissertation von Zunz zu schreiben: „Die stete Bewunderung des eigenen Volkes erscheint nicht berechtigt." Ludwig Techen, Zwei Göttinger Machzorhandschriften, Göttingen 1884, 17. David Kaufmann verteidigte Zunz mit seiner Arbeit: Paul de Lagarde's jüdische Gelehrsamkeit, in: David Kaufmann, Gesammelte Schriften, hrsg. von M. Brann, Bd. 1, 1908, 207–257.

[24] Michael A. Meyer, Heinrich Graetz and Heinrich von Treitschke. A Comparison of their Historical Images of the Modern Jew, Modern Judaism 6 (1986) 1–11.

[25] S. Herm. L. Strack, Das Wesen des Judentums. Vortrag gehalten auf der Internationalen Konferenz der Judenmission zu Amsterdam, Leipzig 1906. Strack rezensierte Techens Arbeit positiv. Auszüge seiner Rezension sind in Kaufmann 1908, 213 (s. Anm. 23).

[26] Alfred Jospe, The Study of Judaism in German Universities before 1933, LBI-YB 27 (1982) 295–319.

[27] Allgemeine Zeitung des Judentums 43 (1879) 706–707.

[28] Ismar Elbogen, Wissenschaft des Judentums. Ein Überblick (Hebräisch), in: Dwir. Ma'asaf 'iti le-Chochmat Yisrael, Bd. 2, 1923, 12.

[29] Wissenschaft als Beruf, München u. Leipzig 1919, 10.

[30] Ein Jahrhundert Wissenschaft des Judentums, in: Festschrift zum 50jährigen Bestehen der Hochschule für die Wissenschaft des Judentums in Berlin, Berlin 1922, 142.

[31] MGWJ 62 (1918) 84.

[32] M. S. Charbonah (Moritz Steinschneider), Hrsg., Hereb be-Zion oder Briefe eines jüdischen Gelehrten und Rabbinen über das Werk Horev, Leipzig 1839, x.

[33] Zeit ists . . . Gedanken über das jüdische Bildproblem des Augenblicks (1917), Kleinere Schriften, Berlin 1937, 73.

[34] Neues Lernen. Entwurf der Rede zur Eröffnung des Freien jüdischen Lehrhauses, ebd. 94–99.

[35] Jüdische Wissenschaft. Die Akademie für die Wissenschaft des Judentums, Der Jude 7 (1923) 489–493.

[36] S. z. B. Hermann Vogelstein, Das liberale Judentum und die jüdische Wissenschaft, Liberales Judentum 9 (1917) 61–65.

[37] Am Scheidewege, Bd. 2, Berlin 1916, 124.

[38] Wissenschaft vom Judentum einst und jetzt, Judaica, Bd. I, Frankfurt a. M. 1963, 152–153, basierend auf: Jüdische Rundschau, 8. Febr. 1907, 54.

[39] Arthur Ruppin, Soziologie der Juden, Bd. 2, Berlin 1931, 185.

[40] Scholem 1963, 148, 163–164.

[41] Jospe 1982, 311–312 (s. Anm. 26).

[42] [Hugo Gressmann], Hrsg., Entwicklungsstufen der jüdischen Religion, Gießen 1927, 1–12. Über Gressmann und die Beiträge jüdischer Gelehrter zu der zweiten Ausgabe von ›Die Religion in Geschichte und Gegenwart‹ siehe Leonore Siegele-Wenschkewitz: The Relationship between Protestant Theology and Jewish Studies during the Weimar Republic, in: Otto Dov Kulka – Paul Mendes-Flohr, Hrsg., Judaism and Christianity under the Impact of National Socialism, Jerusalem 1987, 143–147.

[43] Jüdische Rundschau, 41/27 u. 28 (3. April 1936) 9–10.

I. DIE SCHULEN

DAS COLLEGIO RABBINICO VON PADUA

Von Nikolaus Vielmetti

Dank des chronologischen Gesichtspunktes, der offensichtlich das heutige Programm bestimmt, habe ich die Ehre, das erste Referat auf diesem Symposion zu halten. Das *Collegio Rabbinico* von Padua, das ich im folgenden behandeln werde, hat nämlich schon im November 1829, also vor gerade 160 Jahren, seine Tätigkeit aufgenommen, d. h. früher als alle anderen Lehranstalten, über die man hier noch sprechen wird. Ich will nun versuchen, Ihnen zu beweisen, daß diese frühe Gründung schon ein richtiges Rabbinerseminar war, nicht nur ein Stück Vorgeschichte, die man am besten in Kleindruck oder als Fußnote vermerkt.

Das Institut von Padua fällt aus der Reihe, nicht nur wegen seiner Gründung im tiefen Vormärz, sondern überhaupt durch sein Zustandekommen. Denn an erster Stelle standen dabei keineswegs Kräfte, die innerhalb des Judentums wirkten, sei es in der Führung von Gemeinden oder anderweitig starke Persönlichkeiten, die auf die geistige Entwicklung ihrer Glaubensbrüder Einfluß nahmen. Statt dessen ging die Initiative von der staatlichen Gesetzgebung aus. Diese war freilich durch ein bestimmtes Verhältnis zwischen Staat und Religion geprägt – eine Eigenart, die sich seit langem in der österreichischen Staatsverwaltung entwickelt hatte und allgemein, doch etwas unscharf, Josephinismus genannt zu werden pflegt.

Der Josephinismus war seit jeher umstritten, die bis in unsere Zeit währende Debatte gehört nicht weiter hierher. Die durchschnittliche katholische Kirchengeschichte läßt an ihm kaum ein gutes Haar, vor allem wenn der Autor räumlich und geistig entfernt ist und daher den „habsburgischen Mythos“, der mittlerweile in der österreichischen Literatur ein vielzitierter Begriff geworden ist, in der österreichischen Kirche ganz verkennt.

Die Vernetzung von Staat und Kirche war nun keineswegs die Erfindung Kaiser Josephs II., sie war nicht weniger in der kurzen, aber denkwürdigen Regierung Rudolphs des Stifters (14. Jh.) zu spüren. Ein Grundzug an ihr ist die freie Konvertibilität von sakralen und staatlichen Funktionen: Der Thron bestimmt, wer Bischof, wer Domherr oder sonst ein Prälat wird, dafür sind viele Priester gleichzeitig unentbehrliche Staatsbeamte, sei es als Matrikenführer oder Schulaufseher überall im Land oder als Räte an den Hofstellen. Die leitende Idee ist, den größtmöglichen Nutzen für die Allgemeinheit mit dem geringsten Aufwand an Verwaltung zu erzielen. Vergessen wir nicht, daß das kaiserliche Handschreiben vom Mai 1781 – womit die Toleranzgesetzgebung eingeleitet wurde – mit den Worten begann: „Um die in Meinen Erblanden so zahlreichen Glieder der jüdischen Nation dem Staate nützlicher zu machen“ [1]. Und im Jahre 1820 erklärte Kaiser Franz in einer Allerhöchsten Entschließung seine Absicht, „die Lebens- und Beschäftigungsweise der Juden unschädlich zu machen und sie soviel möglich mit jenen der bürgerlichen Gesellschaft . . . allmählig in gemeinnützige Übereinstimmung zu bringen“ [2].

Mit eben dieser Resolution stehen wir übrigens an der Wiege der Anstalt von Padua. Der vorausgehende Vortrag der Vereinigten Hofkanzlei (aus ihr ging später das Innenministerium hervor) hatte die Revision der bestehenden Judengesetze zum Gegenstand und enthielt u. a. auch eine Debatte über die künftige Stellung des Rabbiners. Einer der Hofräte meinte: „Die Staatsverwaltung muß sich vor allem bestreben, daß die Judenschaft mit aufgeklärten Religionsdienern versehen werde.“ [3] Mit der gehobenen Bildung hänge auch die Sicherung eines anständigen Unterhalts zusammen. Hier gingen die Meinungen der Hofräte auseinander, wenngleich sie sich einig waren, daß die Bezüge der Rabbiner, anders als die der katholischen Pfarrer, keineswegs zu Lasten des Ärars gehen durften. Einer erklärte: „Von Religionslehrern, die mit Noth kämpfen, hat sich der Staat nichts zu versprechen.“ [4] Andere wollten deren Unterhalt lieber dem freien Übereinkommen der Gläubigen überlassen, „ohne daß der Staat davon die mindeste Notiz nimmt“. Der Oberste Kanzler wurde noch deutlicher: „Dadurch befördere der Staat auf indirekte Weise den Abfall vom Judenthume und den Übertritt zur christlichen Religion, und dieses sei im Grunde das einzige Mittel, diese Menschenklasse mit den übrigen Staatsbürgern zu verschmelzen.“ [5]

Die richtige Antwort auf diese destruktive, im Grunde ganz unjosephinische Behauptung erfolgte im Staatsrat, dem der Vortrag sodann vorgelegt wurde. Der Referent hob eine bisher gar nicht beachtete Rücksicht hervor: Von der Religion im vollen Sinne des Wortes sei bisher ganz abgesehen worden, man habe sich statt dessen begnügt, die Juden „in ihrer Religion lauer, wankend zu machen und wohl gar ganz davon abzuziehen und zur bloßen Vernunftreligion hinzuleiten. Dies war die Tendenz Lessings, dies jene Mendelssohns. Die Staatsverwaltungen aber, welche denselben Weg wenigstens indirecte befolgten, übersehen wohl dabey, daß man dem Juden, den man von seiner positiven Religion abzieht, eigentlich nichts an deren Stelle gibt.“ [6]

An diese letzte Empfehlung hielt sich offensichtlich der Kaiser; denn seine Resolution verlangte für die Rabbiner sowohl wissenschaftliche Ausbildung als auch finanzielle Absicherung. Hier haben wir den Schlüsselsatz für die nun folgenden Vorgänge im lombardo-venetianischen Königreiche vor uns: „. . . Gleich jetzt finde Ich zu bestimmen: 1) daß nach einer festzusetzenden angemessenen Zeit in Meinen Staaten kein Rabbiner mehr angestellt werde, der nicht in einer vorläufigen Prüfung vollkommen zureichende Beweise einer gründlichen Kenntniß der philosophischen Wissenschaft und der jüdischen Religionslehre abgelegt hat; . . ."[7]

Diese Allerhöchste Entschließung vom 29. Januar 1820 erging in Form eines Hofdekrets an die Gubernien oder Landesregierungen des Kaisertums Österreich, zumindest jener Provinzen, in denen Juden ansässig bzw. toleriert waren. Zu diesem Zeitpunkt hätte kaum jemand in Wien an eine jüdisch-theologische Lehranstalt gedacht, und noch weniger, daß ein derartiges Projekt in einer venetianischen Stadt verwirklicht würde, denn die Augen der Hofräte waren hauptsächlich auf Böhmen, Mähren und Galizien gerichtet. Sie hätten sich allerdings erinnern können, daß knapp vierzig Jahre vorher die josephinischen Reformen allein bei den italienischen, namentlich küstenländischen Juden ungeteilte Zustimmung gefunden hatten und mit Eifer verwirklicht worden waren.[8]

Damit kommen wir zur zweiten Wurzel des *Collegio Rabbinico* – sie besteht in den besonderen geistig-sozialen Bedingungen, unter denen sich das Judentum auf italienischem Boden entwickelt hatte. Es bildete eine zahlenmäßig kleine, aber gesellschaftlich weitgehend integrierte Gruppe, wodurch es sich deutlich von den Kommunitäten der anderen erbländischen Staaten unterschied. Die Juden in den italienischen Provinzen dienten daher einer aufgeklärten Gesetzgebung als ideales Vorbild.

Ich möchte gleich die dritte Komponente nennen, die zum Gelingen des Projektes von Padua beitrug und aus ihm eine Stätte der Wissenschaft des Judentums im besten Sinne des Wortes werden ließ: Das ist die Tatsache, daß zu diesem Zeitpunkt die an sich kleinen Gemeinden noch über eine traditionelle solide jüdische Bildung und damit über ein Potential von Gelehrten verfügten, die nicht nur den Weg zur Wissenschaft, sondern zur Wissenschaft des Judentums fanden.

Die italienischen Teile des österreichischen Kaiserstaates prägten bis 1860 erheblich dessen äußere Erscheinung wie auch die politische und militärische Verwaltung; das sichtliche Überwiegen der slawischen Bevölkerung und die Gleichsetzung des Begriffes „Provinz" mit den östlichen Kronländern sollte erst in den folgenden Jahrzehnten die Monarchie kennzeichnen.

Zu den *Provincie austro-italiche* gehörten seit jeher das (österreichische oder illyrische) Küstenland (Litorale) mit alten Judengemeinden in den Städten Triest, Görz und Gradisca. Wesentlich ausgedehnter war das nach dem Wiener Kongreß gebildete *lombardo-venetianische Königreich,* das das Gebiet der ehemaligen Republik Venedig und die schon hundert Jahre zuvor an das Haus Österreich gefallene Lombardei umfaßte. Auf seinem Boden lebten, wie allgemein bekannt, alte, traditionsreiche jüdische Gemeinden. Der Vollständigkeit halber wäre noch das zum Teil italienische Tirol zu nennen, doch würde man hier vergebens nach Juden suchen; im Gegenteil, die Stadt Trient hatte den mittelalterlichen Bann über die Juden seit der Blutbeschuldigung von 1475 nicht mehr aufgehoben.

Das lombardo-venetianische Königreich hatte zwei getrennte Landesregierungen (Gubernien, governi) in Mailand und Venedig. Als das erwähnte Hofdekret von 1820 zu diesen „herabgelangt" war, machten sie sich unverzüglich daran, die Lage der Juden in ihrem Bereiche zu erkunden und geeignete Schritte vorzubereiten.

In Venetien bestand die größte Gemeinde in der Lagunenstadt selbst (2200), während auf der 'Terra ferma' die Städte Verona knapp tausend, Padua fünfhundert und Rovigo dreihundertvierzig Juden zählten. An den anderen Orten waren nur vereinzelt jüdische Familien angesiedelt. Die Behörden rechneten einen großen Anteil von ihnen zur „wohlhabenden und kultivierten Klasse"[9].

In der Lombardei waren die Juden anders verteilt. In der größten Stadt und Hauptstadt – in Mailand – lebten nur wenige jüdische Familien, ohne eine Israelitengemeinde zu bilden; eine alte Gemeinde bestand hingegen in Mantua, das in früheren Jahrhunderten unter der Regierung des Hauses Gonzaga eine Blüte erlebt hatte. Die Juden waren weiterhin im Bürgertum der Stadt vertreten, sie machten etwa 10% der Einwohnerschaft (um 2000) aus. Hinzuzurechnen wäre noch ein Kranz von kleinen, doch historisch bemerkenswerten Orten um Mantua, in denen stets Juden ansässig waren. Ich nenne nur das Städtchen Sabbioneta, bekannt für seinen hebräischen Buchdruck.

So ergab es sich, daß die Mailänder Regierung, um der Hofkanzlei die nötigen Informationen liefern zu können, sich nach Mantua wandte. Von nun an ist ständig von einer „Mantuaner Commission" oder von der «commissione israelitica di Mantova» die Rede.

Beide Gubernien gehen in ihren Antworten ausführlich auf den Punkt 1 der Entschließung bzw. des Hofdekrets ein. – Venedig berichtet, daß es bisher kein Reglement bezüglich der *coltura intellettuale* der Rabbiner gegeben habe. Sie werden von den Gemeinden gewählt, gestützt auf einen gewissen Ruf, dessen sich die Kandidaten erfreuen, der aber oft trügt. Die Prüfung, in der ein Bewerber seine Qualitäten beweisen muß, wird hinter verschlossenen Türen von einem oder zwei Rabbinern abgenommen. Sie erklären ihn in jedem Falle zu seinem Amte befähigt, und die Gemeinde akzeptiert ihn. Wie mangelhaft diese Vorgehensweise auch ist, so gibt es doch Gemeinden, die sich gelehrter und tüchtiger Rabbiner rühmen können. Die Regierung schlägt vor, künftig für die Bewerber einen Konkurs auszuschreiben und sie durch wahrhaft gelehrte, philosophisch gebildete und angesehene Männer prüfen zu lassen. Die Kandidaten sollten den Gymnasialkurs und den dreijährigen Philosophiekurs an einer öffentlichen Anstalt absolviert haben, mit Vorzügen von Verstand und Geist auch solche des Herzens vereinen und frei von jeglichem Irrtum und Vorurteil sein. – Auch das Gubernium in Mailand berichtet, daß es für Ausbildung und Ernennung von Rabbinern kein Reglement gibt. Es sei üblich, daß der Oberrabbiner einzelne Kandidaten unterrichtet und ihnen darüber Zeugnisse ausstellt. Daraufhin stellten die Gemeinden sie als „Unterrabbiner" an bestimmten Synagogen an (das kann die kleinen Orte um Mantua betreffen; daselbst gab es in der Stadt seinerzeit sechs Synagogen).

Die Regierung geht jedoch gar nicht erst auf Verbesserungsvorschläge ein, sondern empfiehlt ein offensichtlich genau besprochenes Projekt: „daß zu Padua eine Centralschule errichtet werde, wo Jene einen regelmäßigen Unterricht zu erhalten haben, die für die Rabbinerstelle ein Wahlfähigkeitsdekret zu bekommen wünschen." [10]

Damit ist die „Centralanstalt in Padua" ganz unvermittelt, schon im Jahre 1820, in den Akten genannt. Die «commissione israelitica di Mantova» darf mit Sicherheit als Urheberin des Gedankens angenommen werden. Sie beriet ja ausschließlich die Regierung und konnte ihr volles Vertrauen beanspruchen.

Es gibt aber auch eine private, individuelle Spur, die ins Küstenland führt, wo eine Generation früher josephinische Reform und Mendelssohnsche Aufklärung fruchtbar zusammengearbeitet hatten. Die Spur führt nicht nur ins selbe Land, sondern auch ins selbe Haus, nämlich des Kreisrabbiners Abraham Vita Reggio in Görz. Dieser war in jungen Jahren schon auf der Seite der „Berliner" gestanden, jetzt wurde sein Sohn Isac Samuel als *letterato* in weitestem Sinne bekannt. Er schrieb hebräisch und italienisch; was bei der Schmiedschen Druckerei in Wien erschien, lasen alle aufgeklärten Juden. Es würde zu weit führen, wollten wir gehörig auf Leben und Werk I. S. Reggios (1784–1855) eingehen;[11] hier sei nur auf seinen Beitrag zum Projekt des Collegio Rabbinico hingewiesen. Ihm muß das Hofdekret von 1820 bald bekannt geworden sein, denn wenig später schrieb er dazu eine *memoria* nieder, wie er in einem Brief an S. D. Luzzatto in Triest mitteilte.[12] Wir kennen ihren Text, da sie zwei Jahre später, also 1822, anonym in Venedig erschien. Der Titel lautet ›Riflessioni d'un Israelita del Regno Illirico sopra un articolo del Decreto di S. M. I. R. A. in data 4 Febbrajo 1820‹ (Venezia: Gio. Parolari Tipografo 1822).

Als Motto ist ein Zitat aus dem Buche Hiob (28, 12) nach dem Text der Vulgata: Sapientia vero ubi invenitur? et quis est locus intelligentiae? vorangesetzt. Nach wenigen Absätzen weiß der Leser, welcher Ort der Weisheit gemeint ist, nämlich das *Collegio Rabbinico,* dessen Gründung durch das Hofdekret nunmehr höchst notwendig geworden sei. Denn dieses verlangt für die Rabbiner sowohl philosophische wie theologische Ausbildung. Für die Philosophie sind die *Licei* da, doch wo sollen die künftigen Rabbiner Theologie studieren? Da privater Unterricht kaum als genügend angesehen werden kann, bleibt nur die Errichtung eines Collegiums für jüdische Theologie übrig. Der Vergleich mit den Priesterseminaren der katholischen Kirche drängt sich auf, besonders für Reggio, der ein solches in seiner Heimatstadt aus der Nähe kannte. Görz war seit 1751 – durch die Neuordnung der einstigen Kirchenprovinz Aquileia – Sitz eines Erzbischofs und einer theologischen Lehranstalt für den Klerus des Küstenlandes. Sie ist nur wenige Schritte vom einstigen Ghetto, der heutigen Via Ascoli, entfernt. Aus späterer Zeit gibt es Berichte, daß die Professoren des „biblischen Faches" in Gedankenaustausch mit einigen gebildeten jüdischen Nachbarn waren; es kann jedoch auch als durchaus möglich gelten, daß Reggio, der eine führende Persönlichkeit im intellektuellen Leben der Stadt war, stets einen gewissen Kontakt mit den Professoren des Seminars unterhielt.

In den Jahren nach 1820 war er insbesondere von dem Gedanken beseelt, traditionell-jüdische und humanistisch-akademische Bildung zu vereinen. Seine Überlegungen fanden in dem Werke ›Ha-torah we-ha-filosofiah‹ (Wien 1827) ihren Ausdruck. Es war wohl kein Zufall, daß die Rede des Professors und Rabbiners Della Torre zur Eröffnung des *Collegio* im November 1829 einen ähnlichen Titel trug: ›Della necessità di congiungere i filosophici studj ai teologici‹ [13].

Reggio in Görz hatte sich dasselbe Ziel gesetzt wie Leopold Zunz und seine Jünger in Berlin, als diese zur gleichen Zeit die „Wissenschaft des Judentums" in einem Verein fest verankern wollten; doch darf man nicht vergessen, welcher Unterschied zwischen Berlin, dem akademischen Mekka der Zeit und der Hauptstadt Preußens, und dem kleinen, wenn auch ökonomisch recht lebendigen Hauptort der Gefürsteten Grafschaft Görz-Gradisca herrschte!

Reggio gilt allgemein als der geistige Vater des *Collegio Rabbinico,* leider fehlen aber Unterlagen, die uns über einen direkten Zusammenhang zwischen ihm und der „Mantuaner Commission" aufklären könnten. Dagegen erfahren wir aus der Korrespondenz, wem er alsbald seinen Plan mitteilte: einem jungen hochtalentierten Freunde in Triest, dem damals 20jährigen Samuel David Luzzatto. Es scheint nun merkwürdig, daß Luzzatto die Begeisterung des älteren Freundes für eine solche Neuerung keineswegs teilen wollte. Reggio gehörte noch ganz dem Geiste des 18. Jahrhunderts an und setzte weiter unbeirrt alle Hoffnungen in die Aufklärung, Luzzatto dachte hingegen viel konservativer und damit auch realistischer. Er versagte zwar gelegentlich Mendelssohn seine Verehrung nicht, zog aber dessen Freund, den dem italienischen Judentum seelisch näherstehenden Naphtali Herz Wessely (Weisel), vor.[14] So fiel Luzzattos Antwort an Reggio dennoch als großes Kompliment aus: Er sei ein Nachfolger «del grande Herzwesly», auch und gerade mit seinem *Collegio*-Projekt.[15]

In diesem Projekt spiegeln sich manche Züge der Mendelssohnianer wider. Talmud und Rituale erfordern zwar viel Zeit und Fleiß, man braucht Jahre, um an ein Ende zu kommen; doch reichen sie, so meint Reggio, für die Kenntnisse, die ein Rabbiner braucht, nicht aus. Um den Respekt der Menschen zu erwerben, müsse dieser über alles Bescheid wissen, was auch nur im geringsten mit seinem Amt zu tun hat! Reggio teilt den Lehrstoff in 11 Abschnitte ein: Hl. Schrift, Mischna, Talmud, Ritual, Geschichte, Hebräische Philologie, Dogmatik, Homiletik, Pastoral, Literatur, Hilfswissenschaften (Kalligraphie, Schächten, Gesang . . .). Als Lehrbücher werden hebräische Werke genannt, die in ihrer Art den Texten der Kirchenväter oder auctores praeclari in der katholischen Theologie entsprechen, doch trifft er eine bestimmte Auswahl. So nennt er für die Dogmatik – der Begriff ist fürs Judentum fremd genug – die Schriften von Jehuda Halevi, Moses Maimonides und Joseph Albo (Kuzari, More, Iqarim), doch für die «storia nazionale» verläßt er überhaupt die gewohnten Wege, wenn er die ›Antiquitates‹ des Josephus Flavius oder die ›Histoire et la Réligion des Juifs‹ von Basnage, einem reformierten Pastor, empfiehlt.[16]

Den Standort des *Collegio* läßt Reggio übrigens noch völlig offen – eine Stadt in Italien oder Illyrien, also entweder im Lombardo-Veneto oder in seiner engeren Heimat.

Inzwischen trat der Vorschlag des Mailänder Guberniums den „Dienstweg" an. Er gelangte an die Vereinigte Hofkanzlei in Wien, die zunächst in Venedig anfragte, ob daselbst überhaupt Interesse für eine „Centralanstalt in Padua" bestehe. Die Antworten der Regierung wie der jüdischen Gemeinden fielen eindeutig aus: Das Gubernium bezeichnete das Projekt als «opportunissimo», während es in den Kreisen der Juden «con trasporto» aufgenommen wurde.

Zu diesem Zeitpunkt berief man eine Kommission aus Vertretern der vier venetianischen Gemeinden, die alsbald einen detaillierten Plan ausarbeitete. Hier hatte Reggio Gelegenheit, den Inhalt seiner ›Riflessioni‹ näher auszuführen.[17] Wie Samson Gentilomo hervorhebt, war es sein Verdienst, die moderne jüdische Gelehrsamkeit aus Deutschland in Italien bekanntzumachen und auf die Wahl Luzzattos, des jungen Gelehrten aus Triest, zum Professor am künftigen *Collegio* zu drängen.[18]

Die Stadt Padua als Ort des künftigen *Collegio* stand nicht mehr zur Debatte, sondern war schon allseits akzeptiert. Wie es scheint, geht diese Ortswahl auf die ersten Vorschläge der *Mantuaner Commission* zurück. Padua empfiehlt sich durch seine zentrale Lage im Veneto, auch für das lombardische Mantua ist es gut erreichbar; vor allem dürften aber die alte berühmte Universität (die seit jeher jüdische Studenten aus ganz Europa zählte) und die ebenfalls seit dem Mittelalter hier bestehende jüdische Gemeinde den Ausschlag gegeben haben. In diesem Sinne äußerte sich später auch die

Studienhofkommission: „Padua scheint allerdings der geeignetste Platz für dieses Institut zu seyn, weil hier die Kandidaten zu Rabbiner-Stellen Gelegenheit haben, sich in jedem Fache der Wissenschaft auszubilden.“ [19]

Es ging vor allem noch um den Ankauf eines geeigneten Gebäudes und die Verteilung der finanziellen Lasten auf die einzelnen Gemeinden. Aus späteren Akten erfahren wir, daß die *Conferenza Israelitica* das „Cumano'sche Haus“ in Padua erwarb und daß die Gemeinde Mantua 35 % der Lasten trug, während der Rest auf die vier venetianischen Gemeinden fiel.[20] In dem Bericht der Kommission von 1821 liest man allerdings noch von einer „gerechten Aufteilung der Spesen“ unter den Gemeinden des Lombardo-Veneto und Illyriens. Diese ausdrückliche Einbeziehung Illyriens darf als Hinweis auf die Teilnahme Reggios gelten.

Ein wichtiges Ergebnis bestand darin, daß man sich auf die Anstellung von zwei Professoren einigte. Reggio hatte in seinen ›Riflessioni‹ noch „mindestens fünf“ verlangt. Bei dem staatlich anerkannten Titel „Professor“, den die k. k. Regierung nicht sonderlich großzügig austeilte, sollte es hinfort bleiben.

Zurück nach Wien zur Hofkanzlei. Diese erstattete am 5. Januar 1822 einen umfassenden Vortrag „wegen Behandlung der Juden im lombardo-venezianischen Königreiche“, der vom Kaiser erst am 17. Juni 1825 resolviert wurde. Die Resolution beginnt mit dem Satz: „In Beziehung auf die angetragene Errichtung einer eigenen Lehr- und Bildungsanstalt für Rabbiner in Padua hat die Hofkanzley noch mit der Studien-Hof-Commission Rücksprache zu pflegen und sodann über diesen Gegenstand einen besonderen Vortrag zu erstellen.“ [21]

Die genannte Hofkommission ist als die Vorgängerin des Ministeriums für Kultus und Unterricht anzusehen, daher gehörten alle Schulen bis zu den Universitäten in ihren Geschäftsbereich. In der Sitzung vom 30. Juli 1825 befaßte sie sich mit „dem zu errichtenden Bildungsinstitut für Rabbiner“ und übermittelte darauf ihr Votum der Hofkanzlei. Darin begrüßt sie die Gründung einer solchen Anstalt, findet es jedoch „nicht rathsam, näher in die Organisirung dieses Studiums einzugehen, sondern dieses den Judengemeinden zu überlassen, und nur zu fordern, daß sie den Plan ihres Studiums den Behörden zur Einsicht und Kenntniß mittheilen.

. . .

Das Institut wäre ganz unter die Aufsicht des Guberniums zu stellen, und das Gubernium hätte auch auf den gehörig instruirten Vorschlag der Judengemeinden die Professoren zu bestätigen.“ [22]

Weiters wird festgestellt, daß das *Collegio* in Universitätsrang stehe und daher zum Eintritt den Abschluß der Gymnasial-(Lyceal-)studien erfordere. Das Studium der Medizin oder der Rechte an der Universität Padua wird empfohlen, jedoch nur vor oder nach der rabbinischen Ausbildung, keinesfalls gleichzeitig mit ihr. Diese Ausbildung sollte zwei Jahre in Anspruch nehmen, darauf folgten weitere zwei Jahre Praxis bei einem Rabbiner. Im Verlaufe des ersten Kursus am *Collegio* stellte sich jedoch heraus, daß zwei Jahre für den Lehrstoff nicht reichen, weshalb die Direktion „in der Anhoffnung einer höheren Gewährung" die Zöglinge noch ein weiteres Jahr im Hause behielt und die Praxis um ein Jahr kürzte.

Die Hofkanzlei verwendete dieses Gutachten für ihren Vortrag „betreffend die Bestimmung des Studienplanes für die neu errichtete Lehranstalt der Rabbiner in Padua", den sie am 5. Oktober 1825 erstattete. Die Allerhöchste Resolution folgte schon am 8. November des gleichen Jahres und enthielt die Genehmigung für alle Anträge.

Diese Resolution war der Ausgangspunkt für die Tätigkeit der *Conferenza Israelitica* in Venedig, die das Projekt in der vorgeschriebenen bzw. genehmigten Form verwirklichte. Mit ihrem Briefpapier ist sie heute noch in den Archiven gegenwärtig. Der gedruckte Briefkopf lautet:

La Conferenza Israelitica
del
Regno Lombardo-Veneto
Instituita in relazione alla Sovrana risoluzione
del giorno 8 Novembre
1825 [23]

Von der *Conferenza* ging die Anregung aus, dem *Collegio* die Form eines Konvikts oder Internats zu geben – eine Anregung, die in Wien unverzüglich gutgeheißen wurde: „Das Rabbiner-Institut wäre dann seiner Verfassung nach wie die Seminarien, deren Zweck schon die Konviktsform zur Bedingung macht." [24] Damit verstärkt sich die Analogie zu den Priesterseminaren der katholischen Kirche, die ja schon seit Jahrzehnten unter staatlicher Aufsicht standen. Die offizielle Bezeichnung der Anstalt lautet nunmehr: ISTITUTO CONVITTO RABBINICO.

Wesentlicher war freilich die Erstellung des Lehrplans und die Besetzung der beiden Professuren. Der Lehrplan ist im *Regolamento* der Anstalt enthalten, das im November 1826 beschlossen und im Juli 1827 in Venedig im Druck veröffentlicht wurde. Der § 50 zählt die «materie dell'istruzione» auf, allerdings mit dem Vorbehalt, daß die zu ernennenden Professoren nach ihrem Ermessen noch eine «rettificazione» vornehmen können, natürlich nur im Einverständnis mit den Rabbinern von Venedig und Mantua, dem ehrenamtlichen Direktor des Instituts und schließlich dem Gubernium von Venedig.

Im Jahr darauf war sich die *Conferenza* auch über die Wahl der Professoren einig geworden. – Für die Fächer Hebräisch, Bibelexegese, Moral, Dogmatik und jüdische Geschichte wurde Samuel David Luzzatto aus Triest berufen, für die «scienza talmudica» und die «teologia rituale» sowie für

Pastoral und Homiletik der Rabbiner und Lehrer Lelio Della Torre (Hillel Hacohen) aus Turin. Luzzattos Leben und Werk war von nun an für die restlichen 35 Jahre mit der Schule von Padua verbunden, oder umgekehrt, diese lebt in der jüdischen Geistesgeschichte als der Ort fort, an dem der legendäre *ShaDaL* lehrte, forschte und schrieb. Es ist aber ungerecht, darüber Lelio Della Torre zu vergessen, denn er trug einen ebenso wesentlichen Teil zur „jüdischen Theologie“ bei.[25] Dank des Zusammenwirkens beider Lehrer haben wir das erste aller Rabbinerseminare vor uns oder jene „jüdisch-theologische Fakultät“, die ein Ludwig Philippson einige Jahre später in Deutschland – vergeblich – forderte. Die Berufung Della Torres war keineswegs alltäglich. Zunächst überrascht sein jugendliches Alter: er zählte knapp 25 Jahre; es kam aber noch hinzu, daß er kein k. k. Untertan, sondern Ausländer, nämlich Piemontese, war. Er hatte in Turin an einer jüdischen Schule unterrichtet und die letzten zwei Jahre die Stellung eines Vizerabbiners eingenommen. Im Inland war offensichtlich eine Persönlichkeit gleichen Ranges nicht zu finden. Della Torre erscheint als das Beispiel eines italienischen Juden, der religiös-traditionelle Bildung und die Kultur seines Landes harmonisch zu verbinden weiß („hier waren die Rabbiner immer schon aufgeklärter als anderswo“, bemerkte er einmal).[26] Nach Padua übersiedelt, übte er sich mit großem Fleiß in der deutschen Sprache, um die Entwicklung des Judentums in Deutschland verfolgen zu können. Mit Stolz vermerkt er in einer Eröffnungsfeier für das Studienjahr 1855/56, daß der Impuls für eine Rabbinerschule aus Italien gekommen sei und Deutschland dem Lande südlich der Alpen nacheifere, wenn 25 Jahre später in Breslau eine Anstalt eröffnet worden sei.[27]

Die „italienische Ausgabe“ der Wissenschaft des Judentums war freilich das Werk S. D. Luzzattos. Das Wunderkind in Triest fühlte sich stets zu einem Wissensgebiet hingezogen, das noch keinen Namen hatte, geschweige denn einen Forscher zu ernähren versprach. Es hätte zwar nahegelegen, bei seiner Neigung den Beruf des Rabbiners zu wählen, doch wies er diesen Gedanken energisch von sich. Es fehlte ihm beileibe nicht an der religiösen Lebenseinstellung; doch wollte er seine Sorge ausschließlich der Wissenschaft, nicht einer Gemeinde zuwenden. Die geistige Bewegung innerhalb des deutschen Judentums, die er mit großer Aufmerksamkeit verfolgte, wirkte als Stimulans, zugleich reizte sie ihn zum Widerspruch oder zumindest zur Korrektur. Seine monumental zu nennende Korrespondenz (an die 4000 Briefe auf hebräisch und italienisch)[28] zeichnet ein abwechslungsreiches Bild seiner Diskussion mit den verschiedenen Gelehrten seiner Zeit, die zur Erforschung des jüdischen Erbes beitrugen: Zunz, Geiger, Jost, Steinschneider . . . Eine tiefere geistige Verwandtschaft verband ihn, trotz eines zeitweiligen Bruches, mit Salomon J. Rapoport (1790–1867), dem Begründer der galizischen Schule, da beide in gleicher Weise entschlossen waren, kompromißlos am Judentum festzuhalten, um es so zu erhalten. Ein äußerliches Zeichen dafür war ihr Verhältnis zur hebräischen Sprache: Hebräische Texte waren nicht nur Forschungsgegenstand, sie benutzten diese traditionelle Sprache auch, um ihre wissenschaftlichen Abhandlungen zu publizieren – was die Gelehrten in Deutschland ablehnten.

Wenn man die Gründergeneration der Wissenschaft des Judentums auf die Namen Zunz, Rapoport und Luzzatto reduziert, kann man nur vom Professor in Padua behaupten, daß er die seinen Ambitionen und Talenten entsprechende Lebensstellung erreicht hat. Das ist leider nicht in dem Sinne zu verstehen, daß er ein sorgenfreieres Dasein als die anderen gehabt hätte; denn die zu bescheidene Fundierung des *Istituto Convitto Rabbinico* und schwere persönliche Schicksalsschläge verlangten von ihm viele Entbehrungen und Opfer.

Der Einzugsbereich des *Collegio* war nun einmal zu klein, weil der Gesetzgeber (die Hofstellen in Wien) nur die Rabbinatskandidaten aus dem Lombardo-Veneto, d. h. aus ganzen fünf Gemeinden, zu dessen Besuch verpflichteten und den Absolventen in anderen Staaten des Kaisertums keine *prerogative* zubilligen wollte. Es sind zwar einige Studenten, die aus anderen Provinzen, etwa aus Galizien, kamen und gegen höhere Gebühren (300 fl. jährlich) aufgenommen wurden, namentlich bekannt, doch blieb das auf wenige Ausnahmen beschränkt.

Ein Jahr nach Luzzattos Tod fiel Padua mit dem ganzen Veneto an das Königreich Italien. Das *Collegio* hielt sich noch einige Zeit, bis auch Lelio Della Torre starb (1871).

So war die Geschichte unseres *Collegio Rabbinico* nach 40 Jahren an ein Ende gekommen. In dieser Zeitspanne hat es aber durchaus seine ursprüngliche Aufgabe erfüllt, nämlich den Gemeinden im Lombardo-Veneto – und auch darüber hinaus – tüchtige, akademisch gebildete Rabbiner zu geben. Die Allerhöchste Entschließung von 1820 hatte durch eine günstige Konstellation in einer der italienischen Provinzen großen Segen gestiftet. Gelehrte von Rang waren in Padua an kongeniale Schüler gekommen und konnten so eine Generation lang die jüdische Kultur ihres Landes erhalten.

Aus der zarten Pflanze ist wohl nie ein mächtiger Baum geworden; die italienischen Juden und die Wissenschaft des Judentums im weitesten Sinne des Wortes wären aber viel ärmer, wenn es diese Pflanze nie gegeben hätte.

Anmerkungen

[1] Urkunden und Akten zur Geschichte der Juden in Wien I, A. F. Pribram, Hrsg., Wien 1918, 440.

[2] Pribram II, 305.

[3] Pribram II, 287.

[4] Pribram II, 301.

[5] Pribram II, 288.

[6] Pribram II, 304.

[7] Pribram II, 306. Der nächste Absatz lautet: „2. daß für den angemessenen und gesicherten, übrigens von der Judenschaft zu bestreitenden Unterhalt der mit den vorgesehenen Kenntnissen ausgerüsteten Rabbiner gesorgt werde."

[8] S. dazu den Abschnitt ›The Issue of Educational Reform‹ in: A. Altmann, Moses Mendelssohn, Alabama 1973, 474–489; und vor allem den Beitrag von Lois J. Dubin, ›Trieste and Berlin: The Italian Role in the Cultural Politics of the Haskalah‹, in: Jacob Katz, ed., Toward Modernity. The European Jewish Model, New Brunswick-Oxford 1987, 189–224.

[9] Die Angaben enthält der Vortrag der Vereinigten Hofkanzlei vom 5. 1. 1822, der sie wiederum dem Berichte des Venediger Guberniums vom 29. 1. 1821, der im Original beiliegt, entnommen hat. Allg. Verw.-Archiv Wien, Hofkanzleiakten 38 ex Augusto 1825.

[10] Aus dem Vortrag der Ver. Hofkanzlei vom 5. 1. 1822, der Bericht aus Mailand, der hier zitiert wird, liegt nicht bei. Allg. Verw.-Archiv, w. o.

[11] Vgl. J. L. Landau, Short Lectures on Modern Hebrew Literature, London 1938, 142–154; außerdem jüdische Lexika 'sub voce' sowie Wurzbach, Biogr. Lexikon des Kaiserthums Österreich 25, 132 ff. und Österr. Biogr. Lexikon 9, 18.

[12] Brief vom 14. 7. 1820, in: Epistolario . . . di S. D. Luzzato I, Padua 1890, 5f. (s. Anm. 28).

[13] Abgedruckt in: Cinque Discorsi detti in Padova da Lelio Della-Torre da Cuneo, Padua 1834.

[14] Wessely hatte, da er unter sephardischen Juden erzogen worden war, ein unbefangenes Verhältnis zu profanen Studien, diese gefährdeten bei ihm weder Glauben noch Religiosität, ebensowenig wie bei vielen große jüdischen Gelehrten, die in Amsterdam oder Italien aufgewachsen sind. Ihre Verehrung für die Torah Israels und die Traditionen waren jedoch größer als ihre Bewunderng für die Weisheit Griechenlands und Roms. Ganz anders Mendelssohn, er mußte sich die ihm verbotene profane Bildung heimlich aneignen, daher überschätzte er ihren Wert. So Morris B. Margolies, S. D. Luzzatto: Traditionalist Scholar, New York 1979, 14 mit einem Zitat Luzzattos aus Ha-Maggid 7 (1863) 133.

[15] Antwortbrief vom 26. 7. 1820 in: Epistolario, 7.

[16] Riflessioni, 28–37.

[17] "In 1821 a conference of the communities of the region took place in Padua with Isaac Samuel Reggio as its leading spirit, at which it was decided to establish a Rabbinical College in Padua" (Margolies 1979, 16f.). Der Bericht des Mailänder Guberniums vom 2. 12. 1821 an die Hofkanzlei referiert die Ergebnisse einer eigens ernannten Kommission («una apposita commissione»), doch liegt deren *Rapporto* vom 1. 9. 1821, auf den er sich bezieht, nicht bei, weshalb die Namen der Beteiligten zumindest aus den in Wien vorhandenen Akten nicht eruiert werden können. Allg. Verw.-Archiv, w. o.

[18] „Schreiben des Herrn Samson Gentilomo in Venedig an Herrn Ignaz Blumenfeld in Brody" vom 11. Nissan (20. 4.) 1834 (hebr.), in: Ozar nechmad I, 56–65, über Reggio 58.

[19] Allg. Verw.-Archiv, Hofkanzleiakten 319 ex Decembri 1825: Protokollauszug der Studienhofkommission vom 1. 8. 1825 an die Ver. Hofkanzlei.

[20] Schreiben der *Conferenza* vom 15. 4. 1828 an die "Incaricati della commissione Israelitica" in Mantua, Archiv der Comunità Israelitica di Mantova. Ich verdanke die Kenntnis dieser Akten der freundlichen Mitteilung von Prof. Vittore Colorni, Mantua.

[21] Allg. Verw.-Archiv, Hofkanzleiakten 38 ex Augusto 1825.

[22] Wie Anm. 19.

[23] Wie Anm. 20.

[24] Allg. Verw.-Archiv, Hofkanzleiakten 316 ex Martio 1827: Protokollauszug der Studienhofkommission vom 31. 3. 1827 an die Ver. Hofkanzlei.

[25] Vgl. Wurzbach, Biogr. Lexikon 3, 222f.; Studio biografico intorno a Lelio della Torre dell'Avvocato Michele della Torre, in: L. Della Torre, Scritti sparsi, Padua 1908, I, 3–76; in neuester Zeit: Giorgio E. Calabresi, Lelio Della Torre nel primo centenario della sua scomparsa, in: Rassegna Mensile di Israele 37 (1971) 655–703 u. Ancora su L. D. T. (Hillel ha-Coen), ebd. 45 (1979) 393–415.

[26] «quivi i rabbini furono sempre più che altrove illuminati», Della Torre 1908, II, 204. S. Anm. 27.

[27] Il Rabbinato ed i Rabbini. Orazione inaugurale 17. Nov. 1855, in: Della Torre 1908, II, 189–208, hier 205f.

[28] Hauptsächlich gesammelt in: Epistolario italiano francese latino di S. d. Luzzatto da Trieste pubblicato da' suoi figli, 2 Bde., Padua 1890, und: S. D. Luzzatto's hebräische Briefe gesammelt von seinem Sohne Dr. Isaias Luzzatto (Hrsg.: Eisig Gräber) – Iggerot SD"L, 9 Bde., Przemy'sl 1882, Krakau 1891–94; im übrigen weithin verstreut, vgl. z. B. Wachstein, Bernhard, Die hebr. Publizistik in Wien, Wien 1930, 124–142.

DIE LETZTEN JAHRE DER HOCHSCHULE (LEHRANSTALT) FÜR DIE WISSENSCHAFT DES JUDENTUMS, BERLIN: 1936–1942*

Von Herbert A. Strauss

I

Die Hochschule für die Wissenschaft des Judentums wurde 1872 in Berlin gegründet und begann ihr erstes Semester am 6. Mai jenes Jahres. Die letzten Eintragungen im Anmeldebuch Nr. 730 der Lehranstalt für die Wissenschaft des Judentums für ihr letztes Semester Sommer 1942 sind nur Anmeldungen – keine Abmeldungen mehr: Sie bescheinigten Dr. Grumach, Übung über Philo von Alexandrien, Fräulein Rotbart, hebräische Oberstufe, und Dr. Gescheit, Talmud Babli Pessachim VIII (Joma VIII war angekündigt gewesen). Die Anmeldungen tragen die Daten vom 26. April bzw. 31. Mai 1942. Ein nicht veröffentlichter Erlaß des Reichsministers des Inneren vom 20. Juni 1942, der unter dem Datum des 7. Juli 1942 den Regierungspräsidenten – in Berlin dem Polizeipräsidenten – zugestellt wurde, verfügte: „. . . im Hinblick auf die Entwicklung der Aussiedlung der Juden in der letzten Zeit . . . sämtliche jüdischen Schulen zum 30. Juni 1942 zu schließen . . . und bekanntzugeben, daß ab 1. Juli 1942 jegliche Beschulung jüdischer Schüler durch besoldete und unbesoldete Lehrkräfte untersagt ist."[1]

Zehn Monate später, an den beiden letzten Februartagen des Jahres 1943, wurden etwa 7000 Berliner Juden an ihren Arbeitsplätzen aufgegriffen. Einige Tausende konnten sich wenigstens zeitweise der Deportation entziehen. Zwischen dem 1. und dem 12. März 1943 wurden sie und ihre Familienangehörigen in sechs großen „Osttransporten" nach Auschwitz deportiert. Die Gestapo-Akten registrierten etwa 8000 Menschen für diese Transporte. Die Selbstmorde (auf 10 bis 15% der Deportierten geschätzt) sind in dieser tödlichen Buchführung nicht eingeschlossen.[2]

Die Hochschule – wie ich die Berliner Einrichtung im folgenden nennen möchte – spiegelt in ihrer institutionellen Geschichte das gebrochene Verhältnis des deutschen Wissenschaftsestablishments zur jüdischen Wissenschaft wider. Die Hochschule wurde gegründet, nachdem es mehrere Jahrzehnte lang nicht gelungen war, die Erziehungsministerien der Bundesstaaten, dann die Staaten des Deutschen Reiches, davon zu überzeugen, daß die Wissenschaft des Judentums einen eigenen Lehrstuhl an der Universität verdiene. Als eine Art akademischen Trostpreis gab es vor 1914 einige Honorarprofessoren, wie z. B. Graetz in Breslau, Julius Fürst und Israel Issar Kahan in Leipzig. Nach 1918 gab es als festen Lehrstuhl wohl nur Martin Bubers Professur für Religionswissenschaft und jüdische Ethik an der neugegründeten Universität Frankfurt, an anderen Universitäten nur Honorarprofessuren oder Dozenturen in orientalischen oder semitischen Sprachen, in Hebräisch, der alttestamentalischen Wissenschaft, in Geschichte und Literatur.[3] Der Briefwechsel von Leopold Zunz verdeutlicht die Gründe für diese Verweigerung akademischer Anerkennung: Ein solcher Lehrstuhl würde gerade jenen Separatismus verstärken, den die Politik der Assimilation überwinden sollte. Die Wissenschaftsministerien sahen keinen Sinn in dem separaten Überleben oder in einer Stärkung einer wissenschaftlich legitimierten jüdischen Gemeinschaft.[4] Es entsprach dieser Kulturpolitik, daß die Hochschule ihren Namen schon zwei Jahre nach der Gründung ändern mußte, um als öffentlich-rechtliche Körperschaft anerkannt zu werden. Sie hieß von 1874 bis 1920 Lehranstalt für die Wissenschaft des Judentums, gewann ihren ursprünglichen Namen Hochschule durch einen einfachen administrativen Akt 1920 zurück und mußte sich ab 1933/34 auf Verlangen der Aufsichtsbehörde wieder Lehranstalt nennen.[5]

Dies entsprach nicht dem wissenschaftlichen Selbstverständnis der Vordenker und Gründer der Hochschule. Sie zielten 1872 auf die Gründung einer nach dem Muster der deutschen Universitäten eingerichteten Institution. Der Geist, der sie inspirierte, war aus dem Neuhumanismus des späten 18. und frühen 19. Jahrhunderts erwachsen, dessen hermeneutische Wurzeln jüngst in einer brillanten Antrittsvorlesung von Axel Horstmann an der Universität Hamburg nachgezeichnet wurden,[6] und die auch für die Grundlagen der Wissenschaft des Judentums bis in die Periode ihrer positivistischen Verflachung Gültigkeit hatten. Wissenschaft des Judentums verstand sich als Erneuerungsbewegung des Judentums aus der Rekonstruktion der Urquellen in ihrer Reinheit und Unmittelbarkeit, als Wandlung und existentielle Erneuerung des ganzen Menschen durch die Verinnerlichung der philologisch-historisch freigelegten Grundwerte und Grundlinien der jüdischen Tradition. Gewiß war Wissenschaft des Judentums *auch* eine Waffe im Kampf um die politische Emanzipation und wurde im Tageskampf häufig dafür mobilisiert. Leopold Zunz' Buch über die Namen der Juden von 1836 ist ein früher 'locus classicus' für diese Funktion.[7] Die Grundlage blieb die vom deutschen Idealismus rezipierte Hermeneutik des Neuhumanismus im Rahmen des aufklärerisch-liberalen Paradigmas. Diesem blieb das innovative jüdische Denken auch dann noch treu, als der klassische Humanismus in Deutschland gegen Ende des 19. Jahrhunderts von nationalistischen Strömungen beeinflußt und oft entstellt wurde. Der Glaube an die Möglichkeit, durch Wissenschaft des Judentums den Einzelnen mit der Gemeinschaft aus ihren Traditionen zu verbinden, hilft die Intensität zu verstehen, mit der die jüdische Wissenschaft als Bildungsreligion immer wieder rezipiert worden ist.

Das Selbstverständnis der Hochschule, das Forschung und Lehre bis zu ihrem Ende bestimmte, ist von seinem Kuratorium besonders zu Jubiläen und an kritischen Punkten wie Inflation oder Wirtschaftskrise in Erinnerung gerufen worden. „Was die Hochschule wollte," hieß es in dem von finanziellen Schwierigkeiten bedrückten Bericht des Kuratoriums im Mai 1932, „wich von den bestehenden jüdischen Bildungsanstalten ab. Sie wollte frei sein, in Unabhängigkeit von Staats- und Gemeindebehörden ihre Tätigkeit ausüben. Sie wollte über allen jüdischen Parteien stehen, ihre Lehrer ohne Rücksicht auf ihre Stellung zu umstrittenen Problemen des Judentums berufen, wenn sie nur ihre wissenschaftliche Befähigung für das Lehramt erwiesen hatten und sich verpflichteten, ihre Vorlesungen lediglich im reinen Interesse der Wissenschaft des Judentums, ihrer Erhaltung, Fortbildung und Verbreitung zu halten. Sie wollte Studierenden aller Fakultäten und aller Bekenntnisse ihre Pforten öffnen, wenn diese nur den Wunsch hatten, sich in der Wissenschaft des Judentums zu unterrichten. Die Lehrfächer sollten nicht auf die Gegenstände der jüdischen Theologie beschränkt bleiben, sondern alles umfassen, was das Leben des Judentums und der Juden in Vergangenheit, Gegenwart und Zukunft berührt. Die Hochschule sollte neben, aber in engster Verbindung mit der Universität ihre Arbeit leisten, die universitas literarum durch ein Gebiet ergänzen, das dort nicht vertreten war."[8]

Die Satzungen der Hochschule spiegelten so einen wilhelminischen aufgeklärten Universalismus und großbürgerlichen Fortschrittsglauben wider. Sie garantierten uneingeschränkte Lehr- und Lernfreiheit – und verwirklichten sie innerhalb dieses Rahmens. Sie sahen ausdrücklich die Aufnahme christlicher wie weiblicher Studenten vor. Die Hochschule dürfte die erste Anstalt ihrer Art gewesens ein, die weibliche Religionslehrer auch für rabbinische Funktionen ausbildete, so z. B. Ellen Littmann, Perle Haskel oder Frl. Rotbart. In den dreißiger Jahren amtierte unsere Kollegin Frau Dr. Regina Jonas als Gemeinderabbinerin, allerdings meist in Krankenfürsorge und Seelsorge, nicht ohne Anfechtung seitens traditioneller älterer Kollegen. Auch einige christliche Kommilitonen studierten noch in den dreißiger Jahren in Berlin; sie waren, wenn ich mich recht erinnere, holländischer oder skandinavischer Nationalität.

Die Hochschule war ursprünglich nicht als Rabbinerseminar konzipiert. Faktisch wurde sie jedoch zu dem liberalen Rabbinerseminar des Kaiserreiches und der Weimarer Republik, schon aus dem praktischen Grunde, daß bis in die zwanziger Jahre des Jahrhunderts akademische Karrieren an Universitäten für Judaisten nicht zur Verfügung standen. Hinzu kam, daß für die meisten Rabbinatsstellen der Nachweis der akademischen Bildung, also die Promotion, Bedingung war. Dies konnte an der Hochschule nicht erworben werden. Es gelang jedoch, durch einen systematisch strukturierten Lehrplan, der gleichwohl nach dem Grundstudium die freie Wahl der Fächer zuließ, jenen Typus des liberal-konservativen „Herrn Rabbiner Doktor" zu erzeugen, der zwar dem Spott unserer osteuropäischen Kollegen auch und gerade in Berlin nicht immer entging, der aber doch das gelehrte Publikum für den wissenschaftlich bedeutenden Aufschwung schuf, den die Hochschule in Zusammenarbeit mit der Gesellschaft zur Förderung der Wissenschaft des Judentums und der Akademie für die Wissenschaft des Judentums im 20. Jahrhundert erfahren hat.[9]

Daß Fortschrittlichkeit und freiheitliche Orientierung von der jüdischen Gemeinschaft nur bedingt honoriert wurden, ergibt sich aus der intensiven Parteiung, die das jüdische Leben nicht nur in Deutschland, sondern auch im Ausland gespalten hatte. Die Kluft zwischen freier Wissenschaft und ostjüdisch-orthodoxer Talmudgelehrsamkeit und ihren autoritären Traditionen war kulturell und existentiell unüberwindbar. Auch die Beziehungen zum deutsch-jüdischen Gemeindeleben und seinen Spaltungs- und Richtungskämpfen, von der Austrittsorthodoxie der *Adass Jisroel* ganz zu schweigen, mußten darunter leiden, daß man über den Parteien stehen wollte und doch gerade in dem Anspruch auf Überparteilichkeit und reine Wissenschaft selbst Partei nehmen und Partei sein mußte und war. Für den erheblichen Anteil von Studenten aus Österreich und Osteuropa diente ein Studium an der Hochschule zweifellos als Vorbereitung und Eintrittsbillet für Rabbiner- und Funktionärsstellen, mit dem Startvorsprung sprachlicher und stoffmäßiger Voraussetzungen, wie sie für die religiöse Grunderziehung Osteuropas traditionell waren. Dagegen blieben Klagen über die mangelnde Allgemeinbildung der Studenten kontinuierlich. Fakultät und Lehrkörper richteten eine eigene „Präparandie" ein, um den Mangel an jüdischen Vorkenntnissen der deutschen Studenten, dem Mangel an Allgemeinbildung der osteuropäischen Studenten zu begegnen.[10]

So gewann die Hochschule im Kreis der jüdisch-theologischen Institute Europas und Nordamerikas (Berlin, Breslau, Wien, Budapest, Metz–Paris, Straßburg, Padua, New York, Cincinnati, London) einen eigenen Charakter. Wirklichkeit und Anspruch stimmten jedoch nicht immer überein. Die Berichte des Kuratoriums spiegeln die inneren und äußeren Krisen wider, die Integrität und Existenz der Hochschule gefährdeten, den Preis, den sie an mangelnder Unterstützung der jüdischen Gemeinden – mit Berlin und einigen Landesverbänden ab etwa 1891 als rühmlichen Ausnahmen – für ihre Überparteilichkeit und die Aufnahme christlicher Studenten bezahlen mußte. Sie konnte während der Inflationsjahre nur mit Unterstützung des American Jewish Joint Distribution Committee und des von Stephen

S. Wise neugegründeten Jewish Institute of Religion (New York) überleben. Wise seinerseits verlieh seiner Neugründung Prestige durch Gastprofessuren für Ismar Elbogen (1922) und Julius Guttmann (1924), Symbol für die Parallelität der sozialen Voraussetzungen von Emanzipations- und Akkulturationsprozessen in den westlichen Industrieländern, die eine freie Wissenschaftlichkeit möglich gemacht hatten. Daß Ismar Elbogen auch am Jewish Theological Seminary in New York auf Berufungen und Lehrpläne Einfluß nehmen konnte, mag als ein weiteres Zeichen für die sich anbahnende Internationalisierung der Wissenschaft des Judentums verstanden werden.

II

Die Hochschule war so in jeder praktischen und wissenschaftlichen Beziehung der profilierteste Gegensatz zu Stil und Ideologie des Nationalsozialismus: Warum konnte dann sie, die reinste Verkörperung westlichen Liberalismus und aufgeklärter Wissenschaftlichkeit, neun von den zwölf Verfolgungsjahren überleben? Das Jüdisch-Theologische Seminar in Breslau, das Hildesheimersche Rabbinerseminar in Berlin, die Lehrerseminare in Köln und Würzburg wurden entweder zerstört oder mußten mit dem 10. November 1938 schließen. Leonard Baker, der Biograph Leo Baecks, vermutet, daß die Intervention des Auslands, vor allem der anglikanischen Bischöfe, gegen die Verhaftung Leo Baecks im Jahre 1935 der Gestapo eine Vorstellung von der internationalen Bedeutung Leo Baecks vermittelt habe, die Rücksicht auf das Ausland nahelegte. Es gibt Berichte darüber, daß Eichmann und seine Komplizen Leo Baecks Persönlichkeit und seinem Mut in Konfrontationen in der Prinz-Albrecht-Straße einen völlig uncharakteristischen Respekt bewahrten.[11] Man erinnert sich, auf einer anderen Ebene, daß auch der Jüdische Kulturbund im November 1938 gezwungen wurde, seinen Theaterbetrieb in Berlin wiederaufzunehmen.[12] Die Vermutung liegt nahe, daß die Hochschule mit dem jüdischen Schulsystem offengehalten wurde, um jene gespenstische Politik der Scheinnormalität zu verfolgen, die die jüdische Gemeinschaft bis zu ihrer Vernichtung über ihr Schicksal täuschen sollte.

Es ist nicht auszumachen, ob Leo Baeck daran geglaubt hat, den Wettlauf mit der Zeit, dessen wir uns bewußt waren, die Hoffnung auf die Niederlage des Dritten Reiches, für die Hochschule gewinnen zu können. Wenn die Erinnerung nicht täuscht, war es das einzige Mal, daß er in der Öffentlichkeit die Fassung verlor, als er uns 1942 mitteilen mußte, daß die Hochschule geschlossen würde. Es ist ebenfalls nicht auszumachen, ob im November 1938 die Tatsache eine Rolle gespielt hat, daß die Hochschule auch in der Vorbereitung zur Auswanderung involviert war. 1936/37 wurden etwa 50

Chaluzim als außerordentliche Hörer vor ihrer Aliyah an der Hochschule immatrikuliert. Unter meinen Papieren findet sich ein Zeugnis, datiert vom 21. Juni 1938, über die Aufnahmeprüfung für das Jerusalemer Lehrerseminar Beth Hakerem, die von Ismar Elbogen und Moses Sister, zwei Dozenten, in Berlin in hebräischer Sprache abgenommen und von Max Wiener unterzeichnet worden war. Solche Förderung der jüdischen Auswanderung könnte die Gestapo mit veranlaßt haben, die Hochschule neben den jüdischen Elementarschulen unter der Verwaltung der Reichsvereinigung der Juden in Deutschland bis Juni 1942 offenzuhalten.[13]

Die Hochschule hat dieses einzigartige Schicksal nicht gewählt, sowenig wie die Dozenten und Studenten mit Ausnahme Leo Baecks, Otto Hirschs und Paul Eppsteins sich willentlich Krieg und Verfolgung ausgesetzt hatten, bis es zu spät zur Auswanderung wurde. Die Hochschule hat zwischen Ende 1938 und dem Kriegsausbruch versucht, sich als geschlossene Korporation von Berlin nach Cambridge, England, zu verpflanzen. Es ist bekannt, daß zwei andere bedeutende Forschungsinstitute bereits 1933 'in toto' auswandern und Finanzen, Bibliotheksbestände und Personal retten konnten, das Frankfurter Institut für Sozialforschung Horkheimers und Pollaks in die USA und das Hamburger Warburg Institut nach London. Weniger bekannt ist vielleicht, daß auch jüdische Forschungsinstitute die Auswanderung versucht hatten und gescheitert waren. Die Breuersche Gemeinde in Frankfurt verhandelte bereits in den ersten Jahren des Nazi-Regimes mit italienischen jüdischen Stellen über eine kollektive Neuansiedlung in Italien, das Hildesheimersche Rabbinerseminar in Berlin versuchte Mitte der 30er Jahre korporativ nach Palästina überzusiedeln – beide ohne Erfolg.[14] Daß die Hochschule sich mit Hilfe des Cambridger Semitisten Herbert M. J. Loewe, der eine Dozentur für Rabbinica versah und 1939 die bedeutende Position des Präsidenten der English Old Testament Society innehatte, nach Cambridge zu verpflanzen suchte, ist wohl zuerst durch Richard Fuchs' ›Personal Recollections‹ an die letzten Jahre der Hochschule bekannt geworden.[15] Neue Erkenntnisse darüber können von einem Artikel erwartet werden, der von Christhard Hoffmann aufgrund neuer Archiv- und Nachlaßdokumente für das ›Year Book‹ des Leo Baeck Instituts von 1991 vorbereitet wird.[16] Ein Brief von Hans Liebeschütz an Ernst Grumach vom 20. August 1938 läßt den Schluß zu, daß Ismar Elbogen und die beiden Korrespondenten bereits vor dem 9. November 1938 einen Plan entwickelt hatten, die deutschsprachigen Judaisten – nicht nur die Dozenten der Hochschule – an englischen und amerikanischen Schwesterinstituten unterzubringen.[17] Der hervorragende Beitrag des Hebrew Union College zur Rettung deutscher Judaisten ist durch Michael Meyers Arbeiten bekannt geworden.[18] Die mangelnde Hilfsbereitschaft der orthodoxen und konservativen Institute der USA, die davon absticht, wird z. Zt. aus den Quellen erschlossen. Eine Arbeit über die positive Rolle der damals noch kleinen Hebrew University bei der Aufnahme von Talmudwissenschaftlern von Daniel Schwartz ist abgeschlossen.[19] Neben wissenschaftlicher Solidarität steht also deutlich parochialer Egoismus.

Wie Christhard Hoffmann gezeigt hat, scheiterte der Plan des Cambridger Judaisten Herbert Loewe, die Hochschule als "Jewish Academy" nach Cambridge zu verpflanzen, an finanziellen Schwierigkeiten und der Weigerung Leo Baecks, im Sommer 1939 Deutschland zu verlassen. Der Plan war weit fortgeschritten, und sogar ein Haus stand bereits zur Verfügung. Die diesbezügliche Korrespondenz zwischen Ernst Grumach und Hans Liebeschütz, in die mir Dr. Hoffmann Einblick gewährte, vermittelt nicht den Eindruck, daß sich die Akteure der drohenden Kriegsgefahr bewußt waren oder daß die englisch-jüdische Führung mit der Einigkeit zu handeln imstande war, die dem Plan eine Chance gegeben hätte.[20] Wissenschaft des Judentums war trotz der bereits fortgeschrittenen Entwicklung einer "international community of Judaistic scholars", also ihrer Internationalisierung und Professionalisierung, nicht nur ein typisch deutsch-jüdisches Produkt in ihrer umfassenden Lehr- und Lernfreiheit, sondern auch Gegenstand von Auseinandersetzungen unter den religiösen Richtungen des organisierten Judentums, gewiß und besonders in England und den USA. Für England hat es Symbolcharakter, daß Rabbiner Alexander Altmann (geb. 1906 in Kassa, Slowakei, gest. 1987) kurz nach seiner Bestallung als Rabbiner in Manchester öffentlich gegen eine Verpflanzung der Hochschule nach Großbritannien eintrat, zweifellos nicht ohne Einfluß des damaligen Chief Rabbi Joseph Hermann Hertz (geb. 1872 in Rebrits, Rumänien, gest. 1946). Die soziale Kluft zu der sephardischen Führungsschicht, die sich in der englischen Reformbewegung und der World Union for Progressive Judaism vereinigt hatte, z. B. Lily Montagu oder Colonel Henriques, hat dabei nicht nur äußeren (statusbezogenen) Erklärungswert, sondern symbolisiert auch Akkulturations- und Wanderungsschichtungen im englischen Judentum der Zeit.

III

Die äußere Entwicklung der Hochschule im Dritten Reich weist auf den ersten Blick ein paradoxes Muster auf: Die Zahl ihrer Dozenten und Studenten stieg nach einem anfänglichen Niedergang von 1936 bis 1938 an, begann jedoch schon im Sommersemester 1938 stark abzunehmen. Der November 1938 markiert auch hier einen neuen Abschnitt. Lutz Ehrlich und Wolfgang Hamburger, zwei von den wenigen überlebenden Kommilitonen jener Jahre, dürften die Gesamtzahl der Hörer 1940–1942 mit etwa zwölf richtig geschätzt haben.

Dieser Anstieg der Studentenzahlen hatte bereits vor dem Beginn des Dritten Reiches begonnen. Der Jahresbericht des Kuratoriums von 1931 warnte vor „Studienandrang.“ Hörsäle wie Dozenten der Hochschule seien überfordert, die Religionslehrerprüfungen der Hochschule galten nur für Preußen, Stellen seien weder für Rabbiner noch Gymnasiallehrer zu erwarten. Im Jahre 1936 hatte sich die Lage gründlich verändert: Sämtliche 76 Absolventen der Jahre 1932–1935 (in denen keine Berichte erschienen waren) hatten zum Teil noch vor Beendigung ihrer Prüfungen als Rabbiner oder akademische Religionslehrer „angemessene Stellungen“ in Deutschland oder im Ausland gefunden. Zu den wirtschaftlichen Motiven für eine Aufnahme des Studiums an der Hochschule traten dann nach 1933 der Ausschluß von Juden vom Universitätsstudium, die Umschulung entlassener Gymnasiallehrer für den Unterricht in jüdischen Schulen, wohl auch das Interesse für Tätigkeiten innerhalb der jüdischen Gemeinschaft: Die Zentralwohlfahrtsstelle der deutschen Juden hatte bereits 1931 Lehrgänge für jüdisch-soziale Ausbildung und Fortbildung (d. h. für Sozialarbeit) an der Hochschule eingerichtet und ein Kuratorium dafür bestellt (Leo Baeck, Ismar Elbogen, Franz Ollendorf). Daß mit 1933 die Gebührenfreiheit für das Studium an der Hochschule aufgehoben und durch Semestergebühren ersetzt wurde, könnte auch mit dem Wunsch zusammenhängen, den Andrang von Studenten durch eine finanzielle Barriere zu vermindern. Abwehrreaktionen dieser Art entsprachen der öffentlichen Diskussion jener Jahre über die „Überfüllung“ der deutschen Universitäten und die unerwünschte Bildung eines „akademischen Proletariats“ und gingen auch an der Hochschule mit neuer Aufmerksamkeit auf die wahrgenommene Abnahme der Qualität der Studenten einher, die vermutlich eher mit bildungsbürgerlichen Vorurteilen als mit Begabung und Erfolgschancen der plötzlich anschwellenden Zahl der Mitbewerber zu tun hatte.[21]

Aber es waren nicht nur die Studentenzahlen, die für die Periode nach 1933 die vor 40 Jahren gemachte Beobachtung Salo W. Barons (New York) bestätigen, daß die Periode der Verfolgung durch das Dritte Reich auch eine Zeit der Blüte des wissenschaftlichen Interesses an jüdischen Themen eingeleitet hat.[22] Dramatisch und parallel zu der Entwicklung der Studentenzahlen stieg die Zahl der Dozenten. Der Kern der judaistischen Fakultät wurde von fünf Dozenten von internationalem Ruf gebildet: Leo Baeck, Homiletik und Midrasch; Ismar Elbogen, Jüdische Geschichte und Talmud; Harry Torczyner (ab 1948 Namensänderung in Naftali Herz Tur-Sinai), Hebräische Sprache und Bibelwissenschaft; Julius Guttmann, Philosophie des Judentums; Chanoch Albeck (nach dem Tode von Eduard Baneth im August 1930), Talmudwissenschaft. Mit 1936 stieg die Zahl der Dozenten an, erreichte im Sommersemester 1937 die Zahl von 16 haupt- und nebenamtlichen Dozenten, im Wintersemester 1937/38 die Höchstzahl von 22 und hielt sich in den beiden folgenden Semestern mit leichtem Rückgang auf der Höhe von 20 und 19 Dozenten aller Stufen, darunter zwischen 11 und 12 hauptamtlichen Dozenten. Vom Sommersemester 1939 an fiel die Zahl aller Dozenten auf 10. Sie blieb mit 4–5 hauptamtlichen Dozenten bis zum Sommer 1942 konstant, wenn man von Dozenten absieht, die lediglich eine Vorlesung mit Übung oder die sog. praktischen Kurse wie Englisch und Spanisch, Leibesübungen oder Sprechkunst in Lehraufträgen versahen.

Die Vorlesungsverzeichnisse 1937–1942 enthalten die Namen der Dozenten: Einige ihrer späteren Schicksale sind bisher nur in Umrissen bekannt, für andere dürften alle Spuren verloren sein. Das Vorlesungsverzeichnis von 1937/38 zeigt die Namen der Kurse und Dozenten im Augenblick der größten Ausdehnung, ein (bisher unveröffentlichtes) maschinengeschriebenes und vervielfältigtes Verzeichnis für das letzte Jahr der Endphase (s. Abb.). Von den 12 Dozenten des letzten Semesters wissen wir mit Sicherheit nur von Fritz Wisten, Leo Baeck und Ernst Grumach, daß sie den Krieg überlebt haben. Alle anderen wurden Opfer der *Schoa*.

Das Gruppenbild zeigt Lehrkörper und Studenten in der Bibliothek der Hochschule ca. 1938; es läßt sich durch das Datum der Auswanderung Ismar Elbogens im August/September 1938 mit einiger Gewißheit 'ad quem' datieren. Vielleicht vermittelt dieses Bild etwas von der menschlichen Unmittelbarkeit, die Dozenten und Studenten während der folgenden Jahre in den Kampf der Reichsvereinigung der Juden um den schwindenden Selbstbestimmungsraum angesichts der Deportationen und der *Schoa* einband.

Dozenten und Studenten waren sich dessen bewußt, daß ihre Arbeit prekär war und daß ihre akademische Arbeit, um Ernst Simons prägnanten Titel zu benutzen, einen Aufbau im Untergang bedeutete. Elbogen schrieb im Juni 1938 in einem Gutachten, das im Grumach-Nachlaß erhalten ist: „Wir leben in Notzeiten, und für *sch'at hadchak* sind auch nach der strengsten Halacha Ausnahmen zulässig."

Lehrplan und Prüfungsordnung jener Jahre lassen das Grundmuster erkennen, das in der Ausbildung der Rabbiner und Religionslehrer bis zum Ende fast völlig traditionell geblieben war, sieht man von der starken Betonung des Neuhebräischen und der hebräischen Gegenwartsliteratur (Dozenten Gustav Ormann, Manfred Gross und Frl. Rotbart) ab. Der Studienplan hielt an der Einteilung Vorstudium (Präparandie), Grundstudium (Abschluß „Kolloquiumsprüfung") und Oberstufe mit wissenschaftlicher Spezialisierung neben fortgeschrittenen Seminaren und Vorlesungen in den judaistischen Fächern fest. Eine Bescheinigung für die Zwischenprüfung der „Hochschule für die Wissenschaft des Judentums" (sic) von 1939 weist folgende Fächer nach: Sprachwissenschaft, Bibelwissenschaft, Talmudwissenschaft, Midrasch, Liturgik, Religionsphilosophie und jüdische Geschichte und Literatur. Ein von Ernst Grumach über die Kriegsjahre gerettetes Pro-

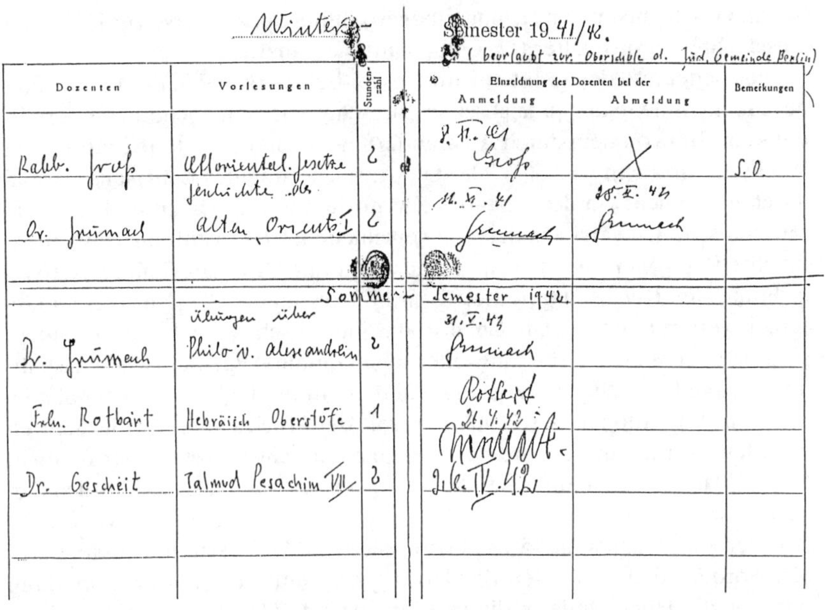

Winter-Semester 19 41/42.
(beurlaubt zur Oberschule d. Jüd. Gemeinde Berlin)

Dozenten	Vorlesungen	Stunden-zahl	Einzeichnung des Dozenten bei der Anmeldung	Abmeldung	Bemerkungen
Rabb. Groß	Altoriental. Gesetze	2	8. 11. 41 Groß	X	s.o.
Dr. Grumach	Geschichte des Alten Orients I	2	11. XI. 41 Grumach	28. II. 42 Grumach	
	Sommer-Semester 1942.				
Dr. Grumach	Übungen über Philo v. Alexandrien	2	31. V. 42 Grumach		
Frln. Rotbart	Hebräisch Oberstufe	1	Rotbart 21. 4. 42		
Dr. Gescheit	Talmud Pesachim VII	2	Gescheit 21. IV. 42		

Abb.: Anmeldebuch Nr. 730, Lehranstalt für die Wissenschaft des Judentums, Berlin, Wintersemester 1941/42.

tokoll von Teilen einer Schlußprüfung enthält zusätzlich Prüfungsnachweise für Religionsgeschichte, Pädagogik, Maimonides' Moreh Nebuchim III, 34 mit Schem Tow. Nicht aufgeführt sind zwei schriftliche Schlußarbeiten (kritische Untersuchung griechischer Texte zum antiken Antisemitismus und „Menschenrechtsüberlegungen – K'vod habrijot" – im Talmud) und die ausgedehnte Prüfung zu Dezisoren, Schulchan Aruch, die eine Prüfung in *schechitah,* den Schächtvorschriften, einschloß, angesichts des seit 1933 in Deutschland bestehenden allgemeinen Schächtverbots eine nur für die Auswanderung brauchbare, sonst etwas theoretisch-literarische Übung.

Neben diesem Kern traditioneller Gegenstände läßt sich jedoch eine bedeutende Ausweitung des semitisch-judaistischen Lehrangebots für die 1930er Jahre erkennen. Das Kuratorium konnte Dozenten gewinnen, die Arabisch, Akkadisch, Äthiopisch, Syrisch und hieratisches Ägyptisch anboten, letzteres über drei, möglicherweise vier Semester. Modernes Hebräisch und neuhebräische Literatur waren bis 1942 mit mindestens einem Angebot per Semester vertreten. Die Kulturgeschichte der islamischen Völker wurde über einen Drei-Semester-Kurs angeboten, ein Seminar galt der Entwicklung Theodor Herzls. Die Geschichte der Juden Osteuropas war mit zwei Kursen vertreten und das pädagogisch und wissenschaftlich intensive Angebot an Geschichtskursen (Ismar Elbogen) durch Spezialkurse zur jüdischen Geschichte im Mittelalter (H. Liebeschütz) ergänzt.

Dies bedeutete den größten Zuwachs an Lehrpersonal in der Geschichte der Hochschule in den judaistischen und semitistischen Fächern. Es vermittelt kein Bild von dem durch Auswanderungen von Dozenten verursachten Wechsel, vor allem nach 1937/38. Die Anreicherung des Lehrplans war dadurch ermöglicht worden, daß das Kuratorium und die Fakultät bereit waren, jüdische Universitätsdozenten verschiedener Rangstufen anzuwerben, die ihre Positionen (Berufsbeamtengesetz vom 7. April 1933 und Erste Verordnung zum Reichsbürgergesetz vom 14. November 1935 [Nürnberger Gesetze]) verloren hatten. Die Chance, das judaistische Angebot aufzubauen, ging parallel mit der Gründung einer sogenannten Allgemein-Wissenschaftlichen Abteilung. Die Hintergründe für diese ironische Erfüllung der akademischen Aspirationen der Gründungszeit der Hochschule sind in dem erwähnten Bericht von Richard Fuchs, dem die Reichsvertretung der Juden in Deutschland die Gründung der Abteilung anvertraut hatte, ausführlich dargestellt worden.

Juden waren zunehmend von Gymnasien und Universitäten ausgeschlossen worden, den Studenten der Hochschule fehlte die Allgemeinbildung und das die Hochschule traditionell ergänzende Universitätsstudium, einschließlich der Promotion. Mit den vertriebenen Professoren und Privatdozenten stand ein qualifizierter 'pool' von Spezialisten zur Verfügung. Bei ihrer Berufung wirkte der Bonner Mathematiker Otto Toeplitz als Berater mit, der ebenfalls seine Professur verloren hatte, in Verbindung mit christlichen Professoren, die Empfehlungen und Gutachten zu schreiben bereit waren. In der judaistischen Abteilung waren bis 1939 13 Dozenten Neueinstellungen, wenn man Orientalisten, Semitisten und Rabbinica-Spezialisten mit Lehraufträgen einrechnet. Auch Eugen Täubler, der seit 1922 in Zürich und von 1925–1933 in Heidelberg Römische Geschichte gelehrt hatte, ist den Judaisten zuzurechnen.

In der allgemein-wissenschaftlichen Abteilung überwogen bei weitem die Geisteswissenschaften. Die Sozialwissenschaften blieben trotz der hohen Qualität der drei Dozenten – Franz Oppenheimer (Nationalökonomie), Paul Eppstein (jüdische Sozialarbeit), Kammergerichtsrat a. D. Caro (Rechtssoziologie) – zufällig und unrepräsentativ. Die Konzentration auf die Geisteswissenschaften spiegelt selbstverständlich nicht nur den Charakter der Wissenschaft des Judentums wider, die erst nach dem Ersten Weltkrieg wirtschafts- und sozialhistorische Fragestellungen zu entdecken begann. Sie entsprach dem Selbstverständnis des Neuhumanismus und der ideengeschichtlich orientierten Ausbildung der Theologen und der professionellen und intellektuellen Eliten in der deutschen Tradition. Weder Max Weber noch Ernst Troeltsch dürften in dieser Periode in den Lehrplänen ähnlich orientierter Ausbildungsstätten auf protestantischer oder katholischer Seite aufgetaucht sein. Ein Brief des später in Berlin ermordeten Kuratoriumsvorsitzenden der Hochschule, des Rechtsanwalts Heinrich Veit Simon, aus dem Grumach-Nachlaß, demonstriert den Konsensus im Bildungsideal: Er meldete Bedenken darüber an, daß die für die Präparandie vorgesehene Lektüre griechischer und lateinischer Schriftsteller nur leichte Texte wie Cäsar, Livius oder Cicero vorsähe, daß Ciceros Somnium Scipionis für eine dreistündige Übung angekündigt war und daß Aristoteles und Thukydides nicht vorgeschrieben waren. Das leicht Gespenstische, das diesen und ähnlichen Dokumenten für den heutigen Leser anhaftet, kann auch das Datum dieses Briefes – 26. Juni 1937 – nicht ganz beseitigen.

Tatsächlich erlaubte die allgemein-wissenschaftliche Abteilung in den Geisteswissenschaften eine intensive Ausbildung, eine zureichende Öffnung zur Welt und einen aufregenden Einstieg in die verschlossene Universitätserfahrung. In den 5½ Semestern, die ihr vergönnt waren, offerierte die Fakultät Alte Geschichte und Geschichte des Vorderen Orients, die griechischen und lateinischen Klassiker, Apokryphen und Pseudepigraphen, mittelalterliches Latein und Religionsgeschichte, Historiographie und Staatensystem der Neuzeit, Wirtschaftsgeschichte, einen auf die Geographie des Mittelmeeres hin orientierten Geschichtskurs, dann Geschichte, problembezogene Kurse in Philosophie, Psychologie und Pädagogik, Staatstheorien der Antike und des Mittelalters, Geschichte Osteuropas und manches unter diesen allgemeinen Etiketten verborgene Spezialgebiet.

Lehr- und Lernerfahrungen sind, wie wir wissen, mit präzisen wissenschaftsgeschichtlichen Methoden nicht zu erfassen: Die Breite dieses Fächerangebots überstieg die Erfahrung eines einzelnen Studenten wie des Berichterstatters um ein Vielfaches, selbst wenn er in fünf Studienjahren mehr als 70 Veranstaltungen auf einigen dieser Gebiete und im judaistischen Programm in seinem Testatheft eingetragen hatte.

IV

Die Allgemeinwissenschaftliche Abteilung der Hochschule hat in dieser Ausdehnung nur vom Sommersemester 1936 bis zum Wintersemester der November-Pogrome von 1938 bestanden. Sie war aus einer vielleicht für diese Generation und Schicht jüdisch-liberaler Bildungs- und Besitzbürger charakteristischen Initiative entstanden. Frau Ilse Metzger, née Klausner (eine Tochter des Besitzers der Berliner Schuhgeschäfte Leiser), hatte schon 1934 einen Lehrstuhl für Philosophie an der Hochschule außerhalb des judaistischen Lehrplans finanziert. Er wurde zuerst von ihrem Gatten, dem Husserl-Schüler Arnold Metzger, eingenommen und wurde zum

Nukleus der späteren Abteilung, die dann ohne Wissen der Geheimen Staatspolizei äußerlich unerkennbar in die judaistischen Lehrangebote eingeordnet wurde. Richard Fuchs hat die administrativen Schritte aus persönlicher Kenntnis und Teilnahme beschrieben, die im Rahmen der Reichsvertretung der Juden in Deutschland zu ihrer Organisation geführt haben, eines von den Beispielen für den Widerstand, der in den 1930er Jahren noch möglich war, vor allem im jüdischen Kulturleben. Die Abteilung glich einer Universität im inneren Exil, sie war ein brillanter Nachsommer des deutsch-jüdischen Bildungsverständnisses, Teil der einmaligen Intensivierung des Geisteslebens der Juden unter Verfolgung und Diffamierung im Dritten Reich, innere Freiheit inmitten äußerer Knechtschaft, nach der Formulierung Achad Ha'ams, und war zugleich ein Meilenstein und Schlußpunkt in der Verwandlung des jüdischen Selbstverständnisses am Ende der liberalen Periode.

Die wissenschaftsgeschichtliche Einordnung der nicht-judaistischen Disziplinen, die vertreten waren, kann im Rahmen dieser Arbeit nicht geleistet werden. Sie ist nicht nur für die Geschichte der Wissenschaften in Deutschland in der Republik von Weimar und dem Dritten Reich von Interesse als Reflektion dessen, was jüdische Wissenschaftler an deutschen Universitäten für die Disziplinentwicklung bedeuteten. Eine erste Übersicht zeigt, daß mit Ausnahme Ernst Grumachs, der in Berlin überleben konnte, sämtliche Dozenten der Abteilung auswandern und wenigstens zum Teil ihre Forschungs- oder Lehrtätigkeit fortsetzen konnten. Damit findet ihre Geschichte einen Platz auch in der Geschichte des Transfers von Wissenschaftlern und Wissenschaften durch Emigration nach 1933, die in den 1980er Jahren zu einem Schwerpunkt deutscher Wissenschaftsförderung geworden ist und bereits unternommen wird. Das Vorlesungsverzeichnis und (bisher nicht ausgewertete) Kollegniederschriften sowie die Erinnerungen des Verfassers erlauben das Urteil, daß einige der allgemeinwissenschaftlichen Dozenten in einer Art von Akkulturationsprozeß judaistische Fragestellungen in ihr wissenschaftliches Programm mit aufzunehmen begonnen hatten bzw. ältere Interessen auf diesem Gebiet weiterverfolgen konnten. Für Eugen Täubler war die Tätigkeit an der Hochschule eine Fortsetzung der fruchtbaren Anstöße, die er schon vor dem Ersten Weltkrieg der jüdischen Geschichtsforschung geben konnte. An der Hochschule widmete er sich vor allem der Entwicklung einer von jüdischen Voraussetzungen her unternommenen Bibelkritik. Hans Liebeschütz, der schon 1913–1914 an der Hochschule gehört hatte und von 1922 an im Hamburger B'nai B'rith einflußreich tätig war, mußte 1938 eine Vorlesung über Juden im englischen Mittelalter abbrechen und wurde nach 1945 zu dem bedeutendsten Interpreten der deutsch-jüdischen Wissenschaftsgeschichte im Rahmen der deutschen und europäischen Ideengeschichte. Ernst Grumach hielt zwar zwei

Semester lang Seminare über Heideggers ›Sein und Zeit‹, Kants ›Kritik der reinen Vernunft‹ und das Buch Lambda der ›Metaphysik‹ Aristoteles' und unterrichtete Klassische Philologie, nahm jedoch auch religionsgeschichtliche Themen wie Apokryphen und Pseudepigraphen (Sybillinische Bücher, Makkabäer, Aristeas-Brief u. a.) in sein Programm auf und las über antiken Antisemitismus und das griechisch-jüdische Verhältnis. Wissenschaftlich wirksam war dafür auch sein Versuch, Linear B der kretischen Schrift als vorgriechisch zu bestimmen und Einflüsse vorderasiatischer Herkunft in der griechischen Religionsentwicklung zu isolieren. (Seine Annahmen sollten später von Michael Ventris' Entzifferung der Linear B als Griechisch in Frage gestellt werden.) Auch Arnold Berney, ursprünglich dem George-Kreis nahestehend und durch seinen frühen Tod in Palästina 1943 weitgehend vergessen, konnte seine hohe historische Kultur mit jüdischen Fragestellungen verbinden (Ranke und Rosenzweig; Geschichte des Mittelmeerraumes, u. a.).

V

Für die judaistischen Fächer, dem traditionellen Auftrag der Hochschule, ist die wissenschaftsgeschichtliche Einordnung bisher nur für Leo Baeck, Ismar Elbogen und Eugen Täubler geleistet oder zumindest begonnen worden, vorzüglich im Zusammenhang mit ihren Biographen.[23] Die meisten der vor 1938/39 berufenen und hauptamtlich tätigen Judaisten konnten sich durch Auswanderung retten. Die Hilfe des Hebrew Union College und seines Präsidenten, Julian Morgenstern, durch Aufnahme von Studenten und Berufungen nach Cincinnati, wurde bereits erwähnt. Das Schicksal Leo Baecks, der wie andere verantwortliche Gemeinschaftsvertreter Einwanderungsmöglichkeiten und -angebote ausschlug, darf als bekannt vorausgesetzt werden.

Von den Lehrern der Kriegszeit und der letzten Jahre verloren ihr Leben in Lagern: Dr. Heinrich Gescheit (Talmud), Rabbiner Manfred Gross (Bibelwissenschaft), Rabbiner Dr. Leopold Lucas (Alte und Mittelalterliche Geschichte), Dr. Julius Lewkowitz (Philosophie), Frl. Rotbart (Hebräische Sprache), Kantor Jospe (Synagogenmusik), Dr. Paul Eppstein (Sozialarbeit und Soziologie). Sechs von sieben Dozenten einer Ringvorlesung, die 1940/1941 hauptsächlich von Beamten der Reichsvertretung der Juden in Deutschland über „Jüdische Gemeinschaftsarbeit" gehalten wurde, sind ermordet worden: Conrad Cohn (1901 Breslau – 1942 Oranienburg oder Mauthausen); Paul Eppstein (1901 Mannheim – 1944 erschossen in Theresienstadt); Paula Fürst (1896 Glogau – 1942 deportiert); Otto Hirsch (1885 Stuttgart – 1941 Mauthausen); Arthur Lilienthal (1899 Berlin – 1942 deportiert); Julius Seligsohn (1890 Berlin – 1942 Sachsenhausen). Arthur Spanier (1889 Magdeburg – 1942 [?] Bergen-Belsen) konnte einer Berufung an das Hebrew Union College nicht Folge leisten, weil er aus Großzügigkeit ohne Gehalt an der Hochschule gelehrt hatte und nach den US-Einwanderungsgesetzen deshalb nicht als 'non-quota immigrant' akzeptiert wurde: Er floh 1939 nach Holland und wurde 1942 deportiert. Das Schicksal einiger Dozenten mit Lehraufträgen „für praktische Kurse" ist noch unbekannt: Dr. Lewin (Englische Sprache); Newosenitz (Hebräische Literatur); Bernstein (Sprechübungen); Rosenbaum (Körperliche Erziehung); Frank (Spanische Sprache); Broser (Spanisch-hebräische Texte). Von den Studenten der letzten beiden Jahre dürften nur Ernst Ludwig Ehrlich, Wolfgang Hamburger und der Verfasser dieses Essays überlebt haben.

Die menschliche und institutionelle Extremsituation, die durch die Opfer der Hochschule symbolisiert wird, hat auf die Entwicklung der verschiedenen judaistischen Disziplinen schon deshalb kaum einen inhaltlichen Einfluß ausgeübt, weil ihre Dimensionen erst der Nachwelt bewußt geworden sind. Die Tatsache der Massenmorde war Leo Baeck wohl schon 1941 bekannt, aber er hat sie verschwiegen, auch kurz vor seiner Deportation nach Theresienstadt im Januar 1943, als der Verfasser dieses Essays, bereits auf der Flucht vor der Gestapo im Berliner Untergrund, ein längeres persönliches Gespräch mit ihm in seiner Wohnung am Schöneberger Park führen konnte. Es ist unbekannt, ob die Dozenten und Kommilitonen, die ohne den Versuch einer Gegenwehr wie Untertauchen die Deportation in ihren Tod erlitten, von dem Schicksal gewußt hatten, das ihnen bevorstand. Baeck hat sein Schweigen später mit dem Wunsch erklärt, Panik vermeiden zu helfen.[24]

Was sich von der geistigen Lage der Hochschule während der Nazi-Zeit erkennen läßt, kann für eine Reihe von konkreten Handlungsebenen dargestellt werden. Auf die einmalige Expansion des Lehrangebots und der Zahl von Dozenten und Studenten folgte ab November 1938 die stete Schrumpfung, deren Folge aber auch eine für damalige deutsche Universitätsverhältnisse seltene menschliche Nähe von Dozenten und Studenten wurde, soweit die Persönlichkeiten auf beiden Seiten überhaupt dafür offen und strukturiert waren. Für manche schuf dies eine intensiv erlebte pädagogische Provinz und Freundschaften, die den Untergang überdauerten. In Vorlesungen und Seminaren, in denen gegenseitiges Vertrauen hergestellt war, drangen in gelehrte Inhalte häufig zeitgeschichtliche Kommentare und Beobachtungen zur politischen und Kriegslage ein, die wiederbelebte Technik des Midrasch bei Baeck, historische Parallelen und pragmatische Exkurse bei anderen. Neben Gemeinschaft fanden sich gewiß auch die im akademischen Status- und Verwaltungssystem traditionellen Reibungen und Pedanterien, wie sie sich in den erhaltenen Nachlässen erkennen lassen, die erzwungene soziale Distanz, das Pochen auf Seniorität und Rang, Kleinlichkeiten in der Durchsetzung „der Vorschriften". Daß dies begrenzt blieb, verdankte die

Hochschule gewiß auch dem Einfluß von Baecks Tendenz, menschliche Beziehungen in öffentliche Pflichten zu verwandeln, denn die Mitglieder der Hochschulgemeinschaft wurden von 1940 ab verstärkt zu Tätigkeiten für die Jüdische Gemeinde Berlin und die Reichsvereinigung der Juden in Deutschland herangezogen. Neben Predigertätigkeiten, Seelsorge, Kasualien, Unterricht und Verwaltung schloß dies auch Mithilfe bei statistischen Arbeiten der Reichsvertretung und, für einige jüngere Semester, Hilfsarbeiten bei Deportationen ein, die von der Jüdischen Gemeinde Berlin mit ausgeführt werden mußten. Baeck hielt solche jüdische Mithilfe für die humanere Reaktion auf völlig unentrinnbare Zwänge.

Diese enge Verbindung zwischen Lehre, Forschung und „Leben" – der jüdischen Gemeinschaft – war gerade in einer Krisensituation gegeben, in der die ältere Generation von Rabbinern und Religionslehrern mit zahlreichen anderen Funktionären der Gemeinden nun durch Auswanderung nicht mehr zur Verfügung stand. Ob sich dadurch eine jüdische Führerschicht dem moralischen Auftrag entzogen hatte, der ihren Positionen innewohnte, ist in der jüdischen Geschichtsschreibung bisher nicht diskutiert worden und auch von Leo Baeck, der blieb und überlebte, nicht zur Diskussion gestellt worden. Die Hochschule konnte für die bald durch zahlreiche Sterbefälle, Selbstmorde und Deportationen dezimierte jüdische Gemeinschaft, besonders in ihrem demographischen Zentrum Berlin, den entstandenen Mangel so gut wie möglich ausgleichen: Die Gottesdienste, die in den großen Synagogen und den zahlreichen kleinen Gemeinden, Betstuben und Institutionen (Waisenhäusern, Altersheimen, Krankenhaus) abgehalten wurden, endeten erst mit der Deportation ihrer letzten *minjanim,* nicht aus Mangel an religiöser Führung. Die Notzeit hatte zu den bereits erwähnten Modifikationen im Hochschul-Lehrplan der 30er Jahre geführt. Aber Unterricht in modernen Sprachen und Leibesübungen, eine Ringvorlesung über jüdische Gemeinschafts-(Verwaltungs- und Sozial-)Arbeit und der Lehrauftrag für Paul Eppstein (Soziologie und Sozialarbeit, ein Kurs pro Semester) berührten nicht die Kernprobleme der Unterrichts- und Prüfungsordnung in den judaistischen Fächern. „Eine Studienreform" war, wie die (organisierte) Studentenschaft der Hochschule in einem Brief an die Fakultät am 16. Juni 1938 geschrieben hatte, nicht allein (durch) aktuelle Sorgen erforderlich, sondern „dies ist der notwendige Abschluß einer Krise, die lediglich durch die aktuellen Sorgen schärfer hervortritt. Die Überbelastung durch eine zu große Stundenzahl und die daraus resultierende mangelnde Konzentriertheit und Intensität des Studiums haben den Erfolg oft gehemmt. Unsere Vorschläge bezwecken keine Erleichterung, keine Notmaßnahmen, sondern eine Intensivierung des Studiums. Die methodische Schulung, das Qualitätsprinzip, muß gegenüber den notwendig zu erlernenden Stoffmassen in den Vordergrund gerückt werden."[25]

Es ging um die Ausdehnung der bereits für die Allgemeinwissenschaftliche Abteilung erwähnten Revision des Studienplans auf das judaistische Curriculum. Soweit sich die Hintergründe erkennen lassen, war Dr. Moses Sister, der vermutlich aus dem polnisch-jüdischen Gymnasialsystem übernommene Nachfolger der Dozentur für Bibelwissenschaft, die Harry Torczyner (Tur-Sinai) bei seiner Auswanderung freigemacht hatte, der Autor des Revisionsplans. Er wurde vermutlich auch von Veit-Simon unterstützt. Als Ziel von Sisters Vorschlägen läßt sich eine stärkere Verschulung des Judaistik-Studiums und seiner am Ideal der Universität ausgerichteten Freiheit und Selbstbestimmung erkennen.

Im Gegensatz dazu vertrat Ismar Elbogen eine zugleich progressivere und realistischere Position und argumentierte mit Hinweis auf die Praxis des New York Jewish-Theological Seminary (dessen Berufung er wenige Monate später folgen sollte), daß New York zwei Schlußprüfungsformen eingeführt habe, Rabbiner und Religionslehrer, daß aber die zweite Prüfung selten abgenommen werden würde; daß nicht alles in Vorlesungen gelehrt werden könne und auf die Selbst-Fortbildung der Studenten zu bauen sei; wo Rabbiner in „Kolonialländern" Schwierigkeiten nach ihrer Auswanderung hätten, die dazu nötigen Bücher zu finden, könnte man sie mit „erreichbaren und erschwinglichen Büchern" aus Stiftungsmitteln versehen; neben Sprachstudien könnten die auf die Auswanderung sich vorbereitenden Studenten ruhig mit 36 Wochenstunden belastet werden – es werde zur Auslese der Geeigneten führen; für die meisten wäre ein eher schulmäßiger Lehrplan nützlicher als Bildung für wissenschaftliche Arbeit; für sie müsse gesorgt werden: 18–20 Wochenstunden in hebräischer Sprache und Literatur, 6 in Englisch oder Spanisch, dagegen sollte Griechisch ganz, Lateinisch nach Möglichkeit abgeschafft werden, Prüfungen in Religionsgeschichte, Geschichte der Pädagogik, der Religionsphilosophie, überhaupt alle Gegenstände, die lediglich für Prüfungen gelernt und sofort wieder vergessen würden, seien zu eliminieren; ein inhaltlich zusammenhängendes Vorlesungs- und Übungsprogramm solle Scheine in jüdischer Geschichte (die die Prüfung ersetzen könnten) als Erfolgsnachweis ausgeben und systematische Religionswissenschaft lehren; hohe Anforderungen seien dagegen auf praktische Übungen in Predigt, Religionsunterricht und „sozialer Arbeit" zu stellen.[26]

Weder Sister noch Elbogen und die Hörerschaft boten eine Lösung für das nur durch Bewältigung großer Stoff- und Gedächtnismassen mögliche Talmudstudium: Elbogen verbarg das Dilemma hinter einer exhortativen Umformulierung des Problems, die Studenten verlangten eine Verwissenschaftlichung der Talmudarbeit bei gleichzeitiger Kürzung der Unterrichtsstunden und Intensivierung der Arbeit an ausgewählten Stücken.

Die Pläne, die im Frühsommer 1938 diskutiert worden waren, haben schon durch den Schock der Pogromereignisse des November und den personellen Aderlaß der Hochschule zu keinem Ergebnis geführt. Die permanente Krise, die von der „Hörerschaft“ empfunden wurde, war in der Entwicklung der Wissenschaft des Judentums bereits damals in doppelter Weise angelegt: Den Studenten fehlte die sprachliche und stoffliche Vorbildung der jüdischen Schulsysteme Osteuropas oder der orthodoxen Volkskultur-Enklaven in Süd- und Ostdeutschland, und die Wissenschaft war durch die Öffnung zu den geisteswissenschaftlichen Entwicklungen und durch fast ein Jahrhundert Forschung so differenziert, daß sie als Ganzes nur auf der Survey-Ebene, nicht dem Forschungsstand angemessen auf Universitätsniveau, vermittelt werden konnte. Lehr- und Prüfungsordnung blieben bei allen Minderungen der letzten Semester traditionell, die Konzessionen an die *sch'at had'chak* erreichten nur im Angebot neuhebräischer Sprache und Literatur den Kern der Studienordnung.

Tatsächlich entsprach das unbeugsame Festhalten an der traditionellen Studienordnung auch dem Selbstverständnis Leo Baecks, dessen charakterliche und geistige Gestalt die letzten Jahre der Hochschule prägten. Gerade weil er an der geisteswissenschaftlichen Orientierung festhielt, die ihre Wurzeln im Rabbinismus, im späten 19. Jahrhundert, im religiös-ethischen Liberalismus und der post-Cohenschen Wendung zu neuen Konzepten von Glaube und Ritus hatte, symbolisierte er das klassische, theologische und geschichtliche Denken der Hochschule für die Studenten. Die Positionen, die er in seiner Weltanschauung in jenen Jahren erreicht hatte, das der historischen Methode eher entgegengesetzte Festhalten am mystischen Kern der sich immer wieder auf diesen Kern zurückbeziehenden jüdischen Geistesgeschichte, sicherten ihm Einfluß in der zerfallenden Welt, die uns innen und außen umgab.

Ismar Elbogen, dessen Auswanderung wenige Monate vor den Pogromen von 1938 gelang, war der wichtigste wissenschaftliche Einfluß in der Geschichte der Hochschule. Es war immens belesen, auch in der allgemeinen Geschichte, konnte die Interpretation der Geschichtsquellen so vermitteln, daß die Methoden erlernbar wurden, mit philologischer Präzision und mit Offenheit für die Zusammenhänge von inneren und äußeren Strukturen in der jüdischen Geschichte. Dabei schien er trotz seines Quellenpositivismus die Gefahr nicht aus den Augen zu verlieren, daß der Wissenschafts- und Berechtigungsschein-Betrieb auch seine Disziplin zu trivialisieren und zu einem bloßen Vehikel für Karriere und Status herabzumindern drohte. Seine zu verschiedenen Jahrestagen und Jubiläen der Hochschule veröffentlichten Rückblicke mahnen immer wieder zur Besinnung auf die der Wissenschaft des Judentums eigene Erwartung, daß reines Menschentum und reine Religiosität erst dann möglich sein würden, wenn der jüdische Mensch die im Lauf der Zeit korrumpierten Quellen der Tradition: Bibel, Propheten, die großen Poeten, die Gebete, in ihrer ursprünglichen Reinheit sich zu eigen machen würde. Sein Wissenschaftsbegriff griff so auf die hermeneutischen Anstöße zurück, die die Wissenschaft des Judentums in ihren Anfängen mit dem Neuhumanismus und der Klassischen Philologie gemeinsam hatten, und lief, selbstverständlich von seinem eigenen religiösen Denken bestimmt, der wissenschaftlichen Kritik am philologischen Positivismus der Klassik parallel.

Elbogens ironischer 'common sense' und sein historischer Sinn für Realitäten haben ihn ebenso davor bewahrt, die gesamte jüdische Geschichte in der Terminologie des zeitgemäßen Nationalismus zu interpretieren, wie sie ihn vor Dubnows Verkennung des religiösen Ordnungsprinzips im jüdischen Gemeinschaftsleben bewahrt haben. Daß er in der von ihm bis zum Ende festgehaltenen deutsch-jüdischen Synthese einen Höhepunkt der universalen Bestimmung des Judentums erblicken konnte und dem Zionismus, anders als Baeck, deutlich kritisch gegenüberstand, erschien wie eine Reflexion des posenschen Judentums, dem er wie Baeck entstammte und das er mit einem in sich ruhenden Traditionalismus vermittelte.

Auch Eugen Täubler war in der Provinz Posen geboren und aufgewachsen, und auch er identifizierte sich mit diesen Ursprüngen und ihrer Tradition. Als er in den 1930er Jahren an die Lehranstalt zurückkehrte, nachdem er seinen Lehrstuhl in Heidelberg 1933 freiwillig aufgegeben hatte (Frontsoldaten wurden erst im November 1935 entlassen), konnte er auf eine fruchtbare Laufbahn in der Alten Geschichte wie in der jüdischen Geschichtswissenschaft zurückblicken. Seine großen Leistungen für ein neues jüdisches Geschichtsverständnis waren durch seine Mitarbeiter in der Akademie für die Wissenschaft des Judentums (1919 gegründet) und im Gesamtarchiv der deutschen Juden (gegr. 1908) auf dem Wege, Gemeingut der jüdischen Historiographie zu werden. Täubler selbst hatte schon 1913 in einem brillanten Aufsatz zu den Makkabäerkriegen Otto Hintzes Vorstellungen von der Wechselwirkung zwischen allgemeiner und nationaler Geschichte für die jüdische Geschichte auch mit Zuziehung Ratzelscher Konzepte demonstrieren können. Anders als Elbogen oder Baeck hat er seine posenschen Ursprünge in der jüdischen Tradition mit Forschungen und Lehre zur allgemeinen Geschichte (Rom, Hellenismus) zu vereinbaren verstanden.

Für die 30er Jahre an der Hochschule kann er schon deshalb als der authentischste Ausdruck der Gestimmtheit gelten, die seine Vorlesungen mit Hörern füllte, weil er so angelegt war, daß er Widersprüche und Gegensätze stehen ließ und verkörperte. Er hing schon früh den zionistischen Ideen an und hat nach seinem Ausscheiden aus der Universität Heidelberg zahlreiche Projekte für Erziehungsfragen der Diaspora und Palästinas lanciert. Seine Geschichtsdarstellungen hatten den geistesgeschichtlichen Rahmen verlassen und vermittelten politische und soziale Wirklichkeiten gerade für Studenten, deren Lebenswelt sich verengt hatte. Dabei war Täubler auch ein deutscher Grenzlandpatriot, hatte wie Leo Baeck im Weltkrieg in der preußischen Armee gedient und kam als Verwundeter zurück. Gerade weil er um den Kampf wußte, den jüdisch-wissenschaftliches Denken in einer indifferenten Altertumswissenschaft oder der protestantischen Bibelwissenschaft zu kämpfen hatte, galten seine Vorlesungen einem breiten Spektrum wissenschaftlicher Themen, vom griechisch-jüdischen Verhältnis (Antisemitismus) bis zur Entwicklung einer Bibelkritik auf der Basis jüdischer Geschichte. Als er 1938 in einer Vorlesung, die er ironisch seine zweite Antrittsvorlesung nannte, die jüdische Gegenwart als „tragische Existenz" deutete, schien er bei aller Skepsis über die Emotionalität der Aussage unter seinen jugendlichen Zuhörern doch eher die Krise seiner Generation zu verkörpern als die Traditionalisten unter seinen Kollegen, selbst wenn das Ausmaß der kommenden Tragödie dem Bewußtsein der Zeit noch fern lag. Täubler hatte sich, wie sein jüngerer Kollege Max Wiener, den Anfechtungen gestellt, die aus der Propaganda des Dritten Reiches auf uns einzudringen schienen. Die Skepsis Täublers und Wieners, ihr Zweifel, vielleicht die Persönlichkeiten, die moderner, beißender, kritischer, pessimistischer waren und dachten, artikulierten die geistige und existentielle Krise, in der sich der deutsch-jüdische Liberalismus am Ende seiner Geschichte befand. Beide hatten lange vor 1933 und lange vor der Mehrzahl der deutschen Juden das neue Gruppenbewußtsein des politischen und Kulturzionismus in die liberalen wissenschaftlichen Traditionen zu integrieren versucht, und beide sind objektiv und in ihrem Selbstverständnis trotz aller äußeren Chancen, die sie erhielten, an dem 'time lag' gescheitert, der die letzten Jahre der Hochschule in Berlin von der Gestimmtheit der amerikanischen Judaistik und der sie tragenden Institutionen trennte.

Die letzten Jahre der Hochschule, die hier nur skizziert werden konnten, verkörpern so in den Ideen und Persönlichkeiten ihrer Dozenten eine Fortbildung des Liberalismus im deutschen Judentum, seine intellektuelle Krise und Spätphase. Noch war die ideengeschichtliche Verankerung zu solide, um sozial- und politikgeschichtliche Fragestellungen mehr als anzudeuten. Noch war die liberale Theologie von neokantianischen Traditionen zu bestimmt, um einen neuen Religionsbegriff anders als eklektisch oder traditionell zu verwirklichen. Die jüdische Nationalbewegung wurde zwar zunehmend in ihrer Bedeutung für die Periode erkannt, konnte aber das Bild der Wirklichkeit nicht prägen, selbst wenn gerade in den hervorragenden Dozenten der letzten Periode das jüdische Gruppenbewußtsein – die Ethnizität von heute – aus erlebten Zusammenhängen mit jüdischen Volkskulturen wie in Posen existentiell verankert war. Die Hochschule hat gewiß in diesen letzten Jahren die Fortsetzung des religiösen Lebens und der Gemeindearbeit möglich gemacht. Die Kluft zwischen ihren geistigen Anliegen und der *Schoa*, die im Juni 1942 längst furchtbare Wirklichkeit geworden war, über die Dozenten wie Studenten in Unkenntnis gehalten wurden, bezeichnet auch den Abstand, der die Wissenschaft des Judentums in ihrer letzten Phase in Deutschland von den Nachkriegsentwicklungen trennt und dem genauer nachzugehen wäre.

Anmerkungen

* Die Quellenlage für den folgenden Bericht ist relativ ungünstig, denn die Akten der Hochschule müssen als verschollen gelten. Versuche, die von wissenschaftlichen Mitarbeitern des Zentrums für Antisemitismusforschung, Technische Universität Berlin, unternommen wurden (Dr. Christhard Hoffmann, Heinz-Hermann Völker), Archive der Bundesrepublik Deutschland, der DDR und andere, auswärtige Archive danach zu durchforschen, sind bisher ergebnislos verlaufen. Dies gilt auch für die Akten der preußischen Behörden. Für den folgenden Bericht konnten neben den Arbeiten, die Dr. Hoffmann und Prof. Daniel Schwartz (Hebrew University Jerusalem) im Rahmen eines Forschungsprojektes des Zentrums für Antisemitismusforschung aus eigenen Archiv- und Nachlaßauswertungen unternommen haben, vor allem in Berlin erhaltene Kollegnotizen, Prüfungszeugnisse und Dokumente des Autors und der Nachlaß Dr. Ernst Grumachs (1905–1967) eingesehen werden. Sie wurden ihm freundlicherweise von Frau Dr. Renate Grumach und von Dr. Grumachs Tochter, Frau Dr. Irene Shiroun, Hebrew University Jerusalem, in Kopien zur Verfügung gestellt.

[1] Bruno Blau, das Ausnahmerecht für die Juden in Deutschland, Düsseldorf 1954, 109–110.

[2] Berliner Deportationslisten in: Robert M. W. Kempner, Die Ermordung von 35000 Berliner Juden, in: Herbert A. Strauss – Kurt R. Grossmann, Hrsg., Gegenwart im Rückblick, Heidelberg 1970, 186.

[3] Alfred Jospe, The Study of Judaism in German Universities before 1933, in: Leo Baeck Institute – Year Book (LBI-YB) 27 (1982) 295–319.

[4] Von Ladenberg an Leopold Zunz, 4. Dez. 1848, ebd., 316–318. Engl. Übersetzung von S. Maybaum, Die Wissenschaft des Judentums, in: Monatsschrift für Geschichte und Wissenschaft des Judentums (MGWJ) 51 (1907) 641–658.

[5] Karl-Heinz Völker, Die Gründung der Hochschule für die Wissenschaft des Judentums unter institutions- und ideengeschichtlichen Aspekten der Rabbinerausbildung, Magisterarbeit Technische Universität Berlin, FB 1, 1987, 52–61 (Typoskript). „Verlangen der Aufsichtsbehörde“: Fünfzigster Bericht der Lehranstalt für die Wissenschaft des Judentums, Berlin 1936, 3.

[6] Axel Horstmann, Das Fremde und das Eigene – „Assimilation“ als hermeneutischer Begriff, Archiv für Begriffsgeschichte 30 (1986/87) 7–43.

[7] Leopold Zunz, Die Namen der Juden, Leipzig 1836. Zur Gründung des Vereins für Cultur und Geschichte der Juden und den Zusammenhang mit der antisemitischen Literatur nach 1815 vgl. jetzt die materialreiche Darstellung von Ismar

Schorsch, Breakthrough into the Past. The Verein für Cultur und Wissenschaft der Juden, in: LBI-YB 33 (1988) 3–28.

[8] Zum Sechzigjährigen Bestehen der Hochschule für die Wissenschaft des Judentums, zugleich Neunundvierzigster Bericht, Berlin 1932, 3–8.

[9] Vgl. Jospe 1982, ebd. (Anm. 3).

[10] Zweiundvierzigster Bericht der Hochschule für die Wissenschaft des Judentums, Berlin 1925, 2–3.

[11] Leonard Baker, Hirt der Verfolgten. Leo Baeck im Dritten Reich, Stuttgart 1982; Kurt Jakob Ball Kaduri, Leo Baeck and Contemporary History. A Riddle in Leo Baeck's Life. Yad Vashem Studies VI, Jerusalem 1967, 128–129 (enthält einige Fehlurteile).

[12] Vgl. Herbert Freeden, Jüdisches Theater in Nazideutschland, Tübingen 1964 (Schriftenreihe Wissenschaftlicher Abhandlungen des Leo Baeck Instituts, Bd. 12, nun abgekürzt: ›Schriftenreihe‹).

[13] Zur Geschichte der jüdischen Organisationen in NS-Deutschland vgl. Herbert A. Strauss, Jewish Autonomy within the Limits of National Socialist Policy. The Communities and the Reichsvertretung, in: Arnold Paucker, Hrsg., Die Juden im Nationalsozialistischen Deutschland, Tübingen 1986, 125–152 (Schriftenreihe 45); Otto D. Kulka, The Reichsvereinigung and the Fate of German Jews 1938/39 – 1943, ebd. 353–363; Kurt Jakob Ball Kaduri, Vor der Katastrophe. Juden in Deutschland 1934–1939, Tel Aviv 1967.

[14] Zu Auswanderung vgl. die Übersicht in Herbert A. Strauss, Jewish Emigration from Germany. Nazi Policies and Jewish Responses, LBI-YB 25 (1980) 313–361, und LBI-YB 26 (1981) 343–409. Die Auswanderung des Instituts für Sozialforschung ist kurz dargestellt in Martin Jay, The Dialectical Imagination. A History of the Frankfurt School and the Institute for Social Research 1923–50, London 1973, 29–40. Zu den (mißglückten) Auswanderungsversuchen des Berliner Rabbinerseminars (1930–38) Christhard Hoffmann–Daniel R. Schwartz, Early but opposed – supported but late. Two Berlin seminaries which attempted to move abroad, LBI-YB 36 (1991) 267–304.

[15] Richard Fuchs, The „Hochschule für die Wissenschaft des Judentums" in the Period of Nazi Rule. Personal Recollections, LBI-YB 12 (1967) 3–31.

[16] Hoffmann–Schwartz 1991, 267–304 (Anm. 14).

[17] Nachlaß E. Grumach (s. einleitende Sternchenbemerkung).

[18] Michael A. Meyer, The Refugee Scholars Project of the Hebrew Union College, in: Bertram W. Korn, Hrsg., A Bicentennial Festschrift für Jakob Rader Marcus, New York 1976, 359–375.

[19] Daniel R. Schwartz, On the Legacies of the German-Speaking Institutes of Jewish Learning, Jerusalem 1987 (Typoskript, Zentrum für Antisemitismusforschung Berlin, Bibliothek).

[20] Vgl. Anm. 16.

[21] Achtundvierzigster Bericht der Hochschule für die Wissenschaft des Judentums, Berlin 1931, 8f. Zum Sechzigjährigen Bestehen der Hochschule für die Wissenschaft des Judentums zu Berlin zugleich Neunundvierzigster Bericht, Berlin 1932, 6. Es ist zweifelhaft, ob sich die Namen aller Studenten jener Jahre heute noch rekonstruieren lassen. Die Hochschule veröffentlichte keine Listen. Ihre Karrieren im

Ausland könnten Licht auf die Frage der in den Berichten der frühen 1930er Jahre zitierten „Qualitätsminderung" der Studenten werfen. Ob diese Einschätzung mit der in der Tabelle dokumentierten Zunahme ausländischer Studenten an der Hochschule und ihrer der deutschen nicht immer entsprechenden Vorbildung zusammenhängt, ist nicht zu entscheiden. Auch das orthodoxe Rabbinerseminar verzeichnete für 1924ff. eine Zunahme, z. T. ein Überwiegen von Studenten nicht-deutscher Nationalität. Vgl. Isi Eisner, Reminiscences of the Berlin Rabbinical Seminary, LBI-YB 1 (1956) 41. Seit Abschluß der vorliegenden Arbeit (29. September 1989) erschien die zuverlässige Übersicht über die äußere Entwicklung der Hochschule (Lehranstalt) von Heinz-Hermann Völker, Die Hochschule für die Wissenschaft des Judentums in Berlin, 1900–1942, in: Hartmut Walravens, Hrsg., Bibliographie und Berichte. Festschrift für Werner Schochow, München 1990, 196–230.

[22] Vgl. Salo W. Baron, Hrsg., Bibliography of Jewish Social Studies 1938/39, Jewish Social Studies Publications 1, New York 1940, Vorwort, 3.

[23] Zu Leo Baeck vgl. neben Baker 1982 (Anm. 11), Albert Friedländer, Leo Baeck, Teacher of Theresienstadt, New York 1968; Hans Liebeschütz, Judaism and History of Religion in Leo Baeck's Work, LBI-YB 2 (1957) 8–20; ders., Between Past and Present. Leo Baeck's Historical Position, ebd. 11 (1966) 3–27; ders., Jewish Thought and its German Background, ebd. 1 (1956) 217–236. Zu Ismar Elbogen vgl. International Biographical Dictionary of Central European Emigrés 1933–1945, Bd. 2, 256; Erwin Rosenthal, Ismar Elbogen and the New Jewish Learning, LBI-YB 8 (1963) 33–28. Zu Eugen Täubler vgl. International Biographical Dictionary etc., Bd. II, 1151; Selma Stern-Täubler, Einleitung zu E. T. Aufsätze zur Problematik der jüdischen Geschichtsschreibung 1908–1950, hrsg. von Selma Stern-Täubler, Tübingen 1977 (Schriftenreihe 36).

[24] Vgl. Baker 1982, 350; 415ff. (s. Anm. 11).

[25] Hörerschaft der Lehranstalt für die Wissenschaft des Judentums gez. Hirschel (?), 16. Juni 1938 (Nachlaß E. Grumach).

[26] Ismar Elbogen, Erste Gedanken und Anregungen zur Frage einer Änderung der Studien- und Prüfungsordnung, Typoskript, o. D., (Juni 1938?), (Nachlaß E. Grumach).

DAS ORTHODOXE RABBINERSEMINAR IN BERLIN

Ziele, Probleme und geschichtliche Bedeutung

Von Mordechai Eliav

Schon im Zeitalter der Aufklärung, im Rahmen der Versuche zur Umgestaltung und Modernisierung der jüdischen Erziehung, wurde die Forderung zur Gründung einer Anstalt zur Ausbildung von Rabbinern erhoben. Die ersten Initiatoren betonten, daß angesichts der weitgehenden Veränderungen in der jüdischen Gesellschaft und deren Annäherung an die Umwelt die traditionelle Ausbildung der Rabbiner durch die Jeschiwoth – die sich schon damals in Mitteleuropa im Niedergang befanden – nicht mehr genügen konnte und daß eine zusätzliche Ausbildung in allgemeinen Wissenschaften eine Notwendigkeit der Zeit wäre.

Der erste, der die Errichtung einer zeitgemäßen Lehranstalt plante, die auch die Ausbildung von Rabbinern einschließen sollte, war Isaak Euchel, einer der gemäßigten Führer der Haskala-Bewegung, der Gründer und erste Herausgeber des ›Ha-Meassef‹, des Organs der Berliner Aufklärungsbewegung. Er reichte seinen Plan 1784 der dänischen Regierung ein, da die Stadt Kiel, in der diese Anstalt gegründet werden sollte, damals unter dänischer Hoheit stand. Aber der Bescheid war negativ, und Euchel nahm sehr bald Abstand von seinem Plan.[1]

Einen konkreteren und ausführlicheren Plan verfaßte David Friesenhausen, der damals zwar auch im Brennpunkt der Berliner Haskalah stand, aber den streng-traditionellen Anschauungen und Lebensformen treu blieb.[2] Friesenhausen, eine fast vergessene Persönlichkeit, beschäftigte sich bis zu seinem dreißigsten Lebensjahr ausschließlich mit dem Torah-Studium, eignete sich aber danach während seines achtjährigen Aufenthalts in Berlin eine weitgehende, allgemeine wissenschaftliche Bildung an.[3] Während seiner Tätigkeit als Rabbinatsgerichts-Beisitzer in den Jahren 1797–1806 in Unsdorf verfaßte er einen Plan zur Errichtung von Rabbiner-Seminaren in der Habsburger Monarchie, die öffentlich anerkannt werden sollten. Laut seinem Plan sollten die besten Schüler in den verschiedenen Gemeinden für das Rabbiner-Seminar ausgewählt werden. Der Lehrplan sollte außer dem gründlichen Studium des Talmuds und der rabbinischen Literatur auch Bibel und hebräische Grammatik einschließen. Außerdem sollten 2–3 Stunden täglich dem Unterricht von profanen Gegenständen gewidmet werden, und zwar der Landessprache, Deutsch und Latein, Mathematik und Naturwissenschaften, Geschichte, Grundlagen der Philosophie und Redekunst. Friesenhausen betonte, daß man sich nicht mehr mit den Jeschiwoth begnügen könne, und kritisierte nebenbei auch die Rabbiner seiner Generation, unter denen sich nicht immer „die besten Menschen“ befänden. Fünfzehn Jahre nach der Errichtung der Anstalten sollten nur deren Absolventen als Rabbiner von der Regierung bestätigt werden.

Im Jahre 1806 reichte er seinen Plan der Regierung in Wien ein, mit dem Vorschlag, drei solcher Anstalten für Ungarn, Galizien und Böhmen-Mähren zu errichten. Die Regierung zögerte lange mit ihrer Antwort, und erst nach fünf Jahren stellte sie fest, daß der Plan nicht ausführbar sei.[4]

Friesenhausen dachte nur an Ausbildung streng gesetzestreuer Rabbiner, die auch mit allgemeinen Kenntnissen ausgerüstet werden sollten, damit sie die neuen Zeitprobleme konfrontieren könnten und einen neuen Typ eines geistigen Führers repräsentieren würden. Trotz der abschlägigen Antwort der Regierung verursachte ihm sein Plan viel Leid, da man ihn in der ungarischen Judenheit als gefährlichen Reformer betrachtete, der den Weg zur Assimilation ebnen wollte. Friesenhausen mußte sich gegen diese Anschuldigungen verteidigen und schließlich auch seinen Posten verlassen.

Eine neue Anregung zur Errichtung eines Seminars für die Ausbildung von Lehrern und Rabbinern kam 1824/25 vom Vize-Oberlandesrabbiner in Berlin, Meir Simon Weyl, der einen diesbezüglichen Plan dem preußischen Minister von Altenstein vorlegte, mit der Betonung, daß es sich um eine orthodoxe Anstalt handelte.[5] Auch dieser Plan wurde nicht realisiert und hatte nur die Gründung eines kurzlebigen Lehrerseminars zur Folge. Auch der Vorschlag eines der ersten Reformer, Elkan Henle, im Jahre 1827, ein modernes Rabbinerseminar anstatt der geschlossenen Jeschiwa in Fürth zu gründen, blieb ohne jeden Widerhall.[6]

Inzwischen verordneten verschiedene Länder in Deutschland, die künftigen Rabbiner über ihre wissenschaftliche Vorbildung zu prüfen,[7] so daß die Notwendigkeit einer modernen Anstalt immer dringender wurde. Aber das erste Rabbinerseminar wurde 1829 im Ausland, in Padua, auf Veranlassung der österreichischen Regierung gegründet.

Auch Abraham Geiger, einer der wichtigsten Führer der Reformbewegung, setzte sich unermüdlich für die Modernisierung der Rabbiner-Ausbildung ein. Geiger wollte sich nicht mit gewöhnlichen Rabbinern begnügen; er wollte jüdische Theologen ausbilden, die fähig sein sollten, sich in alle Gebiete der Wissenschaft des Judentums und in die philosophischen und ideologischen Grundlagen der relgiösen Reform zu vertiefen mit dem Ziel, eine jüdisch-wissenschaftliche Theologie auszubauen.[8] Anfänglich forderte er die Gründung einer jüdisch-theologischen Fakultät an „irgendeiner deutschen Universität“, und Ludwig Philippsohn versuchte sogar, Gelder dafür zu sammeln.[9] Aber auch Geiger sah schließlich ein, daß nur eine selbständige Anstalt für die Verwirklichung seiner Pläne in Betracht komme. Der erste, dem es gelang, ein Rabbinerseminar zu gründen, war Zacharias Frankel, Oberrabbiner in Dresden, der 1852 die ›Monatsschrift für die Geschichte und Wissenschaft des Judentums‹ gründete und schon im ersten Band die Schöpfung dieses Seminars als eine dringende Notwendigkeit bezeichnete. Zwei Jahre später, im August 1854, wurde das Jüdisch-Theologische Seminar unter seiner Leitung in Breslau gegründet. Geiger gelang es erst im Mai 1872, seinen Plan zu verwirklichen und die „Lehranstalt für die Wissenschaft des Judentums" im Sinne einer jüdisch-theologischen Fakultät zu eröffnen.

Zweifellos wurde das Breslauer Seminar zur wichtigsten Anstalt, deren Statuten und Lehrplan auch andere Institutionen beeinflußten und später als Vorbild für die überwiegende Mehrzahl ähnlicher Anstalten in Europa und Amerika dienten.

Frankel wurde anfänglich auch in gesetzestreuen Kreisen als „Mann der Mitte" geschätzt, insbesondere nach seinem dramatischen Ausscheiden aus der zweiten Reformrabbinerversammlung (1845) und aufgrund seiner Schriften und Reden, die traditionsgemäß waren. Um so größer war die Enttäuschung im orthodoxen Lager, als bekannt wurde, daß das Konzept und die Lehre in Breslau wesentlich von der orthodoxen Auffassung abwichen. Es festigte sich die Überzeugung, daß dieses Seminar den Erwartungen nicht entspreche und daß die Gründung eines orthodoxen Rabbinerseminars dringend sei.[10] Wie später betont wurde, war der Unterschied zwischen dem Breslauer Seminar und der Berliner Lehranstalt nur ein „Unterschied des Grades"[11], und die Organe der deutschen Orthodoxie – ›Jeschurun‹ und ›Israelit‹ – führten einen heftigen Kampf gegen das Breslauer Seminar.

Die großen Wandlungen im deutschen Judentum im Übergang von der traditionellen zur emanzipierten Gesellschaft verursachten auch wesentliche Veränderungen im orthodoxen Judentum, das noch bis zur Hälfte des 19. Jahrhunderts die Mehrheit bildete. Auch die Orthodoxie war genötigt, sich den Wandlungen anzupassen und die Legitimation und Notwendigkeit der allgemeinen Bildung und Kultur anzuerkennen. Ein Kompromiß mit den neuen Lebensbedingungen war unvermeidlich. Die Renaissance dieser Gemeinschaft – die „Neo-Orthodoxie" – war zweifellos das Verdienst dreier rabbinischer Führer, die die nötige Initiative ergriffen, um einen neuen Weg zu weisen: Rabbiner Samuel Raphael Hirsch, Rabbiner Esriel Hildesheimer und Rabbiner Seligmann Bär Bamberger. Sie erkannten schon in einem frühen Stadium, daß sich der Kampf hauptsächlich auf dem Gebiet der Erziehung abspielen werde und daß nur ein erzieherischer Erfolg für die Formation der nächsten Generationen ausschlaggebend sein würde. Alle drei befürworteten die Änderung der traditionellen negativen Einstellung zur profanen Bildung; jedoch waren sie verschieden in ihrer Ideologie und Praxis.[12] Bamberger (1807–1878) setzte das Torah-Studium in den Mittelpunkt seines Lehrerseminars in Würzburg, verpönte jegliche wissenschaftliche Erforschung des Judentums und wurde auch deshalb später zum heftigen Gegner des Rabbinerseminars in Berlin.

Hirsch und Hildesheimer befürworteten das System von „Torah im Derech Eretz", der Verknüpfung der traditionellen Lehre mit der weltlichen Bildung, aber in der Interpretation dieses Systems und seiner praktischen Realisierung gingen ihre Wege auseinander. Hirsch strebte eine vollständige Synthese des Torah-Studiums und der allgemeinen Bildung an und widmete sein Leben und Wirken der Errichtung eines Schulnetzes, in dem die völlige Vereinigung von jüdischen und allgemeinen Lehrgegenständen verwirklicht wurde. Hirsch strebte die strikt orthodoxe Erziehung der Massen an, mit dem Schwerpunkt auf der genauen Praktizierung der Religionsgesetze. Sein Schulwerk hatte großen Erfolg und diente als Vorbild für die Neo-Orthodoxie in Deutschland und anderen Ländern, und seine Ideologie und sein Erziehungssystem bildeten die Basis für die Renaissance des orthodoxen Judentums in der westlichen Welt.

Rabbi Esriel Hildesheimer (1820–1899) wählte einen anderen Weg. Seine Richtung war nicht die philosophisch-humanistische, die S. R. Hirsch charakterisierte, sondern eine intellektuell-pragmatische. Er wollte die Zeitprobleme im Geist der Halacha lösen. Er war eigentlich ein Rabbiner alten Stils, aber zugleich wahrscheinlich der erste orthodoxe Rabbiner, der seine akademischen Studien mit einer Promotion abschloß. Seine Losung war: „In allen Wegen sollst Du Ihn erkennen" – und damit war gemeint, daß man die Größe des Schöpfers und die Wahrheit seiner Lehren in allen Lebensgebieten erkennen kann. Auch die Wissenschaften sind dafür ein geeignetes Mittel – Mittel, aber kein Zweck. Sein Weg war der Weg der Kombination des Torah-Studiums und der Wissenschaft – Kombination, keine Synthese. „Derech Eretz" ist eine notwendige Zugabe zum tieferen und besseren Verständnis der „Torah", aber man soll immer bedenken, was das Haupt- und was das Nebensächliche ist. „Torah" und „Derech Eretz" sind inhaltlich und ihrem Wesen nach durchaus getrennte Gebiete. Hildesheimer wollte das traditionelle Ideal des Talmid-Chachams erneuern. Er sah in den Jeschiwoth den Schwerpunkt der jüdischen Erziehung und forderte die Wiederaufrichtung der Torah-Zentren, um die Krise der jüdischen Gesellschaft zu überwinden.[13] Er strebte die Ausbildung der zukünftigen geistigen Führerschaft an, die Ausbildung einer intellektuellen gesetzestreuen Elite, die befähigt sein solle, die Zeitprobleme erfolgreich zu konfrontieren und der gesetzestreuen Gemeinschaft den richtigen Weg zu weisen. Deshalb komme keine Jeschiwa in der alten Form in Betracht, sondern eine neue Anstalt, die zusätzlich zum Torah-Studium auch eine umfassende weltliche Ausbildung geben könne. 18 Jahre wirkte Hildesheimer in Eisenstadt, der wichtigsten der „Sieben-Gemeinden" im Burgenland (1851–1869), und gründete dort eine Jeschiwa für Jugendliche, die er als „Rabbinats-Schule" proklamierte, als Kern für das künftige Rabbinerseminar. Es war die erste Jeschiwa in der Welt, die auch profane Lehrgegenstände in ihr Programm einschloß und die die ungewöhnliche und einzigartige Erscheinung darbot, daß der Leiter der Jeschiwa nicht nur Talmud und rabbinische Literatur lehrte, sondern auch Mathematik, Griechisch, Latein und Deutsch sowie ausgewählte Werke aus der klassischen Literatur.[14]

Die Anstalt erfreute sich eines unerwarteten Zustroms von Schülern aus Ungarn und anderen Ländern und erreichte im Jahre 1869 die Zahl von 133 Schülern. Die Neuerungen in Eisenstadt erregten die heftige Kritik der überwiegenden Mehrheit orthodoxer Rabbiner Ungarns, die Hildesheimer sogar als einen „Aufklärer aus Berlin" bezeichneten und seine Jeschiwa heftig bekämpften. Aber auch in Reformkreisen stieß die Anstalt auf Spott und Widerstand, da Hildesheimer mit seiner programmatischen Forderung der allgemeinen Bildung ihre Pläne durchkreuzte. Hildesheimer störte sich nicht an der Opposition von beiden Seiten – „an dem Kampf gegen Wissenschaftsverpönung sowie den krassen Nihilismus" – und setzte seine unermüdliche und erfolgreiche Arbeit fort bis zu seiner Niederlage auf dem ersten jüdischen Kongreß in Budapest (1868/69), als sowohl die Reform-Mehrheit als auch die extreme Orthodoxie seine Ansichten ablehnte.[15] Hildesheimer verließ Eisenstadt und übernahm das Rabbinat der „Adass Jisroel", einer kleinen orthodoxen Gemeinde in Berlin, gefolgt von einer Schar treuer Schüler und in der Hoffnung, dort sein Ideal der Rabbinerausbildung verwirklichen zu können.

Schon im Jahre 1862 propagierte er die Idee eines gesetzestreuen Rabbinerseminars, das nach dem Muster von Eisenstadt die heranzubildenden Rabbiner nicht nur mit einer gründlichen Kenntnis der Bibel und des Talmuds ausrüsten, sondern sie auch in der jüdischen Wissenschaft ausbilden sollte.[16] Er sah in der Bildung und Wissenschaft die geeigneten Mittel zur Vertiefung der gesetzestreuen Erziehung und Anschauung; Rüstzeug im Kampf gegen die religiösen Reformbestrebungen und in der Auseinandersetzung mit den neuen Lebensbedingungen.[17] Die traditionelle Ausbildung der Rabbiner müsse geändert werden. Der Rabbiner müsse ein Talmid-Chacham sein, befähigt, als anerkannte religiöse Autorität in den verschiedenen Lebensfragen zu entscheiden, aber zugleich müsse er eine allgemeine wissenschaftliche und klassische Ausbildung besitzen, damit er als geistiger Führer zeitgemäß die Verantwortung für seine Gemeinde und Erziehung der Jugend tragen könne.

Der Wendepunkt in Hildesheimers Tätigkeit war seine Berufung an das Beth ha-Midrasch in Berlin, eine Lehranstalt, die für intensive talmudische

Studien bestimmt war, in erster Linie für Jugendliche, die Rabbiner werden wollten, aber auch für Studenten der Berliner Universität, die bestrebt waren, ihr Torah-Studium fortzusetzen. Angesichts der Wandlungen in der jüdischen Gesellschaft beabsichtigte die Leitung dieser Anstalt, das Lehrprogramm mit der Hilfe einer anerkannten rabbinischen Persönlichkeit, die auch eine formell akademische Ausbildung besaß, zeitgemäß umzugestalten. Deshalb schlug sie im Februar 1867 Hildesheimer vor, nach Berlin zu kommen und im Beth ha-Midrasch zu lehren. Die Unterhandlungen zogen sich 2½ Jahre hin, bis Hildesheimer im Herbst 1869 das Rabbinat in Berlin annahm und schließlich auch zum Leiter des Beth ha-Midrasch ernannt wurde.[18] Er glaubte jetzt, seinen Plan zur Gründung eines Rabbinerseminars im Rahmen des Beth ha-Midrasch verwirklichen zu können. Aber es verstrichen noch drei Jahre, bis ihm klar wurde, daß die Leitung des Beth ha-Midrasch nicht geneigt war, diese Anstalt zu einem modernen Rabbinerseminar umzugestalten und seine Forderungen zur völligen Unabhängigkeit und ungeteilten Leitung anzunehmen. Deshalb beschloß er, eine eigene Initiative zu ergreifen, um das ersehnte Seminar endlich zu gründen.[19] Sein erstes vertrauliches Rundschreiben vom Mai 1872 war an zehn hervorragende orthodoxe Persönlichkeiten in den verschiedenen Teilen Deutschlands gerichtet.[20] In diesem Aufruf betonte Hildesheimer die steigende Bedeutung Berlins für jüdische Studien. Seit vielen Jahren sei hier das „Veitel-Ephraim'sche Stift"[21] bemüht, „jede Spur von specifisch-jüdischer Anschauung . . . zu vernichten", und dazu käme jetzt die Gefahr der „jüdisch-theologischen Facultät", die in Berlin gegründet wurde und „an deren Spitze und deren Seele und Leiter Dr. Geiger und Prof. Steinthal sind". Die Notwendigkeit der gesetzestreuen Ausbildung von Rabbinern und höheren Lehrern sei sehr dringend geworden. Es müsse unbedingt sofort ein orthodoxes Rabbinerseminar gegründet werden, und zwar in Berlin, mit Lehrkräften, die „auf der Höhe der Zeit stehen und befähigt sind, gediegene wissenschaftliche Vorlesungen zu halten". Dieses Seminar werde nicht nur ganz Deutschland dienen, sondern dem gesamten traditionellen Judentum, „da es im Laufe der Zeiten ja keine anderen Rabbiner, als die auf solcher Anstalt gebildeten, anstellen kann". Hildesheimer rief die Empfänger dieses Aufrufes auf, bei der Aufbringung der erforderlichen Mittel behilflich zu sein, um die Verwirklichung seines Planes zu beschleunigen. Interessant ist, daß in diesem Aufruf das Breslauer Seminar, das damals schon 18 Jahre bestand und als nicht-orthodoxes Seminar bekämpft wurde, nicht erwähnt wurde sowie daß Hildesheimer seine Tätigkeit als Rabbiner der orthodoxen Gemeinde in Berlin erwähnte, aber das Beth ha-Midrasch stillschweigend überging.

Dieses Rundschreiben wurde mit Begeisterung aufgenommen. Sieben der Empfänger schlossen sich zu einem Zentralkomitee zusammen, das sich nach der offiziellen Anerkennung der Anstalt und Verleihung der Corporationsrechte in ein Kuratorium umbenannte.[22] Im Laufe eines Jahres wurden wesentliche Summen gespendet und gesammelt, und am 27. 9. 1873 konnte das Zentralkomitee der Öffentlichkeit mitteilen, daß das „Rabbiner-Seminar für das orthodoxe Judentum am 22. Oktober eröffnet werde".[23] Das Komitee betonte, daß „die schleunige Realisierung des Unternehmens nach kaum anderthalbjähriger Vorbereitung von dem dringenden Bedürfnisse nach einer Anstalt zeugt; welche, auf dem Boden des gesetzestreuen Judenthums stehend, die heranzubildenden Rabbiner vor Allem mit gründlichen und umfassenden Kenntnissen des biblischen und talmudischen Schrifttums und der daraus hergeleiteten Ritualnormen auszustatten verbürgt" sowie auch mit allen Disziplinen der jüdischen Wissenschaft, „deren Studium eine Forderung der heutigen Zeitbildung ist".

Diese Mitteilung enthält ferner den ersten Lehrplan für einen siebenjährigen Lehrkursus in zwei Abteilungen und erwähnt außer dem Bibel- und Talmudstudium auch Hebräische Grammatik, Jüdische Geschichte und Literatur, Jüdische Religionsphilosophie und Homiletik. Die Aufnahme als ordentlicher Hörer erfordert „die Befähigung zum selbständigen Erfassen eines mittelschweren talmudischen Textes nebst Kommentatoren" sowie „die Reife für die Prima eines Gymnasiums". Als erste Dozenten wurden genannt: Rabbiner Dr. E. Hildesheimer, Rabbiner Dr. David Hoffmann, Dr. Abraham Berliner – drei namhafte Persönlichkeiten.

Das Rabbinerseminar wurde am 22. Oktober 1873 (18. Cheschwan 5634) mit 20 Schülern eröffnet. Nur sieben waren ordentliche Hörer, den anderen fehlte die verlangte Gymnasialreife, und deshalb wurde für sie eine besondere Vorbereitungsklasse eingerichtet, die die fehlende Allgemeinbildung ergänzen sollte. Im Laufe der Zeit vermehrte sich die Zahl der Hörer, die ein Gymnasium absolviert hatten, und die Vorbereitungsklasse wurde 1882 geschlossen. Seit 1887 wurden nur Schüler, die das Abitur besaßen, aufgenommen.

In seiner Eröffnungsrede betonte Hildesheimer, daß das Ziel der neuen Anstalt sei, die religiöse Tat (na'asseh) mit dem jüdischen Wissen (nischm'ah) zu verbinden"[24]. „Wir wollen nicht eine Rabbinerfabrik gründen, sondern dem gründlichen und copiösen Wissen eine Stätte bauen. . . Es hat sich seit dem letzten Halbjahrhundert eine ganz neue jüdische Wissenschaft[25] Bahn gebrochen . . . Wir werden diese Disciplinen in den Kreis unserer Lehrobjecte ziehen, mit dem vollen wissenschaftlichen Ernste behandeln und auch hier der Wahrheit und nur der Wahrheit dienen." Die Schüler sollen als „Bürger in der Gelehrtenrepublik erzogen werden".

Hildesheimer erklärte bei dieser Gelegenheit auch seine Auffassung des Terminus „Orthodoxie", der im Namen des Seminars auf Wunsch des Zentralkomitees ausdrücklich erwähnt wurde, aber von Hildesheimer meistens gemieden wurde, der den Begriff „gesetzestreu" vorzog.[26] In dieser Rede betonte er: „Diese Religion hat das Eigenthümliche, dass ihr Schwerpunkt nicht in philosophischen oder theologischen Lehrsätzen beruht . . . Des Lebens ihrer Confessionellen bemächtigt sie sich; dieses beherrscht sie und normiert für die regelmäßigen und ausserordentlichen Vorkommnisse das Verhalten. *Dies ist unser Begriff von der Orthodoxie im Judentum,* die daher wesentlich verschieden von der gleichen Bezeichnung anderen Confessionen ist." Sein Konzept sei die Verflechtung des religiösen Lebens und der traditionsgetreuen Anschauung.

Schon vor der Eröffnung wurde der Plan des orthodoxen Rabbinerseminars von allen Seiten angegriffen. Im orthodoxen Lager wurde befürchtet, daß das traditionelle und notwendige Talmudstudium im Seminar zu kurz kommen würde. Die besondere Bedeutung, die Hildesheimer der Wissenschaft in seinem Programm einräumte, wurde als eine Gefahr für die zentrale Funktion dieses Studiums in der Ausbildung der zukünftigen orthodoxen Rabbiner angesehen. Im Mittelpunkt der heftigen Gegnerschaft stand der Würzburger Rabbiner S. B. Bamberger, der anerkannte Führer der Orthodoxie in Süddeutschland, der das Seminarprojekt und jede wissenschaftliche Ausbildung entschieden ablehnte. In einem Brief an Akiba Lehren in Amsterdam, der an der Spitze der Palästinaverwaltung stand („Pekidim weAmarkalim"), zitierte der verbitterte Hildesheimer, daß Bamberger sich dahingehend ausgedrückt habe, daß das Seminar von Hildesheimer noch verhaßter sei als das von Geiger.[27] Auch die Kreise um S. R. Hirsch distanzierten sich von Anfang an von der neuen Anstalt, obwohl Emanuel Schwarzschild, der einflußreiche Führer der Frankfurter Orthodoxie, ein aktives und begeistertes Mitglied des Zentralkomitees war. Die Nichterwähnung des Breslauer Seminars in einem Rundschreiben und anderen Erklärungen erregte Mißtrauen, und die neue Anstalt wurde verdächtigt, eine Imitation der verpönten Schule zu sein. Isaak Hirsch, der Sohn Samson Raphael Hirschs, forderte deshalb, die Grenzen genau zu ziehen, „die Tendenz der neuen Anstalt im Gegensatz zum Breslauer Seminar in entschiedener Weise auszusprechen" und den vollständigen Lehrplan und die genauen Ziele der Ausbildung zu veröffentlichen.[28]

Der ›Israelit‹ sah in den akademischen Disziplinen eine Gefährdung der orthodoxen Rabbinerausbildung, da durch die „intensive Beschäftigung mit der Wissenschaft die notwendige talmudische und religionsgesetzliche Ausbildung schwer benachteiligt würde". Das Resultat sei die Heranbildung von „Gelehrten Doktoren, die fromme Am ha-Arazim sind"[29]. Diese Kritik verstimmte Hildesheimer sehr, und als sich im Laufe der Zeit die Distanzierung der Hirsch-Kreise nicht änderte, nahm seine Verbitterung zu. Seine Gegnerschaft zur Breslauer Schule sei bekannt und bedürfe keiner besonderen Versicherung, erklärte Hildesheimer.[30] Aber die wissenschaftliche Ausbildung sei eine Notwendigkeit, um die Anstalt auch auf diesem Gebiet konkurrenzfähig zu machen. Das Rabbinerseminar konnte und wollte nicht nachstehen. Die Schüler sollten zwar völlig in den traditionellen Lehrgegenständen ausgebildet werden, jedoch nicht weniger wissenschaftlich gebildet sein als die der Breslauer und Berliner Schulen. Bezeichnend ist die Tatsache, daß das Seminar viele Jahre keine Schüler aus Frankfurt hatte, hingegen kamen von dort reichliche Spenden.[31]

Auch vom anderen Lager wurde heftige Kritik geübt. Zwar hüllte sich das Breslauer Seminar in Schweigen, doch reagierten die Reformanhänger mit Spott und Mißtrauen. Die wissenschaftlichen Disziplinen im Programm seien nur Täuschung und Irreführung des Publikums – schrieb die ›Israelitische Wochenschrift‹ –, dazu bestimmt, „der Orthodoxie ein wissenschaftliches Mäntelchen umzuhängen", und bemerkte in sarkastischem Ton: „Wenn nur dafür gesorgt werde, daß die Zöglinge sich das Taschentuch um den Leib binden und das Käppchen gleich angewachsener Epidermis tragen, ist alles gut."[32]

Im Gegensatz zu Eisenstadt wurde in Berlin keine Integration der jüdischen Lehren und der allgemeinen Bildung unter einem Dach angestrebt. Von Anfang an wurde bestimmt, daß die Schüler des Seminars zugleich oder später an der Berliner Universität studieren sollten, mit dem Ziel, gelehrte Rabbiner auszubilden, die zugleich eine weitgehende akademische Ausbildung mit einer Promotion absolvierten. Den Schülern wurde die selbständige Wahl der akademischen Fächer überlassen. Das Programm des Seminars wurde ausschließlich auf das Torah-Studium und die jüdischen Wissenschaften ausgerichtet. Hildesheimer gelang es, hervorragende Lehrkräfte, die nicht nur namhafte Wissenschaftler, sondern auch charaktervolle Persönlichkeiten waren, für das Seminar zu gewinnen. Zusätzlich zu den oben genannten Dozenten lehrten später am Seminar u. a. Professor Jakob Barth und Dr. Hirsch Hildesheimer, und im 20. Jahrhundert kamen noch dazu: Dr. Joseph Wohlgemuth, Dr. S. Eppenstein, Rabbiner Dr. S. Grünberg, Rabbiner A. E. Kaplan, Dr. Abraham Altmann und Rabbiner Jechiel Weinberg. Die verschiedenen jüdischen Lehrgegenstände wurden gemäß wissenschaftlicher Methoden gelehrt, und das verschärfte noch die Kritik S. R. Hirschs und seiner Anhänger.[33] Aber Hildesheimer sah in diesen Methoden einen Zwang der Realität, um dem Seminar das nötige Niveau zu sichern.[34] So wurde durch das simultane Studium am Seminar und an der Universität ein neuer Rabbinertyp ausgebildet, der befähigt sein sollte, sich an die Spitze des Kampfes um die Erziehung der jungen Generation zu stellen und das Fortbestehen des orthodoxen Judentums zu sichern.

Auch andere Anschauungen Hildesheimers beeinflußten die Ausbildung der Schüler, wie z. B. seine Verbundenheit mit jeder Aktion der jüdischen Solidarität und seine unermüdliche Tätigkeit für den Jischuw (jüdische Bevölkerung) in Eretz-Israel. Diese Tendenz verstärkte sich im Laufe der

Jahre und insbesondere nach dem Ersten Weltkrieg mit dem wachsenden Einfluß der Jugendbewegungen, und unter den Schülern waren die Führer der Ze'ire Misrachi, Esra und Agudah-Jugend sowie Anhänger anderer Richtungen.[35]

Der Lehrplan des Seminars unterlag verschiedenen Veränderungen.[36] Den ersten Entwurf, genannt ›Rabbinerschule des Beth ha-Midrasch‹, verfaßte Hildesheimer im Jahre 1870, kurz nach seinem Amtsantritt in Berlin und zwei Jahre vor der Gründung der Geigerschen Lehranstalt. Der zweite wurde im Jahre 1872 verfaßt, und der dritte – der endgültige – war im oben erwähnten Aufruf des Centralkomitees vom September 1872 enthalten. Ein Vergleich mit dem Lehrplan des Breslauer Seminars bezeugt, daß dieser als Modell diente, aber Frankel beabsichtigte, insbesondere die theologische Forschung und die Wissenschaft des Judentums im modernen Sinne zu fördern, während das Berliner Seminar darauf hinzielte, ein Zentrum für die judaistischen Fächer zu schaffen, insbesondere für das Studium des Talmuds und der Dezisoren, wollte zwar der wissenschaftlichen Wahrheit treu sein, betrachtete aber die Wissenschaft nur als sekundären Faktor. Deshalb ist die Ähnlichkeit der Lehrpläne nur äußerlich, denn im Konzept und in der Ausführung gingen die Wege auseinander. Der traditionelle Charakter gemäß der Jeschiwa-Tradition wurde in Berlin im Unterricht des Talmuds und der rabbinischen Literatur gewahrt, während versucht wurde, dem biblischen Schrifttum, diesem Lehrgegenstand, der in den Jeschiwoth vernachlässigt wurde, den ihm gebührenden zentralen Platz zu sichern. Einerseits wurde der Pentateuch in die Mitte des Bibelunterrichts gestellt, mit Betonung der traditionellen Exegese, andererseits wurde die religiöse Auffassung auch mit Bibelkritik konfrontiert, in der Form einer orthodoxen und apologetischen Methode. Im Laufe der Zeit wurde der Lehrplan erweitert, insbesondere durch Unterricht in Hebräisch, Palästina-Geographie und Orientalistik.

Der Lehrkursus wurde endgültig auf sechs Jahre festgesetzt, geteilt in zwei Abteilungen, mit einer gründlichen Übergangsprüfung zwischen den beiden, insbesondere in Talmud und der rabbinischen Literatur. Die Leistungen der Hörer im Talmud und Halacha wurden während ihrer ganzen Studienzeit ständig mündlichen und schriftlichen Prüfungen unterzogen und das Studium mit einer umfassenden Schlußprüfung beendet, bevor dem Kandidaten das Recht auf die Semicha verliehen wurde. In der zweiten Abteilung wurden die Talmud-Klassen gemäß den Kenntnissen der Schüler geteilt – anfänglich in einen Oberschi'ur und einen Unterschi'ur, und später kam noch ein Mittelschi'ur dazu. Dem Talmud und der rabbinischen Literatur waren anfänglich 36 von insgesamt 59 Lehrstunden gewidmet, später 48 von 71 Stunden.[37] Die Zahl der Schüler stieg ständig. Das Seminar zählte zwanzig Hörer im ersten Jahr und erreichte seinen Höhepunkt in den Jahren 1891–1894 mit 67 Schülern. Auch am Ende des 19. Jahrhunderts und bis zum Ersten Weltkrieg schwankte die durchschnittliche Frequenz zwischen 50–60. Nach einem Niedergang infolge des Weltkrieges stieg die Zahl in den zwanziger Jahren wieder, und in seinem letzten Jahre, 1937/38, zählte das Seminar 49 ordentliche Hörer. Die Zahl der aus Deutschland stammenden Schüler stieg allmählich und bildete im Laufe der Jahre die Hälfte bis drei Viertel der Gesamtzahl. Die anderen Schüler kamen hauptsächlich aus Ungarn und Osteuropa. Hildesheimer veröffentlichte auch Anzeigen in den jüdischen und hebräischen Zeitungen, die davor warnten, Schüler ohne genügende Vorbildung nach Berlin zu schicken. Insbesondere warnte er die Eltern in Palästina und betonte außer der mangelnden allgemeinen Bildung auch die Gefahren des Berliner Stadtlebens.[38]

Die hauptsächliche Last der Auftreibung der finanziellen Mittel, die für die Erhaltung des Seminars nötig waren, trug Hildesheimer selbst. In seinem Enthusiasmus und seiner unermüdlichen Tätigkeit gelang es ihm, alle Hindernisse zu überwinden und die Existenz des Seminars zu sichern. Er scheute keine weiten Reisen, um Spender zur Unterstützung zu bewegen und die nötigen Gelder aufzutreiben. Auch nach seinem Ableben bemühten sich seine Nachfolger und das Kuratorium erfolgreich um die Erhaltung der Anstalt.

Hildesheimer war nicht nur der Rektor und ein ausgezeichneter Lehrer. Außer seinen Bemühungen um die finanzielle Hilfe nahm er regen Anteil am öffentlichen Leben. Wenige Persönlichkeiten besaßen den gleichen Enthusiasmus und Tatendrang, und es gab kein Ereignis in der jüdischen Welt, zu dem er nicht seine Stimme erhob und sich bemühte, im Zeichen der Solidarität und der nationalen Verbundenheit etwas zu leisten. Kein Führer der Orthodoxie hat sich wie er unmittelbar der jüdischen Gesamtheit zugehörig gefühlt und sich unermüdlich bemüht, für sie tätig zu sein. Sein Einfluß auf seine Schüler war unermeßlich. Seine machtvolle und hinreißende Persönlichkeit diente als Vorbild, und dank seiner Verbundenheit mit allen Schülern entstand eine besonders intime Atmosphäre in der Anstalt. Im Jahre 1895 mußte Hildesheimer sich aus gesundheitlichen Gründen von der Lehre und jeder öffentlichen Tätigkeit zurückziehen. Seinen bedeutenden Nachfolgern gelang es, das Werk erfolgreich fortzuführen. Nach Hildesheimers Tod im Jahre 1899 wurde Rabbiner David Hoffmann, der große Talmudgelehrte und Wissenschaftler, sein Nachfolger, und 1910 wurde ihm Rabbiner Meir Hildesheimer als Verwaltungsleiter zur Seite gestellt. Der Nachfolger Hoffmanns war Dr. Joseph Wohlgemuth, und der letzte Rektor war der weltberühmte Rabbiner Jechiel Weinberg.[39]

Der Einfluß des Seminars auf das orthodoxe Judentum stieg von Jahr zu Jahr. Die Absolventen, und in vielen Fällen Schüler, die ihre Studien noch nicht abgeschlossen hatten, wurden zu Rabbinern oder Schulleitern in verschiedenen Gemeinden ernannt. Mit berechtigtem Stolz veröffentlichten die Jahresberichte die Namen der Schüler, die schon in den Gemeinden amtierten und deren Mehrzahl sich in der geistigen und politischen Führung auszeichnete.[40] Nicht alle wählten den Rabbinerberuf. Eine beträchtliche Anzahl zog eine erzieherische Tätigkeit vor; andere widmeten sich der Wissenschaft. Ein kleiner Bruchteil der Hörer verließ das Seminar schon in den ersten Jahren, da sie sich mit der orthodoxen Weltanschauung und Lebensführung nicht abfinden konnten. Einige von ihnen kritisierten später die Ambivalenz in der orthodoxen Einstellung zur Wissenschaft, und unter ihnen waren auch solche, die sich später einen Namen in der Wissenschaft machten.

Hildesheimer führte später ein Dokument ein, das die Autorisation des Rabbinerdiploms von vornherein für null und nichtig erklärte, falls der Empfänger des Diploms eine Rabbinerstelle in einer Orgel- oder Reformsynagoge annehmen sollte.[41] In der Tat waren solche Fälle sehr selten.[42] Die überwiegende Mehrheit der Schüler blieb dem orthodoxen Lebensweg treu. So wurde ein neuer Rabbinertyp geschaffen – der akademisch voll ausgebildete, streng religiöse „Rabbiner-Doktor“, der seinen Platz in der Führung einer wiederbelebten und zukunftssicheren Orthodoxie einnehmen konnte. Nennen wir nur einige Schüler, die sich später einen Namen machten: Die Rabbiner aus den Familien Auerbach, Bamberger und Carlebach, Nechemiah und Israel Nobel, Markus und Jakob Horovitz, Michael Cahn, Heinrich Brody und Meir Lerner, die Professoren Samuel Klein, Alexander Marx, Eduard Baneth, Aron Freimann, S. Eppenstein, Abraham Fraenkel, Scheftelowitz, Eugen Mittwoch und sogar Eugen Täubler, sowie politische Führer wie Aaron Barth, Moshe Schapira, Oskar Wolfsberg, M. Unna und Josef Burg.[43]

Im Jahre 1934 versuchte Rabbiner Meir Hildesheimer, das Seminar nach Eretz-Israel zu übertragen, aber angesichts der orthodoxen Opposition mußte er auf seinen Plan verzichten.[44] Am 10. November 1938 mußte das Seminar nach 65jähriger Tätigkeit seine Tore schließen. Dem Enkel des Gründers, Rabbiner Erich Esriel Hildesheimer, gelang es, einen Teil der umfangreichen Bibliothek zu retten und nach Tel Aviv zu bringen.

Im Laufe der Zeit wurde das Seminar zur wichtigsten Anstalt der Orthodoxie in Deutschland und zur zentralen Ausbildungsstätte für modern-orthodoxe Rabbiner, „eine Pfleg- und Pflanzstätte echter Torahgelehrsamkeit im Verein mit der Bildung und den Kulturgütern der Zeit“[45]. Seine weitgehende historische Bedeutung für das religiöse Leben der deutschen Juden und für die ganze westliche Welt als „eine jüdische internationale Unterrichtsanstalt“ liegt in der Heranbildung einiger hundert Rabbiner und traditionsgetreuer Wissenschaftler, die die Fortführung der traditionellen Werte gewährleisteten, aber auch immer bereit waren zur Zusammenarbeit mit

Andersdenkenden und zu jeder Tätigkeit für jüdische Solidarität im Geiste ihres verehrten Vorbildes Rabbiner Esriel Hildesheimer. Als geistige Führerschaft und Elite hatten sie einen unermeßlichen Anteil am Fortbestehen und der Stärkung des gesetzestreuen Judentums in Deutschland und in aller Welt, nicht zuletzt im Land Israel.

Anmerkungen

[1] S. M. Stern, Euchels Plan zur Einrichtung eines jüdischen Erziehungsinstitutes und Lehrerseminars, Israelitische Monatsschrift (Beilage zur ›Jüdischen Presse‹) 1900/01, 10–14, 45–46; M. Eliav, Jüdische Erziehung in Deutschland im Zeitalter der Aufklärung und Emanzipation (hebr.), Jerusalem 1961, 290; S. Feiner, Isaak Euchel (hebr.), Zion 52 (1987) 448.

[2] Meir Gilon, David Friesenhausen between the Enlightenment and Hassidism, in: M. Carmilly-Weinberger, Hrsg., The Rabbinical Seminary of Budapest (Centennial Volume), New York 1986, Hebrew Section, 19–50.

[3] Friesenhausen (geb. 1758) veröffentlichte ein hebräisches Lehrbuch [Kelil ha-Cheschbon] der allgemeinen Arithmetik und Geometrie (Berlin 1796) und ein weiteres Lehrbuch der Mathematik [Mosedot Tebel], Wien 1820. Dieses Buch enthält autobiographische Aufzeichnungen, ein Testament und den ausführlichen Plan zur Errichtung eines Rabbinerseminars.

[4] Ebd. 31.

[5] Eliav 1961, 292–293; Adolf Kober, Die Hochschulen für die Rabbinerausbildung in Deutschland, in: Festschrift zum 80. Geburtstage von Leo Baeck, London 1953, 19–29.

[6] Elkan Henle, Die Stimme der Wahrheit, Fürth 1827.

[7] Die ersten Bestimmungen über die wissenschaftliche Vorbildung der Rabbiner in Deutschland veröffentlichten Baden 1809 (1824), Bayern 1813 (1826), Kurhessen 1823, Württemberg (1828).

[8] Abraham Geiger, Die Gründung einer jüdisch-theologischen Fakultät – ein dringendes Bedürfnis unserer Zeit, Wissenschaftliche Zeitschrift für jüd. Theologie 2 (1836) 1ff.

[9] S. insbesondere in den ersten zwei Bänden der AZJ (1837/1838).

[10] S. Goldschmidt, Die Gründung und Bedeutung des Rabbinerseminars in Berlin, Jeschurun 7, Heft 5/6 (1920) 236.

[11] Josef Wohlgemuth, Das Rabbinerseminar zu Berlin (Ansprache zum 50jährigen Bestehen des Seminars), Berlin 1923, 3, abgedruckt in: Jeschurun 10 (1923) 317–338.

[12] Siehe darüber ausführlich: Mordechai Eliav, Verschiedene Einstellungen zu Torah und Derech Eretz – Ideal und Wirklichkeit, in: M. Breuer, Hrsg., Torah und Derech-Eretz (hebr.), Ramat Gan 1987, 45–56; E. Stern, The Educational Ideal of Torah im Derech-Eretz (hebr.), Ramat Gan 1987.

[13] Siehe seine Aufsätze über die „Jeschibah-Angelegenheit" in: Israelit (1865) 692–693, 747–749; (1866) 119f., 347–349, 363–364, 383–385, 399–401, 514–515.

[14] Mordechai Eliav, Torah und Derech-Eretz in Ungarn (hebr.), in: Sinai (1962) 127–142; S. Klein, Einiges über die Tätigkeit Dr. I. Hildesheimers in Ungarn (1851–1869), Jeschurun 7 (1920) 256–270; M. Eliav, Hrsg., Rabb. E. Hildesheimer – Briefe, Jerusalem 1969.

[15] Mordechai Eliav, Rabb. E. Hildesheimer and his Influence on Hungarian Jewry (hebr.), Zion 27 (1962) 59–86.

[16] Auch einige Worte über die Verwendung des ungar. „Schulfondes", in: Israelit, Nr. 39 (1862) 308–311; ders., ebd. 315–316. Hildesheimer benutzte den Ausdruck „jüdische Wissenschaft" anstelle „Wissenschaft des Judentums". S. auch Hildesheimer – Briefe, Hebr. Teil, 42 (s. Anm. 14).

[17] Wohlgemuth 1923, 323 (s. Anm. 11); Goldschmidt 1920, 236 (s. Anm. 10).

[18] Über die Unterhandlungen siehe: Rabbiner Meir Hildesheimer, Aus dem Briefwechsel Israel Hildesheimers, in: Festschrift für Salomon Carlebach, Berlin 1910, 243–263, insbesondere 254–260.

[19] Es liegt noch keine ausführliche Geschichte des Rabbinerseminars vor. Die wichtigsten Abhandlungen über die Entwicklung und Bedeutung des Seminars sind folgende: M. Hildesheimer, Dokumente zur Gründung des Rabbinerseminars in Berlin (hebr.), in: Hama'ajan, 1974, 12–37; E. Stern, The Educational Ideal of Torah im Derech-Eretz (hebr.), Ramat Gan 1987, 4. Kapitel; Mordechai Breuer, Jüdische Orthodoxie im Deutschen Reich 1871–1918, Frankfurt 1986, 120–133, 168 ff.; Jeschurun 7 (1920), Heft 5/6, Sonderheft zum hundertjährigen Geburtstag von Rabb. I. Hildesheimer; Das Rabbinerseminar zu Berlin, Bericht über die ersten 25 Jahre seines Bestehens (1873–1898), Berlin 1898; M. Shulwass, Das Rabbinerseminar zu Berlin, in: S. K. Mirsky, Hrsg., Jewish Institutions of Higher Learning in Europe, their Developement and Destruction (hebr.), New York 1956, 689–713; J. Eisner, Reminiscences of the Berlin Rabbinical Seminary, LBI-YB 12 (1967) 32–52; Y. Aviad (ehem. Oskar Wolfsberg), Dijukanoth (Profiles) (hebr.), Jerusalem 1962, 40–51.

[20] M. Hildesheimer, Dokumente, 12–18. Der deutsche Originaltext ist abgedruckt in M. Sinasohn, Die Berliner Privatsynagogen und ihre Rabbiner 1671–1971, Jerusalem 1971, 17– 21. Siehe auch: (Erster) Jahresbericht des Rabbinersemianrs pro 5634 (1873–74), Berlin 1874, 59–60.

[21] Das Veitel-Ephraim'sche Stift war für „Studenten der Theologie" im allgemeinen bestimmt und nahm auch Nichtjuden auf (Ludwig Geiger, Geschichte der Juden in Berlin, Berlin 1871, 158).

[22] Die offizielle Anerkennung wurde am 29. 11. 1873 verliehen. Siehe Hildesheimer, 1974, 28. Die ersten Mitglieder des Zentralkomitees waren: Rabb. J. Altmann (Karlsruhe), Rabb. Dr. S. Auerbach (Halberstadt), Rabb. Dr. S. Cohn (Schwerin), A. H. Heymann (Berlin), Rabb. Dr. E. Hildesheimer (Berlin), G. Hirsch (Berlin), S. Levisohn (Hamburg), E. Schwarzschild (Frankfurt a. M.).

[23] Siehe dort 21–24. Seit 1880 hieß die Anstalt „Rabbiner-Seminar in Berlin", und der Titel „für das orthodoxe Judentum" wurde ausgelassen.

[24] Die Eröffnungsrede wurde im ersten Jahresbericht (1873–74), 85–88 abgedruckt (s. Anm. 20).

[25] Auch hier wurde der Begriff „Wissenschaft des Judentums" vermieden.

[26] Siehe zu diesem Thema: Hildesheimer – Briefe, 207–216; J. Wohlgemuth, Etwas über die Termini orthodoxes und gesetzestreues Judentum, in: Festschrift für

David Hoffmann, Berlin 1914, 435ff. Über die Meinungsverschiedenheiten zur Bildungsfrage siehe Breuer 1986, 125–127, 168ff.

[27] Hildesheimer – Briefe, Hebr. Teil, 50; Deutscher Teil, 119 (s. Anm. 14); Breuer 1986, 123 und Anm. 146.

[28] Jüdische Presse, Nr. 38 (27. 9. 1872) 301–303; Breuer 1986, 123–124. Siehe auch die „Replik" [Dr. Israel Hildesheimer] ebd. 303f.

[29] Israelit No. 13 (1872) 16–18, 20, 22, 346f., 385f., 482f., 400ff.; (1879) 440.

[30] Siehe seine Ansicht über Frankel und das Seminar: Hildesheimer – Briefe, 26–27, 137f.; E. Hildesheimer, Rabb. E. Hildesheimer über Z. Frankel und das Jüd.-Theolog. Seminar in Breslau (hebr.), Hama'ajan, 1952, 65–73.

[31] Breuer 1986, 128.

[32] Zitiert bei Goldschmidt 1920, 246 (s. Anm. 10).

[33] „Sie ist in seinen Augen keine jüdisch-orthodoxe Lehranstalt" (Hildesheimer – Briefe, 209). Brief vom 4. 10. 1885.

[34] „Aufgabe unseres Instituts: den Zöglingen der Anstalt einerseits eine gründliche talmudische und rituelle Ausbildung zu geben und zur religiösen Gesetzestreue zu erziehen; andererseits eine ganz regelmäßige wissenschaftliche Ausbildung . . . und zwar vollständig auf dem Höhepunkte der gegenwärtigen Forschung" (Brief vom 9. 5. 1879, Hildesheimer – Briefe, 130).

[35] Eisner 1967, 41–42 (s. Anm. 19).

[36] Siehe die Analyse der verschiedenen Lehrplan-Entwürfe: Stern 1987, 100–105 (s. Anm. 12); Breuer 1986, 129–130.

[37] Stern 1987, 103 (s. Anm. 12).

[38] Hildesheimer – Briefe, 128; Hebr. Teil, 56, 62, 72; Hildesheimer 1974, 26, 32–34 (s. Anm. 19); Israelit (1873) 922.

[39] Siehe über die verschiedenen Rektoren Shulwass 1956, 694–695; Eisner 1967, 34, 42–44.

[40] Beim Begräbnis des Rabb. E. Hildesheimer nahmen 98 Rabbiner teil, die Absolventen des Seminars waren.

[41] Siehe den Text des Annulierungsdokuments: Israelit (1897) 38.

[42] Im Oktober 1885 schrieb Hildesheimer: „Seit 12jährigem Bestehen . . . nicht ein Einziger, sage nicht ein Einziger, der orthodoxe Fahne untreu geworden ist" (Hildesheimer – Briefe, 219 (s. Anm. 14). In der Tat blieb die Zahl der Absolventen, die in das liberale Rabbinat übergingen, sehr gering (Breuer 1986, 132).

[43] Siehe ausführlich Eisner 1967, 30–37, 42, 50–52 (s. Anm. 19).

[44] Siehe Eisner 1967, 49 (s. Anm. 19); Rabbi Ch. O. Grodzinsky, Achi'eser, Briefe-Sammlung, 2. Band, 289–294; Breuer 1987, 167, 176 (s. Anm. 12).

[45] S. Goldschmidt 1920, 217.

DAS BUDAPESTER RABBINERSEMINAR

Der Platz des Rabbinerseminars in der jüdischen Wissenschaft

Von József Schweitzer

Das Budapester Rabbinerseminar öffnete seine Tore am 4. Oktober 1877 und wirkt seitdem – mit der Ausnahme einer einzigen tragischen Unterbrechung – im Dienste der Wissenschaft und des Unterrichts.

Diese tragische Unterbrechung begann am 19. März 1944 und dauerte bis zum 18. Januar 1945.

Es war die schreckliche Zeit der deutschen Besatzung, als im Bollwerk der Thora nur das Sefer ha-Dma'oth, das Buch der Tränen, gelesen wurde, da Eichmann das Gebäude für die Zwecke eines Internierungslagers beschlagnahmte und es für viele zum Vorzimmer von Auschwitz wurde.

In den letzten Tagen der Schreckensherrschaft der Pfeilkreuzler, der Hilfstruppe der Hakenkreuzler in Ungarn, leerte sich das Gebäude. Die Befreiung begrüßte ein unbewohntes Haus, das von dem damaligen Rektor des Instituts, Professor Samuel Löwinger s. A., der damals in einem mit dem Seminar zusammengebauten Flügelgebäude wohnte und aus seinem Versteck zurückkehrte, sofort in Besitz genommen wurde.

Ich muß mich bei dieser Periode des Lebens unseres Institutes ein wenig aufhalten, da die breitere Öffentlichkeit darüber nichts weiß. Die Seminaristen und jungen Professoren, die im Sommer 1944 der Deportation entkommen konnten, jedoch zum Arbeitsdienst verschleppt worden waren, flohen im November-Dezember 1944, in der Periode vor dem Sturz der Schreckensherrschaft der Pfeilkreuzler, auf verschiedenen Wegen nach Budapest zurück. Viele von ihnen, darunter ich selbst, fanden in dem Gebäude der Fremdenvertretungs-Abteilung der Schweizerischen Gesandtschaft, fast in einem zionistisch organisierten Schutzort, Zuflucht. Obwohl die Pfeilkreuzler und die Gendarmen öfter in das Gebäude einbrachen und unter anderem auch die Witwe des Budapester Rabbiners Lajos Scheiber, die Mutter von Professor Sándor Scheiber, tödlich verwundeten, gab dieses Gebäude in der Vadász utca vielen Rabbinern, mehreren Professoren des Instituts und zahlreichen Seminaristen Zuflucht und Schutz vor dem schrecklichen Sturm. Dort befand sich auch unser Rektor, Professor Löwinger, der an den die Trümmer Jerusalems beklagenden Jeremias erinnerte. In dem Keller war auch Sándor Scheiber und saß dort Schiwa für seine ermordete Mutter.

Doch bis zum Trauerfall war er aktiv. Er sammelte uns um sich und unterrichtete im Licht zweier elender Glühlampen.

Die ganze Situation ähnelte der im belagerten antiken Jerusalem, wo noch das tägliche Opfer dargeboten wurde. Scheiber war der Kohen Gadol (Hohepriester) des Sacrificium intellectualis. Ich erinnere mich an den Bibel- und Geschichtsprofessor, den kleinen Guttmann, Sohn des seligen Rektors Mihály Guttmann. Dieser, um nicht an die verschleppte Familie denken zu müssen, erzählte uns über das ehemalige deutsche Judentum. Von ihm hörten wir zuerst über Leo Baeck und die deutschen Seminare, besonders über Breslau, wo sein Vater bekanntlich eine Zeitlang als Seminarrabbiner amtierte und er und sein Bruder Hörer waren. (Über Leo Baeck habe ich von seinem ehemaligen und bis heute treuen Schüler, von unserem verehrten Freund N. P. Levinson, gelesen und gehört, der so große Verdienste um die Gründung der Heidelberger Hochschule hat.)

Ich habe Breslau erwähnt, und das ist der Punkt, wo wir zu der Geschichte des Budapester Seminars zurückkommen können. Das Breslauer Seminar war das Vorbild der Gründer in Budapest. Dies ist auch in der Einteilung des Lehrstoffes zu sehen. Die ideelle Begründung bildete Zacharias Frankels Theorie des „positiven historischen Judentums". Das Budapester Institut war also ideell mit Breslau verbunden. Ebenso war der Plan der Gründung eines modernen Rabbinerseminars in der Monarchie, genauer in Budapest, auf deutschen Einfluß zurückzuführen. Der Lehrplan stammte von einem in Deutschland geborenen, talmudisch wie weltlich in Fürth gebildeten Wissenschaftler. Dieser erhielt in Berlin seine Ausbildung als Mathematiker und Naturforscher. Der nach seinem bayrischen Geburtsort Friesenhausen genannte Rabbiner David übte in einer Periode seines Lebens das würdevolle Amt des Dajans (Richters) in der heiligen Gemeinde in Hunfalva (deutsch: Hunsdorf) aus, einem kleinen Dorf zwischen den Bergriesen der Karpaten. Dieser vielgelehrte, aber gewiß rastlose und forschungslustige Friesenhausen fand, wie gesagt, in einem von der Welt ferne liegenden Dorf zumindest vorübergehend ein ruhiges Heim und eine Familie. Das befriedigte ihn aber anscheinend nicht. Am 24. Juli 1806 überreichte er dem Paladin Erzherzog Josef einen Entwurf, in dem die Aufmerksamkeit der ungarischen Regierung auf die Notwendigkeit der Errichtung eines modernen Rabbinerausbildungsinstituts gelenkt wurde.

Dem Zeitgeist entsprechend bezeichnet er das Wohl des Staates als oberstes Interesse, denn es würde diesem dienen, wenn das neue Institut Rabbiner und Religionslehrer ausbilden würde, die eine bessere Erkenntnis der menschlichen und bürgerlichen Pflichten förderten. Interessant war der Arbeits- und Studienplan des zu errichtenden neuen Institutes, an dem Talmud, nachher die höhere Dezisoren-Literatur sowie während der gesamten Studienzeit die Bibel eine entscheidende Rolle spielte, sich jedoch auch für

Naturwissenschaften, Rhetorik und Philosophie Raum fand. Friesenhausens Plan wurde zwar nicht verwirklicht, aber der Gedanke der Gründung eines modernen Rabbinerseminars ist im Laufe des neunzehnten Jahrhunderts nicht vergessen worden. So wurde 1837 von einem staatlichen Ausschuß eine Gesetzesvorlage ausgearbeitet, laut der nur derjenige als Rabbiner fungieren konnte, der fähig war, die Matrikeln (Personenstandsregister) auf ungarisch zu führen und von einem öffentlichen Rabbinerbildungs-Institut sein Diplom erworben hatte. 1844 verabschiedete das Ständeparlament, im Einverständnis mit den Magnaten, einen Beschluß über die Errichtung eines Rabbinerseminars, doch gelangte diese Initiative nicht in das Stadium der Verwirklichung. Zur Verwirklichung kam es erst, als für die Gründung des Institutes die materiellen Mittel zur Verfügung standen.

Dieser Umstand ergab sich auf eine äußerst sonderbare Weise im Jahr 1850. Wie bekannt, waren die Revolution und der Freiheitskrieg 1848–1849 niedergeschlagen worden. Auf die Niederlage folgte die Schreckensherrschaft der österreichischen Militärregierung. Vom Militärgouverneur Feldmarschalleutnant Julius Freiherr von Haynau wurde den ungarischen Juden wegen ihrer Teilnahme an den Freiheitskämpfen eine Geldbuße in Höhe von 2,3 Mio. Gulden auferlegt. Von Haynau meinte, daß diese ohne deren Teilnahme nie dieses Ausmaß erreicht hätten. Der Kaiser erließ die Geldbuße im Jahr 1850 und ordnete gleichzeitig an, aus der Staatskasse eine Auszahlung in der Höhe von einer Million Gulden für die Gründung eines israelitischen Schulfonds zu leisten. Der Vorgang war wohl begründet, da sich das jüdische Schulwesen bekanntlich in einer äußerst ungeordneten Verfassung befand.

Einer der wichtigsten Zwecke des Schulfonds war die Schaffung eines Rabbinerseminars, für das unter den Juden mit weltlicher Bildung Bedarf bestand. Die Regierungsorgane führten Gespräche über das Schulwesen und besonders über die Gründung des Rabbinerseminars mit hervorragenden Persönlichkeiten des gebildeten Judentums Ungarns. Eine dieser Verhandlungen fand im Jahr 1864 statt, als die (vorzutragenden) theologischen Disziplinen in großen Linien festgelegt wurden. Diese umfaßten die Bibelwissenschaften, hebräische und aramäische Sprachen, Talmud, Liturgie, Midrasch sowie jüdische Homiletik. Interessanterweise wird in den späteren und endgültig angenommenen Studienplänen dem Schulchan Aruch und im allgemeinen der dezisorischen Literatur eine sehr vornehme Stelle zugeteilt, während diese im Plan n i c h t hervorgehoben worden waren. Selbstverständlich erhielt der Unterricht der weltlichen Gegenstände auch Platz im Studienplan, der an Stelle der ursprünglich für acht Jahre geplanten Studienzeit eine Periode von zehn Jahren festsetzte. Die ersten fünf Jahre entsprachen den oberen vier Klassen des Gymnasiums, ein Jahr mehr, um den Theologiestudien eine entsprechende Stundenzahl sichern zu können. Nach erfolgreichem Bestehen des aus den weltlichen und hebräischen Prüfungsfächern zusammengesetzten Abiturs, öffnete sich den Schülern der „obere Kurs“ von fünf Jahren. Neben diesem mußte der Rabbinerkandidat auch Universitätsstudien belegen, um sich dann im Besitz eines Doktor-Diploms der Philosophie zur Rabbinerprüfung anmelden zu können.

Während der für zehn Jahre geplanten Studienzeit erforderte der Studienplan das Erlernen eines sehr großen judaistischen Lehrstoffes. Die wichtigsten Zielsetzungen des theologischen Studienplanes des in der eigenartigen Nomenklatur des Institutes „unterer Kurs“ genannten gymnasialen Teiles waren, „den leitenden Standpunkt des Unterrichtes der Heiligen Schrift und den Großteil der Bibel in linguistischer und historischer Hinsicht den Schülern bekannt zu machen“. Hier soll erwähnt werden, daß bei Aufnahme in die untere Stufe die Prüflinge die Thora sowie die ersten Propheten (Newi'im Rischonim) in vollem Maße zusammen mit der hebräischen Morphologie kennen mußten. Gleichfalls hatten sie über zehn bis fünfzehn Seiten Talmud zu berichten und außerdem genügende Kenntnisse im Bereich der Liturgie und der lateinischen Morphologie aufzuweisen. Im biblischen Unterricht der unteren Stufe mußte auf den Targum und die Septuaginta Bezug genommen werden. Dies war deshalb erforderlich, da im unteren Kurs die griechische Sprache Pflichtgegenstand war. Die hebräischen Sprachkenntnisse wurden durch Schulaufsätze geübt, später folgte periodisch die aramäische Grammatik mit Analysen von Texten aus Daniel und Esra.

Im Unterricht des Talmuds kam den privatrechtlichen und liturgischen Teilen eine besondere Bedeutung zu (Baba Mezia und Berachoth).

Hier möchte ich darauf hinweisen, daß das Lehrpersonal neben dem vorgeschriebenen Lehrstoff über ein gewisses Maß an Unterrichtsfreiheit verfügte, von der es selbstverständlicherweise mit Hinsicht auf die Kenntnisse der derzeitigen Schuljugend Gebrauch machte. So mußte man zum Beispiel im Abitur-Jahrgang des Verfassers des vorliegenden Aufsatzes neben den oben genannten auch Fragen aus verschiedenen Teilen der Traktate Rosch Ha-Schana, 'Awoda Sara, Pessachim, Makkoth und Sanhedrin beantworten, die teilweise statarisch, also mit Tossafoth, teilweise kursorisch, mit dem Raschi-Kommentar, gekannt werden mußten. Außerhalb der jüdischen Geschichte mußte man die wesentlichen Charakteristiken des Ablaufs der Ereignisse kennen. Hier hatte der Professor ziemlich freie Hand.

Im Studienplan der Oberstufe waren in vier Jahren wöchentlich zwei Stunden für Jecheskel, Job, Canticum, Koheleth und die Chroniken vorgesehen. Doch gab es im Laufe der Zeiten auch hier Veränderungen. Wenn ich hier auf persönliche Erinnerungen hinweisen darf, unterrichtete uns der selige Professor Löwinger Esra und Nechemja, mit der Begründung, daß die Rabbiner die prophetischen Bücher, zu denen es während des Unterrichtes nicht gekommen ist, im Laufe ihrer Tätigkeit jedenfalls studieren mußten, da diese für den Religionsunterricht, im Talmud-Thora (Religionsschule), unbedingt nötig sein würden.

Zum Studienplan gehörte eine allgemeine und ausführliche Einleitung, die entsprechend dem Standpunkt der damaligen Bibelwissenschaft die Probleme des Entstehens und des Textes der einzelnen Bücher behandelte. Selbstverständlich war die Thematik der Einleitung stark von der Stellungnahme des vortragenden Professors bezüglich der modernen Bibelwissenschaft beeinflußt. Dieser und ihren Emendationen sprach der selige Professor Heller, der im Privatleben fast orthodox religiös war, eine besondere Bedeutung zu, während sein Nachfolger, unser Professor Löwinger, die Textkritik ziemlich kritisch behandelte. Es muß aber darauf hingewiesen werden, daß der selige Professor Heller, obwohl er auch der Textkritik Platz einräumte, die Heilige Schrift mit größter Andacht behandelt und unterrichtet hat.

Zum biblischen Unterricht des Oberkurses gehörte auch die Exegese zum Pentateuch.

Aus der Midrasch-Literatur waren Mechilta und die Rabba an der Reihe. Die Homiletik bestand aus theoretischem und praktischem Unterricht, in dem die Reden der Propheten und die Redner des Mittelalters behandelt wurden. Es wurden auch homiletische Übungen veranstaltet, die durch Reden der Hörer in der Synagoge an Freitagabenden ergänzt wurden. Im Talmud-Unterricht wurden ebenfalls in statarischer und kursorischer Behandlung Teile der folgenden Traktate vorgetragen: Kidduschin, Ketuboth, Jewamoth, Gittin, bzw. Chulin (mit besonderer Hinsicht auf Praktika), weiterhin Joma, Nedarim und wieder Sanhedrin, aus dem Teile schon im Unterkurs vorgetragen wurden.

Im Unterricht der Dezisoren figurierten in den ersten drei Jahren Schechita, Trefoth, Dam, Melicha (Schächten und koschere Fleischzubereitung), im vierten Jahr: Bassar Bechalaw, Ta'aruwoth sowie ausgewählte Teile aus Ewen ha-'Eser und Orach Chaim.

Natürlich erfolgten auch hier Änderungen im Laufe der Jahrzehnte, je nach Entscheidung des vortragenden Professors. So unterrichtete Professor Hoffer – bei einer gewissen Zurücksetzung der verschiedenen Responsa –, lieber Tur, während sein Nachfolger, Professor Roth, den Schwerpunkt (mit Auslassung der anderen) auf den Schulchan Aruch selbst legte.

Auch in dieser Arbeitsgruppe kam die Unterrichtsfreiheit der Professoren zur Geltung, die vermutlich reellen Erfordernissen entsprach.

So hielt Professor Michael Guttmann ein Sonderkolleg im Bereich Einleitung zur Halacha, während Professor Heller die Literaturgeschichte der halachischen Werke in dem Kolleg über Schulchan Aruch vortrug. Die Vorträge von Professor Guttmann erschienen in einem Jahrbuch des Institutes, die literaturhistorischen Erläuterungen Hoffers in Jubiläumsausgaben zu Ehren der Professoren Simon Hevesi und Bernát Heller. Im Bereich der Religionsphilosophie kam auch die allgemeine Religionswissenschaft zur Geltung. Dabei blieb auch Raum für die Geschichte der jüdischen Religionsphilosophie, die einzelnen Philosophen und entsprechende Textstudien.

Als der Philosophie-Professor unseres Jahrganges, Ferenc Hevesi, den Unterricht der Philosophie von seinem Vater, Simon Hevesi, übernahm, brach er gewissermaßen mit der Maimuni-zentrischen Thematik seines Vaters und begann mit dem Vortrag einer systematischen jüdischen Philosophiegeschichte, der hauptsächlich auf seinen eigenen Forschungen basierte.

In diesen Vorträgen analysierte er die philosophischen Züge der Bibel, des Talmuds und des Midrasch, während wir die klassischen Quellen unter der Leitung des damals noch angehenden Rabbiners István Hahn lasen. Der andere hervorragende Vertreter des damaligen Rabbinerstandes, Sándor Scheiber, war in den vierziger Jahren noch praktizierender Rabbiner. Er schloß sich der Tätigkeit des Seminars nach der Befreiung an und brachte zunächst mit bibliographischen Übungen, mit der Analyse historischer Quellentexte und durch das In-den-Vordergrund-Stellen der bisher zurückgestellten Liturgiegeschichte neue Farben und Anschauungen in den Unterricht.

Ohne Anspruch auf Vollständigkeit haben wir in großen Zügen die Unterrichtsziele vorgestellt, die sich das Rabbinerseminar gesetzt hatte. Es gab vielleicht nur einen Gegenstand, dessen Umfang vom Unterrichtsplan selbst so konzipiert war, daß er ein so großes Gebiet umfaßte, daß es nur teilweise überblickbar war. Dies war die Geschichte der Juden, die prinzipiell von ante 320 bis post 1867 vorgetragen werden sollte, mit der Begründung, daß einige Teilfragen bei den verschiedenen Gegenständen ansonsten zur Sprache kämen, deshalb nach Vollständigkeit nicht getrachtet werden könne.

Aus dem vorgestellten Unterrichtskonzept geht hervor, daß das Institut eine Harmonie zwischen praktischer Ausbildung und wissenschaftlicher Kenntnisvermittlung anstrebte.

Von der Tätigkeit des in das 65. Schuljahr eintretenden Instituts stellt ein Werk mit Recht fest: die umfassende Arbeit des Institutes bleibe auch jetzt dieselbe wie zur Zeit seiner Gründung, nämlich die Synthese von Religion und Kultur. Die Wissenschaft wurde nie vom Glauben getrennt. Alle Unterrichtsgegenstände dienen dem Verständnis und der Stärkung des Glaubens. Und weiter: Alter Glaube und neue Erkenntnis, alte Tradition und neuester Fortschritt werden in diesem religiösen Heiligtum zusammengefügt.

Trotzdem ist der Kulturkampf, der gegen die Errichtung eines Rabbinerseminars in Budapest entfacht wurde, ohnegleichen in der Geschichte der auch anderswo entstandenen Kämpfe und Einwände bei der Schaffung von Rabbinerseminaren.

Das traditionelle Judentum verfügte über wenig Kenntnisse in Teilgebieten der jüdischen Wissenschaft außerhalb des Talmuds und der ihn ergänzenden Literatur, in der die traditionellen Rabbiner sich hervorragend auskannten. Die modernen Rabbiner wiederum, die über diese Kenntnisse mehr oder weniger verfügten, wurden in religiöser Hinsicht mit Mißtrauen betrachtet, was auch veständlich ist, da die um die Mitte des neunzehnten Jahrhunderts in Deutschland entstandenen Reformbestrebungen mit ihren oft extremen Übertreibungen auf durchaus verständlichen Widerwillen im Kreise der traditionsbewußten Juden stießen. Dem ungarischen Rabbinerstand stand ein besonders drohender Stein des Anstoßes vor Augen: die reformatorische Tätigkeit des Rabbiners von Arad, Aaron Chorin. Andererseits ist es wahr, daß die praktischen Neuerungen Chorins viel milder als seine theoretischen Ausführungen über die Notwendigkeit der Reformen waren. Chorin war ein Phänomen in Ungarn, wie etwa Holdheim in Deutschland zu seiner Zeit.

In einer Rabbinatssitzung, an der der Verfasser als junger Rabbiner teilnahm, kam Holdheim zur Sprache. Bei Erwähnung seines Namens sprang Professor Richtmann, eines der hervorragendsten Mitglieder des ungarischen Rabbinerstandes nach der Befreiung, von seinem Sitz auf und sagte sehr aufgeregt: „Ich bin überzeugt, daß der recht hatte, der sagte, daß es seit Paulus keinen größeren Feind des Judentums gegeben hat als Holdheim."

So ist verständlich, daß die traditionstreuen ungarischen Rabbiner, die Chorin mit Holdheim assoziierten, sich das Seminar, dessen Pläne und Vorstellungen ihnen nicht recht bekannt waren, als ein Bollwerk der Reform vorstellten, sich vor ihm hüteten und alles taten, um dessen Zustandekommen zu verhindern. Nur eines vergaßen diese traditionsbewußten Rabbiner: Die Kluft zwischen den um sie heranwachsenden und immer gebildeteren jüdischen Massen und den an weltlichen Kenntnissen ärmlich ausgestatteten, traditionstreuen Rabbinern wurde immer tiefer.

Die traditionstreuen Rabbiner brachten in verschiedenen Beratungen, und bei zwei Anlässen in Audienzen vor dem Monarchen, ihren Protest gegen das geplante Seminar zum Ausdruck. Die zeitgenössischen Responsa und Korrespondenzen verurteilen die neue Institution in einem bald milderen, bald energischeren Ton und geben ihrer Überzeugung Ausdruck, daß eine traditionstreue Gemeinde nie einen aus diesem Seminar kommenden Rabbiner zu ihrem Geistlichen wählen könne. Die Auffassung der ungarischen Rabbiner unterschied sich überhaupt nicht von der des Krakauer Rabbiners Simon Schreiber, der das Rabbinerseminar als ein Bollwerk der Minut und Apikorsut (der Häresie und Ketzerei) betrachtete. Der erste

Rabbiner der Budapester orthodoxen Gemeinde, Chaim Sofer, bezeichnete die Gründung eines solchen Institutes glatt als eine historische Katastrophe. Auf die traditionellen Einwände weist Professor Ernst Roth hin, und auch wir haben einige davon gezeigt.

Trotz aller Einwände und Gegenaktionen ist das Institut doch unter äußerst feierlichen Umständen, in Anwesenheit kirchlicher und weltlicher Würdenträger, von Vertretern von Universitäten und theologischen Hochschulen, zustande gekommen. Die beiden deutschen Bruderinstitute waren durch die Professoren Heinrich Graetz und Kassek vertreten.

Im folgenden versuchen wir, natürlich ohne Anspruch auf Vollständigkeit, zu schildern, was das Institut für das jüdische Glaubensleben und die jüdische Wissenschaft bedeutete.

Über die feierlichen Zeremonien der Eröffnung hinaus erhöhte die Bedeutung des neuen Rabbinerseminars auch die Tatsache, daß, kaum sechs Wochen nach der Eröffnung, der Kaiser und König Franz Josef I. das Institut besuchte und Gespräche mit dem Rektor, mit den Professoren und mit den Hörern führte. Die Bedeutung dieses Ereignisses kann ein heute Lebender kaum richtig einschätzen und nachvollziehen, wie die Zeitgenossen, die damaligen Untertanen der Monarchie, zu dem Herrn des Thrones wie zu einem Halbgott aufblickten.

Bei der Festlegung des Studienplanes und des Lehrpersonals beriefen die Gründer des Seminars mit gutem Gespür Moses Bloch, Vilmos Bacher und David Kaufmann für die leitenden Lehrposten. Die letzten zwei von ihnen waren jung, doch außerordentlich vielversprechend. Der erste war an der Schwelle des Alters, ein fast orthodoxer Rabbiner mit internationalem Ruf und Ansehen, und stammte aus einer berühmten Rabbinerfamilie. Der der ersten Altersklasse der Hörer zugehörende Ignaz Ziegler, später Rabbiner in Karlsbad, ein hervorragender Gelehrter, erinnerte sich in der Einleitung eines seiner Werke an seine Professoren und hielt Bloch und Kaufmann für Orthodoxe, Bacher weniger. Auf die Erinnerungen Zieglers folgten später zahlreiche ähnliche Werke. Fast in jeder Generation gab es einen Rabbiner, der das menschliche Gesicht, den Habitus und die Charakteristika seiner Professoren für die Nachwelt verewigte. Über die erste Periode schreibt Bertalan Kolbach, über die weiteren Imre Benoschofsky und über eine spätere Zeit Rafael Patai.

Diese Erinnerungen vermitteln uns ein Bild von dem Einfluß, den die erwähnten Persönlichkeiten sowohl auf die Wissenschaft als auch auf den Nachwuchs hatten. Wenn auch von systematischen Schulen nicht gesprochen werden kann, ist doch sicher, daß Blau seinen Nachfolger in Samuel Löwinger gefunden hat, Kaufmann in Miksa Weiss, Heller in A. Scheiber. Zum Beispiel erinnert sich Bertalan Kolbach daran, daß Professor Bloch die Talmudisten traditioneller Richtung näher standen, von denen zwei,

Hoffer und Miksa Weiss, Professoren des Institutes geworden sind. Ein weiterer Vertreter dieser Richtung, Béla Rappaport, wurde Religionslehrer in Budapest.

Wesentlich größer als der persönliche Einfluß war die wissenschaftliche Wirkung, die der Professorenstand außerhalb des Unterrichts der wissenschaftlichen Arbeit durch die Vermittlung des Institutes oder durch die unmittelbar ins Leben gerufene wissenschaftliche Gesellschaft (Israelitisch-Ungarische Literaturvereinigung) und wissenschaftliche Unternehmen wie die ungarische Bibelübersetzung und die ungarisch-jüdische Revue ›Hacofe‹ auf das Leben des ungarischen Judentums ausübte.

Das Rabbinerseminar war auch an der Unterstützung der neu entstandenen Jerusalemer Universität beteiligt. Der von Chajes an Blau über diesen Gegenstand gerichtete Brief und die als dessen Folge gegründete „Gesellschaft zur Förderung der Jerusalemer Universität" durch die leitenden Professoren des Seminars und leitende Persönlichkeiten des damaligen Rabbinerstandes ist eines der wertvollen Dokumente des Ungarisch-Jüdischen Archivs.

Das Rabbinerseminar erfüllte eben unter den laut westeuropäischen Begriffen „liberalen" Juden Ungarns eine sehr große Mission, da es durch die Pflege der jüdischen Religiosität, Bildung und Identität von der Kanzel, von den Kathedern der Gymnasien und in religiösen und weltlichen Zeitungen, also mit Wort und Feder gleichfalls gegen die Assimilation kämpfte und zum praktischen Erleben des Judentums ermahnte. Gleichzeitig waren in kleinerem oder größerem Kreise eben die Schüler des Rabbinerseminars die eifrigsten Schöpfer und Gönner zahlreicher humanitärer Institutionen.

Von der zweiten Hälfte der dreißiger Jahre an gab es im Rabbinerseminar eine zionistische Bewegung, obwohl dies nicht offen zum Ausdruck kommen konnte, da das Seminar eine staatliche Institution war. Zu dieser Zeit waren aber die jungen Rabbiner immer entschiedener die treuen Adepten der hebräischen Sprache und Kultur und erzogen die jüdische Jugend in diesem Geiste.

Von dieser Tätigkeit auf die eigentümlichen Fachaufgaben des Seminars zurückkommend, können wir behaupten, daß der Großteil des Lehrerstandes in der jüdischen Wissenschaft derart vertreten war, daß es kaum ein Fachgebiet gab, das im Laufe eines Jahrhunderts nicht seinen Pfleger gefunden hätte.

Ich möchte die Aufmerksamkeit auf das Werk ›The Rabbinical Seminary of Budapest‹ von Prof. Mosche Carmilly-Weinberger richten, das in vieler Hinsicht als Quelle für unsere gegenwärtige Darlegung dient. Dieses ausgezeichnete Werk bereichert mit zahlreichen neuen Gesichtspunkten die Literatur über das Rabbinerseminar.

Die Angaben Rabbi Mosche Carmilly-Weinbergers zur Grundlage nehmend und in geringem Maße ergänzend, kann die literarische Tätigkeit der Professoren des Rabbinerseminars wie folgt gegliedert werden:

1. Wissenschaft der Heiligen Schrift: Bacher, Blau, Heller, Löwinger, Scheiber, Maxwein
2. Talmud: Bloch, Blau, Guttmann, Roth
3. Halacha, Dezisoren: Guttmann, Heller, Roth
4. Philosophie: Kaufmann, Goldziher, Simon Hevesi, Imre Benoschofsky
5. Geschichte: Kaufmann, Samuel Kohn, Miksa Weiss, Großmann, Scheiber, Richtmann, Fülöp Grünwald
6. Orientalistik: Goldziher, Heller, Weiss
7. Manuskripte, Genizah: Löwinger, Scheiber, Widder
8. Folklore – Literaturgeschichte, allgemein-jüdische und ungarisch-jüdische: Heller, Schreiber; Liturgie: Weiss
9. Homiletik: Kaufmann, Simon Hevesi, Arnold Kiss, Ferenc Hevesi

Mitglieder im Kuratorium des Rabbinerseminars waren unter anderem Imanuel Löw, die Privatdozenten Sándor Büchler und Armin Kecskeméti sowie Béla Bernstein, alle Rabbiner. Löw erlitt den Märtyrertod im Sommer 1944 im Budapester Ghetto-Spital, die drei anderen in der Deportation.

Die Dissertationen der Hörer können mit den Text-Ausgaben zusammen in 14 Gruppen eingeteilt werden, in denen von der Wissenschaft der Heiligen Schrift bis zur Kunstgeschichte alle Fachgebiete vertreten sind.

Unter den im Budapester Rabbinerseminar diplomierten Rabbinern erhielten viele einen Lehrstuhl in Rabbinerseminaren und an Universitäten. Es gab in Europa kaum ein Rabbinerseminar, in dem nicht ein in Budapest diplomierter oder studierter Professor lehrte, so in Wien Samuel Krauss, in Paris André Vajda, in Breslau Julius Guttmann und an der Berliner Hochschule Martin Schreiner.

Heutzutage wirken oder wirkten in Israel Meir Weiss, Pinchas Arzi, Zwi Moskowits und Ottó Komlós, in Deutschland Ernst Roth, in Rom Fabian Herskovits, in New York Mosche Carmilly-Weinberger an den Rabbinerseminaren und auf den Lehrstühlen der Judaistik an den Universitäten. Wir weisen auf solche hin, die eine kürzere oder längere Zeit an unserem Institut verbracht haben: Meir Gilon und Kadari an der Bar-Ilan Universität in Tel Aviv, Alexander Guttmann am Hebrew Union College in Cincinnati, Menachem Schmelzer am Jewish Theological Seminary in New York und Imre Hermann Schmelzer in Sankt Gallen usw.

In der Geschichte des Seminars bedeutete die deutsche Besatzung einen großen Bruch. In den vorangehenden Jahren erhöhte sich die Zahl der Hörer aus dem erweiterten Gebiet Ungarns ständig und erreichte 1944 die Zahl von 161 auf der Unter- und Oberstufe. Von ihnen erlitten 24 Studenten der Unterstufe, 37 Hörer der Oberstufe und drei Absolventen, die unmittelbar vor der Rabbinerprüfung standen, den Märtyrertod.

Nach der Befreiung trat unter der Leitung von Löwinger, Roth, Scheiber und Hahn eine begeisterte junge Garde hervorragender Geister an die Katheder, neben ihnen gelehrte praktizierende Rabbiner wie Benoschofsky, Herskovits und andere.

Infolge der Abnahme der Hörerzahl wurde die Unterstufe nicht weitergeführt. Die Oberstufe ist mit geringerer Hörerzahl bis heute tätig, im allgemeinen mit vier bis acht Hörern in den letzten Jahrzehnten, doch wurden fast jedes Jahr Rabbiner ordiniert. Der Kreis der Hörer erweiterte sich durch russische, deutsche und tschechische Hörer. So fungieren unsere früheren Hörer als Rabbiner in der Sowjetunion, in der Tschechoslowakei, mehrere in Israel, in Amerika und in Deutschland unser Freund Joel Berger (Stuttgart). Infolge von Auswanderung und Ableben blieb von den gelehrten Professoren Scheiber allein, und ein Teil der Vorträge wird von praktizierenden Rabbinern gehalten. Auf meine Initiative führten wir vor einem Jahr die Einladung von israelischen Gastprofessoren ein.

Scheiber wurde selbst zu einer kulturellen und wissenschaftlichen Institution: Redakteur und Inspirator von Editionen und Autor einer langen Reihe von Werken und Aufsätzen. In den schweren Jahren des Stalinismus machte er das Institut zum einzigen lebendigen Zentrum des jüdischen Jugendlebens. Wir, seine Freunde und Schüler, bemühten uns, ihn zu unterstützen und in bescheidenem Maße als praktizierende Rabbiner die Verwirklichung seiner wissenschaftlichen Bestrebungen zu fördern.

Erst als nach vielen Jahren der Zurücksetzung nicht in Budapest, sondern in Übersee der Glanz der Anerkennung auf ihn fiel, wurde er endlich auch in Budapest von den höchsten Autoritäten des öffentlichen und wissenschaftlichen Lebens anerkannt. An seinem Lebensabend war seine einzige Israelreise ein wahrhafter Triumphzug. Doch am Ende, am Abschiedsabend, wie er es mir als seinem Schüler telephonisch mitteilte, sank er todmüde in sein Bett, das er eigentlich nie mehr verließ, und sein krankes Herz hörte am Purimabend des Jahres 1986 auf zu schlagen. *Darasch tow le'amo*, dem Heil und Wohl seines Volkes diente er bis zum Tode und hütete die edelsten Traditionen des Rabbinerseminars. *Jaft elohim le-jefet*, die Harmonie Israels und Japhets, der klassischen und jüdischen Bildung, war es, um die er sich bemühte und die von Anfang an Zielsetzung des Seminars war, jedoch nicht als Selbstzweck, sondern *lehagdil Tora uleha'adir*, zum Ruhm und größtem Ansehen der Tora. Wir, seine Nachfolger und Schüler, die wir uns auch als dankbare Schüler von Professor Roth bekennen, bemühen uns, wenn wir auch wenige sind, nach den Anweisungen der Großen der Gegenwart und Zukunft unseres Institutes zu dienen.

Literatur

Jahresberichte der Landes-Rabbinerschule in Budapest, 1877 ff.

Salomon Schill, Die Geschichte der Landes-Rabbinerschule, Budapest 1896 (ungarisch).

Ludwig Blau, Die Geschichte der Landes-Rabbinerschule, 1877–1917 Budapest, Budapest 1917 (ungarisch).

Ludwig Blau, Festschrift zum 50jährigen Bestehen der Landes-Rabbinerschule in Budapest, Budapest 1927 (ungarisch, deutsch, englisch und hebräisch).

Samuel Löwinger, Az Országos Rabbiképző Intézet Évkönyve az 1943/44 és 1945/46 tanévról, Budapest 1946.

Mosche Carmilly-Weinberger, The Rabbinical Seminary of Budapest 1877–1977, New York 1986.

VERMÄCHTNIS ALS FRAGE DER ZUKUNFT

Die jüdische Kulturarbeit und die Rezeption der Wissenschaft des Judentums in der Schweiz 1919–1961

Von JACQUES PICARD

Die Aufnahme und Verarbeitung der vom deutschen Judentum geleisteten Beiträge zum intellektuellen Leben in der Schweiz kann nur erfaßt werden, wenn man sich als erstes die besondere Situation vergegenwärtigt, die diese Landschaft inmitten von Europa auszeichnet. Allein die sprachliche Identität des Raumes schuf und schafft mit der Orientierung in den deutschen Sprachraum und zum anderen in den französischen sowie auch italienischen Kulturbereich jene Voraussetzung, die aus der Sicht des fernen Auslandes als eine Art von abgeschlossener Sonderexistenz empfunden wurde. Entsprechend vermochte in den beiden Weltkriegen die mehrsprachige Schweiz die geokulturelle Vielfalt über den Graben politischer Differenzen hinweg zu bewahren und dank ihrer Neutralität als positiven Wert umzumünzen. Darin war auch stillschweigend die oft fremdenfeindliche und auf Transmigration ausgerichtete Politik gegenüber Juden und jüdischen Flüchtlingen einkalkuliert.

In diesen Bedingungen ist denn auch ein Stück weit der sozialgeschichtliche Rahmen für die Schweizer Juden und die Juden in der Schweiz impliziert. Der späten Emanzipation der Juden in den Jahren 1866/74 folgten Immigrationen aus dem elsässisch-lothringischen Raum, dann aus Osteuropa und Rußland, seit 1933 vermehrt aus Deutschland und bald aus allen europäischen Ländern.[1] Freilich war die Abwanderung und der Transit zeitweise sogar größer als die Zunahme jener Juden, die sich letztlich fest einzurichten vermochten. Aus diesen Migrationsbewegungen und dem ungefähren Nettoverbleib von knapp 20000 Juden in der Schweiz resultierte eine kulturelle Überlagerung von eingesessenen, französischen und deutschen, osteuropäischen und russischen Juden. Dies führte in nicht unerheblichem Maß zur gesellschaftlichen Hochstilisierung einer jüdischen Frage in der Schweiz, die gemessen an der kleinen Zahl erstaunlich scheint.[2] Sozialgeschichtlich erfolgte die Akkulturation in doppelter Hinsicht: innerhalb des jüdischen Gesellschaftslebens im Generationenschritt, dann allgemein mit der Niederlassung und Einbürgerung in der deutsch- oder französischsprachigen Schweiz als zwei unterschiedlichen Orientierungsräumen.

Die pauschal skizzierten sozialgeschichtlichen Momente sind sichtbar in den Gefäßen, welche direkt oder mittelbar die Kultur des deutschen Judentums in irgendeiner Weise aufgenommen haben oder davon beeinflußt wurden. Es wird beispielsweise kurz darzustellen sein, wie in der Publizistik und Kulturarbeit die Genfer ›Revue Juive‹ oder in Zürich der ursprünglich in Zagreb begründete Verein „Omanut“ vom deutsch-jüdischen Geist beeinflußt waren und zur Zeit der Naziherrschaft und danach auch den Stimmen deutscher Juden selbst die Möglichkeit der Mitteilung geben konnten. Doch die Rezeption der wissenschaftlichen Leistungen und der geistigen Strömungen, wie dies im deutschen Judentum als einer geschichtlichen Blüte vorgeführt erscheint, ist in der Schweiz vor allem im Jüdischen Lehrhaus Zürich mit konzentrierter Anstrengung vollzogen worden. Das Zürcher Lehrhaus ist nicht der einzige Ort, an dem sich die Rezeption und Weiterführung zeigen läßt, doch in seinem Anspruch ein bedeutsamer Versuch, das deutsche Judentum zu repräsentieren. Es wird als individuelles Beispiel zu ermessen und mit weiteren Hinweisen auf Personen und ihre Publizistik, die sich der Aufnahme der Wissenschaft des Judentums widmeten, zu ergänzen sein.

1. Das Jüdische Lehrhaus Zürich 1951–1961

„Ausgangspunkt sind wir selbst, über jede Partei und Grenze hinweg gemeinsam Träger unserer Überlieferung, gemeinsam Angehörige unserer Ermordeten, gemeinsam Wegbereiter unserer Nachkommen“, so lautete einleitend der Grundsatz für ein *Jüdisches Lehrhaus Zürich*, das sich als Lerngegenstand jedem Zeugnis, für oder auch gegen das Judentum in seinem Namen abgelegt, widmen wollte. Auf der Grundlage des an Abraham und Mose ergangenen Rufes, vom Sinai her also, sollte mit neuzeitlichem Zugang die Erforschung und Sichtung des Wesentlichen der jüdischen Überlieferung und Geschichte erarbeitet werden. Auf die Gegenwart abgestellt und daher eine Erneuerung und Verpflichtung dem Vergangenen gegenüber, dies war die Begründung für das neue Lernen, mit dem das Zürcher Lehrhaus 1951 an Franz Rosenzweig anknüpfte und als fortführende Unternehmung in die Zukunft weisen wollte. Doch trat das Jüdische Lehrhaus Zürich (JLZ) nicht bloß dem Namen nach, sondern mit durchaus eigenem und programmatisch formuliertem Ziel als Lehrhaus auf. Wie und wieweit es in den zehn Jahren seines Bestehens diesen verkündeten Anspruch bewährte, welche Voraussetzungen und Überzeugungen prägten und prägend wirkten, wird hier nicht umfassend darzustellen sein. Doch soll verständlich werden, daß das JLZ ein jüdisches Selbstverständnis mitformte und zugleich von Voraussetzungen geformt wurde, von innen heraus wie vom geschichtlichen Ort seiner Zeit aus gesehen, die als Ganzes zu dokumentieren sind.[3]

Quellen des JLZ: Biographie des deutschen Judentums

Lernen als eine Institution ist in der jüdischen Erfahrung oft und wesentlich mit der prägenden Gestalt eines Lehrers verbunden. Im JLZ ist dies nicht anders gewesen, und damit ist dieses Lehrhaus von seinem Gründer und Leiter, in dessen Leben die geschichtliche Zeit in eigener Kontur erscheint, persönlich und denkerisch geformt worden. Hermann Levin *Goldschmidt* stammt aus einer Familie, die väterlicherseits in Preußen nach 1668, als Bürger von Frankfurt a. d. Oder seit 1702 und in Berlin 1815/57 nachzuweisen und mütterlicherseits seit 1521 in Frankfurt a. M. zu finden ist. Er war Anfang 1938 gezwungen, Deutschland zu verlassen.[4] In der Schweiz das Schicksal des Exils erleidend, wenn auch als Emigrant noch in einer etwas freieren Stellung als der Flüchtling, zeigt sich in dieser Lebenswende mehr als nur der Durchgang zu einem anderen Ort. Goldschmidt setzte sich gegen die schweizerische Politik des Transits auch nach dem Krieg durch und blieb in Zürich, wo ihm nach zahlreichen Erschwerungen und dem Arbeitsverbot erst 1951 die Niederlassung gewährt wurde. Weitere zwölf Jahre bis zur Einbürgerung, und damit insgesamt 25 Jahre seit seiner Ankunft, sollten vergehen, bis die Schweiz – für ihn die geistige Landschaft Gotthelfs, Pestalozzis, Kellers, Bachofens und Burckhardts – Goldschmidt endgültig Heimatrecht einräumte.[5] Dennoch war Zürich als größte jüdische Siedlung im deutschsprachigen Raum der Nachkriegszeit der Boden für das Lehrhaus. Das Jahr der Niederlassungserteilung ist das Gründungsjahr des JLZ, und dieses Moment ist konstitutiv, weil von Zürich aus die Fortführung des deutschen Judentums in seinem eigenen Sprachraum möglich schien.

Doch bis zu seiner Bejahung Zürichs als einer jüdischen Mitte zwischen Israel und den Vereinigten Staaten, wie Goldschmidt hier Leo Baecks Eintreten für Europa als Mitte polarer Brennpunkte auffaßte, liegen diese dreizehn Jahre des Emigrantenlebens. Einmal der Neubeginn, mit dem Studium der Philosophie an der Universität Zürich: der Gewinn ihrer Preisarbeit 1937/38 mit einem Aufsatz über Gotthelf; die Promotion über den Nihilismus im Licht einer kritischen Philosophie, als eine geistige «pièce de résistance»; schließlich der Bruch mit seinem akademischen Lehrer, Eberhard Grisebach, im Frühling 1944 und dem damit erzwungenen Verzicht auf die Habilitation.[6] Dann auf der anderen Seite die bewußte Zuwendung zur jüdischen Kulturarbeit: die vertiefende Bestandsaufnahme der Quellen des Judentums und, daraus sich abzeichnend, ein Philosophieren, mit dem die Spannung zwischen Wissen und Glauben ausgehalten werden soll. In diesem Sinn prägt Goldschmidt den Begriff der *Dialogik*, auf den als Schlüssel zu seinem Verständnis und des JLZ noch einzugehen sein wird, weil darin seine Überzeugung von jener Bubers und Rosenzweigs sich unterscheidet.[7]

Von Jugend und Studium mit seinen Freunden Peter Weiss, Robert Jungk[8] und Arnold Künzli verbunden, trat Goldschmidt bald mit zwei ihn prägenden Gestalten des deutschen Judentums in Berührung, mit Margarete Susman in Zürich und mit Leo Baeck und seinem Kreis in London. In der Begegnung mit Margarete Susman seit 1939, wo sie von einer Reihe exilierter deutscher Juden verehrt wurde, erschloß sich Goldschmidt das Frankfurter Lehrhaus. Margarete Susman brachte die Erinnerung an die Frankfurter Epoche in Zürich ein und hinterließ, über die Konventionen hinausgehend, das Erlebnis einer prophetenhaft wirkenden Erscheinung. Es war auch diese Dichterin, die während des Krieges in der Schweiz, als erste Stimme überhaupt, Auschwitz vom Biblischen her, als das kollektive Schicksal Hiobs im jüdischen Volk, zu deuten suchte. Es war nicht nur die Dichterin aus dem Kreis von Buber und Wolfskehl oder die Deuterin der romantischen Gestalten, sondern das deutsche Judentum in den vielen Wandlungen ihres jüdischen Lebens und die Widmungen an Rosenzweig, welche für das JLZ von Bedeutung wurden.[9]

Leo Baeck hat auf der anderen Seite durch seine entschiedene Abhebung des Judentums gegenüber dem Christentum, als einer klassisch gegenüber romantisch charakterisierten Religion, Goldschmidts Verständnis von Welt beeinflußt. Vor allem ist es Baecks universal gerichtete Auffassung, wonach das „Wesen des Judentums" in seiner Ebenbürtigkeit den anderen Weltreligionen gegenüber erst die geschichtliche Zukunft erfunden habe, die diese dann auf ihren Wegen sieht. Nicht um uns handelt es sich, wo es sich um uns handelt, diesen Kernsatz Baecks hat Goldschmidt als einen ›nervus rerum‹ jüdischer Selbstbehauptung in der Welt angesehen.[10] Baeck selbst suchte Goldschmidt während der Zeit des bestehenden Lehrhauses vergeblich zur Übersiedlung nach London zu bewegen.[11] Er ist dann der Empfänger des Leo-Baeck-Preises bei dessen erstmaliger Verleihung 1957 geworden.

Hinter dem Lehrhaus stehen Versuch und Absicht, das deutsche Judentum in der Schweiz fortzuführen. Doch nun ist das Zürcher Lehrhaus nicht allein von den genannten Gestalten dieser deutschen Kultur vorbereitet und diese durch den Gestalter des JLZ als geistige Blüte des Judentums gedeutet worden. Es ist auch nicht Rosenzweigs Beispiel allein, sondern der jüdische Beitrag zum „Weltgang des Lernens" weithin, zu dem das JLZ das Erbe von Mendelssohn bis Rosenzweig evozieren und verflüssigen wollte. Der paradigmatische Anker zu den zweieinhalbtausend Jahren jüdischen Lernens war daher das Babylonische Lehrhaus, mit dem jüdisches Lernen auf einen äußerst bewußten Boden gestellt werden konnte. Mehr als die Erwachsenenbildung der Volkshochschule oder die Kulturförderung allgemein sollten dahinter stehen, nämlich ein lebendiges Lernen, das beispielgebend ein neues Selbstverständnis mit Selbstbesinnung vorlebte und Bildung mit leibhaftiger Nachfolge verwirklichen wollte. Doch solcher

Anspruch schien und war aus zwei Gründen schwierig und problematisch: einmal allgemein als Lernen nach Auschwitz und dann in der besonderen Nachkriegssituation in der Schweiz.

Lernen seit Auschwitz

Jüdisches Lernen konnte nach dem Zweiten Weltkrieg nicht unbefangen dort fortfahren, wo es vor dem Aufstieg des Nazismus abzubrechen gezwungen war. Auschwitz verlangte von Grund auf eine neue Form des Lernens und Nachdenkens. Das Erinnern hatte hier nicht begründet zu sein, etwas Einmaliges war als eine ungeheure Wirklichkeit vor Augen geführt. Doch blieb vonnöten, einem Versuch, das Lehrhaus wieder zu errichten, eine jüdische Bestandsaufnahme vorangehen zu lassen. Ein Drittel des jüdischen Volkes war ausgerottet und der Rest von den beiden Nährböden seiner letzten Blüte vertrieben. Diese Vertreibung vollendete, wie Goldschmidt es feststellte, die Verbreitung der Juden auf die gesamte Erde, und zwar als Juden. Das Blutbad und die Gaskammern hatten die Juden in eine neue Wirklichkeit gehämmert, die als erstes zu verstehen und im weiteren als ein Ganzes aufzunehmen war.[12] In der Konsequenz hat sich Goldschmidt geweigert, den partikularen Interessen einzelner jüdischer Strömungen ausschließlich das Recht einzuräumen, sich als authentische Vertretungen des Judentums auszugeben. Die Geschichte bislang einzelner „Judentümer" war mit dem Weltkrieg und seinen Folgen eine künftige Weltgeschichte des jüdischen Volkes geworden. In diesem Raum suchte das Zürcher Lehrhaus Anlauf im biblischen und mittelalterlichen Judentum zu nehmen, aber nicht als eine Regression, sondern als einen verarbeiteten Ausgang, der den Aufbruch in die Neuzeit ins Bewußtsein hob. Gewiß ist diese lineare Konzeption von Geschichte auch Simon Dubnow und Franz Rosenzweig mitverdankt, wenn auch im Gegensatz zu beiden Goldschmidt die Neuzeit früher einsetzen läßt.[13] Vor allem aber wurde nun dem jüdischen Lernen der Neuzeit seit Auschwitz eine weitere, andere Bedeutung zugemessen, nämlich als bewußter Zeuge Lernender mit Auschwitz als Hintergrund zu werden. Der Welt sollte der Opfergang der jüdischen Unschuld als Forderung vor Augen stehen, das moderne Menschenrecht vom Sinai her zu erfassen und durchzusetzen. Jüdisches Lernen hatte unter anderem die Aufgabe, dieses Bewußtsein der Welt anzutragen, indem das Lehrhaus darauf beharrte, Judentum als leibhaftig und lebendig ernst zu nehmen.

Gerade in diesem Punkt ist Goldschmidt verübelt worden, das geblieben zu sein, als was man ihn und das Lehrhaus nicht haben wollte: ein deutscher Jude, der widersprach, statt sich einer musealen Rolle zu unterziehen. Als im Dezember Kurt Schubert aus Wien dem Leiter des JLZ antrug, ihn zum Direktor eines geplanten Archivs und Museums für deutsch-jüdische Kultur zu berufen, lehnte Goldschmidt mit der Begründung ab, daß diese Frage nur zu erwägen sei, wenn die Möglichkeit eines gleichzeitigen Lehrstuhls damit verbunden würde.[14] Für Goldschmidt, den Schubert übrigens etwas voreilig als den „letzten deutschen Juden" würdigte, stand fest, daß Lernen in Verbindung mit Universität und Lehrerausbildung erst das Vermächtnis des europäischen Judentums als lebendige Gegenwart ausweisen würde. Gegenwart konnte nur sein, weil man Zukunft hat: Lernen war aus diesem Grunde auch nicht mit wissenschaftlicher Judaistik zu verwechseln, die ihrem Gegenstand als einem toten und schweigenden Relikt der weit vergangenen oder auch jüngsten Geschichte im besseren Wissen gegenüberzutreten drohte. Weder aus Berlin noch aus Frankfurt erreichte Goldschmidt ein Ruf auf einen Lehrstuhl, obwohl seine Kandidatur erwogen und gar von Nahum Glatzer befürwortet war. Goldschmidt stand einer Auffassung, das Wort „deutscher Jude" und seine substantielle Bestimmung „deutsches Judentum" durch die Wendung Juden in Deutschland ersatzlos zu negieren, völlig quer gegenüber, mit der Ausweitung freilich, daß es überall und so auch von Zürich aus möglich sei, deutscher Jude zu sein.

Was also bedeutete Lernen von Zürich aus? Hier teilt das JLZ mit dem Frankfurter Lehrhaus eine gleiche Wegbeschreibung: Erstens ging es dem „Neuen Lernen" darum, nicht von der Überlieferung ins Leben zu streben, sondern in umgekehrter Richtung von der Gegenwart auszugehen, um hier die Lehre von neuem „ins Leben zu rufen". Deshalb konnte zweitens derjenige der beste Schüler und Lehrer sein, der – wie es Rosenzweig bei der Eröffnung in Frankfurt betont hatte – „am meisten Fremdes mitbrachte", das heißt also von außen an das Jüdische herantrat. Dies wiederum konnte nur möglich sein, solange man als Jude auf dem Boden der Neuzeit dazu stand, Jude zu sein. Rosenzweig hatte eine Reihe von Forderungen zu diesem Punkt formuliert, die Goldschmidt als Grundvoraussetzung auch für das JLZ nannte und erweiterte: Treue zum Jüdischen als Mitverantwortung an der Welt, Einkehr in das Eigene und Unbefangenheit anstelle von Rezepten, Verbindung von Glauben und Wissenschaft in ihrem unverkürzten Anspruch.

Doch gleichzeitig trennt, bei aller Gemeinsamkeit der Orte, die philosophische Situation in der geschichtlichen Zeit Goldschmidt von Rosenzweig. Nochmals ist es der tiefe Riß von 1941/42, der Goldschmidt zwingt, das Zürcher Lehrhaus programmatisch auf eine systematische Erhellung des Begriffs *Dialog* abzustützen. Von Frankfurt aus war Rosenzweigs „Rezept der Rezeptlosigkeit" und seine Auffassung des Dialogs als einer theologischen Fragestellung später durch Martin Buber auf die Grundworte *Ich und Du* zurückgeführt worden. Doch diese theologische Verkürzung, die beide mit

Ferdinand Ebner, Friedrich Gogarten, Eberhard Grisebach und Romano Guardini verbindet, konnte nach dem Zweiten Weltkrieg nicht mehr genügen. Es ging nicht darum, den Monolog nur zu verurteilen, weil er an der Gemeinschaft mit Gott vorbeiführte, sondern darüber hinaus, den Dialog auszuweiten, um auf der „vollständig entdeckten Erde" jedem herrschaftlichen Anspruch einer einzelnen Richtung entgegenzutreten. Die Kritik der Herrschaftsansprüche an und auf dieser Welt konnte nur systematisch erfolgen, um den Dialog vor dem Ausgleiten ins Nur-Spontane oder seiner Vergewaltigung und der Erniedrigung zu bewahren. Freilich hatte auch jede begriffliche Systematik vor der eigenen Überfolgerung, alle Welt in Dialoge auflösen zu wollen, zu warnen und den Dialog auf seine entscheidende Frage zu beschränken. Die emanzipatorische Höhe der Dialogik sollte nicht darin bestehen, jenseits des Dialogs eine Möglichkeit mehr des Philosophierens zu haben, sondern die Herausforderung auf der realen und ganzen Welt nicht zu verfehlen.

Diese Arbeit nach Auschwitz zu leisten und mit einer begrifflichen Erhellung das Instrument zur Abweisung von Herrschaft zu bieten, kam der Philosophie als Auftrag zu. Goldschmidt schuf den Begriff der Dialogik aufgrund seiner philosophiegeschichtlichen Aufarbeitung, der die begriffliche Systematik folgte. Es ist wohl seine Größe und Schwäche zugleich, diesen seinen Beitrag zur Zukunft der Aufklärung geleistet zu haben, ohne sich an der politischen Praxis zu beteiligen bzw. in der Schweiz sich wegen fremdenpolitischer Restriktionen nicht beteiligen zu dürfen. Die jüdische Arbeit erhielt zur Zeit des Lehrhauses deutlich Vorrang, und es ist auch kein Zufall, daß seine ›Philosophie als Dialogik‹ in gleichzeitiger Abfassung zu seiner Studie über ›Hermann Cohen und Martin Buber‹ geschrieben wurde.[15] In diesen beiden jüdischen Gestalten widerspiegelt sich das Ringen um die Wirklichkeit des jüdischen Lebens in den Polen des rationalen Zugriffs und des spontanen, lebendigen Ergriffenseins. Für das Zürcher Lehrhaus hieß dies, über den theologisch angesetzten Dialog einer Existenzphilosophie hinauszugehen und die Philosophie aus den Quellen des Judentums[16] konstitutiv in das Leben einzubringen.

Das Programm des Zürcher Lehrhauses

Das Zürcher Lehrhaus öffnete den rund 400 eingeschriebenen jüdischen und nichtjüdischen Teilnehmern seine Tore während zehn Jahren, in denen meistens wöchentlich Kurse in fortgesetzten Themenreihen angeboten wurden. Goldschmidt arbeitete allein, ehrenamtlich und ohne Bezahlung. Die Unterstützungen seitens des World Jewish Congress, der Israelitischen Cultusgemeinde Zürich, in deren Räumen die Kurse stattfanden, und die zahlreichen Einzelspender erhielten das JLZ materiell am Leben, doch sind die finanziellen Mittel spärlich geblieben.

Ein erstes Zürcher Programm des JLZ ist 1956 in der Mitte der Lehrhauszeit vorgelegt worden.[17] Es unterschied sich von den drei Grundkonzepten Rosenzweigs aus den Jahren 1920–1923 durch die strikte Vermeidung von historischen Epochenteilungen oder existentialistisch eingegebenen Kriterien. Statt dessen erscheinen im JLZ die Disziplinen des Lernens im Vordergrund, was das Bedürfnis zeigt, den Bestand jüdischer Schriften, jüdischer Dichtung und Kunst, von Bibelarbeit und Philosophie, in der Durchmessung der gesamten geschichtlichen Zeit vorzuführen. Goldschmidt hat später in der Folge dieser Überzeugung das Programm überarbeitet[18] und dessen Ausgehen von der Gegenwart noch deutlicher werden lassen:

Ein erster Programmteil zeigt den Gang der *Weltgeschichte des Judentums* als vom Leben begründeter Bezug zur Vergangenheit und sucht danach die Grundfragen von der Gegenwart her zu ermessen. Mit Blick auf die Weltgeschichte stehen dann im zweiten Programmteil die Lesungen der *Hauptschriften* des neuzeitlichen Judentums, insgesamt dreißig Titel, darunter Schriften von Mendelssohn, Zunz, Riesser, Hirsch, dann Hess, Pinsker, Achad Ha'am, Herzl, schließlich Dubnow, Klatzkin, Bloch, Lessing und letztlich Cohen, Buber, Rosenzweig, Brod, Goldberg, um nur einige Namen aufzuzählen. Die Literaturauswahl ist nicht nach akademischer Vollständigkeit erfolgt, sondern danach, was wohl Goldschmidt als jüdische *res gestae* in der Geschichte der Neuzeit empfunden hat. Die Liste endet mit Margarete Susmans Hiob-Buch. In einem dritten Teil räumt das Programm der jüdischen *Dichtung und Kunst* breiten Raum ein, wenn auch hier noch manches fehlt, was Goldschmidt früher oder dann später beigetragen hat. In einem vierten Programmteil *Philosophie* aus den Quellen des Judentums entwirft Goldschmidt einerseits die Kernfragen der Botschaft des Judentums, zum anderen die Dialogik mit der geistigen Situation der Zeit. Hier haben Atomphysik, Psychoanalyse, neue Architektur oder Wirtschaft ihren Ort, insofern sie den lernenden Menschen zu Fragen bringen. Und erst jetzt folgt als unentbehrlicher fünfter Teil die *Bibelarbeit*, schöpferisch von neuem befragt, weil in der gesamten Programmlegung von der Gegenwart her gefordert.

Bei erstem Hinsehen marginaler scheint für das Lehrhaus, das sich ja auch christlichem Publikum öffnete, der christlich-jüdische Dialog in der Schweiz[19] geblieben zu sein. Doch standen Goldschmidt und das Lehrhaus insbesondere Leonhard Ragaz und seinem Kreis nahe, der mit seiner Zeitschrift ›Der Aufbau‹ sich gerade dieser jüdischen Stimme öffnete. Goldschmidt sprach an dieser Stelle von der „heilsgeschichtlichen Arbeitsteilung", um über Rosenzweig hinausgehend und im Rückgriff auf Karl Jaspers Begriff des „Biblischen" eine Erweiterung des jüdischen Auftrages in der Welt zu postulieren. Nicht um sich nur selbst zu erhalten, wie es Rosenzweig sah, ist das Judentum da, sondern im Sinne der Dialogik ein ebenbürtiger Partner des Christentums, um in der heilsgeschichtlichen Verantwortung die Welt mitzutragen.[20] Sehr viel ist hier aus der Arbeit des Zürcher Lehrhauses auf die Bühne des christlich-jüdischen Gesprächs in der Schweiz und in Deutschland eingeflossen, dem Goldschmidt selbst mit ernster Offenheit und beharrlicher Kritik gegenüberstand. Von Interesse ist vor allem sein Beitrag über Judas im Neuen Testament, dessen neue Deutung ein Schritt aus falschen Legenden sein wollte.[21]

Die Frucht des Lehrhauses

Das Lehrhaus ist indessen nicht nur von seinem Programm und Wirken aus zu ermessen, sondern auch umgekehrt, das Lehrhaus ist ein Stück weit von der Gegenwart, seinem Ort und seiner Zeit, selbst geprägt worden. Jüdisches Leben seit Auschwitz und auch die Situation der Schweiz sind bereits kurz genannt worden. Zürich als soziales und geistiges Umfeld, mit der größten jüdischen Siedlung im deutschsprachigen Raum, wird weiter unten eingehender charakterisiert. Das Lehrhaus ist es nicht zufällig von dieser Stadt aus. Sein Gründer bestand von Anfang an auf der deutschen Sprache als der Vermittlerin der jüdischen Hochblüte in Westeuropa. Er entschied sich für Zürich nach einer Erkundungstour im jungen Staat Israel, wo er mit Ernst Simon, Martin Buber, Gershom Scholem, Max Brod, Werner Kraft, Manfred Sturmann, Max Zweig und anderen eine vor allem deutschsprachige Oase im frischen hebräischen Aufklang vorgefunden hatte.[22] Diese deutschen Juden in Israel haben denn auch in Zürich unmittelbar nach dem Krieg mit dem jüdischen Kulturverein, „Omanut“, den Goldschmidt vor der Lehrhaus-Zeit präsidierte, einen ersten Zugang bei einer deutschsprachigen Zuhörerschaft gefunden. Doch im ganzen gesehen hat Goldschmidt im Ende des Lehrhauses für die Schweizer Judenheit eine Schwäche in ihrer geschichtlichen Entwicklung begründet gesehen: das Schweizer Judentum habe zwar die Emanzipation und die „Synagoge“ von seinem Vorbild, dem deutschen Judentum, übernommen, nicht aber auch die Wissenschaft vom Judentum.[23] Dieses richtige Urteil ist zu relativieren, insofern ein großer Teil der Schweizer Juden seine politischen und kulturellen Werte durch Frankreich garantiert sah. Auch wies er entschieden darauf hin, was er als Ungenügen des religiös-liberalen Judentums, das er in der Schweiz mitbegründet hatte, erkannte: der talmudische Grundsatz erlaube, eine Synagoge in ein Lehrhaus, aber kein Lehrhaus in eine Synagoge zurückzuverwandeln.[24]

Die Zeichen der Zeit, die politische Orientierung standen dem Lehrhaus und seinem Gedanken entgegen: die jüdische Schweiz der fünfziger und sechziger Jahre war bestimmt von der primären Orientierung an Israel und seiner kulturellen Dominanz, was sich in hebräischen Seminarien und einer hohen Auswanderungsquote niederschlug. Goldschmidt würdigte Israels staatliche Gründung neben Auschwitz als das bedeutsamste Ereignis der jüngsten Geschichte, weil hiermit das Judentum auch in die nationale Verantwortung als Staat gezwungen war. Doch erachtete er Israel nicht als Beginn der Sammlung, sondern als eine Vollendung der Zerstreuung: Israel war ihm ein durch und durch säkulares Ereignis kollektiver Emanzipation, und *Heiliges Land* war nicht auf einem Punkt, sondern *überall* auf der Erde zu bewähren. Vor allem aber zeigte die große Lücke, in welchem Maß durch die Verfolgung die Besten und die Vielen umgekommen waren und nun fehlten.[25]

Das zehnjährige Jubiläum des JLZ brachte zugleich die Einstellung seiner Arbeit. Aus dem Ausland waren unter anderen Adolf Leschnitzer und Karl Thieme angereist, Margarete Susman, Jakob Ragaz, Rabbiner Zwi Taubes, eine Reihe Professoren waren anwesend. Nahum Glatzer hielt den Festvortrag über Glaube und Geschichte im Denken Rosenzweigs. Goldschmidt resümierte zehn Jahre Zürcher Lehrhaus und damit auch die hier bereits genannten Gründe für die Schließung, die dann am Ende des Jahres wirklich erfolgte.[26]

Was hinzugefügt werden kann, ist eine Beobachtung, die über die Schweiz hinausreicht. In einem Brief berichtete Aaron Steinberg, der mit dem World Jewish Congress das Lehrhaus regelmäßig unterstützte, seine Reisebeobachtungen. Obwohl er als russischer Jude aus England zu deutschen Juden in Südamerika über deren Erbschaft gesprochen habe und damit als Redner selbst ein illustratives Beispiel für die universale Intention des WJC sei, habe er doch feststellen müssen, "that the main idea underlying our plan, which is so clear to Leo Baeck, to you and to me, produces almost a shock on the majority of the German-Jewish Dispersion"[27].

Die zehn Jahre des JLZ, die Vorträge und die Schriften, haben ihre zusammenfassende Schau in drei Büchern erhalten, die dem Vermächtnis, der Botschaft, der Dialogik gewidmet waren.[28] Franz Rosenzweigs Philosophie hat darin ihren Platz erhalten. Weitere Publikationen in großer Zahl sind gefolgt, sowohl zur Philosophie wie zum Judentum. Die universalistische Intention wird anschaulich, wenn man sich die Nachdichtung der Sprüche des Lao Tse vergegenwärtigt, die von einem jüdischen Boden her unternommen wurde, aber dem Leser einen Hinweis auf die mißverständliche Engführung des inzwischen vielgebrauchten Begriffs „Dialog“ geben will.[29] Der Boden zu einem Verständnis der sich weltweit widersprechenden Ansprüche ist für Goldschmidt fraglos im Zürcher Lehrhaus gelegt worden. Die Frucht schlug sich substantiell nieder als Überzeugung, die Wissenschaft des Judentums als Errungenschaft des deutschen Judentums habe das geleistet, was einst die Pharisäer mit Jabne und seinen Folgen geleistet hätten. Goldschmidt hat die besondere Gestalt des Zürcher Lehrhauses als ein *Vermächtnis* dieses Judentums empfunden: nicht als abschließenden, sondern als vorwärtsweisenden Begriff. Vieles war tatsächlich zu Ende gegangen, doch sollte das Vermächtnis als *Frage an die Zukunft* erst noch zu stellen sein.

2. *Jüdische Kulturarbeit in der Schweiz*

Eine Reihe von Vereinen und einige beachtenswerte Zeitschriften lassen einen gewissen Einfluß des deutschen Judentums und der Wissenschaft des Judentums über die gesamte erste Jahrhunderthälfte erkennen. Die im weiteren dargestellten Einzelbeispiele müssen in Auswahl exemplarisch erfolgen, indem sie selbst Spiegel des Zeitgeschehens sind: der „Omanut“ als Kulturbewegung des Exils im Wandel zu einer schweizerischen Einrichtung, die Jüdische Vereinigung als spezifisch schweizerisches Forum zur Aufnahme intellektueller und sozialer Fragen der jüdischen Geisteswissenschaft, die ›Revue Juive‹ in Genf als französischsprachiges Medium jüdischer Universität und mit Beiträgen aus dem deutschen Judentum. Die Anteile der Rezeption deutsch-jüdischen Geistes in diesen drei Unternehmen sind höchst unterschiedlich und die Bedingungen dazu verschieden. Gemeinsame Zeitorientierung bildet, retrospektiv betrachtet, die besondere Situation der Schweiz in den Jahren 1933–1945 und deren Vorgeschichte wie deren Folgen für die jüdische Situation in Europa insgesamt. In diesem Rahmen wird abschließend auch ein Blick auf das christlich-jüdische Gespräch zu werfen sein, insofern es die Aufnahme der Ergebnisse der wissenschaftlichen Erhellung jüdischer Geschichte überhaupt betrifft.

Die Bewegung „Omanut“ in Zürich

So wie das Zürcher Lehrhaus in der Schweiz unter den Wirkungsbedingungen der Emigration entstanden ist, wurde zehn Jahre vor dessen Gründung, das heißt mitten im Krieg, eine andere Einrichtung begründet, die sich unter den Aspekten von jüdischer Abwehr und Exilsituation der Förderung der jüdischen Kunst und Musik verschrieb. Hinter diesem Zürcher Verein mit dem Namen „Omanut“ steckt allerdings von seinem Ursprung her mehr als die Absicht unterstützender Förderung in der Funktion einer geistigen Gegenaufklärung. Über die kulturpolitische Intention hinaus wurde auch eine kulturelle Autonomie und der Aufbau einer spezifisch jüdischen Kunstproduktion propagiert. Der Zürcher Omanut wurde Ende 1941 als

Schwestergesellschaft des Zagreber Omanut unter den Bedingungen des Exils in der Schweiz geschaffen.

In Zagreb war der „Omanut“ 1931 im Sinne des Kulturzionismus als eine programmatisch formulierte Initiative entstanden, die soziale, institutionelle und publizistische Voraussetzungen für eine säkular bestimmte jüdische Kultur schaffen wollte. Der Zagreber „Omanut“ vermochte nicht nur Konzerte und avantgardistische Bühnenkunst zu organisieren, sondern unterhielt auch ein Musikarchiv, einen Musik- und Literaturverlag und gab während sechs Jahren eine Monatszeitschrift mit dem Titel seines Vereinsnamens heraus. Darin wurden die literarischen, intellektuellen und wissenschaftlichen Anstrengungen jüdischer Geister in Deutschland und Frankreich eingehend beachtet. Das Tor nach Jugoslawien war vor allem Wien, doch auch Ungarn lag nahe, und die Tatsache, daß ein gewichtiger Anteil der jugoslawischen Juden Sepharden waren, kann andeutungsweise die einmalige kulturelle Blüte dieses Ortes ahnen lassen. Mit der Zagreber Zeitschrift wurde auf diese Weise auch die Wissenschaft des Judentums rezipiert, wenn auch nicht systematisch und spezifisch, so doch mit Interesse für den aufgeklärten Anspruch im gesamten.[30]

In der Schweiz war der Zürcher „Omanut“ durch den Dirigenten des Schweizer Kammerorchesters, Alexander Schaichet, und den aus Zagreb stammenden Sänger Marko Rothmüller, der später in die Vereinigten Staaten weiter emigrierte, begründet worden. Der Verein vermochte auch zahlreichen Emigranten und Flüchtlingen ein kulturelles Forum zu schaffen. So fand der Berliner Komponist Max Ettinger die Möglichkeit, mit dem Omanut-Orchester mehrere Werke in Uraufführung realisiert zu sehen. Rothmüller und dem Verein gelang es, einige Zeit eine gleichlautende Zeitschriftenbeilage ›Omanut‹ herauszugeben, die vor allem literarisch und künstlerisch ausgerichtet war.[31] Im Vergleich mit der Zagreber Zeitschrift fiel die Rezeption der jüdischen Wissenschaft sehr schmal aus, da die Zürcher Blätter vor allem die jüdische Musik und Kunst als Medium der Identität fördern wollten. Wenn die Zagreber Zeitschrift jüdische Philosophie und Geisteswissenschaft aus dem westeuropäischen Raum bekanntmachte, so suchte umgekehrt das Zürcher Blatt die jüdischen Komponisten und Künstler aus dem russisch-osteuropäischen Raum zu propagieren. Auf diese Weise ist die gesamte Geschichte des Übergangs vom Zagreber zum Zürcher Omanut ein wertvolles Zeugnis der Rezeptionsgeschichte. Aber auch die konkrete Exil- wie Emigrationskultur tritt unerwarteterweise durch die Vorgänge der Wanderungen, des Krieges und der Zerstörung in Europa in den Vordergrund. Insbesondere gelang dem Zürcher „Omanut“ die Schaffung eines soziokulturellen Raumes, der es Juden west- und osteuropäischer Herkunft über die trennende Kluft hinweg erlaubte, geistig und künstlerisch zu kommunizieren und im Rahmen dieses Forums in die

Öffentlichkeit hinaus wirken zu können. Dieser schmale, aber relativ geschützte Raum, der einem intellektuellen Publikum einen intensiven Austausch erlaubte, machte den „Omanut" historisch beachtenswert.[32]

Die „Jüdische Vereinigung Zürich" 1919–1974

In Zürich wirkte als Aufnahmekanal für die Wissenschaft des Judentums vor allem die „Jüdische Vereinigung für soziale und kulturelle Arbeit", ein im Jahr 1919 von dem Schriftsteller Kurt Guggenheim und dem Juristen Otto Brandenburger begründetes Forum, das eine beachtenswerte Dichte an Vortragenden und Gastreferenten aus der ganzen Welt vorweisen konnte. Die Jüdische Vereinigung ist für die deutschsprachige Schweiz das eigentliche Rezeptionsgefäß der Wissenschaft des Judentums par excellence, indem sie auf „Sinn, Wesen und Schicksal des Judentums" als der Grundfrage eine Antwort finden wollte. Ihre Intention war demnach eine geistige Verarbeitung auf ansprechendem Niveau, zugleich aber die Popularisierung der oft trocken zu lesenden Produkte der wissenschaftlichen Anstrengungen. Die Vereinigung hat sich selbst als Resultat der zeitgenössischen Konflikte gesehen und angesichts sozialer Kämpfe, assimilierender Verflachung, gesellschaftlichen Wertverlusts und des Aufkommens von Antisemitismus und Nazismus eine „Erneuerung des jüdischen Lebens" angestrebt. Vor allem das Studium der jüdischen Geisteswissenschaft, Geschichte und Soziologie, Kunst und Literatur, sollte die Solidarität fördern und die Auseinandersetzung auf jüdischer Seite anregen. „Die Vergeistigung, Verinnerlichung und Pflege der ideellen Werte des Judentums", wie sie aus Vergangenheit und Gegenwart herauszulesen waren, würde in der Erfahrung politischer Tagesaktualitäten befähigen, „das soziale Verantwortungsgefühl innerhalb der jüdischen Gemeinschaft wahrzunehmen".[33] Mit anderen Worten, das Ziel der Vereinigung bestand in der Zusammenfassung einer intellektuellen Elite und zum anderen in der zielbewußten Verbreitung der Kenntnisse vom Judentum in der jüdischen Öffentlichkeit.

Programmatisch wollte die Vereinigung bei ihrer Gründung „zu ihrem Bestreben machen, alle Fragen des Judentums und der jüdischen Gemeinschaft, losgelöst von einem Partei- oder Richtungsdiktat, zu bearbeiten und deren inneren Kern zu erfassen". Die geforderte gegenseitige Toleranz als geistige Arbeitsvoraussetzung sahen die Gründer an einen zweiten Programmpunkt geknüpft, nämlich „innerhalb der jüdischen Gemeinschaft das soziale Verantwortlichkeitsgefühl zu fördern und, wo es nottut, zu wecken". Auftreten wollte man im einzelnen auch „gegen jene rein materialistische Weltauffassung, welche unseren Gesellschaftsorganismus unterwühlt und leider auch unser jüdisches Gemeinschaftsleben genügend vergiftet hat".

Die hier zitierten Stellen aus der Ankündigung zur Gründung der Vereinigung[34] weist diesen als einen Versuch aus, die sozialen und ideologischen Kämpfe in der Schweiz und den Schrecken des Ersten Weltkrieges innerlich zu verarbeiten und dem jüdischen Erbe in gewandelter Gestalt einen Platz in der Moderne einzuräumen. Der Zürcher Verein ist ein lokales Kind jener Verunsicherung, die in der geistesgeschichtlichen Verinnerlichung nach neuen Werten suchte, mit denen in einer technisch reproduzierbaren Massenwelt dem Menschen auch neue Orientierungen angeboten werden konnten.

Die Liste der Referenten, die dem jüdischen Menschen einen Weg aus der Entfremdung weisen sollten, ist so lang wie die Themen zahlreich und vielfältig, denen die Vorträge und Seminare gewidmet waren. In den ersten 25 Jahren wurden mehr als 200 Vorträge oder Kurse gegeben. Unter den Referenten finden sich Namen wie Nathan Birnbaum, Martin Buber, Emil Bernhard Cohn, Efraim Frisch, Oskar Goldberg, Nahum Goldmann, Fritz Heinemann, Josef Kastein, Hans Kohn, Theodor Lessing, Hugo Marx, Immanuel Olsvanger, Margarete Susman, Max Weinreich, Arje Tartakower, später in den Jahren nach dem Zweiten Weltkrieg Ernst Ludwig Ehrlich, Jonas Fränkel, Chanan Lehrmann, Siegmund Hurwitz, Lothar Rothschild, Fritz Strich, Rudolph Zipkes – um nur willkürlich einige herauszugreifen. Die Vereinigung wurde konzeptionell und organisatorisch von Persönlichkeiten getragen, die selbst als Referenten und Leiter von Arbeitsgemeinschaften wirkten: von dem Juristen Otto Brandenburger, der Historikerin Florence Guggenheim-Grünberger, dem Publizisten Norbert Weldler, dem Philosophen Hermann Levin Goldschmidt, vor allem auch von dem langjährigen Präsidenten Mieczyslaw Minkowski, der in Zürich an der Universität wirkte.

Anfänglich hatte das Interesse an lokalen jüdischen Fragen vorgeherrscht, und es waren fast ausschließlich Mitglieder der Vereinigung selbst, die ihren eigenen weltanschaulichen Standpunkt und praktische Konsequenzen klarzulegen suchten. Doch der Kreis der Referenten erweiterte sich schnell mit prominenten Gästen, die wiederholt und regelmäßig in Zürich vorbeikamen, darunter Birnbaum, Buber, Goldberg, Goldmann, Kohn, Lessing und Yellin. An vorderster Stelle ist aus ihrer Themenwahl das Bedürfnis ablesbar, die jüdische Identität zu definieren oder in den Worten der Zeitgenossen die „Selbstbestimmung“ und die „Grundfrage nach Sinn und Wesen des Judentums“ zu ergründen. Standen in den zwanziger Jahren die geschichtlichen, kulturellen und literarischen Themen im Vordergrund, so waren die dreißiger Jahre durch die aktuellen jüdischen Probleme beherrscht. Die Zeit 1933–1945 ist weitgehend gekennzeichnet durch die große Zahl ausländischer Referenten, die als Emigranten teils die Schweiz als Durchgangsland passierten, teils im Land selbst blieben.[35]

Politisch ist die gesamte Orientierungssuche im Rahmen der Frage von

Minderheitenrechten und im Zeichen des Antisemitismus zu verstehen. Die Abwehr judenfeindlicher Äußerungen und die Rückbesinnung auf die eigene moralische Integrität war in Zürich, dessen Einbürgerungspraxis in den zwanziger Jahren die Juden diskriminierende Richtlinien praktizierte,[36] von steigender Aktualität. Mit einem Vortrag von Buber im Dezember 1923 setzte der Verein den Auftakt, zur verstärkten Abwehr beizutragen, die nach 1933 in der Schweiz sprunghaft notwendig wurde.[37] Juristische Referate erhielten daher bald merklich Gewicht, und in den Jahren des Krieges und Nazismus wurden Vorträge der Vereinigung polizeidienstlich[38] abgehört.

Ein Überblick über die Themenbereiche läßt nach einer Aufstellung von Florence Guggenheim folgende Einteilung zu:

1. Sinn und Wesen des Judentums;
2. Epochen der jüdischen Geschichte, wobei biographiezentrierte Darstellungen zahlreich waren;
3. jüdische Literatur und Kultur, einschließlich der gemeinsamen Rezeption aktuell erschienener Buchausgaben;
4. politische und wirtschaftliche Fragen, mit besonderem Gewicht der Emigrationsprobleme;
5. jüdische Erziehung im Sinne einer theoretischen Erörterung;
6. psychologische Dimensionen und soziologische Aspekte im Judentum, womit die neuen Wissenschaften der Psychologie und Soziologie viel Beachtung fanden.

Der Vereinigung waren außerdem auch die Jüdische Buch-Gemeinde als kleines Verlagswesen und die Jüdische Bibliothek Zürich verbunden.[39]

Die Zeit nach dem Krieg, die dem „Verein mit dem langen Namen“ eine Namensänderung brachte, zeigt in der Themenwahl das tiefe Bedürfnis der inneren und politischen Neuorientierung an: die Bestandsaufnahme der Lage der Juden in den verschiedenen Ländern, die Umstände und Konsequenzen der Gründung des Staates Israel, das anfänglich noch apologetisch geführte christlich-jüdische Gespräch, die heikle Beziehung zwischen Juden und Deutschen. Literarische, philosophische, psychologische und volkskundliche Vortragsreihen vermochten in den fünfziger Jahren eine gewisse Kontinuität zu wahren. Doch die Zeichen der Zeit zeigen die Vereinigung auch bald in ihrer Malaise. Der kleine Verein hatte mit seinen rund 70 aktiven Mitgliedern über Jahrzehnte hin immer eine große Zahl Hörer anziehen können, die in seinen Veranstaltungen Bildung im Rahmen einer freien Tribüne suchten. Die sechziger Jahre zeigen ihn aber unter veränderten gesellschaftlichen Umständen, die bereits für das Ende des Zürcher Lehrhauses angedeutet wurden und auch die Krise des „Omanut“ erklären: Delegierung der kulturellen Identität an Israel, Abwanderung junger Kräfte, Einrichtung von neuen Kulturkommissionen in den jüdischen Kultusgemeinden, allgemeiner Weltpluralismus in einer wirtschaftlichen Hochkonjunktur. Nach etwas mehr als sechzig Jahren seit seiner Gründung löste sich die Jüdische Vereinigung Zürich 1974 auf.[40]

Zum Umfeld der Jüdischen Vereinigung und des Zürcher Lehrhauses gehört die Vereinigung für religiös-liberales Judentum als Schweizer Sektion der World Union for Progressive Judaism. Auf der Tribüne des Vereins dürften sich sehr viele Mitglieder befunden haben, die dem liberalen Gedanken nahestanden. An deren Gründung in Bern 1957 waren Goldschmidt[41] und insbesondere Lothar Rothschild, der dem jüdisch-religiösen Liberalismus in der Schweiz Stimme als Rabbiner und Gelehrter verlieh, beteiligt gewesen.[42] Die liberale Bewegung hat sich in der Schweiz bis heute halten und sogar Boden gewinnen können. Ihr publizistisches Organ[43] dokumentiert zuerst den jüdischen Emanzipationsgeist in der Schweiz und, wenn auch entfernt, ein spätes Stück jener deutschen Reformbewegung, die durch die Wissenschaft des Judentums in gebrochenem Optimismus hindurchgegangen war.

Josué Jéhouda und die ›Revue Juive‹ 1932–1948

Zum Bild der jüdischen Kultur und insbesondere der Rezeption der Wissenschaft des Judentums in der Schweiz gehört auch die ›Revue Juive‹ von Josué Jéhouda in Genf.[44] Diese französischsprachige Monatsschrift, die auch deutsch-jüdischen Emigranten in deren eigener Sprache offenstand, ist heute bei der Forschung unter den Tisch gefallen. Dabei ist rezeptionsgeschichtlich die ›Revue Juive‹ von erstaunlicher Breite. Allein die Religions- und Literaturgeschichte nimmt mit Aufsätzen von Nathan Birnbaum, Schalom Ben-Chorin, Josef Kastein, Josef Klausner und weiteren viel Raum ein. Gershom Scholem ist hier mit einer Übersetzung ›Le mysticisme juif‹ mit redaktionellem Nachdruck als eine wissenschaftliche Erhellung, die der Mystikforschung allein rationale Sicherheit gewähre, erstmals einer französischen Leserschaft vorgestellt worden.[45] Essays und Erzählungen von Max Brod, Hugo Bergmann, Alfred Döblin, Lion Feuchtwanger, Josef Fraenkel, Margarete Susman, Stefan Zweig und weiteren runden die Aufnahme des deutschen Judentums zur Zeit seiner Agonie und Vertreibung ab.

Jéhouda berücksichtigte für die Aufnahme von Aufsätzen weitgehend den gesamten europäischen und außereuropäischen Raum, aus dem sich jüdische Literarizität kundtat. Idee und Konzept der Zeitschrift waren bestimmt von einem universalistischen Idealismus, dem als Ziel aller bürgerlichen Emanzipation die metaphysische Einheit des Judentums auf dem Boden liberaler Demokratie vorschwebte. Der jüdische Monotheismus sollte das Gleichgewicht von säkularer Freiheit und geistiger Autorität garantieren. Den individuellen und sozialen Moralbegriff, wie ihn Henri Bergson als

Problem thematisiert hatte,[46] zum andern die globale Entfaltung der Relativierung aller Werte suchte Jéhouda in der geschichtlichen Bestimmung des Judentums als einer religiösen und weltlichen Einheit zu versöhnen.[47] Die Zeitschrift sollte dieser Ausgangslage genügen und solcher Intention verpflichtet sein.

Den publizistischen Vorgänger fand Jéhouda in der gleichnamigen ›Revue Juive‹, die 1925 in Paris von Albert Cohen, dem Verfasser des Romanepos ›Solal‹ (1930), ediert worden war. Die Pariser ›Revue juive‹ wurde von einem Komitee, dem Chaim Weizmann, Albert Einstein, Sigmund Freud, Martin Buber, Léon Zadoc-Kahn und Charles Gide angehörten, unterstützt und auch mit Beiträgen beliefert.[48] Sie war jedoch nach sechs Nummern nicht weiter erschienen. Jéhouda hoffte, an das kurzlebige Unternehmen von Cohen, der während seiner Schweizer Jahre immer in Genf wohnte, anschließen zu können. Wie die Pariser Zeitschrift in André Spire, dem Verfasser der ›Poèmes juifs‹ und weiterer Werke,[49] ihren geistigen Mentor gesehen hatte, fühlte sich auch die Genfer Zeitschrift von Spire inspiriert. Auch war sie in ihrem äußeren Erscheinungsbild der Pariser ›Revue juive‹ ähnlich, aber Cohen ist in Jéhoudas Zeitschrift nicht zu Wort gekommen.

Jéhouda sah seinen Anspruch, die geistige Einheit der jüdischen Geschichte zu postulieren, durch die Gründung des Jüdischen Weltkongresses (1936) autorisiert. Genf als Stadt der internationalen Organisationen und Sitz des Weltkongresses wie auch weiterer jüdischer Organisationen ließen ihn auf ein zentrales Institut hoffen, dem die Aufgabe zukommen würde, die „kulturelle und spirituelle Verteidigung" der jüdischen Werte zu leisten. Mehrfach hat er Anstrengungen unternommen, ein Institut der Wissenschaft des Judentums im Sinne seiner Doktrin zu propagieren.[50] Doch Jéhoudas Persönlichkeit ist für ein solches Unternehmen, von dem der Not der Zeit gehorchend in erster Linie Sozialforschung erwartet wurde, als zu einsam und vergeistigt eingeschätzt worden, um diesen Anspruch durchsetzen zu können.[51] Letztlich hat Jéhouda Anfang 1948 auch die Zeitschrift, die bereits während einiger Kriegsjahre nicht mehr erscheinen konnte, aus finanziellen Gründen aufgeben müssen.

Das Resultat seiner Bemühungen hat mit dieser Zeitschrift dennoch Zeugnis für die gesamte Periode abgelegt. Äußerungen führender Sprecher der jüdischen Sache wie Motzkin, Weizmann, Goldmann, Katznelson und Klatzkin, oder dann moralisch repräsentative Gestalten wie Einstein, Freud, Dubnow erscheinen gedruckt oder wieder abgedruckt. Nicht zu vergessen sind die Beiträge französischer Juden, in denen sich die Rezeption auch der Wissenschaft des Judentums – in ihrer Ablehnung oft mehr als in der Übereinstimmung – spiegelt: Edmond Fleg, André Neher, Alexandre Herenger, Elie Munk, Alexandre Safran. Mit Chanan Lehrmann erhielt die französische Schweiz eine kurze Zeit lang auch einen Lehrbeauftragten an der Universität Lausanne, der diesen jüdischen Geist in der europäischen Kultur, wie er in der ›Revue Juive‹ beschworen wurde, aufrechterhielt.[52]

Das christlich-jüdische Gespräch und die geistige Situation nach 1945

Abschließend ist hier noch ein Blick auf das christlich-jüdische Gespräch angebracht, auch wenn dieses anfänglich kaum auf eine wissenschaftliche und geistesgeschichtliche Betrachtung des Judentums angelegt war. Zwar ist auf den Beitrag des Zürcher Lehrhauses und insbesondere auf Goldschmidts Judas-Deutung bereits hingewiesen worden; ebenso finden sich hier mit Margarete Susman und Leonhard Ragaz wiederum zwei eindrückliche Gestalten auf dem Weg zu einer Verständigung. Doch der christlich-jüdische Dialog, dem sozusagen ein etwas offiziellerer Charakter zukommen sollte, war unmittelbar nach dem Krieg aus einer noch deutlich apologetisch geführten Publizistik entstanden,[53] die gleichzeitig auch in der christlichen wie jüdischen Presse zu einer vorsichtigen Annäherung bezüglich der Missions- wie Schuldfrage führte.[54] In Nähe zu diesen Rechtfertigungsversuchen, in denen die jüdische Seite die apologetische Deutung von historischen Forschungsfragen gegen theologische Argumente aufbot, stand auch der Wiederabdruck eines apologetischen Werkes von Elie Benamozegh aus dem frühen 19. Jahrhundert, dem Josué Jéhouda eine Vorrede zufügte.[55] Von christlicher Seite bemühte sich zunächst der vom protestantischen zum katholischen Bekenntnis übergetretene Karl Thieme um ein jüdisches Verständnis in seinen „Walzenhauser Thesen", als Mitherausgeber der ›Freiburger Rundbriefe‹ und in einer Auseinandersetzung mit dem zionistischen Publizisten Norbert Weldler und sonstiger Veröffentlichungen. Die Arbeit Thiemes, der in Mainz lehrte, seit 1943 aber im Baselland beheimatet war, ist wesentlich in der Intention der Besinnung und Wiedergutmachung zu verstehen.[56] Der Auftakt zu einer Institutionalisierung des christlich-jüdischen Gesprächs erfolgte dann im Zeichen der Abwehr der Judenfeindschaft. Eine „Christlich-jüdische Vereinigung gegen den Antisemitismus", durch den Flüchtlingspfarrer Paul Vogt, den Zürcher Rabbiner Zwi Taubes und Professor Ernst Bickel im April 1946 initiiert, beruhte selbst noch weitgehend auf einer apologetisch gefärbten Verständigung.[57] Schließlich war auch die Absage an Missionsbestrebungen christlicherseits ein weiterer Schritt zur aktiven Annäherung. Diese Gründungswehen mündeten dann in die Christlich-jüdische Arbeitsgemeinschaft der Schweiz ein, der sich neben Bickel vor allem Hans Ornstein, Ernst von Schenck und Ernst Ludwig Ehrlich widmeten.[58]

Letzterer hat mit einer Reihe von Arbeiten auch zur Aufnahme eines historischen Verständnisses der religiösen und geistigen Gestalt des Judentums beigetragen.[59] 1943 aus Berlin emigriert, promovierte Ehrlich 1950 in Basel und widmete sich der Geschichte Israels und des Alten Testaments.[60] Ehrlich hatte mit Leo Baeck seit 1940, mit Unterbrechung während der letzten drei Kriegsjahre, in Verbindung gestanden; seit 1961 wirkte er dann als Direktor des europäischen Zweigs des B'nai Brith. Die Analyse und Dokumentation der Judenfeindschaft war hier ein notwendiges Instrument der Aufklärung,[61] zu der seine Publikationen beigesteuert haben. In der Folge dieser im ganzen westeuropäischen Raum erfolgten Studien und Bemühungen konnte auch für das christlich-jüdische Verständnis in der Schweiz ein Boden geschaffen werden, auf dem sich diese Entwicklung mitdokumentiert.[62]

Auf diese Weise erhielt die wissenschaftliche Beschäftigung, wenn doch zögernd, Eingang auch in den christlich-jüdischen Dialog. Zusammenfassend gesehen war das christlich-jüdische Gespräch in seinen Anfängen nach dem Krieg von den Fragen der Schuld an der Katastrophe und der Wiedergutmachung bestimmt und stand im Zeichen von Theologie und Antisemitismus, die vorrangig eine Sache der christlichen Seite waren. Das Studium der jüdischen Geschichte und Religion als einer lebendigen Gegenwart, und damit verbunden der Rückgriff auf die Resultate der Wissenschaft des Judentums, spielte dazu keine oder nur eine äußerst geringe Rolle. Erst Jahrzehnte danach hat sich sehr spät und vorsichtig eine institutionalisierte Rezeption im Feld der theologischen Fakultäten ergeben.[63] Diese Entwicklung dokumentiert sich über die Jahre seit dem Kriegsende in der Zeitschrift ›Judaica‹, die bis heute im Auftrag der „Stiftung Kirche und Judentum" herausgegeben wird. Die darin abgedruckten Beiträge präsentieren die jüdischen Wissenschaften vor allem vom theologischen Interesse her und bereichern die Forschungsdiskussion. Von einer Etablierung der interdisziplinären „Wissenschaft des Judentums" als einem Ganzen aus Geschichte und Soziologie, Sprachen und Literatur, Religion und Kultur kann aber in der Schweiz nach wie vor nicht die Rede sein.

Anmerkungen

[1] Augusta Weldler-Steinberg, Geschichte der Juden in der Schweiz, bearbeitet von Florence Guggenheim-Grünberg, Zürich 1970, Bd. 2, 133–149, als Darstellung der Emanzipation, die von Frankreich, den Vereinigten Staaten und den Niederlanden erzwungen wurde. Esther Hüsler, Vom Ghetto – ins Ghetto? Herkunft, Zahl und Leben der ostjüdischen Immigranten in der Schweiz 1880–1917, Lic. phil. Universität Zürich 1987 (ungedruckte Magisterarbeit); Uri Robert Kaufmann, Swiss Jewry. From the "Jewish Village" to the City, LBI-YB 30 (1980) 283–299.

[2] Vgl. Aaron Kamis, Antisemitismus in der Schweiz 1900–1930, Diss. phil. Zürich

1990. Jacques Picard, Die Schweiz und die „Judenfrage" 1933–1945, Quellen und Materialien zur Geschichte eines Dilemmas, in: Erhart R. Wiehn, Judenfeindschaft, Konstanz 1989, 119–162.

[3] Das äußerst reichhaltig dokumentierte Privatarchiv von Hermann Levin Goldschmidt ist im folgenden mit HLG zitiert. Adresse: Prof. Dr. H. L. Goldschmidt, Balgriststrasse 9, CH-8008 Zürich. Eine unvollständige und bis zum Erscheinungsjahr dieser Festschrift geführte Bibliographie der Bücher, Aufsätze und Gespräche bietet als wertvolle Hilfe Willi Goetschel u. a., Hrsg., Wege des Widerspruchs, Bern–Stuttgart 1984.

[4] Siehe Goldschmidts Dokumentation ›Drei Jahrhunderte jüdischer Familiengeschichte um und in Berlin 1668–1968 zur Tagung der Evangelischen Akademie Berlin 17.–19. Januar 1986‹. Josef Freudenthal, Chronik der Synagogengemeinde zu Luckenwalde, 1919, verweist auf Moses Levin im Zusammenhang mit dem Recht auf Hauserwerb.

[5] Hermann Levin Goldschmidt, Jüdisches Ja zur Zukunft der Welt. Eine schweizerische Dokumentation eigener Mitwirkung seit 1938, Schaffhausen 1981, insbesondere der fünfte Teil ›Heimat Zürich‹, 161–173.

[6] Hermann Levin Goldschmidt, Der Geist der Erziehung bei Jeremias Gotthelf, Bern 1939. Ders., Der Nihilismus im Licht einer kritischen Philosophie, Thayngen, Schaffhausen 1941. Archivbestände: HLG und Grisebach-Nachlaß im Archiv der Universität Zürich. Allgemeine Haltung gegenüber jüdischen Professoren an der Universität siehe Peter Stadler, Hrsg., Die Universität Zürich 1933–1983. Festschrift zur 150-Jahr-Feier, Zürich 1983.

[7] Hermann Levin Goldschmidt, Hermann Cohen und Martin Buber. Ein Jahrhundert Ringen um jüdische Wirklichkeit, Genf 1946 (in der Collection Migdal), ist gleichzeitig mit der eigenständig publizierten Habilitationsschrift ›Philosophie als Dialogik‹ (Affoltern 1948) abgefaßt worden.

[8] Siehe u. a. die Briefe und Dokumente zu Weiss, Jungk und Goldschmidt im Bildband von Reimund Hoffmann, Peter Weiss, Berlin (Ost) 1984, 169–180; Originalbriefe bei HLG.

[9] Margarete Susman, Das Buch Hiob und das Schicksal des jüdischen Volkes, Zürich 1946. Zum Susman-Kreis in Zürich ist nach wie vor die Festschrift: Für Margarete Susman. Auf gespaltenem Pfad, hrsg. v. Manfred Schlösser, Darmstadt 1965, aufschlußreich.

[10] Zu Leo Baecks Bedeutung für das JLZ siehe dessen 8. Veröffentlichung Leo-Baeck-Heft, Zürich 1959, mit dem erstmaligen Wiederabdruck der frühesten Aufsätze Baecks, darunter aus der Lehranstalt in Berlin. Im weiteren Hermann Levin Goldschmidt, Das Vermächtnis des deutschen Judentums, Frankfurt a. M. 1965, 113–123. Zum erwähnten Kernsatz vgl. Goldschmidt, Von der Weltschöpfung zur Weltvollendung. Zwölf Merksätze, Jüdische Rundschau Maccabi, Nr. 33, Basel 18. 8. 1983.

[11] HLG: Korrespondenz Italiener – Goldschmidt August 1955.

[12] Siehe Goldschmidts Bestandsaufnahmen, gemeinsam publiziert mit Beiträgen von Hermann Hesse und C. G. Jung, Neue Schweizer Rundschau, Neue Folge, Juni 1945 und September 1947, wieder abgedruckt in Jüdisches Ja, Schaffhausen 1981 (s. Anm. 5), 49–67.

[13] Hermann Levin Goldschmidt, Simon Dubnows Darstellung des deutschen Judentums, in: Aaron Steinberg, Hrsg., Simon Dubnow, l'homme et son œuvre, Paris 1963 (Congrès Juif Mondial). Goldschmidt hat gegenüber Dubnow auf der Rekonstruktion bestanden, den Baalschem in seinem geschichtlichen Moment als Vorbahner der Neuzeit zu verstehen, insofern dieser aus der mittelalterlichen Welt ausgebrochen sei und das neuzeitliche Recht auf Frömmigkeit aus unmittelbarer und eigener Ergriffenheit beansprucht habe. In zeitgleicher Bedeutung sieht er ihn mit Spinoza, der von Goldschmidt entgegen Hermann Cohens und Franz Rosenzweigs Ablehnung als Bahnbrecher der Neuzeit gefeiert wird. Siehe dazu die dritte Veröffentlichung des JLZ ›Spinoza und der Baalschem. Bahnbrecher jüdischer Neuzeit‹ (Zürich 1953).

[14] HLG: Korrespondenz Schubert – Goldschmidt 1.–12. Oktober 1955.

[15] Goldschmidt, Philosophie als Dialogik, 1948, und: Herman Cohen und Martin Buber, 1946. Ebenso Goldschmidt, Dialogik. Philosophie auf dem Boden der Neuzeit, Frankfurt a. M. 1964, mit einem eingehenden Kapitel zu Rosenzweig. Im weiteren auch Goldschmidt, Freiheit für den Widerspruch, Schaffhausen 1976. Dazu vgl. Willi H. Goetschel, Zur Geschichte des Widerspruchs in der Neuzeit, in: W. Goetschel, Hrsg., Wege des Widerspruchs. Goldschmidt-Festschrift zum 70. Geburtstag, Bern–Stuttgart 1984, 9–40.

[16] Sichtbares Zeichen dieser Prägung „Philosophie aus den Quellen des Judentums“ ist das Register der Bibelstellen in den philosophischen Arbeiten Goldschmidts. Es wäre vollständig verfehlt, so etwas wie eine „Religionsphilosophie“ daraus ableiten zu wollen. Den Begriff einer jüdischen Philosophie hat Goldschmidt abgelehnt, da Philosophieren als Denkvorgang erst sich selbst setzt, um auf Quellen zurückzugreifen. Das Archiv für Begriffsgeschichte 24, Bonn 1980, verkennt bei aller richtigen Begriffskritik unter dem Stichwort ›Philosophie, jüdische‹ diesen Zusammenhang letztlich gerade als die eigene Sache selbst, indem dort auf die Begriffshistorie verkürzt wird.

[17] JLZ, Grundriß eines neuzeitlichen jüdischen Lehrprogramms, 6. Veröffentlichung des JLZ, Zürich 1956.

[18] Goldschmidt, Die Botschaft des Judentums, Frankfurt a. M. 1960, 191–221; das Kapitel ›Vom Lehrhaus‹ mit dem Lehrhausprogramm ist wieder abgedruckt in Werner Licharz, Hrsg., Lernen mit Franz Rosenzweig, Frankfurt a. M. 1984, 161–186.

[19] Die „Christlich-jüdische Arbeitsgemeinschaft“ ist 1945 aus einer „Christlich-jüdischen Vereinigung gegen den Antisemitismus“ und andererseits aus Elementen der ehemaligen Judenmission entstanden. Zur Entstehungsgeschichte vgl. weiter unten.

[20] Goldschmidt, Heilsgeschichtliche Arbeitsteilung zwischen Judentum und Christentum, in: Der Aufbau, Zürich 7. 3. 1968. Goldschmidt, Der jüdische Geschichtsweg als weltliches Zeugnis von Gott, in: Weltliches Sprechen von Gott. Zum Problem der Entmythologisierung, hrsg. v. der Arbeitsgemeinschaft Weltgespräch, Freiburg i. Br. 1967, wieder abgedruckt in Jüdisches Ja, Schaffhausen 1982, 105–116. Für alle weiteren Beiträge zum christlich-jüdischen Themenkreis, insbesondere zu Judas, siehe die Bibliographie in: Wege des Widerspruchs, Goldschmidt-Festschrift zum 70. Geburtstag, 1984, 293–377.

[21] Hermann Levin Goldschmidt–Meinrad Limbeck, Heilvoller Verrat. Judas im

neuen Testament, Stuttgart 1976. Siehe auch Lüthi–Goldschmidt, Artikel ›Judas‹ in: Theologische Realenzyklopädie 17, Berlin–New York 1985, 304–307. Des weiteren Goldschmidt, Weil wir Brüder sind, Stuttgart 1975.

[22] HLG: Korrespondenzen mit den genannten Personen; insbesondere der Briefe von Ernst Simon 1946–1952.

[23] Zehn Jahre jüdisches Lehrhaus Zürich, Israelitisches Wochenblatt, Zürich 25. 8. 1961.

[24] Megilla 26 b, in der Interpretation Goldschmidts siehe seinen Rückblick auf das JLZ in: Jüdisches Ja, Schaffhausen 1981, 20.

[25] Siehe die Aufsätze zum ›Jüdischen Selbstverständnis‹ in Goldschmidt, Jüdisches Ja, Schaffhausen 1981, 97–159.

[26] Der Jahresbericht 1959/61 des JLZ ›Zum Abschluss des zehnten Jahres‹ nennt zwar eine Reihe von einschränkenden Bedingungen, wie u. a. die zahlreichen Auslandsreisen, macht aber keine Angaben über die Schließung. Zum Jubiläum siehe Israelitisches Wochenblatt, Zürich 25. 8. 1961; Der Aufbau, Zürich 14. 9. 1961; Die Tat, Zürich 16. 9. 1961.

[27] HLG: Korrespondenz Steinberg – Goldschmidt v. 14. 10. 1953. Zur Beziehung des JLZ zum World Jewish Congress siehe dessen Report of the Cultural Department, Genf–London, August 1961.

[28] H. L. Goldschmidt, Das Vermächtnis des deutschen Judentums, Frankfurt a. M. 1957/1965; Die Botschaft des Judentums, Frankfurt a. M. 1960; Dialogik, Philosophie auf dem Boden der Neuzeit, Frankfurt a. M. 1964.

[29] Weg und Weisung des alten Lehrers. Tao-Te-King des Lao Tse, übertragen und eingeleitet von Hermann Levin Goldschmidt, Zürich 1984.

[30] Omanut, Mjesecnik Jevrejske Kulture, Zagreb 1936–1941.

[31] Omanut. Blätter für jüdische Kunst und Literatur, Nr. 1–11, Beilage des Israelitischen Wochenblattes, Zürich Oktober 1941–September 1942.

[32] Vgl. Jacques Picard, Vom Zagreber zum Zürcher Omanut 1931–1951. Eine jüdische Kulturbewegung zwischen Exil und Wandel, in: Jahrbuch für Exilforschung, München 1990/91.

[33] Mieczyslaw Minkowski, 40 Jahre Vereinigung für soziale und kulturelle Arbeit im Judentum 1919–1946 und Jüdische Vereinigung Zürich 1946–1959, Zürich 1961, 7f.

[34] Israelisches Wochenblatt, Zürich 16. Mai 1919.

[35] Florence Guggenheim, 25 Jahre Vereinigung für soziale und kulturelle Arbeit im Judentum, Zürich 1944, 9ff.

[36] Siehe Aaron Kamis, Antisemitismus in der Schweiz 1900–1930, Diss. phil. Zürich 1990, 98ff.

[37] Georg Guggenheim, Abwehr und Aufklärung, in: Schweizerischer Israelitischer Gemeindebund. Festschrift zum 50jährigen Bestehen 1904–1954, Zürich 1954, 57–84. Jacques Picard, Die Schweiz und die „Judenfrage" 1933–1945, in: Erhard R. Wiehn, Judenfeindschaft, Konstanz 1989, 124ff.

[38] Siehe Akten im Schweizerischen Bundesarchiv, E 2001 D, Nrn. 101/102, betreffend den Vortrag von Arthur Wolffers ›Das Völkerrecht und die Stellung der jüdischen Ausländer in Staaten mit antijüdischer Gesetzgebung‹ (12. 3. 1942).

[39] Guggenheim, 25 Jahre Vereinigung, 1944, 9ff.

[40] Archivbestände im Florence-Guggenheim-Archiv in der Bibliothek der Israelitischen Cultusgemeinde Zürich.

[41] HLG: Tagungsprotokoll der Vereinigung für religiös-liberales Judentum v. 24. 3. 1957–11. 11. 1965. Goldschmidt gehörte als Aktuar zu den Gründungsmitgliedern. Siehe den ergänzten Nachdruck seines Referates ›Von den Pharisäern zu der Wissenschaft des Judentums‹ anläßlich der Gründungsversammlung in der Zeitschrift Tradition und Erneuerung, Nr. 50, November 1982, 2–7. Vgl. auch Israelitisches Wochenblatt, Zürich 29. 3. 1957.

[42] Lothar Rothschild, Gesinnung und Tat. Berichte aus jüdischer Sicht, Frauenfeld–Stuttgart 1969, als Sammelband einer mehr als zwei Jahrzehnte überspannenden Tätigkeit.

[43] Tradition und Erneuerung, Nr. 1–50, Bern 1957–1982 ff.

[44] La Revue Juive, Vol. 1–100, Genf: Editions Synthesis, 1932–1948 (unterbrochen in der Kriegszeit). Die ›Revue Juive‹ vereinigte in ihren Beiträgen eine breite jüdische Autorenschaft auf geistig hohem Niveau und brachte regelmäßig auch Beiträge in deutscher Sprache, so von Stefan Zweig und Oskar Goldberg. Zu Jéhouda: Josué Jéhouda. L'homme et l'œuvre, ed. amis de la Revue Juive, préface de Jean Casson, Paris: Editions du Centre, 1949.

[45] Revue Juive 6, Nr. 54, 162 ff.

[46] Henri Bergson, Les deux sources de la morale et de la religion, Paris 1932; dazu Robert Josef Cohen, Morale individualiste ou morale soviale. Henri Bergson ou Josué Jéhouda, Paris 1950.

[47] Josué Jéhouda, Les cinq étapes du Judaisme émancipé, Genf 1943; deutsch: Die fünf Etappen der jüdischen Emanzipation, Genf 1944. Erstabdruck in Revue Juive 5 (1936), fortlaufend in den einzelnen Heften.

[48] Allgemein zu Cohen vgl. Gérard Valbert, Albert Cohen ou le pouvoir de vie, Paris 1981; Denise Gotein-Galperin, Visage de mon peuple. Essai sur Albert Cohen, Paris 1982; Jean Blot, Albert Cohen, Paris 1986.

[49] Denise Goitein-Galperin, André Spire et Albert Cohen, Convergences et divergences, in: Etudes de littérature et de linguistique francaises offertes au Professeur Menahem Banitt, Université de Tel-Aviv, 1987, 50–68. Marie-Brunette Spire, Cohen–Sphire: Correspondances, magazine littéraire 261, Paris 1989, 28–31.

[50] Siehe Jéhouda, Fünf Etappen 1944, 129 ff.; ebenso verschiedene Artikel in der ›Revue Juive‹, u. a. im 8. Jg., Nr. 72, 1945, in deutscher Sprache durch Peter Hahn, Ein Institut zum Verständnis des Judentums.

[51] Die Subventionsgesuche bei schweizerischen und internationalen jüdischen Organisationen wurden mit schmalen oder gar keinen Zuwendungen bedacht, vor allem weil man die Zeitschrift als literarisch hochstehend, doch ohne Wert für eine sozial relevante wissenschaftliche Forschung einstufte.

[52] Werke von Lehrmann u. a.: Bergsonisme et judaisme, Genf 1937; L'élement juif dans la littérature française, Zürich–New York 1941 u. Paris 1961; L'element juif dans la pensée européenne, Paris 1948; Stefan Zweig, La tragédie de l'émigration, Lausanne 1944.

[53] David Farbstein, Walter Hochs „Kompass durch die Judenfrage". Eine Widerlegung, Zürich 1946; siehe auch David Farbstein, Die Stellung des Judentums zum Proselytenwesen, Zürich 1950.

[54] Siehe die ersten Hefte von Judaica 1, Hefte Nr. 1–4, 1945, sowie Das Neue Volk, Nr. 38, 22. 9. 1945; die entsprechenden Entgegnungen im Israelitischen Wochenblatt v. 12. 10. 1945, 26. 10. 1945 und 22. 2. 1946, alle durch Alt-Nationalrat David Farbstein.

[55] Elie Benamozegh, Morale juive et morale chrétienne, Boudry–Neuchatel 1946.

[56] Karl Thieme, Kirche und Synagoge, Olten 1945; ders., Biblische Religion heute. Hinweise und Ausblicke auf ihre geschichtliche und endgeschichtliche Entfaltung, Heidelberg 1960; ders., Dreitausend Jahre Judentum. Quellen und Darstellungen zur jüdischen Geschichte, Paderborn 1960; ders., Deutsche Katholiken vor der „jüdischen Frage" in den frühen dreissiger Jahren, in: W. Mosse, Hrsg., Jüdisch-deutsche Situation vor Hitler, London 1963; sowie weitere Publikationen.

[57] Zu den Kontroversen der Gründungszeit vgl. die ersten Hefte Judaica, Nr. 2 und 4, 1945, und die Entgegnungen Farbsteins, ebd., im Winter 1945/46. Zu Paul Vogt vgl. Hermann Kocher, Schweizerischer Protestantismus und jüdische Flüchtlingsnot seit 1933. Traditionen und Neuaufbrüche, Judaica 42 (März 1986) 28–40.

[58] Aufschlußreich die Beiträge von Thieme, Ehrlich und von Schenck in: Karl Thieme, Hrsg., Judenfeindschaft. Darstellung und Analysen, Frankfurt a. M. 1963, das diese Entwicklung publizistisch dokumentiert.

[59] Rolf Vogel, Hrsg., Ernst Ludwig Ehrlich und der christlich-jüdische Dialog, Frankfurt a. M. 1984. Siehe auch Franz Kardinal König – Ernst Ludwig Ehrlich, Juden und Christen haben eine Zukunft, Zürich 1988.

[60] Ernst Ludwig Ehrlich, Der Traum im Alten Testament, Basel 1953; ders., Kultsymbolik des Alten Testaments und im nachbiblischen Judentum, Stuttgart 1959; ders., Geschichte Israels Von den Anfängen bis zur Zerstörung des zweiten Tempels, Berlin 1958/70; ders., Der antike jüdische Staat, Hannover 1964.

[61] Ernst Ludwig Ehrlich, Judenfeindschaft von der Spätantike bis zum frühen Mittelalter. Ein historischer Rückblick, Wien 1980. Ders., Luther und die Juden, in: Herbert A. Strauss–Norbert Kampe, Hrsg., Antisemitismus. Von der Judenfeindschaft zum Holocaust, Bonn 1985, 47–65.

[62] Ernst Ludwig Ehrlich–Klemens Richter, Hrsg., Die katholische Kirche und das Judentum. Dokumente 1945–1982, Freiburg i. Br.–Basel 1982.

[63] Siehe die Festrede von Jacob Katz, Die historische Bedeutung der Judenemanzipation, in: Zur Assimilation und Emanzipation der Juden, Darmstadt 1982, 155–165, anläßlich der Errichtung eines Lehrstuhls für christlich-jüdischen Dialog (1971) an der katholischen Theologischen Fakultät Luzern.

II. DIE LEHRE

DIE WISSENSCHAFT DES JUDENTUMS IN IHRER BEZIEHUNG ZUR ALLGEMEINEN GEISTESGESCHICHTE IM DEUTSCHLAND DES 19. JAHRHUNDERTS

Von Richard Schaeffler

Zwei einleitende Thesen zum Thema:

1. Die Wissenschaft des Judentums ist einerseits ebenso alt wie das Judentum selbst – in der Gestalt, die es mit Zerstörung des Zweiten Tempels angenommen hat.

Die Erzählung von Rabbi Jochanan ben Zakkai, der in einem Sarg aus der von den Römern belagerten Stadt Jerusalem herausgetragen wurde, macht deutlich: Mit dem Verlust des Tempels und dem Ende des Priesterkönigtums der Hasmonäer wurde eine alte Form jüdischen Lebens zu Grabe getragen. Aus diesem Untergang aber ging eine neue Form hervor. Zur zentralen Gestalt innerhalb dieser neuen Form jüdischen Lebens aber wurde der Gelehrte, der „über Seiner Weisung murmelt tages und nachts" (Ps 1,2 in der Übersetzung von Martin Buber). In solchem Forschen gelangt das Judentum, in jeder Generation neu, erst zum Bewußtsein seines Auftrags und seiner Verheißung.

2. Die Wissenschaft des Judentums ist andererseits ein Kind des 19. Jahrhunderts, und spezieller der deutschen Geistesgeschichte im 19. Jahrhundert.

Unter dem Einfluß Kants und des Deutschen Idealismus entstand ein Wissenschaftsbegriff, der an der Aufgabe orientiert war, die Trennung von Subjekt und Objekt zu überwinden und deshalb auch die Erkenntnis der Objekte und die Selbsterkenntnis des Subjekts als Einheit zu begreifen. Wissenschaft sollte deutlich machen, wie die konkrete Gemeinschaft, deren Geist in seinen Hervorbringungen aufzufinden sei, zugleich einen Beitrag zur Geschichte der Menschheit leiste. Religiös gesprochen: Diejenige Art von Wissenschaft, die dem idealistischen Wissenschaftsverständnis entsprach und für die später der Ausdruck „Geistesgeschichte" geprägt worden ist, sollte die Geschichte je konkreter Völker, deren Gemeingeist auf dem Wege zum Bewußtsein seiner selbst ist, zugleich als Momente der Offenbarungsgeschichte Gottes aufweisen, der sich im Denken und Leben der ganzen Menschheit manifestieren will.

Ein solches Wissenschaftsverständnis mußte eine besondere Herausforderung für die neu entstehende „Wissenschaft des Judentums" bedeuten.

Denn an welcher konkreten Kommunikations- und Interaktionsgemeinschaft – oder schlichter gefragt: an welchem Volk – sollte deutlicher gezeigt werden können als am Judentum, daß alles Tun und Leiden dieser Gemeinschaft einer zweifachen Bestimmung folgt: einerseits der Bestimmung, dieses Volk zum Bewußtsein seiner selbst zu führen, andererseits der Bestimmung, der Selbstoffenbarung Gottes vor den Augen aller Völker zu dienen? Jenes Wissenschaftsprogramm, das im Deutschland des 19. Jahrhunderts entstand, mußte, so schien es, in der noch gesuchten „Wissenschaft des Judentums" seine exemplarische Ausführung finden. Doch bin ich dem Gang meiner Ausführungen vorausgeeilt. Darum beeile ich mich, den Blick auf die geistesgeschichtlichen Voraussetzungen für die Entstehung der Wissenschaft des Judentums zu lenken.

A) Entferntere Voraussetzungen für die Entstehung der Wissenschaft des Judentums

Zu den entfernteren Voraussetzungen für die Entstehung der Wissenschaft des Judentums gehörten die Aufklärung und die Philosophie Kants. Von einer näheren Voraussetzung, der Geschichtsphilosophie des Deutschen Idealismus, wird sogleich noch zu sprechen sein.

1. Das Wissenschaftsverständnis der Aufklärung und das Judentum

a) Aufklärung als politisches und als moralisch-pädagogisches Programm

Die Aufklärung hat sich als Befreiungsbewegung verstanden. Und es ist bekannt, daß die Juden eine solche Befreiung besonders nötig hatten. Aber die Forderungen der Aufklärung ließen sich nur dann „nach außen" geltend machen, gegen staatliche Behörden und gesellschaftliche Mächte einklagen, wenn sie zugleich „nach innen", an Denkweise und Lebenswandel des Anhängers der Aufklärung selbst gerichtet wurden. „Aufklärung" ist nicht nur ein politisches, sondern vor allem ein erzieherisches Programm.

Diese beiden Zielsetzungen der Aufklärung, ihre politisch-emanzipatorische und ihre moralisch-erzieherische, stehen untereinander in einem spannungsreichen Zusammenhang. Dieser bildet einen bestimmenden Faktor der Wissenschaftsgeschichte im 19. Jahrhundert, zugleich aber, wie noch zu zeigen sein wird, ein Zentralproblem für das Programm einer Wissenschaft des Judentums. Im Zusammenhang dieses erzieherischen und zugleich politischen Programms wuchs der Wissenschaft eine Bedeutung zu, die weit über die Aufgabe des Erkenntniserwerbs und der Erkenntnissicherung hinausging. Wissenschaft wurde in der Aufklärungszeit, aber auch im Deutschen Idealismus vor allem als ein ethisches Programm verstanden.

Und dieses ethische Programm ergab sich aus der Zielvorstellung der Wissenschaft selbst. Wissenschaft wurde nicht als ein Mittel verstanden, das unter anderem auch in den Dienst moralischer und politischer Zwecke gestellt werden könnte. Vielmehr, so war man überzeugt, war ein bestimmtes Ethos und eine bestimmte politische Wertentscheidung der Wissenschaft als einer solchen immanent. Auch die Vertreter der Wissenschaft des Judentums teilten diese Überzeugung. Und ihr sonst oft kaum verständliches Zutrauen in die Wissenschaft ist nur vor diesem Hintergrunde zu verstehen.

Das der Wissenschaft immanente Ethos des Gelehrten ist in dem Satz zusammenzufassen: „Erkläre nur das für wahr (d. h. für maßgeblich für unser theoretisches Urteil), was du als allgemeingültig ausweisen kannst". Die Fähigkeit aber, vermöge derer ein Individuum so denken und sprechen kann, daß es dabei gerade nicht auf seine individuellen Besonderheiten abhebt, sondern sich als universell vertretbarer Vertreter aller denkenden Wesen verhält, heißt „Vernunft". Darum kann der Grundsatz, der das Ethos des Gelehrten beherrscht, auch in die Formel zusammengefaßt werden: „Unterwirf deine subjektiven Ansichten allein dem Urteil der Vernunft, d. h. deinem Vermögen, Repräsentant der Gattung zu sein".

Das Ethos der Praxis aber richtete sich in der Aufklärungszeit, je länger desto deutlicher, an diesem Ethos der Wissenschaft aus. Es läßt sich in diesem Satz zusammenfassen „Erkläre nur das für gut (d. h. für maßgeblich für unser praktisches Urteilen und Entscheiden), was du durch Argumente als allgemeingültig ausweisen kannst". Und wiederum heißt die Fähigkeit, vermöge derer ein Individuum so entscheiden und handeln kann, daß es dabei nicht seine individuellen Bedürfnisse und Neigungen durchsetzt, sondern sich als universell vertretbarer Repräsentant aller handelnden Wesen verhält, „Vernunft", diesmal „Vernunft im praktischen Gebrauche". Darum kann der Grundsatz, der das aufgeklärte Ethos der Praxis bestimmt und nach dem Vorbild des aufgeklärten Ethos der Wissenschaft gebildet wurde, auch in der Formel zusammengefaßt werden: „Unterwirf deine subjektiven Absichten allein dem Urteil der praktischen Vernunft, d. h. deinem Vermögen, in deinem Handeln Repräsentant der Gattung zu sein". Es ist leicht zu sehen, daß dies nur eine andere Formulierung dessen ist, was Kant in seinem „kategorischen Imperativ" ausgesprochen hat.

b) Das Ethos der aufgeklärten Wissenschaft als Herausforderung an das Judentum

Wenn die aufgeklärte Wissenschaft das Modell aufgeklärter Moral darstellte, indem sie den Menschen darauf verpflichtete, sich als Individuum ausschließlich der Herrschaft der allgemeinen Menschenvernunft zu unterwerfen, dann entstand für die Juden im 18. Jahrhundert die Frage: Konnten sie an den politischen Hoffnungen der Aufklärung Anteil gewinnen, wenn diese an das ethisch-pädagogische Programm geknüpft waren, jede Unterwerfung unter Autoritäten und Traditionen durch die ausschließliche Unterwerfung unter die Herrschaft der allgemeinen Menschenvernunft zu ersetzen? Und spezieller: Konnte das Verständnis vom Ethos der Wissenschaft, das aller emanzipatorischen Politik der Aufklärung zugrundelag, auch dazu geeignet sein, dem Judentum zu einem angemessenen Selbstverständnis zu verhelfen? Oder kürzer gesagt: Konnte das aufgeklärte Wissenschaftsverständnis mitsamt dem Ethos, das es implizierte, zur Grundlage einer Wissenschaft des Judentums werden?

Diese Frage konnte für das Judentum der Aufklärungszeit zu einer Überlebensfrage werden. Denn in der Wissenschaft steht der einzelne, wenigstens der Idee nach, unabhängig von seiner Zugehörigkeit zu partiellen Gruppen, unmittelbar der allgemeinen Menschenvernunft gegenüber, unterwirft sich ihr und spricht deshalb „im Namen der Gattung". Das gleiche gilt für die aufgeklärte Moral. Auch hier steht der einzelne, wenigstens der Idee nach, unabhängig von seiner Zugehörigkeit zu partiellen Handlungsgemeinschaften, unmittelbar der allgemeinen Menschenvernunft gegenüber, unterwirft sich ihr und handelt deshalb als Repräsentant der Gattung. Auf dieser Unmittelbarkeit beruht die Freiheit des Individuums, das sich keinem anderen Individuum oder Individuen-Verband unterwirft, sondern allein der allgemeinen Menschenvernunft.

Für das Judentum bedeutete dies: Aufgeklärte Moral bot die Grundlage für die Emanzipation des Juden aus allen geschichtlich gewordenen Abhängigkeiten – aber was ihm angeboten wurde, war „die Emanzipation des Juden zum Repräsentanten der Menschheit"; und in dieser Eigenschaft unterschied er sich nicht mehr von irgendeinem anderen wissenschaftlich denkenden und sittlich handelnden Menschen. Oder kurz: Aufklärung bot dem Juden Freiheit, dem Judentum aber die Selbstauflösung an.

c) Allgemeine Menschenvernunft und hebräische Sprache

Es ist von Interesse zu sehen, wie innerhalb der Haskala selbst, d. h. der jüdischen Aufklärung, das Bestreben entstand, dieser Gefahr entgegenzuwirken. Nun konnte aber gegen die Vernunft, die mit der Befreiung des Menschen die Vergleichgültigung aller partiellen Gruppen und Überlieferungsgemeinschaften verband, keine andere Instanz angerufen werden als die unerläßliche Bedingung vernünftigen Denkens selbst: die Sprache. Die Bemühungen der „Gesellschaft der Erforscher der Hebräischen Sprache", von der unter anderem Salomon Maimon in seiner Lebensgeschichte berichtet, zielten darauf ab, aufgeklärte Vernünftigkeit mit dem Bewußtsein jüdischer Besonderheit zu verbinden. „Vernünftige Exegese" der jüdischen Überlieferung sollte nicht dadurch zustandegebracht werden, daß diesen Schriften eine Bedeutung abgewonnen würde, die zuvor in Werken der nichtjüdischen Philosophie gefunden worden war, sondern dadurch, daß die Kenntnis des Hebräischen vertieft und unter Juden verbreitet wurde. Die Erforschung der hebräischen Sprache war gleichbedeutend mit der Freilegung derjenigen spezifischen Vernunftgestalt, die in dieser Sprache ihren Ausdruck fand.

Bemühungen dieser Art, durch die Auseinandersetzung mit der Aufklärung ausgelöst, gehören nicht nur zu den Voraussetzungen für die Wiedererweckung der hebräischen Sprache im außergottesdienstlichen Gebrauch und damit zu den Voraussetzungen des späteren „jüdischen Nationalbewußtseins" und folglich auch des Zionismus. Sie gehören auch zu den Voraussetzungen für das Entstehen einer Wissenschaft des Judentums an der Schwelle zum 19. Jahrhundert. Denn daß die Kenntnis der hebräischen Sprache die Voraussetzung dafür sei, die Eigenart jüdischen Denkens, Fühlens und Handelns zu erfassen, war unter den Vertretern der Wissenschaft des Judentums unstrittig, auch wenn sie sich gelegentlich über den Gebrauch dieser Sprache, vor allem außerhalb des Gottesdienstes, eher zurückhaltend äußerten.

Doch zuvor mußte das Judentum in Deutschland eine andere Auseinandersetzung bestehen: die Auseinandersetzung mit Kant und vor allem mit seiner Moralphilosophie.

2. Kants philosophisches Programm und das Selbstverständnis des Judentums in Deutschland

a) Kants Religionsbegriff und die Frage nach dem Verhältnis von Religion und Moral

Die Schwelle vom 18. zum 19. Jahrhundert wird, geistesgeschichtlich gesehen, durch die Philosophie Immanuel Kants markiert. Und es läßt sich zeigen: Ohne diejenigen jüdischen Zeitgenossen Kants, die sich mit seinem Religionsbegriff auseinandergesetzt haben, hätte jenes Selbstverständnis des Judentums nicht entstehen können, das schließlich zur Konzeption der „Wissenschaft des Judentums" geführt hat. Oder kurz: Jüdische Kant-Rezeption gehört zu den notwendigen Bedingungen für die Entstehung einer Wissenschaft des Judentums.

Vor allem Kants Verständnis der Religion mußte die Aufmerksamkeit zeitgenössischer Juden erregen. Bekanntlich hat Kant die Religion als „die

Erkenntnis unserer Pflichten als göttlicher Gebote" definiert. Dies kam jüdischem Denken entgegen. Nicht die rein theoretische Schau ewiger Wesenheiten, sondern die praktische Erfüllung göttlicher Weisung macht, jüdischer Überlieferung gemäß, das Ziel aller Erkenntnis aus; insofern ist „die Furcht des Ewigen der Weisheit Anfang". Und speziell die Religion bewährt sich nicht im Erwerb überempirischen Wissens, sondern darin, alle sittliche Pflicht als Ausdruck des göttlichen Willens zu begreifen, der dem Menschen den Weg zum Leben weist. Das Vertrauen, daß der Mensch im Gehorsam gegenüber dem moralischen Gebot den Weg des Lebens findet, ist darauf gegründet, daß das Sittengesetz Ausdruck des göttlichen Willens ist, der uns zum Leben führen will. Und so sahen viele Juden sich durch Kants Aussage bestätigt, die Antwort auf die Frage „Was dürfen wir hoffen?" werde dadurch gegeben, daß wir „unsere Pflichten als göttliche Gebote" begreifen dürfen.

Die Bedeutung Kants für das Judentum bestand also nicht so sehr darin, daß er die Frage nach dem Verhältnis zwischen der Selbstbestimmung der Vernunft und dem Gehorsam gegen Gottes Gebot in Erinnerung rief. Das hatten schon die Anhänger der Aufklärung getan. Seine Bedeutung beruht vielmehr darauf, daß er eine bestimmte Art der Verknüpfung zwischen beiden gefunden zu haben meinte, die es ihm gestattete, gerade im Bewußtsein der Pflicht, die er als Forderung der autonomen Vernunft verstand, einen Weg zur „Erkenntnis der göttlichen Gebote" zu entdecken. So anstößig daher auch Kants Kritik an der „Heteronomie" klang, die er als Kritik am Judentum vorzutragen meinte, so wichtig mußte doch aufgeklärten Juden eine andere Frage erscheinen: Was gewann Kant dadurch, daß er die Pflichten, von denen er überzeugt war, daß sie nichts anderes sind als die Gebote der praktischen Vernunft, zugleich „als göttliche Gebote" verstehen wollte? Was fügte die religiöse Interpretation zur sittlichen Einsicht hinzu?

b) Kant als „Lehrmeister der Umkehr"?

Die Antwort gab Kant durch seine „Postulate", die er als Antwort auf die Frage verstand „Was dürfen wir hoffen?". Der Grundgedanke dieser Postulate aber kann in folgender Weise wiedergegeben werden:

1. Nur wenn ich annehmen darf, daß meine Pflichten göttliche Gebote sind, bin ich gewiß, daß die Selbstlosigkeit, die das Sittengesetz von mir verlangt, nicht meinen Untergang zur Folge hat, sondern meine Rettung. Aller Erfahrung nach nämlich mindert die moralische Gesinnung die Kraft zur Auseinandersetzung mit denen, die keine moralischen Hemmungen haben, und in der Welt, wie sie ist, sind es nicht die Gewissenhaften, die zum Ziel ihrer Wünsche gelangen. Nur wenn ich meine Pflichten als göttliche Gebote

verstehe, kann ich all meine Sorge auf die Erfüllung dieser Gebote richten und die Sorgen um meine Rettung dem überlassen, dem ich durch meinen sittlichen Gehorsam gedient habe.

2. Nur wenn ich annehmen darf, daß meine Pflichten göttliche Gebote sind, bin ich gewiß, daß das Gesetz, das mir diese Pflichten auferlegt, noch eine andere Funktion hat als die, mich meiner Unvollkommenheit zu überführen. Aller Erfahrung nach nämlich fällt meine Selbstbeurteilung um so ungünstiger aus, je mehr ich mir der unbedingten Forderungen der Sittlichkeit bewußt bin, so daß, wie Kant dies ausdrückt, „Trostlosigkeit die Folge redlicher Selbstbeurteilung wäre“, weil, wie wiederum Kant dies ausdrückt, „der Ankläger in uns stets auf ein Verdammungsurteil antragen würde“. Nur wenn ich meine Pflichten als göttliche Gebote verstehe, kann ich sicher sein, daß ihr Zweck „nicht der Tod des Sünders“ ist, „sondern daß er sich bekehre und lebe“. Die Erkenntnis meiner Pflichten als göttlicher Gebote läßt mich dessen sicher sein, daß das Gesetz nicht gegeben ist, damit ich mich selber verurteile, sondern damit ich Wege zur Umkehr und Besserung finde.

Sollte zu solcher Besserung ein unendlicher Weg notwendig sein, weil ich von dem Zustand, in dem ich mich befinden sollte, unendlich entfernt bin, dann wird Gott mir dazu unendliche Lebenszeit, über dieses irdische Leben hinaus, gewähren. Und sollte schon der Entschluß zur Umkehr jenen „guten Willen“ voraussetzen, dessen Mangel ich, bei redlicher Selbstbeurteilung, in mir schmerzlich bemerke, dann wird Gott mir, in einem „Urteilsspruch aus Gnaden“, jene Gerechtigkeit verleihen, die ich, als Ziel meiner Umkehr, doch erst zu erreichen suche – nicht um mir die Umkehr abzunehmen, sondern um sie möglich zu machen.

Mit jüdischen Ohren gehört, erscheint diese Philosophie als ein einziger Kommentar zu der Bitte, deren Wortlaut Kant nicht kannte: „Wende uns um, unser Vater, zu deiner Weisung, und sammle uns, unser König, zu deinem Dienste, wende uns um in vollkommener Umkehr vor Deinem Angesicht. Gepriesen bist Du, Ewiger, der an der Umkehr Wohlgefallen hat“.

Kant hat gerade bei jüdischen Zeitgenossen viel Sympathie und Aufmerksamkeit gefunden; und noch im 20. Jahrhundert gehörte eine große Zahl jüdischer Autoren den kantianischen Schulen zu. Sollte diese Tatsache daraus zu erklären sein, daß Kant als ein Lehrmeister der Umkehr, ein Ba'al t'schuwah gelesen werden konnte? Jedenfalls führt von Markus Herz und Salomon Maimon bis zu Hermann Cohen (und durch ihn vermittelt zu Franz Rosenzweig) eine nahezu ununterbrochene Kette derer, die in Kants Philosophie einen Zugang fanden, um jüdisches Religionsverständnis auf neue Weise begreiflich zu machen – nicht als Ausdruck einer Heteronomie, durch die die Vernunft sich äußeren Autoritäten unterwirft, die im Namen Gottes zu sprechen vorgeben, sondern als Ausdruck einer Hoffnung, deren Inhalt

Cohen zutreffend beschrieben hat, wenn er sie als „Hoffnung auf Wiederherstellung des Subjekts zur Sittlichkeit“ bezeichnete. Hier öffnete sich eine Möglichkeit, den aufgeklärten Gedanken der Vernunftautonomie mit dem jüdischen Vertrauen in einen Schöpfer der Welt und Geber der Thora zu verbinden. Denn dieser bewährt seine Weltherrschaft nicht zuletzt dadurch, daß er das Schicksal der Menschen so führt, daß ihm stets Wege der Umkehr geöffnet bleiben.

c) Kants Religionsbegriff als Voraussetzung für die Entstehung der Wissenschaft des Judentums

Eine Wissenschaft des Judentums, also eine Wissenschaft aus dem Geist des Judentums, die zugleich jüdische Geschichte und Gegenwart zu ihrem Inhalt hat, konnte deshalb nur in einer Umgebung entstehen, deren Religionsverständnis durch die kantische Bestimmung des Verhältnisses von Religion und Moral, von Gehorsam und Freiheit, von Hoffnung auf Gott und Anspruch an den Menschen bestimmt war. Denn Kants Verdienst bleibt der Aufweis, daß die Vernunft in ihrem praktischen Gebrauche nur dann von einem inneren Widerstreit befreit werde, wenn sie die Pflichten, die sie dem Individuum vorschreibt, zugleich als göttliche Gebote begreifen lehrt. Und erst damit war der vermeintliche Gegensatz zwischen der Autonomie der Vernunft und der Unterwerfung unter Gottes Gebot überwunden. Und nur wenn dieser Gegensatz als überwunden gelten darf, ist auch die Gefahr gebannt, mit der alle jüdische Aufklärung zu kämpfen hatte: die Gefahr, daß eine spezifisch wissenschaftliche, also auf Vernunft gegründete Deutung des Judentums zugleich dessen Auflösung in allgemeine Menschlichkeit zur Folge haben müsse. Und nur wenn diese Gefahr gebannt ist, ist eine Wissenschaft des Judentums möglich.

Aber die notwendige Bedingung ist noch nicht die zureichende. Damit diese Wissenschaft wirklich zustandekam, mußte zuerst die Vernunft geschichtlich und damit die Geschichte vernünftig gedeutet werden, so daß die aufgeklärte Antithese von „ewigen Vernunftwahrheiten“ und „historischen Tatsachenwahrheiten“ ihre Bedeutung verlor. Nur dann nämlich konnte auch der vermeintliche Gegensatz zwischen der „Religion der Vernunft“ und der historischen Überlieferung des Judentums vermittelt werden.

Es blieb den Vertretern des Deutschen Idealismus vorbehalten, das Verhältnis von Vernunft und Geschichte auf den Begriff zu bringen. Und erst in diesem Rahmen wurde diejenige Denkform entwickelt, die notwendig war, um jene Wissenschaft des Judentums zustandezubringen, deren Eigenart schon in den einführenden Gedanken dieser Vorlesung charakterisiert worden ist: eine Wissenschaft, die die jüdische Geschichte, wie sie aus den Quellen zu rekonstruieren ist, als den Weg einer konkreten Überlieferungsgemeinschaft begreiflich macht, die in dem Maße, in welchem sie zum Bewußtsein ihrer selbst findet, auch entdeckt, daß ihr partikulärer „Gemeingeist", die spezifische Weise ihres gemeinsamen Denkens, Sprechens und Handelns, zugleich ein Moment der allgemeinen Geschichte Gottes mit der Menschheit ist.

B) Das Wissenschaftsverständnis des Deutschen Idealismus und die Wissenschaft des Judentums

1. Fichtes Geschichtsphilosophie und das historische Selbstverständnis der jüdischen Aufklärung (Haskala)

Daß die Geschichte nicht nur das Objekt vernünftigen Nachdenkens ist, daß vielmehr das denkende Subjekt selbst eine Geschichte hat, ist eine Einsicht, die den Übergang von der Aufklärung zur Philosophie des Deutschen Idealismus kennzeichnet. Fichte hat es unternommen, den Entwurf einer solchen Geschichte der Vernunft vorzulegen. Sein gegenüber der Aufklärungsphilosophie neuer Gedanke läßt sich, in der hier nötigen Vereinfachung, in folgender Weise wiedergeben: Diejenige Fremdbestimmung, aus der die Vernunft im Prozeß der Aufklärung hervorgehen soll, kann ihr nicht „von außen" auferlegt worden sein; vielmehr kann nur eine Kraft, die aus der Vernunft selber entspringt, ihrer Selbstbestimmung Schranken setzen. Was dem Subjekt als eine vernunftwidrige, äußere Bestimmungsmacht erscheint, muß in Wahrheit eine andere Gestalt der Vernunft selber sein. Und diese Gestalt der Vernunft, die dem Subjekt äußerlich gegenübertritt und seine Selbstbestimmung beschränkt, mußte entstehen, damit die Vernunft aus ihrer unbewußten, naturhaften Selbstbestimmung erwache. Erst im Konflikt zwischen subjektiver Willkür und objektiver Vernünftigkeit von Rechts- und Traditionsgesetzen konnte das Bewußtsein einer nicht willkürlichen, sondern vernünftigen Selbstbestimmung erwachen, das die äußerlich gewordene Gestalt der Vernunft überflüssig macht und in der Abschüttelung dieser äußeren Bestimmungsmächte zur moralisch-politischen Freiheit gelangt.

Im Mittelpunkt der Geschichtsphilosophie Fichtes stand der Begriff der Vernunft. Diese wirkt zu Beginn der Geschichte naturhaft, zwar auch hier schon sich selbst bestimmend, aber in der Weise des Instinkts. Sodann wird sie dem Subjekt äußerlich in der Art der Staats-Raison oder der objektiv geltenden Gesetze. Gegen diese wendet die Vernunft sich in der Form der revoltierenden Subjektivität, bis sie schließlich, in der Form der „Vernunftwissenschaft“ und „Vernunftkunst“ die beiden letzten Zeitalter der Geschichte bestimmt: als Zeitalter der zum Wissen ihrer selbst gebrachten Vernunft und als Zeitalter der dieses Selbstwissen in politisch-moralische Praxis umsetzenden Vernunft. Und im Hintergrund dieses Vernunftbegriffs steht der Begriff des Ich, das alle Differenz gegenüber dem Nicht-Ich als in sich gesetzt begreifen lernt, d. h. als Moment seines Weges zum Selbstbewußtsein.

Für die entstehende „Wissenschaft des Judentums“ bedeutete dies: Einer jungen Generation von Maskilim, von Anhängern der jüdischen Aufklärung, für die der Protest gegen ein ihnen äußerlich erscheinendes System von Gesetzen und Gebräuchen zur Selbstverständlichkeit geworden war, bot sich hier eine Möglichkeit an, ihre historische Rolle zu begreifen. Dieses Angebot erreichte sie gerade in demjenigen Augenblick, in dem sie an ihren aufgeklärten Programmen einer Reinterpretation des Judentums im Sinne allgemeiner Humanität zu zweifeln begannen, weil ihnen ihre eigene Position als Bedrohung jüdischer Identität erschien. Hier nun lernten sie, sowohl die Äußerlichkeit der Gesetze, gegen die sie revoltierten, als auch ihren eigenen Protest als Momente einer historischen Entwicklung zu begreifen, in deren Verlauf sich eine neue Versöhnung von subjektiver Selbstbestimmung und objektiver Vernünftigkeit der Tradition anbahnen sollte. Und so war es zuletzt ein dialektisches Selbstverständnis der Haskala, der jüdischen Form der Aufklärung, das den Schlüssel bot zu jenem historischen Selbstverständnis des Judentums, dessen Ausarbeitung zur Aufgabe der „Wissenschaft des Judentums“ werden sollte.

Ein Zeugnis dafür bietet der programmatische Artikel ›Über den Begriff einer Wissenschaft des Judentums‹, mit dem Immanuel Wohlwill, hier unter dem Namen Immanuel Wolf publizierend, im Jahre 1823 die erste Nummer der ›Zeitschrift für die Wissenschaft des Judentums‹ eröffnete. Der Artikel enthält an zentraler Stelle eine Analyse der gegenwärtigen Situation des Judentums, in der sich Protest regt gegen ein Leben „in dumpfer Abgeschlossenheit, in einsamer Befangenheit, in stillem Hinbrüten über den Buchstaben vergangener Jahrhunderte“ [1]. Aber es gilt zu begreifen, daß das, was heute als „lastende Masse äußerer Handlungen“ erscheint,[2] die dem Juden durch seine Überlieferung vorgeschrieben werden, in seinem Ursprung Ausdruck der Bemühung war, die „Grundidee“ des Judentums, den Monotheismus, die vormals „bedeutungsvoll an das öffentliche Leben geknüpft war“, nach dem Verlust der politischen Eigenständigkeit, „mit dem häuslichen Leben zu verweben [. . .]. Darum haben die Rabbinen das ganze Leben der Juden mit religiösen Erinnerungen und Gebräuchen durchflochten“ [3]. Nun freilich, da diese „Verwebung“ zu Überlast äußerer Observanzen geführt hat, kommt es darauf an, daß „das Judentum [. . .] nach der Weise des reinen Denkens der Speculation, d. i. reinwissenschaftlich dargestellt werde“[4]. Die Wissenschaft des Judentums ist daher diejenige Gestalt, in der seine „Grundidee“ heute, nach Überwindung der „Überlast äußerer Handlungen“, seinen Anhängern zum Bewußtsein gelangen muß. Mit Fichte könnte man sagen: Das Zeitalter der Vernunftwissenschaft ist auch in der Geschichte des Judentums angebrochen und läßt in der Rückschau sowohl das Äußerlichwerden der Idee als auch das Abstreifen dieser Äußerlichkeit als notwendige Phasen in der Geschichte des Judentums erscheinen.

Freilich ist weder Immanuel Wolf noch ein anderer unter den Begründern der Wissenschaft des Judentums ein schulgetreuer Anhänger Fichtes gewesen. Und so scheint es nicht sachgerecht, diesen oder jenen Autor des Deutschen Idealismus als die Quelle des Wissenschaftsverständnisses namhaft zu machen, das die entstehende „Wissenschaft des Judentums“ bestimmte. Eher ist dieses Wissenschaftsverständnis durch das allgemeine Kulturklima des frühen 19. Jahrhunderts geprägt, auf das die verschiedensten Autoren Einfluß genommen haben.

Dennoch scheint es angezeigt, auf wenigstens einen dieser Autoren noch eigens einzugehen: auf Hegel und seine Philosophie des Geistes. Nicht nur Immanuel Wolf, sondern auch Leopold Zunz spricht wiederholt und betont von „Geistesentwicklung“ und läßt die Absicht erkennen, die Teilhabe des Judentums an dieser allumfassenden Entwicklung des Geistes nachzuweisen. „Man erkenne und ehre in der jüdischen Literatur eine organische geistige Tätigkeit, die den Weltrichtungen folgend auch dem Gesamtinteresse dient [. . .]. Werden, dies zugegeben, nicht die jüdischen Autoren und die Juden überhaupt alsdann das Bürgerrecht des Geistes erlangen müssen? [. . .] Die Gleichstellung der Juden in Sitte und Leben wird aus der Gleichstellung der Wissenschaft des Judentums hervorgehen.“[5] Wissenschaft des Judentums als Nachweis eines „Bürgerrechts des Geistes“, das den Juden zuerkannt werden müsse: dies ist ein Programm, das ohne Hegels Philosophie des Geistes nicht hätte entstehen können.

2. Hegels Philosophie des Geistes und die Wissenschaft des Judentums

Im Mittelpunkt der Geschichtsphilosophie Fichtes stand, so hat sich gezeigt, der Begriff der Vernunft. Im Mittelpunkt der Geschichtsphilosophie Hegels dagegen steht der Begriff des Geistes, der Subjekt und Objekte umgreift und deshalb die Welt der Objekte nicht als bloße Momente innerhalb der Subjektivität erscheinen läßt, sondern sie in ihre Andersheit gegenüber dem Subjekt freisetzt. Er bildet nicht, wie Fichtes Ich, die Objektwelt in sich, sondern sich in die Objektwelt hinein. Sich auf solche Weise in diese Welt der Objekte hinein zu entäußern, ist die Aufgabe des subjektiven

Geistes; in ihnen die Entäußerungsgestalten des subjektiven Geistes wiederzuerkennen, sie als Folge der Bewegung seines Sich-Objektiv-Werdens zu begreifen, ist die Aufgabe der Wissenschaft.

Dabei ist der subjektive Geist, der das Individuum zu solcher Tätigkeit des Sich-Objektiv-Werdens befähigt, immer Äußerungsform eines Gemeingeistes, der es möglich macht, daß die Individuen sich gegenseitig verstehen, gemeinsame Ziele ihres Handelns erkennen und im Dienst an diesen Zielen tätig werden. Und jede konkrete Form des Gemeingeistes ist ihrerseits die Weise, wie die Spannung des Individuellen und des Allgemeinen (z. B. des individuellen Begehrens und des allgemeinen Sittengesetzes) sich im Besonderen aufhebt (z. B. in der besonderen Weise der Sittlichkeit einer konkreten Gemeinschaft). Wissenschaft hat daher gerade diese Besonderung zu erfassen, in der der Geist als Geist konkreter Sprach- und Handlungsgemeinschaften, z. B. der Völker, auftritt. Zugleich gilt es, die Identität des sich objektivierenden besonderen Geistes in der Verschiedenartigkeit seiner Objektivationen zu erfassen, z. B. in den Werken der Kunst, in den Ordnungen des Rechts, in den Dokumenten der wissenschaftlichen Erkenntnis, die ein Volk hervorgebracht hat.

Für die Wissenschaft des Judentums bedeutete dies: Gegenüber einem aufgeklärten Vernunftverständnis, das dazu anleiten sollte, das Individuum als Repräsentanten der Gattung, d. h. der ganzen Menschheit, zu begreifen, bot Hegels Begriff des Geistes eine Möglichkeit an, die Besonderheit einer bestimmten Gemeinschaft, zu rechtfertigen und theoretisch zu begründen. Zugleich aber leitete Hegels Geistbegriff dazu an, die konkrete Gemeinschaft nicht dem Allgemeinen der Menschheit beziehungslos gegenüberzustellen, sondern als besondere Realisationsgestalt des Allgemeinen zu begreifen und den Beitrag zu bestimmen, den dieses Besondere zur Geschichte des Allgemeinen leistet. Das bedeutete für das Selbstverständnis des Judentums: Während der Vernunftbegriff der Aufklärung die Gefahr entstehen ließ, daß die Emanzipation der Juden (als Individuen) mit der Selbstaufhebung des Judentums (als einer besonderen Gemeinschaft) bezahlt würde, und während das bloße Beharren auf der Überlieferung die Gefahr entstehen ließ, daß das Judentum sich der übrigen Menschheit entfremdete, bot sich hier eine Deutungsmöglichkeit an, die das Eigenrecht des Besonderen und seine Bedeutung für das Allgemeine – konkret also das Eigenrecht des Judentums als einer besonderen Gemeinschaft und ihre Bedeutung für die ganze Menschheit – zusammenzudenken gestattete. Wenn Zunz an der oben zitierten Stelle[6] vom „Bürgerrecht des Geistes" gesprochen hat, so meinte er diese Weise, Eigenstand und Allgemeinbedeutung des Judentums und der Juden gleichermaßen sicherzustellen. „Eine solche von der Weltgeschichte anerkannte historische Besonderheit sind die Juden, nach Volkstum und Bekenntnis ein Ganzes, dessen Richtungen von einheitlichen [. . .] Gesetzen gelenkt werden“, zugleich aber, „mit eigenem Organismus, der, nach allgemeinen Gesetzen erkannt, das Allgemeine wiederum erkennen hilft“.[7]

Den Weg dazu schien eine „geistesgeschichtliche“ Betrachtung des Judentums zu eröffnen, d. h. eine wissenschaftliche Betrachtungsart, die in allen Hervorbringungen des Judentums, in seiner Kunst, Wissenschaft, Poesie usw., den einen „Geist“ des Judentums erkennbar macht, zugleich aber diesen besonderen Gemeingeist des Judentums als Moment in der Selbstrealisation des allumfassenden Geistes begreifen lehrt. Objekt einer solchen Betrachtung aber sind die schriftlichen Dokumente der jüdischen Geschichte, also die jüdische Literatur. „Nach Völkern und Sprachen scheidend verfolgen wir so den arbeitenden Geist in seinen einzelnen Richtungen, um das Gesetz der Teile aufzusuchen. Dann wird die Literatur des einzelnen Volkes ein aus bildenden Kräften gezeugtes, ein Widerglanz des göttlichen Geistes, der in dem Besonderen, das auch seinen Anteil am Ewigen hat, sich offenbart.“[8]

3. Wissenschaft und gesellschaftliche Bedeutung. Die Wissenschaft des Judentums und die Stellung der Juden im Deutschland des 19. Jahrhunderts

Wissenschaft, so wurde an früherer Stelle gesagt, war schon im Verständnis der Aufklärung mehr als nur eine Bemühung um Erkenntnis-Erwerb und Erkenntnis-Sicherung; sie stand, zugleich damit, im Dienste pädagogisch-moralischer und politisch-emanzipatorischer Ideen. Nicht weniger als im Verständnis der Aufklärung war im idealistischen Verständnis Wissenschaft zugleich ein Dienst an moralisch-pädagogischen und politisch-emanzipatorischen Ideen. Aber diese Ideen wurden nun anders verstanden. Und diese Veränderung im Verständnis der moralisch-pädagogischen und politisch-emanzipatorischen Ideen stand im Zusammenhang mit einer neuen Auffassung vom Ziel des Erkennens, also von der eigensten Aufgabe der Wissenschaft. Auch in dieser Phase der Philosophiegeschichte gilt also: Politische oder moralische Zielsetzungen werden nicht von außen an die Wissenschaft herangetragen, als sei sie das Mittel, das für diese Ziele eingesetzt werden könnte. Vielmehr ergeben sich diese Zielsetzungen aus der regulativen Idee der Wissenschaft selbst, sind ihr also immanent; und eben deshalb darf der, der der Wissenschaft dient, zugleich gewiß sein, den politisch-moralischen Zielen gedient zu haben.

Ziel der Erkenntnisbemühung war nun nicht mehr eine „Objektivität“, die die Gegenstände in ihrem „reinen Ansichsein“ erfassen wollte, abseits von aller Relation auf das erkennende Subjekt, sondern die Einsicht in die

Wechselbeziehung von Subjekt und Objekten, die für beide konstitutiv ist. Einen Gegenstand erkennen hieß nun: einsehen, wie er dem Subjekt nur in derjenigen Gestalt begegnen kann, die dem Anschauen und Denken dieses Subjekts gemäß ist, und zugleich aufweisen, wie die konkrete Gestalt dieses Anschauens und Denkens sich in der Auseinandersetzung mit dem Gegenstand entwickelt. Wissenschaft war folglich primär die Nachzeichnung des Prozesses, in welchem das Subjekt und seine Welt gemeinsam entstehen und sich verändern. Maß der Wissenschaftlichkeit einer Erkenntnis war so die gewonnene Einsicht in die Historizität der eigenen Verstehensweise selbst – nicht im Sinne eines Relativismus, der darauf verzichtet, historisch entstandene Weltansichten am Maßstab der Wahrheit zu messen, sondern im Sinne der Ortfindung des Erkennenden im Gang der Geschichte. Das bedeutete für die Wissenschaft des Judentums: Das Ziel wissenschaftlicher Erkenntnis der Dokumente jüdischer Geschichte war es, daß Juden in dem, was den Gegenstand ihrer Forschung bildet, ihre eigene Geschichte erkennen lernen und dadurch fähig werden, ihren eigenen Ort in dieser Geschichte zu bestimmen.

Mit der Veränderung des Begriffs von Wissenschaft änderte sich aber, zunächst bei Fichte, der Sinn der politischen Idee der Emanzipation. Historische Bedingtheit unseres Denkens galt nun nicht mehr einfach als Befangenheit, von der der Denkende sich freizumachen habe, sondern als Begegnung mit einer ihm äußerlich gewordenen Vernunft, die nur dann aufhört, ihn zu beschränken, wenn er sie sich innerlich zu eigen gemacht hat. In dem Maße freilich, in dem solche Aneignung gelingt, wird der Erkennende fähig, die Formen, in denen ihm die Vernunft bisher äußerlich begegnete (die Formen des Unterwerfungsanspruchs staatlicher Gesetze und religiöser Normen) daraufhin zu prüfen, ob sie, die einmal Hilfen zur Selbstfindung der Vernunft gewesen sind, inzwischen zu Hemmnissen geworden sind und daher abgeworfen werden müssen.

Das bedeutete für die Wissenschaft des Judentums: Emanzipation, nach außen gefordert als Befreiung von Ungleichheit vor dem Gesetz und von Diskriminierung in der Gesellschaft, schien sich in der Aufklärungszeit ihre Beglaubigung dadurch verschaffen zu müssen, daß aufgeklärte Juden nach innen, im Verhältnis zur eigenen Überlieferung, Verachtung des historisch Gewordenen zur Schau trugen. Jetzt dagegen war es möglich geworden, Freiheit des Denkens in der Aneignung der Überlieferung zu suchen, freilich mit dem Ziele, gerade aufgrund solcher Aneignung zu entscheiden, ob die Formen dieser Überlieferung dem, der ihren Inhalt sich zu eigen gemacht hat, Hilfen oder Hindernisse bei seiner Bemühung sind, in der Geschichte des Judentums seinen Ort zu finden. Wissenschaftliche Erkenntnis des Judentums, so zeigte sich nun, ist notwendig, um, bei uneingeschränkter Zustimmung zur eigenen jüdischen Identität, „das Alte brauchbar, das

Veraltete schädliche, das Neue wünschenswerte zu kennen und zu sondern".[9]

Schließlich änderte sich, mit dem veränderten Wissenschaftsverständnis, auch die moralisch-pädagogische Idee, das Individuum zum Repräsentanten der Gattung zu machen. Denn wenn die Art des Anschauens und Denkens, also die Subjektivität, ihre Geschichte hat, bleibt sie stets auf konkrete historische Gemeinschaften verwiesen. Das Individuum tritt dann nicht mehr, wie die Aufklärung dies dachte, unmittelbar der Menschheit gegenüber, um sich ihr zu unterwerfen und dadurch von allen intermediären, d. h. zwischen das Individuum und die Menschheit tretenden Bestimmungsmächten frei zu werden. Sich selber historisch verstehend, ist das Subjekt Weltbürger nur dadurch, daß es Bürger einer konkreten historischen Überlieferungsgemeinschaft ist, diese freilich kritisch nach ihrem Dienst an der Menschheit befragt.

Hegels Lehre vom Geist, der stets, als Gemeingeist, an konkrete Gemeinschaften gebunden ist und doch zugleich als Moment des sich entwickelnden allumfassenden Geistes begriffen werden darf, bot dafür ein theoretisches Deutungsmodell. Dieses aber gestattete Folgerungen für das Verständnis von Moralität und Erziehung: Erziehung zur Moralität ist, so verstanden, Erziehung dazu, eine Verantwortung für die Menschheit wahrzunehmen, die dem einzelnen gerade als dem Glied einer konkreten Überlieferungsgemeinschaft zukommt: Diese seine Überlieferungsgemeinschaft soll er von Gruppenegoismen befreien und dazu befähigen, ihren unverwechselbaren Dienst an der Menschheit zu leisten.

Für die Wissenschaft des Judentums bedeutete dies: Die wissenschaftliche Erforschung des Judentums in seiner historischen Unverwechselbarkeit durfte zugleich als erzieherische Bemühung verstanden werden, als ein Beitrag dazu, eine Alternative zu überwinden, vor die im frühen 19. Jahrhundert die Juden in Deutschland gestellt schienen; die Entscheidung, ob sie, in der Wahrung ihrer jüdischen Identität, sich der Verantwortung für die historische Entwicklung der Menschheit versagen wollten, oder ob sie, um an den schicksalhaften Entscheidungen der Menschheit teilzunehmen, auf ihre jüdische Sonder-Identität verzichten sollten. Weltbürger gerade dadurch zu sein, daß sie zur bewußten Teilhabe am historisch konkreten Leben ihrer Überlieferungsgemeinschaft fähig würden: dies schien nun ein Erziehungsziel, zu dessen Erreichung die Wissenschaft des Judentums beitragen konnte. Wenn Zunz an der schon mehrfach zitierten Stelle für die Juden das Bürgerrecht des Geistes einforderte,[10] dann hat er dieses Recht auf den eigenständigen Beitrag des Judentums zur geistigen Entwicklung der Menschheit im Auge gehabt.

4. Wechselnde Akzentsetzung im Selbstverständnis der Wissenschaft des Judentums

Von den beiden soeben beschriebenen Leitideen, die sich aus dem Wissenschaftsverständnis des 19. Jahrhunderts ergaben, trat beim Begründer der Wissenschaft des Judentums, Leopold Zunz, die politisch-emanzipatorische Idee besonders deutlich hervor. So konnte er in der Vorrede zu seinem grundlegenden Werk ›Die gottesdienstlichen Vorträge der Juden, historisch entwickelt‹ (Berlin 1832) ausrufen: „Es ist endlich Zeit, daß den Juden in Europa, insonderheit in Deutschland, Recht und Freiheit statt der Rechte und Freiheiten, gewährt werde: kein kümmerliches, erniedrigendes Vorrecht, aber ein vollständiges, erhebendes Bürgerrecht." [11] Und so hat er seine wissenschaftliche Bemühung als Beitrag dazu verstanden, Fehlurteile über das Judentum zurückzuweisen und den Beitrag des Judentums zur geistigen Entwicklung der Menschheit darzulegen. Sogar unmittelbaren Einfluß auf die Gesetzgebung konnte er sich von dieser Bemühung erhoffen. „Mit der bürgerlichen Hintansetzung der Juden steht die Vernachlässigung jüdischer Wissenschaft in Zusammenhang [. . .]. Obwohl Schriften über den Talmud und wider die Juden wie Pilze über Nacht aufschossen und einige Dutzend Solone sich uns zu Reformatoren aufdrangen, so war doch kein Buch von Belang da, aus welchem Staatsmänner sich hätten Rates holen können". [12]

So erstaunt es nicht, daß er auch aktiv in das politische Geschehen, vor allem im Revolutionsjahr 1848, einzugreifen versuchte (vgl. seine Wahlreden und den Nachruf auf die „Märzhelden Berlins" von 1848). Und bezeichnend für das Verständnis seiner Aufgabe mag die Aussage sein, die sich in einem Vortrag vor dem Verein junger Kaufleute findet: „Jede Wissenschaft ist politisch, denn Wissenschaft ist ein zusammenhängendes Wissen vom Werden und Fortgange eines schöpferischen Gedankens und von dem, was dieser Gedanke in der menschlichen Gesellschaft hervorgebracht hat [. . .]. Mögen Sie daher, meine Freunde, es alle noch erleben, daß „politisch" wieder gleichbedeutend werde mit ‚sittlich' und mit ‚menschlich', Rechtsstaat mit gemeinem Wohl und mit wahrer Kultur – mag dann immerhin Druck, Gewalt und Unrecht ‚nicht-politisch' heißen." [13]

Gegenüber der politisch-emanzipatorischen Idee wurde die moralisch-pädagogische zwar nicht vergessen, trat aber doch deutlich in den Hintergrund. Nur gelegentlich spricht Zunz davon, daß eine Wissenschaft des Judentums nötig sei, um heranwachsende Juden zu einem Bewußtsein davon zu führen, was das Besondere jüdischer Überlieferung sei und welchen besonderen Beitrag sie daher zur Entwicklung des allgemeinen Geistes zu leisten hätten. Insgesamt überwiegt die nach außen gewendete, politische Intention die auf innerjüdische Probleme abhebende pädagogische.

Ein anderes Bild geben die Ausführungen, mit denen Zacharias Frankel 1852 im ersten Jahrgang der ›Monatsschrift für Geschichte und Wissenschaft des Judentums‹ die Zwecksetzung dieser Zeitschrift erläutert. (Die von Zunz herausgegebene ›Zeitschrift für die Wissenschaft des Judentums‹ ist über ihren ersten Jahrband 1823 nicht hinausgediehen.) Die ›Monatsschrift‹ ist vorrangig innerjüdisch-pädagogischen Zwecken gewidmet – und die Begründung dafür kann man heute nicht lesen, ohne in lautes Klagen auszubrechen. Zacharias Frankel schreibt: „Die Sonderstellung des Juden ist nun in Deutschland – nur ein Staat macht eine Ausnahme – beseitigt; sein Anteil an der Politik ist ein allgemeiner, es werden ihm nicht mehr Sonderinteressen aufgedrungen. Und Sorge hier für die Zukunft zu hegen, verbietet der Glaube an Treue und Redlichkeit.“ [14] Wir können uns heute kaum noch in eine Situation hineinversetzen, in der das Judentum in Deutschland glauben konnte, der Sorge um seine bürgerlich-politische Gleichstellung für alle Zukunft enthoben zu sein. Frankel zieht daraus die Folgerung: „Es liegt daher für ein dem Judentume gewidmetes Journal weder Bedürfnis noch Berechtigung vor, das Politische in sein Gebiet zu ziehen.“ [15] Aufgabe der ›Monatsschrift‹ soll es dagegen sein, unter den Juden selbst „dem Judentum neue Teilnahme zu wecken“. [16] Die Gefahr, der es nun entgegenzuwirken galt, war die der Selbstpreisgabe des Judentums selber. Und als Heilmittel gegen diese Gefahr nannte, in der gleichen Zeitschrift, W. Landau ›Die Wissenschaft das einzige Regenerationsmittel des Judentums‹. [17] Denn „wo die Wissenschaft fehlt, da tritt der starre an Aberglauben grenzende Buchstabenglaube ein, der bald einer ebenso frechen wie oberflächlichen gänzlichen Negation den Platz räumt“. [18] Und dieser Warnung entspricht das positive Bekennntis: „Die Wissenschaft ist die Wiege und die Ernährung des Judentums und sein untrüglicher Schutz jetzt und immerdar.“ [19]

Dieses Vertrauen in die Kraft der Wissenschaft blieb auch in einer Zeit erhalten, in der die Wissenschaft des Judentums – ebenso wie die Wissenschaft in ihrer Umgebung – ihre Aufgabe nicht mehr mit Mitteln der Philosophie Kants oder des Deutschen Idealismus formulierte, sondern sich positivistisch verstand. (Als Beispiel mag die Wissenschaftspraxis von Moritz Steinschneider gelten.) Aber schon bei der Lektüre des Artikels von Landau stellt sich die Frage, wie es zu einer solchen Hochschätzung der Wissenschaft kommen konnte, worauf sie ihr Recht gründen kann und welchen Umständen diese Hochschätzung der Wissenschaft ihre Überlebenskraft gerade in jüdischen Kreisen verdankte.

Mit diesen Fragen kehren meine Ausführungen zu ihrem Anfang zurück. Nennen wir diejenige Wissenschaft, die sich als Wiege, Ernährung und Schutz des Judentums verstehen darf, „Wissenschaft des Judentums“, so gelten die beiden Sätze, die ich zu Beginn ausgesprochen und, wie ich hoffe, durch meine Ausführungen glaubwürdig gemacht habe: Die Wissenschaft des Judentums ist so alt wie das Judentum selbst in derjenigen Gestalt, die es mit der Zerstörung des Zweiten Tempels angenommen hat. Und doch gilt zugleich: Die Wissenschaft des Judentums mit ihrem spezifischen Verständnis von Wissenschaft und mit den daraus abgeleiteten spezifischen Ideen für emanzipatorische Politik und moralische Erziehung ist ein Kind des 19. Jahrhunderts und spezieller ein Kind derjenigen Idee von Geistesgeschichte, die im Deutschland des 19. Jahrhunderts entstand. Aber diese beiden Sätze gestatten nun eine konkretere Ausführung:

Nur weil seit Jochanan ben Zakkai die Gestalt des Gelehrten zentrale Bedeutung für die jüdische Überlieferungsgemeinschaft gewonnen und behalten hat, konnten auch Wissenschaftsideen, die in einem ganz anderen Kontext beheimatet waren, für eine entscheidungsvolle Phase jüdischer Geschichte diejenige Bedeutung gewinnen, die ihnen innerhalb der Wissenschaft des Judentums zugewachsen ist. Aber auch das andere gilt: Nur weil eine fruchtbare Phase europäischer Wissenschaftsgeschichte eine Idee von Wissenschaft entwickelt hatte, aus der sich moralisch-pädagogische und politisch-emanzipatorische Zielsetzungen von selbst ergaben, konnten Juden dieser Epoche in der Wissenschaftsidee des 19. Jahrhunderts ein Angebot sehen, ihre Forderung nach Emanzipation und zugleich ihr Bewußtsein von der Verpflichtungskraft sittlicher Ideen, kurz ihre eigenen Zielsetzungen auszusprechen und ihr eigenes Selbstverständnis neu zu definieren.

Die Wissenschaft des Judentums ist daher das Zeugnis einer kostbaren, aber flüchtigen Stunde, in der jüdisches Lehren und Lernen sich mit dem Wissenschaftsverständnis der Umgebung so verband, daß für eine wichtige Schicht wissenschaftlich gebildeter Juden in Deutschland jüdische Identität in einer durch die Aufklärung hindurchgegangenen Epoche in dieser spezifischen Art von Wissenschaft ihr Selbstverständnis gewann.

Anmerkungen

1 Immanuel Wolf, Über den Begriff einer Wissenschaft des Judentums, Zeitschrift für die Wissenschaft des Judentums (1823) 13; (nun: „Wolf 1823“).

2 Wolf 1823, 11.

3 Ebd. 10.

4 Ebd. 14.

5 Leopold Zunz, Die jüdische Literatur, 1845, in: Ges. Schriften, 58f.; (nun: „Zunz 1845“).

6 Ebd.

7 Ders., Die gottesdienstlichen Vorträge der Juden, 1832, in: Ges. Schriften, 42.

8 Zunz 1845, 41f.

9 Leopold Zunz, Etwas über die rabbinische Literatur, 1818, in: Ges. Schriften, 14f.

[10] Zunz 1845, 58.
[11] Zunz 1832, 32.
[12] Ebd. 35.
[13] Zunz 1848, 330–332.
[14] Zacharias Frankel, Einleitendes, in: MGWJ 1 (1852) 2/3.
[15] Ebd. 3.
[16] Ebd. 6.
[17] W. Landau, Die Wissenschaft das einzige Regenerationsmittel des Judentums, MGWJ 1 (1852) 483–499, (nun: „Landau 1852").
[18] Landau 1852, 493.
[19] Ebd. 499.

JÜDISCHE GESCHICHTSWISSENSCHAFT IN DEUTSCHLAND: 1918–1938

Konzepte, Schwerpunkte, Ergebnisse

Von Christhard Hoffmann

Vorbemerkung: Mein Interesse für die Wissenschaftsgeschichte der jüdischen Geschichtswissenschaft in den Jahren der Weimarer Republik und den Anfangsjahren des Nationalsozialismus steht im Kontext eines größeren Projektes über die Emigration der deutschsprachigen Judaistik nach 1933, das am Zentrum für Antisemitismusforschung (Technische Universität Berlin) unter Leitung von Professor Herbert A. Strauss durchgeführt wird.[1] Die Untersuchung der Frage, welche wissenschaftshistorisch erkennbaren Wirkungen in den Aufnahmeländern der Transfer der jüdischen Historiker mit sich gebracht hat, setzt voraus, daß man die Eigenart der jüdischen Geschichtswissenschaft in den deutschsprachigen Ländern vor 1933 genauer bestimmt. Besaß sie, was ihre Institutionen, Konzepte, Themenschwerpunkte und ihre Professionalisierung betrifft, ein spezifisches Profil im internationalen Kontext? Gab es eine einheitliche Schule jüdischer Geschichtsschreibung in Deutschland oder gab es konkurrierende Konzepte, Herangehensweisen und Interpretationen, und wie waren diese begründet: weltanschaulich/religiös oder eher wissenschaftstheoretisch?

Jüdische Geschichtswissenschaft[2] gab es in Deutschland natürlich nicht erst seit der Weimarer Republik, sondern sie hatte sich bereits in der ersten Hälfte des 19. Jahrhunderts – beeinflußt durch die Entstehung der modernen allgemeinen Geschichtswissenschaft – herausgebildet. Wie jene zeichnete sich auch die jüdische Geschichtswissenschaft vor allem durch zwei Momente aus: den Anspruch der Wissenschaftlichkeit und die Tendenz, durch Geschichtsschreibung zur Sinndeutung und Selbstdefinition der eigenen Gruppe in der modernen säkularisierten Gesellschaft beizutragen. „Wissenschaftlichkeit“ – das bedeutete seit Niebuhr und Ranke, daß die Methode der Quellensicherung und Quellenkritik zur unabdingbaren Voraussetzung der Geschichtsschreibung wurde. Ohne einen Rückgriff auf die Originalquellen und ohne Überlieferungsgeschichte war fortan keine wissenschaftlich begründbare Aussage über die Vergangenheit mehr möglich.[3] In der Praxis führte dieses Postulat zu einer Konzentration der Kräfte auf das Sammeln, Sichern und Edieren von Quellenmaterial. Die jüdische

Geschichtswissenschaft ist hier genau der Entwicklung der allgemeinen Geschichtswissenschaft gefolgt, sie mußte nur mit viel größeren organisatorischen und finanziellen Schwierigkeiten fertig werden, da sie nicht wie jene universitär verankert war. Die 1885 gegründete „Historische Kommission für Geschichte der Juden in Deutschland“ [4], die sich der wissenschaftlichen Edition mittelalterlicher Quellen widmete, konnte z. B. nur wenige Jahre arbeiten und wurde 1902 ganz aufgelöst. Als Ersatz wurde 1905 das „Gesamtarchiv der deutschen Juden“ [5] gegründet. Daneben gab es eine Vielzahl lokalgeschichtlicher Forschungen, die meistens vom örtlichen Rabbiner durchgeführt wurden und die in den „Vereinen für jüdische Geschichte und Literatur“ [6] eine gewisse institutionelle Verankerung fanden.

Weitgehend unabhängig von den Anstrengungen, die jüdische Geschichtsforschung durch Quellensammlungen und Urkundeneditionen auf eine den Standards der Zeit entsprechende wissenschaftliche Grundlage zu stellen, waren im Laufe des 19. Jahrhunderts die ersten Gesamtdarstellungen zur jüdischen Geschichte von Isaak Markus Jost, Heinrich Graetz, Martin Philippson und anderen erschienen.[7] Trotz methodischer Unzulänglichkeiten, wie vor allem der fehlenden Verarbeitung archivalischen Materials und der mangelnden Berücksichtigung der Wechselbeziehungen zwischen allgemeiner und jüdischer Geschichte, stellen diese Werke auf dem Gebiet der bis dahin weitgehend unerforschten Diasporageschichte Pionierleistungen dar. Kennzeichnend vor allem für Graetz' Werk ist aber auch die starke Tendenz, durch Betonung der inneren Geschichte zur Selbstdefinition und Selbstbehauptung des Judentums in der modernen Gesellschaft beizutragen. Geschichtsschreibung erfüllte hier eine Funktion, die vorher allein der Religion vorbehalten war: Sie gab dem Juden eine Identität in der Welt.[8] Bei Graetz und Philippson ist damit häufig auch ein apologetisches Moment verbunden, eine Reaktion auf die Verständnislosigkeit und die Feindseligkeit der Umwelt sowie speziell auf die einseitige und verzerrte Darstellung des Judentums, wie sie von manchen nichtjüdischen Historikern, wie z. B. Treitschke, gegeben wurde.

Das Dilemma der jüdischen Geschichtsforschung im Kaiserreich ist damit angedeutet: Auf der einen Seite gab es die meist lokalgeschichtlich orientierte Detailarbeit, die oft von gelehrten Rabbinern durchgeführt wurde und deren Erkenntnisinteresse häufig rein antiquarisch blieb; man begnügte sich, wie es ein Zeitgenosse formulierte, „mit bequemer Stoffsammlung“, statt „durchgreifende Problemzusammenhänge zu verfolgen“.[9] Auf der anderen Seite standen die großen Gesamtdarstellungen einzelner Geschichtsschreiber, die zwar einen umfassenden Deutungsversuch der jüdischen Geschichte lieferten und die so eine wichtige Funktion für die jüdische Öffentlichkeit wahrnahmen, deren handwerkliche Grundlage häufig aber nicht solide war. Was fehlte, war eine Verbindung zwischen beiden Bereichen, was fehlte, war ein wissenschaftliches Konzept der deutsch-jüdischen Geschichtsschreibung, und was vor allem fehlte, waren Arbeitsmöglichkeiten für Historiker, die sich über die Doktorarbeit hinaus diesem Gebiet widmen konnten.

Damit ist in groben Strichen die Ausgangssituation umrissen, in der sich die jüdische Geschichtswissenschaft der Weimarer Zeit befand. Im folgenden werde ich mich nun auf drei Punkte konzentrieren: I. gebe ich einen Überblick über die Institutionen, Konzepte und Schwerpunkte der jüdischen Geschichtsforschung in Deutschland und versuche, daran allgemeine Tendenzen der Forschungsentwicklung aufzuzeigen, II. werde ich unterschiedliche Interpretationsansätze innerhalb der jüdischen Geschichtswissenschaft an einem Einzelbeispiel näher verdeutlichen, und III. gehe ich kurz auf die Zeit von 1933 bis 1938 ein.

I

Wo wurde jüdische Geschichtswissenschaft in der Weimarer Zeit betrieben, wer waren die Träger dieser Wissenschaft und welche Konzepte und Schwerpunkte waren in ihr bestimmend? Ich nenne zunächst die Institutionen, die bereits seit dem Kaiserreich existierten, um dann ausführlicher auf die Neugründungen nach 1918 einzugehen.

1. Die Universitäten. Obwohl es den Vertretern der Wissenschaft des Judentums nicht gelungen war, ihr Fach an einer deutschen Universität institutionell zu verankern, wurde dennoch auch an den Universitäten jüdische Geschichtsforschung betrieben. Ich meine damit nicht in erster Linie die theologischen Instituta Judaica oder Lehrstühle für neutestamentliche Zeitgeschichte, die sich ganz aus dem christlichen Blickwinkel mit der jüdischen Geschichte in der Periode des Zweiten Tempels beschäftigten, ich meine vor allem die Dissertationen, die in den philosophischen Fakultäten zu jüdischen Themen und – bis 1933 – fast ausschließlich von jüdischen Doktoranden angefertigt wurden. Die deutsche Einrichtung, daß die Rabbinerausbildung von einem Universitätsstudium begleitet werden mußte und dann meist mit dem Erwerb des Dr. phil. abgeschlossen wurde, führte dazu, daß auch zur jüdischen Geschichte zahlreiche Dissertationen angefertigt wurden. Allein zwischen 1918 und 1933 entstanden in Deutschland 32 Dissertationen, die sich mit der deutsch-jüdischen Geschichte beschäftigten, zur jüdischen Geschichte allgemein waren es sogar 48.[10] Einige dieser Arbeiten zeigten ein beträchtliches Niveau. Die Dissertationen bildeten eine Brücke zwischen allgemeiner Geschichtswissenschaft und Judaistik, und bisweilen wurden in ihnen neue – vor allem sozial- und wirtschaftshistorische –

Methoden und Fragestellungen erstmals auf die jüdische Geschichte angewandt. Den Möglichkeiten einer Dissertation entsprechend waren die meisten Untersuchungen lokalgeschichtlich orientiert: Von den 32 Arbeiten zur deutsch-jüdischen Geschichte behandelten 23 oder ca. 70% die Geschichte der Juden eines einzelnen Ortes oder eines bestimmten Territoriums. Die gleiche Anzahl von Arbeiten hatte ihren Schwerpunkt im Mittelalter und der frühen Neuzeit. Auffallend ist, daß man sich in vielen Fällen nicht mehr mit einer reinen Zusammenstellung des einschlägigen Aktenmaterials zufriedengab, sondern übergeordnete Fragestellungen verfolgte. Die Thesen von Sombart über die Rolle der jüdischen Finanziers bei der Herausbildung des modernen Staates und im Wirtschaftsleben überhaupt reizten zur Überprüfung,[11] und auch das wissenschaftliche Postulat Täublers über die notwendige Einbettung der jüdischen Geschichte in die allgemeine Geschichte fand Berücksichtigung.[12] Neben der Rechtsgeschichte war vor allem die Sozial- und Wirtschaftsgeschichte stark vertreten, allein 9 Arbeiten oder knapp 30% widmeten sich ausdrücklich diesem Aspekt der jüdischen Geschichte; im Bereich der außerdeutschen, meist polnisch- oder russisch-jüdischen Geschichte war sogar fast die Hälfte der Arbeiten wirtschafts- oder sozialgeschichtlich orientiert. Hier zeigt sich an den Dissertationen ein Trend, der für die jüdische Geschichtswissenschaft der Weimarer Zeit insgesamt charakteristisch war.

2. Die jüdischen Hochschulen und Rabbinerseminare. Die Dissertationen fanden zwar an den Universitäten ihren Abschluß, die eigentliche Vorarbeit, d. h. die Ausbildung im Fach jüdischer Geschichte, war aber meist an den Einrichtungen der Wissenschaft des Judentums geleistet worden. Die meisten Doktoranden, die über jüdische Geschichte schrieben, hatten neben der Universität entweder das Breslauer Seminar, die Berliner Hochschule oder das dortige Rabbinerseminar besucht. Das Lehrangebot dieser Institutionen beschränkte sich allerdings im wesentlichen auf eine Überblicksvorlesung, die in fünf bis sechs Semestern die gesamte jüdische Geschichte und Literaturgeschichte von den Anfängen Israels bis zur Gegenwart darbot.[13] Daneben gab es historische Übungen zu Einzelproblemen, in denen methodische Fertigkeiten vermittelt und meist die Spezialgebiete der jeweiligen Dozenten behandelt wurden. Die Dozenten der jüdischen Geschichtswissenschaft – Israel Rabin in Breslau, Ismar Elbogen an der Hochschule und Moses Auerbach am Rabbinerseminar – lehrten den Erfordernissen einer theologischen Ausbildungsstätte entsprechend gleichzeitig auch Talmud oder Bibel. So blieb auch in der geschichtlichen Wahrnehmung die Religions- und Literaturgeschichte lange dominierend, auf jeden Fall lag der Akzent deutlich auf der inneren jüdischen Geschichte. Nur ganz vereinzelt gab es – an der Hochschule – Übungen zur Rechts- und

Emanzipationsgeschichte der deutschen Juden, die von Ismar Freund gehalten wurden. Vor 1933 fehlten eigene Veranstaltungen zur Sozial- und Wirtschaftsgeschichte völlig im Lehrprogramm der drei Einrichtungen.

Die überragende Gestalt unter den Dozenten der jüdischen Geschichtswissenschaft während der Weimarer Republik war Ismar Elbogen.[14] Er verkörperte in seiner Person die Synthese von moderner historisch-kritischer Wissenschaft und Weltoffenheit mit einem ungebrochenen religiösen Traditionsbewußtsein. Sein Hauptarbeitsgebiet war die jüdische Liturgiegeschichte, wo sein 1913 erstmals erschienenes Werk ›Der jüdische Gottesdienst in seiner geschichtlichen Entwicklung‹ noch heute grundlegend ist. Für Elbogen waren die Standards wissenschaftlicher Textkritik verbindlich, er wandte sich aber gegen die Routine eines Wissenschaftsbetriebes, der vor lauter Kleinarbeit die großen Linien und die Synthese aus den Augen verlor.[15]

In zahlreichen Artikeln zur Geschichte und Programmatik der Wissenschaft des Judentums vergegenwärtigte er das Ziel jüdischer Wissenschaft, wie er es verstand: durch gelehrte Beschäftigung mit der eigenen Literatur und Geschichte die lebendige Tradition des Judentums fortzuentwickeln und zu erneuern. Für Elbogen existierte zwischen Wissenschaft und Religion kein Widerspruch, er war weltoffen und traditionsbewußt zugleich, und es war wohl nicht zuletzt diese Fähigkeit, die ihn zu einem Mittelpunkt der jüdischen Geschichtsforschung auf nationaler und internationaler Ebene machte. Elbogens Wirkung als Organisator und internationaler Vermittler der jüdischen Geschichtswissenschaft war denn auch mindestens so bedeutend wie die seiner wissenschaftlichen Arbeiten. Bereits vor seiner Emigration in die USA hatte Elbogen mehrfach im Ausland als Gastprofessor gewirkt: am Collegio Rabbinico Italiano in Florenz, am Institute of Jewish Religion in New York und an der Hebräischen Universität in Jerusalem. Als 1929 an der Columbia University in New York erstmals eine Professur für Jüdische Geschichte eingerichtet wurde, ging der Ruf an Elbogen, der allerdings aus Verpflichtung gegenüber der Hochschule ablehnte.[16] Im selben Jahr plante Elbogen die Herausgabe einer 12bändigen Gesamtgeschichte des jüdischen Volkes von den biblischen Zeiten bis zur Emanzipation und beauftragte für die einzelnen Bände Spezialisten aus Frankreich, Italien, England, den USA, Palästina und Deutschland (unter Einschluß von Dubnow).[17] Das Projekt scheiterte aus finanziellen Gründen in der Weltwirtschaftskrise, es zeigt aber, daß die jüdische Wissenschaft – und die jüdische Geschichtswissenschaft aufgrund ihres universalen Gegenstandsbereiches in besonderem Maße – bereits in der Weimarer Zeit wesentlich international ausgerichtet waren.

3. Das Gesamtarchiv. Das „Gesamtarchiv der deutschen Juden" war 1905 gegründet und unter seinem ersten Direktor, Eugen Täubler, als eine

zentrale Forschungsstätte zur deutsch-jüdischen Geschichtswissenschaft konzipiert worden.[18] Täubler beschränkte sich nicht auf die Sammlung und Auswertung von Materialien, die dem Archiv aus den Beständen einzelner jüdischer Gemeinden zur Verfügung gestellt wurden, er versuchte auch, durch Nachweiskarteien, Regestenkataloge, Urkundensammlungen und -abschriften die Juden betreffenden Dokumente der allgemeinen Geschichte aus anderen Archiven verfügbar zu machen. In den ›Mitteilungen des Gesamtarchivs‹, die in der Weimarer Zeit allerdings nur noch einmal erschienen, wurde über Aktenbestände und Forschungsprojekte regelmäßig berichtet. Auch wenn das Gesamtarchiv niemals dem Anspruch seines Namens ganz gerecht werden konnte, weil zahlreiche große Gemeinden ihre Unterlagen nicht übergaben und z. T. ein eigenes Gemeindearchiv unterhielten, stellte es doch eine Errungenschaft dar, die im internationalen Vergleich damals ihresgleichen suchte.[19]

In diesem Zusammenhang verdient ein Großprojekt der deutsch-jüdischen Geschichtsforschung Erwähnung, das im Kaiserreich unter den Auspizien der „Gesellschaft zur Förderung der Wissenschaft des Judentums" begonnen wurde und das bis heute unvollendet ist: die ›Germania Judaica‹, ein alphabetisches Verzeichnis aller Ortschaften des Deutschen Reiches, in denen jüdische Siedlungen bestanden haben sowie eine quellengestützte Darstellung der Geschichte dieser Ortgemeinden. 1917 war der erste Halbband des I. Teils erschienen, und es wirft ein Licht auf die beschränkten finanziellen und personellen Ressourcen der jüdischen Geschichtswissenschaft während der Weimarer Republik, daß der zweite Halbband erst nach 17 Jahren – 1934 – herauskommen konnte.[20]

4. Akademie für die Wissenschaft des Judentums. Trotz finanzieller Engpässe kam es nach dem Ersten Weltkrieg zu einer Reihe von Gründungen, die die jüdische Geschichtswissenschaften belebten. Die bedeutendste dieser Neugründungen war die Akademie für die Wissenschaft des Judentums. Bereits während des Ersten Weltkrieges hatte Franz Rosenzweig in seinem berühmten offenen Brief an Hermann Cohen die Erneuerung jüdischer Bildung durch die Gründung einer Akademie gefordert. Eine solche Akademie sollte einerseits als Forschungsinstitut einen qualifizierten Nachwuchs für die Wissenschaft des Judentums sichern, andererseits als Lehrhaus eine Verbindung von Wissenschaft und Leben anstreben und vor allem zur Reform des jüdischen Religionsunterrichtes beitragen. Unter den veränderten Bedingungen nach 1918 wurde dann nur das Forschungsinstitut der Akademie realisiert. Eugen Täubler hat ihm als erster Direktor (1919–1922) seinen Stempel aufgedrückt. In deutlichem Unterschied zu Franz Rosenzweig, der stärker an eine Erneuerung jüdischer Bildung durch Breitenwirkung dachte (Lehrhaus), verstand Täubler die

Hauptaufgabe der zu gründenden Akademie als rein wissenschaftliches Forschungsinstitut.[21] Dabei ging Täubler davon aus, daß die jüdische Wissenschaft „von wenigen Einzelleistungen abgesehen, nicht vermocht hat, das Durchschnittsniveau der artverwandten Wissenschaften zu erreichen", daß sie letztlich immer noch nicht aus der „Enge des Ghettos" herausgetreten sei.[22] Die Hauptaufgabe der Akademie sah Täubler deshalb darin, den Anschluß an die internationalen Standards der Wissenschaft zu finden. Dazu sollten die entwickelteren Methoden anderer Wissensgebiete auf das jüdische übertragen werden. Der Rahmen, den Täubler dem Forschungsinstitut setzte, war gigantisch und in den wirtschaftlich schwierigen Anfangsjahren der Weimarer Republik nur in Ansätzen zu verwirklichen. Immerhin gelang es ihm, eine Reihe jüngerer, bereits promovierter Mitarbeiter zu gewinnen und zu einer abgestimmten und gemeinsamen Forschungsarbeit zu vereinen. An der historischen Sektion, die als erste ihre Arbeit aufnahm, wirkten Fritz Baer und Selma Stern, vorübergehend auch Adolf Kober und Fritz Bamberger. Bestimmend für die Arbeiten dieser Nachwuchswissenschaftler wurden jene methodischen Überlegungen zur theoretischen Fundierung einer jüdischen Geschichtsforschung, die Täubler bereits als Direktor des Gesamtarchivs entwickelt hatte.[23] Die spezifischen Probleme einer Minderheiten- bzw. Diasporageschichte fanden durch ihn eine konzeptuelle Lösung, die die Einseitigkeiten früherer Entwürfe vermied und den professionellen Standards der allgemeinen Geschichtswissenschaft entsprach. Die jüdische Geschichte sollte weder auf eine reine Geistes- oder Gelehrtengeschichte reduziert noch als bloße Verfolgungs- und Leidensgeschichte dargestellt werden, wie z. B. Graetz dies getan hatte. Dagegen setzte Täubler sein Konzept einer umfassenden Wahrnehmung der historischen Wirklichkeit. Sein wichtigster methodischer Grundsatz war dabei, daß die jüdische Geschichte – vor allem die Diasporageschichte – als Teil der allgemeinen Geschichte aufgefaßt werden muß und nicht isoliert betrachtet werden darf. Rechtliche, soziale, wirtschaftliche, politische und kulturelle Rahmenbedingungen der jeweiligen Umwelt bilden die Grundlage für die Lebensverhältnisse der jüdischen Minderheit, werden aber durch den Einfluß der jüdischen Gruppe, z. B. in Wirtschaft und Kultur, auch ihrerseits verändert. In diesen Wechselbeziehungen ist die Geschichte der Juden in Deutschland als „Teil der Gesamtgeschichte des deutschen Volkes" zu verstehen. Auf der anderen Seite hat diese Geschichte aber auch ihren innerjüdischen Aspekt, sie ist Teil der allgemeinen jüdischen Geschichte und geprägt von religiösen und kulturellen Veränderungen und Entwicklungen. Eine adäquate Betrachtungsweise der jüdischen Geschichte muß also beide Verbindungslinien – die zur allgemeinen und die zur jüdischen Geschichte – im Auge behalten und, wie Täubler sagt, „in einer Mittellinie vorwärts streben"[24]. Von diesen Grundgedanken ausgehend, erforschte Fritz Baer u. a. die Geschichte der

Juden im christlichen Spanien, indem er anhand von umfangreichen Quellendokumenten die Wechselbeziehungen zwischen jüdischer und christlicher Kultur herausarbeitete, und Selma Stern, die spätere Frau Täublers, begann an der Akademie ein großangelegtes Werk über den preußischen Staat und die Juden. Durch Edition des gesamten Aktenmaterials und eine verbindende Darstellung sollte hier im Detail gezeigt werden, wie die Juden sich in das staatliche, gesellschaftliche und geistige Leben der modernen europäischen Völker eingliederten.

5. Zeitschrift für die Geschichte der Juden in Deutschland. Ein weiterer Schritt zur Belebung und Weiterentwicklung der deutsch-jüdischen Geschichtsforschung wurde 1929 mit der Begründung der ›Zeitschrift für die Geschichte der Juden in Deutschland‹ [25] getan. Jüdische Geschichte wurde hier in ihrem umfassenden Sinn als „politische, wirtschaftliche, gesellschaftliche, kulturelle, literarische und religiöse" Geschichte verstanden. Ausdrücklich formulierte man als Ziel der Zeitschrift, sich nicht „in Kleingeschichte (d. h. in Lokal-, Gemeinde- und Familiengeschichte) zu verlieren, sondern stets die großen Zusammenhänge im Auge [zu] behalten" [26]. In einem programmatischen Artikel forderte Raphael Straus einen Schwerpunktwechsel der jüdischen Geschichtswissenschaft von der Geisteswissenschaft auf die jüdische Wirtschaftsgeschichte, die man bisher weitgehend den nichtjüdischen Nationalökonomen wie Sombart überlassen habe. Straus kritisierte, daß die jüdischen Kulturhistoriker den mittelalterlichen Juden aus Unkenntnis der wirtschaftlichen Verhältnisse idealisierten, während die christlichen Wirtschaftshistoriker, denen die jüdisch-geistige Welt fremd bleibe, ihn materialisierten, d. h. nur von seiner wirtschaftlichen Tätigkeit her verstünden. Gefordert sei aber eine Verbindung von der Ideengeschichte mit der Sozial- und Wirtschaftsgeschichte.[27]

Insgesamt gesehen ist es der Zeitschrift in den sieben Jahrgängen, die bis 1937 erscheinen konnten, gelungen, die hohen wissenschaftlichen Ansprüche, die man sich selbst gestellt hatte, zu erfüllen. Von den 126 größeren Aufsätzen, die in ihr erschienen, behandelten jeweils ein Fünftel die Lokalgeschichte, die Ideen- und Bildungsgeschichte und – was auffallend ist – die Geschichte des Antisemitismus und der sogenannten „Judenfrage". Immerhin jeder 10. Aufsatz verfolgte explizit wirtschafts- und sozialgeschichtliche Fragestellungen, während jeweils jeder 12. Artikel rechtsgeschichtlichen, methodischen oder bibliographischen Themen gewidmet war. Der berufliche Hintergrund der Beiträger zeigt einen relativ hohen Anteil professioneller Historiker. Von den 74 Autoren, die größere Aufsätze verfaßt hatten, waren mindestens – über sechs Beiträger fehlen noch genauere Angaben – 56 (oder 75%) promoviert. Die größte Gruppe, nämlich 21, bildeten die Professoren an Universitäten und Hochschulen oder Archivare, die zweitgrößte Gruppe, oder 19, waren Rabbiner, der Rest verteilt sich auf Lehrer, Bibliothekare, Freiberufler und graduierte Studenten.

6. Das Jiddische Wissenschaftliche Institut. Abschließend ein kurzer Blick auf jene Institutionen, die von russischen Emigranten in Berlin zur Erforschung der Geschichte des osteuropäischen Judentums eingerichtet worden waren und die zum Gesamtbild der jüdischen Geschichtswissenschaft in der Weimarer Republik gehören. Die wichtigste Einrichtung war die Zweigstelle des jiddischen wissenschaftlichen Instituts Wilna (heute YIVO New York), die 1925 in Berlin gegründet worden und deren historische Sektion mit Elias Tscherikower, Simon Dubnow und Abraham Menes prominent vertreten war.[28] Die Konzeption bei den jüdischen Historikern aus Osteuropa unterschied sich in einigen wichtigen Punkten von der der deutsch-jüdischen Historiker, wie besonders an Dubnow deutlich wird. Seine ›Weltgeschichte des jüdischen Volkes‹[29], die von 1925 bis 1930 in zehn Bänden auf Deutsch erschien und als Standardwerk weit verbreitet war, beruhte auf der Prämisse, „daß das jüdische Volk in allen Zeiten und in allen Ländern, immer und überall, ein Subjekt, ein Schöpfer seiner Geschichte, nicht nur auf dem geistigen, sondern auch auf dem Gebiet des sozialen Lebens überhaupt war"[30]. Dubnow wandte sich damit polemisch gegen eine theologische oder spiritualistische Auffassung der jüdischen Geschichte und vertrat statt dessen eine „soziologische" oder „realistische" Herangehensweise. Das Ziel jüdischer Geschichte lag für ihn in der Herausbildung nationaler jüdischer Autonomie und kollektiver Selbstbehauptung, und nach diesem Maßstab wertete er die Geschichte. Jüdische Identität ist bei Dubnow nicht mehr religiös, sondern national, wenngleich nicht zionistisch definiert, und entsprechend kommt der Religion oder der Theologie in seinem Geschichtswerk nur eine untergeordnete Bedeutung zu. Religiöse Auseinandersetzungen, wie z. B. der Gegensatz zwischen Pharisäern und Sadduzäern, werden bei ihm in nationale und politische uminterpretiert.[31] Dubnows Darstellung bleibt so ganz von den Anschauungskategorien und Wertungen der russisch-nationaljüdischen Bewegung des 19. Jahrhunderts bestimmt, und dieser Mangel an Distanz und historischer Differenzierung wurde ihm u. a. von vielen deutsch-jüdischen Historikern kritisch vorgehalten.[32]

Welche allgemeinen Tendenzen lassen sich nun aus diesem Überblick, der sicher nicht alle, wohl aber die wichtigsten Institutionen und Forschungsrichtungen kurz vorgestellt hat, erkennen? Welche Entwicklungslinien waren für die jüdische Geschichtsschreibung der Weimarer Zeit in methodischer und interpretatorischer Hinsicht charakteristisch?

Als erstes nenne ich die Tendenz zur Verwissenschaftlichung der jüdischen Geschichtsschreibung. Diese läßt sich nicht nur an der Gründung und dem Programm der Akademie und der Zeitschrift für die Geschichte der Juden in Deutschland ablesen; sie wird ganz allgemein auf drei Ebenen deutlich:

a) Das Paradigma historisch-kritischer Forschung wurde überall verbindlich. Die Notwendigkeit, jede historische Aussage an kritisch geprüften Originalquellen zu belegen, führte zur Konzentration auf die Sammlung, Sicherung und Edition von Geschichtsquellen und weiterhin zu einer Spezialisierung und Differenzierung der Geschichtsschreibung. Der Gegenstandsbereich, den ein einzelner Historiker zu bearbeiten imstande war, wurde durch die Verbindlichkeit der historisch-kritischen Methode notwendigerweise eingeschränkt.

b) Die Tendenz der Verwissenschaftlichung zeigt sich an der zunehmenden Professionalisierung der Träger der jüdischen Geschichtswissenschaft: Natürlich waren es insgesamt immer nur wenige, die sich sozusagen hauptberuflich der jüdischen Geschichtsschreibung widmen konnten, aber immer mehr hatten an der Universität ein Geschichtsstudium absolviert und waren professionelle Historiker bzw. Archivare und Experten für bestimmte Epochen und Subdisziplinen.[33] Auch die Lokalgeschichte wurde, wie das Beispiel Raphael Straus' zeigt, nun auch von Historikern, nicht mehr ausschließlich von Rabbinern bearbeitet.

c) Das Ideal der Objektivität und Wissenschaftlichkeit bestimmte weitgehend die Darstellungsform der jüdischen Geschichtsschreibung, d. h. weltanschauliche und ideologische Gegensätze des deutschen Judentums spiegelten sich im allgemeinen nicht in der Historiographie wider. Es galt eher als verpönt, die Geschichte für die politischen und ideologischen Auseinandersetzungen der Gegenwart zu instrumentalisieren. Das weitgehende Fehlen zionistisch orientierter Arbeiten zur jüdischen Geschichte in Deutschland vor 1933 hängt auch damit zusammen, daß einige der bedeutendsten Vertreter einer „zionistischen" Historiographie – wie Ben Zion Dinur, Yizchak Fritz Baer und Gershom Scholem – bereits in den zwanziger Jahren nach Palästina emigriert waren, wo sie beim Aufbau einer palästinazentrierten jüdischen Geschichtsschreibung eine außerordentlich wirksame Rolle spielten.[34]

Als zweite Tendenz ist der Schwerpunktwechsel vom sektoralen zum integralen Ansatz der jüdischen Geschichtsschreibung zu erkennen, d. h., man verstand die jüdische Geschichte nicht mehr nur oder vorrangig aus sich selbst heraus und akzentuierte den inneren Zusammenhalt und die Kontinuität, sondern man stellte sie in den größeren Zusammenhang der allgemeinen Geschichte und untersuchte die wechselseitigen Beeinflussungen zwischen Juden und Umwelt. Eine solche Vorgehensweise bedeutete eine Abkehr von der Apologetik, sie bedeutete eine Objektivierung der Geschichtsschreibung durch Einführung der Multiperspektivität;

substantielle, d. h. mit den Wesen von Völkern argumentierende Erklärungen, wurden eher durch funktionale ersetzt. Die Rolle der jüdischen Hoffaktoren im 17. und 18. Jahrhundert z. B. wurde nicht mehr pauschal positiv oder negativ gewertet, sondern in den größeren Zusammenhang der absolutistischen Wirtschaftspolitik eingeordnet und konnte so differenziert beurteilt werden.[35] Eine solche Herangehensweise, in der eine Minderheit sich als integraler Bestandteil der Mehrheitskultur verstand, setzte ein Klima voraus, in dem „an eine sinnvolle Symbiose von Deutschen und Juden geglaubt werden konnte, in der jeder, seines eigenen Wesens, seiner eigenen Religion, seiner eigenen Geschichte und Tradition bewußt, das Wesen, die Religion, die Geschichte und die Tradition des anderen achtete und verstand“[36]. Zumindest in Ansätzen scheint ein solches Klima in den Jahren der Weimarer Republik geherrscht zu haben.

Drittens ist die Tendenz zur Säkularisierung der jüdischen Geschichtsschreibung in der Weimarer Zeit weiter fortgeschritten. Die Religions- und Ideengeschichte wurde immer mehr durch die politische Geschichte, durch die Rechts-, Sozial- und Wirtschaftsgeschichte ergänzt und z. T. ersetzt. Nicht immer ging die Umdeutung des Religiösen ins Nationale oder Soziale so weit wie bei Dubnow. Gerade die Geistesgeschichte blieb in Deutschland wichtig; auch die traditionelle Religions- und Literaturgeschichte behauptete, wie bei Elbogen, ihren Platz. Aber der Trend ging eindeutig dahin, Wirtschaft und Gesellschaft stärker zu berücksichtigen oder sogar als die eigentliche Basis der jüdischen Geschichte zu begreifen.

Alle drei Tendenzen trugen dazu bei, daß sich die Unterschiede zur allgemeinen Geschichtswissenschaft verringerten und daß die jüdische Geschichtsforschung im akademischen Leben Deutschlands stärker wahrgenommen und anerkannt wurde. Wichtige Werke der jüdischen Geschichtsschreibung, wie z. B. die Selma Sterns oder Fritz Baers, wurden in der ›Historischen Zeitschrift‹ oder anderen wissenschaftlichen Publikationsorganen rezensiert; bei wissenschaftlichen Großprojekten, wie z. B. Paulys ›Realencyclopädie der Klassischen Altertumswissenschaft‹, wurden jüdische Themen an die Spezialisten der Wissenschaft des Judentums vergeben,[37] beides war – jedenfalls auf dem Gebiet der Geschichtswissenschaft – im 19. Jahrhundert so noch nicht vorgekommen.

Auf der anderen Seite führte der Prozeß der Verwissenschaftlichung dazu, daß sich das Bild der jüdischen Geschichte zunehmend differenzierte, daß damit auch unklarer wurde, was denn als Mitte, Ziel und Sinn jüdischer Geschichte anzunehmen sei. Die jüdische Geschichtswissenschaft war hier in ähnlicher Weise von der „Krise des Historismus“ betroffen wie die allgemeine Geschichtswissenschaft in Deutschland seit der Jahrhundertwende: Die ungeheure Zunahme des historischen Wissens und die daraus resultierende Konzentration der Forschung auf Detailprobleme führten zwangsläufig zu einem Relevanzverlust und zu geringerer Öffentlichkeitswirksamkeit. Die Spezialforschung war nicht mehr oder doch nur selten in der Lage, das Bedürfnis nach Sinnorientierung durch Geschichte zu befriedigen.[38] Dieses Faktum ist von Gelehrten wie Elbogen und Täubler erkannt worden, ihre Forderung nach den „großen Linien" und der „Synthese" war jedoch leichter gestellt als erfüllt. Es blieb das alte Dilemma, daß die großen und populären Gesamtdarstellungen, die diese Forderung einlösten, wie z. B. Josef Kasteins ›Eine Geschichte der Juden‹ (1931) oder Elias Auerbachs ›Wüste und gelobtes Land‹ (1932), zwar das allgemeine Bedürfnis nach Sinnstiftung durch Geschichte befriedigen konnten, daß sie wissenschaftlichen Maßstäben jedoch nicht immer genügten. Der Entwicklungsstand der jüdischen Geschichtsschreibung in den Weimarer Jahren ließ eine fundierte Zusammenfassung – gerade der mittelalterlichen und neueren Geschichte – noch nicht zu, und so war es kein Zufall, daß in der wissenschaftlichen Behandlung dieser Geschichte die Quelleneditionen und Urkundensammlungen, die Ortsgeschichten und Einzelstudien das Bild beherrschten. Außerdem mag eine Rolle gespielt haben, daß die Frage, welche Leitidee oder Zukunftserwartung einer solchen Synthese ihren inneren Halt geben konnte, durchaus unklar bzw. umstritten war. Die Historiographie reflektierte hier in gewissem Grade die doppelbödige politische Situation in der Weimarer Republik, in der die jüdische Minderheit einerseits stärker integriert war als je zuvor, andererseits aber durch den Antisemitismus auch in besonderem Maße bedroht war.

II

Die Frage, welche Ergebnisse und Interpretationen für die jüdische Geschichtsschreibung dieser Zeit charakteristisch waren, kann ich hier nur an einem Einzelbeispiel und in groben Umrissen erläutern. Es ist wohl kein Zufall, daß die Frühgeschichte der jüdischen Emanzipation in Deutschland in den dreißiger Jahren ein besonderes Forschungsinteresse auf sich zog. In einer Zeit, in der die Emanzipation massiv in Frage gestellt und schließlich aufgehoben wurde, suchte man sich über ihre Entstehung und ihre Voraussetzungen Klarheit zu verschaffen. Aus einer größeren Zahl von Untersuchungen gehe ich auf die Arbeiten und Interpretationen von Selma Stern, Jacob Katz und Hannah Arendt näher ein.

Selma Stern hatte ihre großangelegte Untersuchung über den preußischen Staat und die Juden – wie bereits erwähnt – 1920 an der Akademie begonnen, in einer Atmosphäre, „in der an eine Wiedergeburt des Judentums aus dem Geiste und mit den Mitteln der modernen Wissenschaft und an eine sinnvolle Symbiose von Deutschen und Juden geglaubt werden konnte"[39]. Die Studie verfolgte das Ziel, den Prozeß der rechtlichen, wirtschaftlichen und kulturellen Eingliederung der Juden in den preußischen Staatskörper im Detail darzustellen und durch Edition des gesamten Aktenmaterials zu dokumentieren. Dabei war es ein besonderes Anliegen, den Wandel des jüdischen Typus, seines Selbstverständnisses und seiner Eigenart im Prozeß der Emanzipation und der Assimilation im einzelnen herauszuarbeiten. Für Stern bildete die Emanzipation kein einmaliges Ereignis, das durch ein Dekret der französischen Nationalversammlung oder durch einen Beschluß des preußischen Kabinetts plötzlich herbeigeführt wurde. Emanzipation ist für sie „ein Jahrhunderte dauernder Prozeß, der heute noch nicht zu seinem Abschluß gekommen ist“ [40]. Entsprechend erkennt sie in frühen Versuchen seitens preußischer Beamter, die Differenzen zwischen Juden und der übrigen Bevölkerung abzubauen, bereits erste Assimilierungstendenzen. Emanzipation und Assimilation sind für Stern „natürliche“ Erscheinungen. Sie sind auf vielfältige Weise in die wirtschaftliche, politische und kulturelle Entwicklung der Moderne einbezogen und haben dadurch einen quasi objektiven Charakter. Für den Juden stellt der Emanzipationsprozeß, stellt das Verlassen des Ghettos die neue und notwendige Aufgabe, die Spannung zwischen Eigenem und Fremdem zum Ausgleich zu bringen oder mit den Worten Sterns über Jud Süß, er muß versuchen, „zwei Welten in sich zu einer zu gestalten, zu erleben und zu erleiden“ [41]. Ob ein solcher Versuch glückt, hängt nicht nur von der Person, sondern auch von den Zeitumständen ab. Jud Süß scheitert in Sterns Interpretation gerade deshalb, weil er vom Schicksal in eine Epoche gestellt war, „in der eine Synthese von Judentum und Zeitgeist noch nicht möglich war“ [42] wie später im 18. Jahrhundert. Sterns Darstellung der Emanzipationsepoche ist geprägt von der Erfahrung und dem Glauben, daß eine solche Synthese in der Gegenwart, d. h. in den zwanziger Jahren, möglich sei.

Jacob Katz setzte in seiner 1934 abgeschlossenen Dissertation ›Die Entstehung der Judenassimilation und ihre Ideologie‹ [43] einen anderen Akzent. Hatte Stern die Begriffe Emanzipation und Assimilation weit gefaßt und bereits auf das 17. Jahrhundert angewandt, hatte sie Emanzipation und Assimilation als fortdauernde Aufgabe des Juden in der modernen Welt begriffen und damit existentialisiert, so kam es Katz gerade darauf an, die spezifische historische Situation, in der die Assimilation entstand, möglichst präzise herauszuarbeiten. Angeregt durch die Soziologie Karl Mannheims und direkt beeinflußt von neueren Forschungen zur gesellschaftlichen Entwicklung Deutschlands im 18. Jahrhundert, trennte Katz scharf zwischen einem vorassimilatorischen und einem assimilatorischen Zustand.[44] Der Wechsel vom einen zum anderen ist erst durch die Entstehung einer neutralisierten Gesellschaftsform in der aufklärerischen Bildungselite gegeben. Damit war eine Gesellschaft entstanden, die von ihrem Selbstverständnis her weder christlich noch jüdisch war, „zu der man hinzugehören konnte, ohne vor die Frage: Christ oder Jude, überhaupt gestellt worden zu sein"[45]. Die neue Einheit war durch die Begriffe „Menschheit, Staat oder bürgerliche Gesellschaft" bestimmt. Fortan konnten also gebildete Juden auch einer außerjüdischen Gesellschaft angehören, und gerade dies markiert den Beginn der Assimilation. Die Ideologie der Assimilation leitet Katz dann aus den gesellschaftlichen Verhältnissen ihrer Träger ab: „Sie soll die gleichzeitige Zugehörigkeit zum Judentum und zu einer außer-jüdischen Gesellschaft rechtfertigen bzw. die Lehren und die Glaubensinhalte der beiden Gemeinschaften miteinander auszugleichen suchen."[46] Entsprechend habe Mendelssohn das Judentum auf die Vernunftreligion reduziert und bestritten, daß die jüdische Religion darüber hinaus einen Anspruch auf universale Geltung habe.

Katz' Dissertation, die noch heute durch ihre präzise Gedankenführung besticht, ist wohl der früheste Versuch, die Mannheimsche Ideologiekritik auf die jüdische Geschichte anzuwenden. Indem Katz die Ideen der ersten assimilierten Generation deutscher Juden aus deren gesellschaftlichen Verhältnissen ableitet, historisiert und relativiert er ihre Position. Die Untersuchung dokumentiert so eine kritische Einstellung zum Assimilationsprozeß überhaupt, die Katz als – nach eigenem Zeugnis – traditionstreuer Jude und überzeugter Zionist bereits vor 1933 vertrat.[47]

Es ließen sich weitere Beispiele anführen, die zeigen, daß die zionistische Sichtweise von Emanzipation und Assimilation in der Geschichtsschreibung der dreißiger Jahre an Einfluß gewann, ich nenne nur die Rahel-Varnhagen-Biographie von Hannah Arendt.[48] Arendt war nicht in erster Linie Historikerin, sie war über die philosophische Beschäftigung mit der deutschen Romantik auf Rahel gestoßen. Ihre Rahel-Biographie ist ein subjektives Buch, das z. T. autobiographische Züge trägt. In immer neuen Durchgängen durch die aus den Briefen rekonstruierte Gedankenwelt Rahels versucht Arendt, das typische Dilemma des Juden im Zeitalter von Emanzipation und Assimilation zu beschreiben. Der Mikrokosmos eines Einzellebens dient ihr dazu, die Unmöglichkeit der vollständigen Assimilation zu erweisen. Rahels Versuche, sich durch Heirat, Namensänderung und Taufe von ihrem – als Makel empfundenen – Judesein zu befreien, scheitern in Arendts Interpretation ebenso, wie ihr Sehnen nach Anerkennung durch Bildung und die Menschlichkeit reiner Dichtung unbefriedigt bleibt. Sie bleibt eine Fremde und findet am Ende zu ihren jüdischen Wurzeln zurück. Arendts Sicht des Assimilationsprozesses ist völlig pessimistisch. Ihr Fazit lautet: „Es gibt keine Assimilation, wenn man nur seine eigene Vergangenheit aufgibt, aber die fremde ignoriert. In einer im großen Ganzen judenfeindlichen Gesellschaft [. . .] kann man sich nur assimilieren, wenn man sich an den Antisemitismus assimiliert. Will man ein normaler Mensch werden, akkurat so wie alle anderen, so bleibt kaum etwas anderes übrig, als alte Vorurteile mit neuen zu vertauschen. Tut man dies nicht, so wird man unversehens ein Rebell [. . .] – und bleibt ein Jude. Assimiliert man sich aber wirklich mit allen Konsequenzen der Verleugnung des eigenen Ursprungs, des Solidaritätsbruchs mit denen, die es nicht oder noch nicht geschafft haben, so wird man ein Lump.“[49] Dies schrieb Arendt im Schlußkapitel ihres Rahelbuches 1938 im französischen Exil, aber auch der erste Teil der Biographie, den sie bereits 1932 fertigstellte, war von zionistischen Denkmodellen und Wertungen, die sie bei Kurt Blumenfeld kennengelernt hatte, geprägt.[50]

Die Hinwendung zu zionistischen Wertungsmustern war jedoch keineswegs für alle Historiker charakteristisch. Es gab ganz unterschiedliche und individuelle Reaktionen auf die 1933 einsetzende Verfolgung. Raphael Straus zum Beispiel setzte seine Studien zur jüdischen Wirtschaftsgeschichte einfach fort; er arbeitete z. B. über die Rolle der Juden in der modernen Krisen- und Kriegswirtschaft und akzentuierte allenfalls den Widerspruch zur nun herrschenden antisemitischen Doktrin stärker als zuvor.[51] Dagegen bedeutete für Eugen Täubler die nationalsozialistische Machtergreifung einen so tiefen Einschnitt, daß seine Geschichtsschreibung dadurch völlig verändert wurde. Er wandte sich ganz von der römischen Geschichte ab und beschäftigte sich mit dem Ursprung der jüdischen Geschichte, der biblischen Zeit. Mit seiner Interpretation des Judentums als „tragische Existenz“[52] und mit seinen Vorlesungen, die er bis 1941 an der „Hochschule“ hielt,[53] versuchte er zur Sinndeutung jüdischen Lebens in der Bedrohung der Gegenwart beizutragen.

III

Der Aufschwung, den die jüdische Geschichtswissenschaft in der Weimarer Republik genommen hatte, fand mit dem Jahr 1933 nicht unmittelbar ein Ende. Da die Nationalsozialisten den Juden eine autonome Kultur – sofern sie nur abgesondert war – zugestanden, konnten die jüdischen Bildungseinrichtungen zunächst weiter existieren. Durch die Entlassung zahlreicher jüdischer Professoren und Lehrer aus dem Staatsdienst kam es sogar zu einer Konzentration hervorragender Kräfte in den verbleibenden jüdischen Institutionen, so daß paradoxerweise die jüdische Binnenkultur in den ersten Jahren des Dritten Reiches eine besondere Blüte erlebte. Dies gilt auch für die jüdische Geschichtswissenschaft, der sich nun manche Historiker – wie z. B. Guido Kisch, Arnold Berney, Eugen Täubler und Hans Liebeschütz – zuwandten, die vor 1933 auf anderen Gebieten gearbeitet hatten.

In der nichtjüdischen Geschichtswissenschaft dagegen wurde der rassistische Antisemitismus zum verbindlichen Forschungsprogramm. Von Partei und Staat wurden z. T. konkurrierende sogenannte „Forschungsinstitute zur Judenfrage" eingerichtet, die die antisemitische Regierungspolitik ideologisch fundieren und propagandistisch unterstützen sollten.[54] Die ambitionierteste dieser Einrichtungen war die „Forschungsabteilung Judenfrage" am „Reichsinstitut für Geschichte des neuen Deutschlands", das von Walter Frank geleitet wurde.[55] Unter seiner Ägide wurde Wilhelm Grau, der gerade zwei Jahre zuvor mit einer Arbeit über ›Antisemitismus im späten Mittelalter‹[56] promoviert worden war, 1936 zum Leiter der „Forschungsabteilung Judenfrage". Die vom Reichsinstitut initiierten „Forschungen", an der sich Professoren aus vielen Universitäten beteiligten, sollten sich deutlich von der bisherigen, nun als „jüdisch" oder „liberal" denunzierten Geschichtsschreibung unterscheiden. Man wollte nicht die Geschichte der Juden, sondern die Geschichte der „Judenfrage" schreiben, worunter Walter Frank die „Geschichte einer parasitären Existenz des Juden zwischen den Völkern" verstand.[57] Dieses antisemitische Interpretationsmuster bestimmte die Beiträge des Instituts, die in einer achtbändigen Reihe ›Forschungen zur Judenfrage‹ erschienen. Alle Aufsätze darin bemühten sich, den destruktiven Einfluß der Juden in der deutschen Geschichte nachzuweisen und die Judenemanzipation als historischen Sündenfall zu brandmarken. Ein ähnliches Bild zeigt sich in den zeitgenössischen Dissertationen, die in zunehmendem Maße Themen der jüdischen Geschichte aufgriffen. Während dabei einige wenige Arbeiten durchaus solide gefertigt waren und das rassistische Vokabular auf das Vorwort beschränkt blieb,[58] feierte in den Dissertationen überzeugter Nationalsozialisten der antisemitische Schwachsinn Triumphe.[59] Insgesamt muß man sagen, daß der wissenschaftliche Ertrag dieser staatlich geförderten und groß angekündigten Studien – vielleicht mit Ausnahme einer noch heute verwendbaren Bibliographie – gleich Null war.

Gegen das antisemitische Zerrbild, wie es in der nationalsozialistischen Wissenschaft verbreitet wurde, besaßen die jüdischen Historiker natürlich kaum eine Verteidigungsmöglichkeit. Dennoch gab es Fälle von Zivilcourage und geistigem Widerstand. Raphael Straus z. B. polemisierte in einem Artikel der ›Zeitschrift für die Geschichte der Juden in Deutschland‹ gegen Wilhelm Grau und bezichtigte den nationalsozialistischen Nachwuchshistoriker, in seiner Dissertation unsolide gearbeitet, falsch zitiert und Straus' Studie über die Regensburger Judengemeinde in wissenschaftlich unsauberer Weise benutzt zu haben.[60] Daraufhin wurde die Redaktion gezwungen, eine lange und gehässige Replik von Grau auf den Seiten der ›Zeitschrift für die Geschichte der Juden in Deutschland‹ abzudrucken.[61] Straus lebte zu dieser Zeit bereits in Palästina, sonst hätte der Vorfall womöglich noch schlimmere Folgen für ihn haben können.[62] Straus' Quellensammlung zur

Geschichte der Regensburger Judengemeinde („Beilage"), die er Grau vor 1933 zur Einsicht überlassen hatte,[63] konnte nicht mehr erscheinen. Das bereits fertige Buch wurde kurz vor der geplanten Auslieferung beschlagnahmt und vernichtet.[64] Die Zeitschrift und die jüdische Geschichtswissenschaft im allgemeinen wurden, wie Max Freudenthal in einem persönlichen Gespräch mit Grau ausmachte, durchaus als unliebsame Konkurrenz für das neue antisemitische Institut empfunden, und sie mußten fürchten, daß ihnen durch Verbot der Archivbenutzung und inhaltliche Beschränkungen, z. B. auf die reine Religionsgeschichte, das Wasser weiter abgegraben wurde.[65] Das Beispiel zeigt, wie eng der sogenannte Freiraum für die jüdische Wissenschaft selbst in den Anfangsjahren des Dritten Reiches gezogen war, und er verengte sich zunehmend weiter. Die Pogrome vom November 1938 bedeuteten das Ende für die jüdischen Bildungseinrichtungen mit Ausnahme der „Lehranstalt". Durch die gewaltsame Auflösung der Institute und durch die Vertreibung der Wissenschaftler kam es zu einer vollständigen Auslöschung eines ganzen Fachgebietes in Deutschland.

Die Träger der jüdischen Geschichtswissenschaft, die ihr Leben durch die Emigration retten konnten, haben dann ihre Arbeit in der neuen Heimat nur selten einfach fortsetzen können. Viele haben sich nie wieder mit jüdischer Geschichte beschäftigt. Dies lag nicht nur an den veränderten Lebensumständen, sondern hatte vor allem auch psychische Gründe. Durch die Schoah, durch die Ereignisse von Entrechtung, Vertreibung und schließlich Vernichtung hatte die deutsch-jüdische Geschichte ihr Gesicht völlig verändert, war eine Beschäftigung mit ihr wie vorher nicht mehr möglich. Selma Stern hat diesen Wechsel mit folgenden Worten beschrieben: „Hatte ich bisher geglaubt, daß die Emanzipation so wenig aufgehoben werden könnte wie das Recht, das Gesetz und die Verfassung des Staates, in der sie verankert war, so zeigte mir nun die ‘geschehene Geschichte’, daß meine Arbeit, die ein dringendes Anliegen der Gegenwart hätte klären und dem lebendigen Leben dienen wollen, ihren eigentlichen Sinn verloren hatte, nachdem das lebendige Leben vernichtet worden war."[66]

Es sollte lange Jahre dauern, ehe es durch die Gründung des Leo-Baeck-Instituts Mitte der fünfziger Jahre und durch ein neuerwachendes Interesse an den paradigmatischen Aspekten der deutsch-jüdischen Geschichte Ende der sechziger Jahre zu einem Neuanfang kam und damit, wenngleich unter verändertem Vorzeichen, auch wieder an die Konzepte, Methoden und Ergebnisse der jüdischen Geschichtswissenschaft während der Weimarer Republik angeknüpft werden konnte.[67]

Anmerkungen

[1] Im Rahmen dieses von der Deutschen Forschungsgemeinschaft geförderten Projekts bearbeite ich die Emigration der jüdischen Geschichtswissenschaft, d. h. die der Historiker, die sich mit der Erforschung der jüdischen Geschichte beschäftigt haben, nach England und in die USA. Die Emigration der jüdischen Geschichtswissenschaft nach Palästina wird von Prof. Dr. Robert Jütte (Die Emigration der deutschsprachigen „Wissenschaft des Judentums". Die Auswanderung jüdischer Historiker nach Palästina, Stuttgart 1991), die der Bibelwissenschaft/Talmudistik von Prof. Dr. Daniel R. Schwartz bearbeitet.

[2] Zur jüdischen Geschichtswissenschaft in Deutschland vgl. Werner Schochow, Deutsch-jüdische Geschichtswissenschaft. Eine Geschichte ihrer Organisationsformen unter besonderer Berücksichtigung der Fachbibliographie, Berlin 1969; Herbert A. Strauss, Deutsch-jüdische Geschichtswissenschaft und Antisemitismusforschung heute. Festvortrag aus Anlaß der 22. Jahrestagung der Historischen Kommission zu Berlin am 28. 11. 1980, Berlin 1981; Arno Herzig, Juden und Judentum in der sozialgeschichtlichen Forschung, in: W. Schieder–V. Sellin, Hrsg., Sozialgeschichte in Deutschland. Entwicklungen und Perspektiven im internationalen Zusammenhang, Bd. 4: Soziale Gruppen in der Geschichte, Göttingen 1987, 108–132; ders., Die Schwierigkeiten mit der jüdischen Geschichte, in: F. Niess, Hrsg., Interesse an der Geschichte, Frankfurt a. M. 1989, 112–123.

[3] Vgl. Herbert Schnädelbach, Philosophie in Deutschland 1831–1933, Frankfurt a. M. 1983, 62.

[4] Vgl. Schochow 1969, 26–28.

[5] Ebd. 29–34; Bernhard Brilling, Das jüdische Archivwesen in Deutschland, Der Archivar 8 (1960) 271–290, hier 278ff.

[6] Vgl. Schochow 1969, 23f.

[7] Zur jüdischen Historiographie im 19. Jahrhundert vgl.: Michael A. Meyer, The Emergence of Jewish Historiography. Motives and Motifs, History and Theory, Beiheft 27: Essays in Jewish Historiography (1988) 160–175; Georg Herlitz, Three Jewish Historians: Isaak Markus Jost–Heinrich Graetz–Eugen Täubler, A Comparative Study, LBI–YB 9 (1964) 69–90; Ismar Schorsch, Ideology and History in the Age of Emancipation, in: Heinrich Graetz, The Structure of Jewish History and other Essays, New York 1975, 1–62.

[8] Vgl. Meyer, Emergence of Jewish Historiography, 175; Yosef H. Yerushalmi, Zachor: Erinnere Dich! Jüdische Geschichte und jüdisches Gedächtnis, Berlin 1988, 92.

[9] Julius Guttmann, Die Akademie für die Wissenschaft des Judentums zu ihrem zehnjährigen Bestehen, in: Festgabe zum zehnjährigen Bestehen der Akademie für die Wissenschaft des Judentums 1919–1929, Berlin 1929, 6.

[10] Vgl. Guido Kisch–Kurt Roepke, Schriften zur Geschichte der Juden. Eine Bibliographie der in Deutschland und der Schweiz 1922–1955 erschienenen Dissertationen, Tübingen 1959.

[11] Vgl. u. a. Siegfried Helfer, Geld und Kredit bei den Juden der talmudischen Zeit, Phil. Diss. Berlin 1922; Paul Sundheimer, Die jüdische Hochfinanz und der bayerische Staat im 18. Jahrhundert, Staatsw. Diss. München 1923; Ludwig Hüm-

mert, Die finanziellen Beziehungen jüdischer Bankiers und Heereslieferanten zum bayerischen Staat in der ersten Hälfte des 19. Jahrhunderts, Staatswiss. Diss. München 1927.

12 Vgl. z. B. Abraham Cohn, Beiträge zur Geschichte der Juden in Hessen-Kassel im 17. und 18. Jahrhundert, Phil. Diss. Marburg 1933.

13 Vgl. die entsprechenden Vorlesungsverzeichnisse: 37.–50. Bericht der Hochschule (Lehranstalt) für die Wissenschaft des Judentums, Berlin 1919–1934; Jahresbericht(e) des Rabbiner-Seminars zu Berlin für die Jahre 1924–1937, Berlin 1925–1938.

14 Zu Elbogen vgl. Erwin Rosenthal, Ismar Elbogen and the new Jewish learning, LBI–YB 8 (1963) 3–28; Herbert A. Strauss, Das Ende der Wissenschaft des Judentums in Deutschland: Ismar Elbogen und Eugen Täubler, in: H. Walravens, Hrsg., Bibliographie und Berichte, Festschrift für Werner Schochow, München 1990, 280–298.

15 Vgl. Rosenthal 1963, 8.

16 Siehe den Briefwechsel zwischen R. H. Butler, Präsident der Columbia University und Elbogen zwischen Juli und September 1929. Am 27. 9. 1929 formulierte Elbogen seine endgültige Absage, da er sich der Hochschule verpflichtet fühle und von Studenten und Kollegen zum Bleiben gedrängt worden sei. Leo Baeck Institut New York, Archiv, Ismar Elbogen Collection.

17 Vgl. die Unterlagen im Nachlaß, LBI New York, Archiv, Ismar Elbogen Collection, AR 7209, Box 4, Folder 10.

18 Zu Täubler vgl. Selma Stern-Täubler, Eugen Täubler und die Wissenschaft des Judentums, LBI–YB 3 (1958) 40–59; Herbert A. Strauss, Das Ende der Wissenschaft des Judentums, in: Walravens 1990, 287ff. [s. Anm. 14]; Christhard Hoffmann, Juden und Judentum im Werk deutscher Althistoriker des 19. und 20. Jahrhunderts, Leiden 1988, 202–219 (nun: Hoffmann 1988). Zu Täublers Konzept des Gesamtarchivs vgl. Eugen Täubler, Aufsätze zur Problematik jüdischer Geschichtsschreibung 1908–1950, Tübingen 1977, 1–20 (nun: Täubler 1977).

19 Vgl. Brilling 1960, 278 (s. Anm. 5).

20 Vgl. Schochow 1969, 36f.

21 Zur Gründungsgeschichte der Akademie vgl. I. Elbogen, Franz Rosenzweig und die Akademie, Der Orden Bne Briss. Mitteilungen der Großloge für Deutschland 1930, Nr. 3, 49–51. Rosenzweig lehnte es ab, unter Täubler im Forschungsinstitut mitzuarbeiten, vgl. Rosenzweig an N. N. [Leopold Landau], 3./4. Februar 1920, Universitätsbibliothek Basel, Nachlaß E. Täubler E II 29. Auch I. Elbogen und E. Mittwoch zogen sich aus sachlichen und persönlichen Differenzen zu Täubler aus dem Vorstand des Forschungsinstituts zurück.

22 Täubler 1977, 32.

23 Ebd. 1–27.

24 Ebd. 3.

25 Vgl. Schochow 1969, 47f.

26 ZGJD 1 (1929) 2.

27 Raphael Straus, Zur Forschungsmethode der jüdischen Geschichte, ZGJD 1 (1929) 4–12.

28 Zur wissenschaftlichen Arbeit der historischen Sektion vgl. z. B. Historische Schriften des Jiddischen Wissenschaftlichen Instituts, Band 1, Warschau 1929.

[29] Simon Dubnow, Weltgeschichte des jüdischen Volkes, 10 Bde., Berlin 1925–1929. Zu Dubnow vgl. Michael A. Meyer, Ideas of Jewish History, New York 1974, 32–36; A. Steinberg, Hrsg., Simon Dubnow, the Man and his World, Paris 1963.

[30] Dubnow, Weltgeschichte, Bd. 1, XV.

[31] Dubnow, Weltgeschichte, Bd. 2, 143ff., 187ff.

[32] Vgl. I. Elbogen, Dubnows Geschichtswerk, MGWJ 70 (1926) 145–155; Ernst Simon, Rez. Dubnow, Weltgeschichte, in: HZ 145 (1932) 141–145; Hans Reissner, Dubnows „Weltgeschichte des jüdischen Volkes", ZGJD 3 (1931) 1–18; Selma Stern, Rez. Dubnow: Neueste Geschichte des jüdischen Volkes, in: MGWJ 65 (1921) 200–210 und 68 (1924) 177f.

[33] Vgl. Ismar Elbogen, Von Graetz bis Dubnow. Fünfzig Jahre jüdischer Geschichtsforschung, in: Elbogen–Meisl–Wischnitzer, Hrsg., Festschrift zu Simon Dubnows siebzigstem Geburtstag, Berlin 1930, 7–23, hier 23.

[34] Vgl. dazu: David Myers, History as ideology: the case of Ben Zion Dinur, Zionist historian "par excellence", Modern Judaism 8 (1988) 167–193; Efraim Shmuli, The Jerusalem school of Jewish history (A critical evaluation), Proceedings of the American Academy for Jewish Research 53 (1986) 147–178; David Biale, Gershom Scholem. Kabbalah and Counter-History, Cambridge–London [2]1982.

[35] Vgl. z. B. Selma Stern, Jud Süß. Ein Beitrag zur deutschen und zur jüdischen Geschichte (1929), München 1973.

[36] Selma Stern, Der preußische Staat, Bd. 1,1, Tübingen 1962, XII.

[37] Vgl. Hoffmann 1988, 199.

[38] Vgl. Schnädelbach 1983, 57.

[39] Stern, Der preußische Staat, Bd. 1,1, Tübingen 1962, XII.

[40] Stern, Der preußische Staat, Bd. 1,1, Berlin [1]1925, XI.

[41] Stern, Jud Süß, 3.

[42] Stern, Jud Süß, 140.

[43] Nachdruck in J. Katz, Zur Assimilation und Emanzipation der Juden. Ausgewählte Schriften, Darmstadt 1982, 1–82.

[44] Ebd. 22ff.

[45] Ebd. 40f.

[46] Ebd. 53.

[47] Ebd. VIIf.

[48] Hannah Arendt, Rahel Varnhagen. Lebensgeschichte einer deutschen Jüdin aus der Romantik (1959), München–Zürich 1981.

[49] Ebd. 208.

[50] Vgl. Elisabeth Young-Brühl, Hannah Arendt. For Love of the World, New Haven–London 1982, 85ff.; Friedrich G. Friedmann, Hannah Arendt. Eine deutsche Jüdin im Zeitalter des Totalitarismus, München–Zürich 1985, 16–29; L. Köhler und H. Sauer, Hrsg., Hannah Arendt – Karl Jaspers Briefwechsel 1916–1969, München–Zürich 1985, 228–238.

[51] Vgl. das ungedruckte Manuskript: Die Juden in der europäischen Kriegswirtschaft. Eine geschichtliche Betrachtung, LBI New York, Archiv: Raphael Straus Collection (AR 628), Box 5.

[52] Vgl. Täubler 1977, 47–51 (s. Anm. 19).

[53] Vgl. Hoffmann 1988, 215f.

[54] Vgl. Schochow 1969, 149ff.

[55] Vgl. Helmut Heiber, Walter Frank und sein Reichsinstitut für Geschichte des neuen Deutschlands, Stuttgart 1966.

[56] München und Leipzig 1934; 2. erw. Auflage Berlin 1939. Zum Hintergrund vgl. Heiber, Frank, 404ff.

[57] Forschungen zur Judenfrage 5, Hamburg 1941, 11.

[58] Vgl. z. B. Hildegard Kraft, Die rechtliche, wirtschaftliche und soziale Lage der Juden im Hochstift Paderborn, Phil. Diss. Münster 1939.

[59] Vgl. z. B. Siegfried Erasmus, Die Juden in der ersten deutschen Nationalversammlung 1841–1849, Weimar 1941 (Phil. Diss. Jena 1941); Richard W. Stock, Die Judenfrage durch fünf Jahrhunderte, Nürnberg 1939 (Phil. Diss. Erlangen 1939).

[60] Raphael Straus, Antisemitismus im Mittelalter. Ein Wort pro domo, ZGJD 6 (1936) 17–24.

[61] Wilhelm Grau, Antisemitismus im Mittelalter. Ein Wort contra Raphael Straus, ZGJD 6 (1936) 186–198.

[62] Auch im ›Völkischen Beobachter‹ wurde gegen ihn polemisiert: C. S., Dürfen deutsche Gelehrte die Judenfrage erforschen? Eine jüdische Stimme zu dem Buch von Wilhelm Grau, Völkischer Beobachter v. 25. 7. 1935, 7.

[63] Vgl. dazu Heiber, Frank, 4; Straus an Kisch und Elbogen, 28. 7. 1934, Nachlaß Kisch (Privatbesitz). Ich danke Frau Hildegard Kisch und Herrn Dr. Wilhelm Güde, die mir diese Dokumente zugänglich gemacht haben.

[64] Ein Nachdruck konnte erst 1960 veröffentlicht werden. Vgl. Guido Kisch, Rez. Straus, Hrsg., Urkunden und Aktenstücke zur Geschichte der Juden in Regensburg 1453–1738, in: Kisch, Forschungen zur Rechts-, Wirtschafts- und Sozialgeschichte der Juden, Sigmaringen 1979, 424–430, hier 424.

[65] Vgl. Max Freudenthal an Ismar Elbogen, 28. 2. 1936 und 4. 3. 1936, LBI New York, Archiv, Ismar Elbogen Collection.

[66] Stern, Der preußische Staat, Bd. 1,1, Tübingen 1962, XIII.

[67] Vgl. dazu Christhard Hoffmann, Deutsch-jüdische Geschichtswissenschaft in der Emigration – das Leo-Baeck-Institut, in: Herbert A. Strauss, Hrsg., Die Emigration der Wissenschaften nach 1933. Disziplingeschichtliche Studien, München 1991, 257–279.

Für einzelne Hinweise danke ich den Professoren Michael Brocke (Berlin), Michael A. Meyer (Cincinnati) und Herbert A. Strauss (Berlin u. New York).

WISSENSCHAFT VOM JUDENTUM IN DER GESCHICHTE DER BERLINER UNIVERSITÄT

Von Heinrich Simon

Die Anfänge dessen, was als Wissenschaft des Judentums bezeichnet wird, lassen sich temporal und lokal genau fixieren. Im Jahre 1818 veröffentlichte Leopold Zunz seine programmatische Schrift ›Etwas über die rabbinische Litteratur‹, worin er erläuterte, was den Gegenstand dieser Wissenschaft darstellen sollte. Diese Abhandlung des damals fast vierundzwanzigjährigen Zunz erschien in Berlin, demjenigen Ort, an dem der Autor lebte und wo er an der wenige Jahre zuvor gegründeten Universität seine akademische Bildung erwarb. Es handelt sich also um die Arbeit eines Studenten, und so ist von ihrer Geburt an Wissenschaft des Judentums gerade mit dieser auf den Ideen Wilhelm von Humboldts basierenden Berliner Universität aufs engste verbunden. Der 1810 gegründeten Berliner Universität lag – im Unterschied zu den schon länger existierenden Hochschulen – eine bürgerliche Konzeption zugrunde, die sich auch darin ausdrückte, daß die philosophische Fakultät de jure der theologischen gleichberechtigt war, de facto jedoch gerade sie den Kern und das Rückgrat dieser in erster Linie Bildung, nicht Ausbildung vermittelnden Institution darstellte.

Was Zunz hier lernte, war vor allem die kritische Betrachtung und Durchdringung historischen Materials. Als diejenigen Professoren, die ihn besonders anregten, nennt er selbst Wilhelm Martin Leberecht de Wette und den der Akademie angehörenden, aber gelegentlich an der Universität lesenden Friedrich August Wolf, und man kann noch August Boeckh, Wolfs Schüler, hinzufügen; denn so wie Boeckh ein umfassendes Bild der griechischen Antike entwarf und die klassische Philologie zur Altertumskunde erweiterte, hat auch Zunz die Wissenschaft des Judentums vornehmlich als eine umfassende Altertumskunde verstanden. Bereits in der erwähnten Erstlingsschrift ›Etwas über die rabbinische Litteratur‹ wird das in dem vielzitierten und oft absichtlich mißverstandenen Satz von der neuhebräischen Literatur, die „wir zu unserer Zeit die Juden . . . zu Grabe tragen sehen“ [1], ausgedrückt. Damit ist nicht gemeint, daß es die Wissenschaft des Judentums sei, die sich hier als Totengräber betätigt, sondern daß eben mit der Emanzipation, die in Preußen durch die Stein-Hardenbergschen Reformen juristisch fixiert wurde, die wissenschaftliche Sprache der Juden nicht mehr in erster Linie das Hebräische darstellen konnte, daß die Ära der hebräischen Literatur der Juden im wesentlichen beendet sei und daß die Wissenschaft des Judentums dieses vorliegende Kulturgut, dessen Entwicklung abgeschlossen und das daher im ganzen überschaubar sei, kritisch aufarbeiten und die Ergebnisse dieser wissenschaftlichen Arbeit in deutscher Sprache der Allgemeinheit zugänglich machen müsse.

Die von Zunz konzipierte Wissenschaft des Judentums war nun allerdings nicht nur eine wissenschaftliche Betrachtung jüdischer Geschichte und Literatur im weitesten Sinne, sondern sie war auch insofern eine jüdische Wissenschaft, als sie von Juden betrieben wurde und betrieben werden mußte. Die Wissenschaft des Judentums sollte nach innen die jüdischen kulturellen Werte erhalten, sie für die aufgeklärten und sich emanzipierenden Juden akzeptabel machen, den Stolz auf die eigene Tradition fördern; nach außen sollte sie jüdische Kultur propagieren, sollte zeigen, daß die Juden, als sie Bürger des Staates wurden, in dem sie lebten, nicht mit leeren Händen kamen, sondern ein Erbe einzubringen hatten, das von allgemeinem Wert und Interesse war. Diese propagandistische Absicht wandelte sich indessen sogleich in eine apologetische, da die Umwelt dem Enthusiasmus der Juden meist Gleichgültigkeit, oft Feindschaft und nur selten Wohlwollen entgegenbrachte.

Diese Problematik der Wissenschaft des Judentums, durch die ihre Entwicklung weitgehend geprägt wurde, ist indessen nicht unser Thema, denn uns geht es im Grunde um die Frage der Wissenschaft vom Judentum als akademischer Fachdisziplin an der Berliner Universität, jedoch müssen einige Worte über die Pläne, Hoffnungen und Leistungen von Leopold Zunz gesagt werden. Wie kritisch man sich immer zur Wissenschaft des Judentums stellen mag – ich denke hier beispielsweise an Scholems Essay über diesen Gegenstand[2]–, so muß man anerkennen, daß diese von Zunz initiierte wissenschaftliche Beschäftigung mit dem jüdischen kulturellen Erbe die wesentliche Leistung der Juden als Juden im 19. und 20. Jahrhundert in Mittel- und Westeuropa sowie in Amerika darstellt und daß wir alle, die wir uns in dieser oder jener Form mit Judaistik befassen, in dieser Tradition stehen, auch wenn wir versuchen, eigene, unserer Zeit angepaßte Konzeptionen zu entwickeln, die den Erfordernissen der Gegenwart entsprechen sollen.

Natürlich liegt in der Zunzschen Konzeption ein Widerspruch, nämlich der, daß Wissenschaft universell ist, daß von dem, der sie betreibt, zwar Kenntnisse verlangt werden, jedoch die Zugehörigkeit zu einer bestimmten Menschengruppe nicht gefordert werden kann und darf. Doch war dieser Widerspruch damals objektiv nicht lösbar, denn nicht nur waren die Juden selbst die einzigen, die sich mit dem Gegenstand wissenschaftlich beschäftigen wollten, sondern es gab außer ihnen auch niemanden, der sich mit ihm befassen konnte. Diesen Widerspruch zu lösen, ist der Wissenschaft des Judentums nie gelungen, wiewohl es Ansätze und Versuche dazu gab.

Für die deutschen Universitäten – und darüber hinaus für die Universitäten Europas – gehörten aufgrund jahrhundertealter Tradition die hebräischen Studien in den Rahmen der Theologie. Hebräisch war eine Philologia sacra, deren Sinn und Zweck durch die Tatsache bestimmt war, daß die hebräische Bibel auch vom christlichen Standpunkt eine heilige Schrift darstellte und damit zu den Grundlagen des Glaubens gehörte, sofern man sie im Lichte des sogenannten Neuen Testaments interpretierte. Was dagegen an hebräischem Kulturerbe nachbiblisch war, galt als Fehlentwicklung und war darum meist von geringem Interesse, soweit nicht praktische Erfordernisse der Mission eine Beschäftigung damit als zweckmäßig erscheinen ließen. Auch die Arabistik hat bekanntlich lange Zeit nur unter theologischen Aspekten als Forschungsgegenstand gelten können; aber hier hatten vor allem ökonomische Interessen seit dem 18. Jahrhundert Wandel geschaffen. Für die Hebraistik hingegen gab es keine anderen als eben die theologischen Aspekte, die eine Beschäftigung mit ihr nahelegten oder gar erforderten.

Von ihrer Konzeption her lagen die Dinge nun bei der im 19. Jahrhundert gegründeten Berliner Universität anders. Die zentrale Bedeutung der philosophischen Fakultät brachte es mit sich, daß das Hebräische von Anfang an doppelgleisig betrieben wurde: einmal im Rahmen der Theologie, zum anderen aber im Rahmen der an der philosophischen Fakultät beheimateten Orientalistik. Und so finden wir schon in den Anfängen der Universität sowohl an der philosophischen als auch an der theologischen Fakultät Hebräisch als Lehrfach. Mit der Gründung der Universität wurde de Wette auf Veranlassung Schleiermachers aus Heidelberg nach Berlin auf den alttestamentlichen Lehrstuhl berufen, und als der Lehrbetrieb auf dem Gebiet der orientalischen Sprachen im Jahre 1812 an der philosophischen Fakultät aufgenommen wurde, berief man Georg Heinrich Bernstein als Extraordinarius. De Wette, zu dessen Schülern Zunz sich zählte, hat sich vor allem der wissenschaftlichen Erforschung der hebräischen Bibel gewidmet, und er gehört zu den namhaften Vertretern einer kritischen Bibelwissenschaft im 19. Jahrhundert. Die meisten seiner wesentlichen Werke sind in seiner Berliner Zeit erschienen, so seine sich eng an den Originaltext haltende Bibelübersetzung, das ›Lehrbuch der Hebräisch-Jüdischen Archäologie‹ und das ›Lehrbuch der Historisch-Kritischen Einleitung in die Kanonischen und Apokryphischen Bücher des Alten Testaments‹; ferner der ›Kommentar über die Psalmen‹, der von Herders ästhetischen Ansichten beeinflußt ist. Als der reaktionäre Schriftsteller Kotzebue im Jahre 1819 von dem Burschenschafter Sand ermordet wurde, schrieb de Wette an die ihm bekannte Mutter Sands einen Brief, in dem er zwar die Tat verdammte, der Gesinnung des Täters jedoch Anerkennung zollte. Dieser Brief gelangte zur Kenntnis des preußischen Königs, der darin einen Entlassungsgrund sah.

Obwohl sich der akademische Senat für de Wette verwandte, mußte dieser seinen Posten verlassen. Er ging später nach Basel, wo er aber seine liberal-progressive Haltung aufgab und immer konservativer wurde und wo er auch wissenschaftlich nichts Wesentliches mehr vollbrachte.

In seiner Berliner Zeit war de Wette für die Entwicklung der Judaistik maßgeblich, wenngleich für ihn als Theologen nur die Bibelwissenschaft von Interesse war. Nach seiner Entlassung wurde dieses Teilgebiet jüdischer Wissenschaft zunächst gar nicht, dann in wenig zureichender Weise gepflegt. An der philosophischen Fakultät gehörte Hebräisch zur orientalischen Philologie und wurde ab 1812 von Georg Heinrich Bernstein neben Arabisch, Syrisch, Persisch und Sanskrit betrieben. Hier war Hebräisch hauptsächlich für den Sprachvergleich mit dem Arabischen von Bedeutung, und auch an der philosophischen Fakultät verstand man unter Hebräisch im wesentlichen die Sprache der Bibel und kümmerte sich nicht um spätere Entwicklungen. Die Breite, mit der Orientalistik in Berlin betrieben wurde, war dafür verantwortlich, daß eigentlich die meisten der orientalischen Sprachen immer nur am Rande betrieben wurden, während eine oder auch einige im Zentrum des Interesses des jeweiligen Fachvertreters standen. Hebräisch gehörte im Grunde immer zu den Gegenständen, die am Rande gepflegt wurden. Bernstein war vornehmlich Syrologe; sein Nachfolger wurde dann im Jahre 1822 Franz Bopp, der für die vergleichende Sprachwissenschaft, besonders für die Indogermanistik und für die Sanskritistik, von wesentlicher Bedeutung war, zu dessen Amtsverpflichtungen aber auch Vorlesungen über hebräische Grammatik gehörten.

Der erste, der an der Berliner philosophischen Fakultät Kenntnisse jüdischer Realien vermittelte, freilich auch nur auf einem Teilgebiet, war Christian Ludwig Ideler, seit 1794 königlicher Astronom in Berlin und seit 1810 Mitglied der Preußischen Akademie der Wissenschaften. Ideler war Mathematiker, Astronom und als Orientalist Schüler von Silvestre de Sacy in Paris, und er hielt in den Jahren 1815 bis 1845 unter anderen auch Vorlesungen über Chronologie, in denen er mehrfach das jüdische Kalenderwesen behandelte.

Das rabbinische Judentum war zum erstenmal im Wintersemester 1824/25 Lehrgegenstand der Universität, als der a. o. Professor Friedrich August Tholuck „Über Lehre, Literatur und Sprache der Rabbinen" an der theologischen Fakultät las. Indessen blieb es bei dieser einen Vorlesung. Tholuck wurde 1825 als Ordinarius nach Halle berufen, und den seit de Wettes Entlassung vakanten Lehrstuhl erhielt Ernst Wilhelm Hengstenberg. Zu seiner Charakterisierung genügt der Titel eines Werkes, dessen ersten Teil er dem preußischen Kultusministerium schon vor seiner Berufung als Ordinarius einreichte und das in den Jahren 1829–1835 im Druck erschien: ›Christologie des Alten Testaments‹. Hengstenberg sah den Bibeltext nicht unter historisch-kritischen, sondern ausschließlich unter religiösen Aspekten, und die Judaistik war ihm nur unter dem Gesichtswinkel religiöser Offenbarung, nicht aber als Wissenschaftsdisziplin von Bedeutung.

Es ist nicht meine Absicht, hier eine lückenlose Aufzählung all derjenigen Vorlesungen zu bieten, die in den Vorlesungsverzeichnissen der Universität angekündigt worden sind, sondern es geht nur darum zu zeigen, ob und wie und in welchem Maße Wissenschaft vom Judentum vermittelt wurde, und das läßt sich an einigen Beispielen zeigen, wobei sich natürlich über die Qualität des Gebotenen meist nichts oder nur sehr wenig sagen läßt. Erwähnenswert ist das Wirken des Philologen Julius Heinrich Petermann, der seit 1830 als Privatdozent, seit 1836 als a. o. Professor und ab 1840 als ordentlicher Professor für orientalische Sprachen tätig war. Er begründete die ›Porta linguarum orientalium‹, eine bis in die Gegenwart existierende Sammlung von Elementarbüchern zum Erlernen orientalischer Sprachen, und veröffentlichte in dieser Reihe Grammatiken des Hebräischen, Arabischen, Aramäischen und des Samaritanischen. (Übrigens auch des Armenischen, aber das gehört nicht in unseren Zusammenhang.) Petermann hat 1853 die Samaritaner in Nablus besucht, hat sich von ihnen die Bibel vorlesen lassen und ihre Aussprache aufgezeichnet. Wenngleich seine Aufzeichnungen ungenau waren und seine darauf beruhenden wissenschaftlichen Arbeiten heute als überholt gelten müssen, sind seine Bemühungen nichtsdestoweniger erwähnenswert.

Wir können jedenfalls feststellen, daß bis zur Mitte des vorigen Jahrhunderts die Beschäftigung mit jüdischer Thematik sich an der Berliner Universität im wesentlichen auf die biblische Periode konzentrierte. Gelegentlich ging man darüber hinaus, aber das geschah sporadisch, keineswegs kontinuierlich, so daß insgesamt zu konstatieren ist, daß die nachbiblische hebräische Sprache und Literatur sowie die Geschichte der Juden in nachbiblischer Zeit fast völlig unbeachtet blieben. Die Berliner Universität unterschied sich also nicht von der Praxis der deutschen Universitäten überhaupt.

Das war der Grund, warum Leopold Zunz im Revolutionsjahr 1848 den Vorschlag unterbreitete, an der Berliner Universität einen Lehrstuhl für jüdische Geschichte und Literatur zu errichten. Dieser Antrag war keine Idee von Zunz, die etwa in jenem Moment spontan entstanden wäre. Vielmehr war er immer der Meinung, daß die Wissenschaft des Judentums im Grunde nirgends sonst als an Universitäten betrieben werden müßte. Das zeigt eigentlich schon das umfassende Programm, das Zunz in seiner Jugendschrift vom Jahre 1818 ›Etwas über die rabbinische Litteratur‹ entworfen hat. Es hatte nur dann eine Chance der Verwirklichung, wenn diejenigen, die dazu beitragen wollten, sich vollkommen einer solchen Aufgabe widmen konnten, nicht aber diese wissenschaftlichen Arbeiten neben ihrem Broterwerb zu betreiben gezwungen waren. Am 1. Juni 1838 schrieb Zunz an seinen Lehrer de Wette und bat ihn, sich dafür zu verwenden, daß ihm die Leitung des jüdischen Lehrerseminars in Berlin übertragen werde; die Jüdische Gemeinde hatte Zunz diesen Posten angetragen, aber die Regierung machte Schwierigkeiten, weil Zunz kein Lehrerdiplom besaß. In diesem Brief ist auch von der Wissenschaft des Judentums die Rede, und es heißt dort: „Wenn ich mich in der Wissenschaft des Judentums, die den Inhalt meines Lebens ausmacht, nicht allseitig vervollkommne, so haben daran die Widerwärtigkeiten schuld, mit denen ein jüdischer Gelehrter zu kämpfen hat, der vielerlei sagen und tun muß, sein Dasein zu fristen, selten Mittel zu Reisen hat und der Anfeuerung durch einen belebenden Zuhörerkreis entbehrt. Und doch! Wie sehr täte die Besetzung eines Lehrstuhls für jüdische Literatur an unseren Universitäten not.“ [3]

Als 1840 ein neuer König den preußischen Thron bestiegen hatte, hielt Zunz den Moment für günstig, des Königs Interesse auf die Wissenschaft des Judentums, gleichzeitig vielleicht auch auf seine Person zu lenken, und darum übersandte er dem Herrscher einige seiner Arbeiten. Er erhielt darauf nur eine Antwort des Kultusministers, in der gesagt wurde, daß der König sein wissenschaftliches Streben anerkenne.[4] Zunz hat dann am 28. April 1843 ein zweites Schreiben an den König Friedrich Wilhelm IV. gesandt, in dem es deutlicher um seinen persönlichen Anteil an der Wissenschaft geht als um die Wissenschaft des Judentums als solche. Er verweist auf die Anerkennung, die seine wissenschaftlichen Arbeiten bei namhaften Gelehrten gefunden haben, und ersucht: „Ew. Majestät wollen geruhen, mir eine Existenz zu geben, die mir erlaubte, mich ganz der Wissenschaft zu widmen, eine Anstellung oder eine Beschäftigung, bei welcher ich im Interesse jener Studien und Arbeiten reisen, lehren, schreiben könnte.“ [5] Der König hat dieses Gesuch nicht positiv berücksichtigt. Die Initiative des Jahres 1848 ist also nicht der erste Versuch gewesen, den Zunz unternommen hat, der von ihm vertretenen Wissenschaft öffentliche Anerkennung durch die Errichtung eines Lehrstuhls zu verschaffen, denn er war der Überzeugung, daß die „Gleichstellung der Juden in Sitte und Leben aus der Gleichstellung der Wissenschaft des Judenthums hervorgehen“ werde, wie er das am Ende des ersten Kapitels seines 1845 in Berlin erschienenen Werkes ›Zur Geschichte und Literatur‹ [6] formuliert.

Die Märzrevolution 1848 hatte bei Zunz Hoffnungen erweckt, jetzt sei der Augenblick gekommen, diese Gleichstellung der Wissenschaft des Judentums zu erreichen, und so richtete er am 25. Juli 1848 an den preußischen Kultusminister den Antrag auf Errichtung eines Lehrstuhls für jüdische Geschichte und Literatur, denn „Über Geschichte und Literatur der Juden aus dem Zeitraum der letzten zweitausend Jahre wird da, wo die künftigen Beamten und Gesetzgeber ihre Vorbildung erhalten, keine Belehrung gegeben . . ., da jüdische Wissenschaft mit den Juden in ein Ghetto verwiesen war. Das Ghetto ist gesprengt, aber die Verweisung noch nicht aufgehoben."[7]

Der Minister übersandte den Antrag an die philosophische Fakultät der Berliner Universität, und diese setzte im Oktober 1848 eine Kommission zur Beratung dieses Problems ein, die aus dem Philosophen Trendelenburg in seiner Eigenschaft als Dekan, dem Altphilologen Boeckh, dem Historiker Ranke und dem Orientalisten Petermann bestand. Diese Kommission beriet über den Antrag, und Trendelenburg erstattete dem Minister am 9. November einen Bericht, worin der Zunzsche Vorschlag abgelehnt wurde, und es nimmt nicht wunder, daß das Ministerium dem Votum der Professoren zustimmte. In dem Gutachten wird Zunz als Wissenschaftler gewürdigt, und auch seine Absicht, „die Literatur und Geschichte der Juden in eine heilsame Wechselwirkung mit der allgemeinen Wissenschaft zu setzen . . . und daher in den Verband der Universität als gleichberechtigtes Glied einzureihen"[8], erscheint der Kommission als eine anerkennenswerte Gesinnung. Aber trotzdem könne die Fakultät den Antrag nicht befürworten, denn sie könne sich nicht mit den Gründen einverstanden erklären, die Zunz geltend gemacht habe. Über diese Gründe heißt es in dem Gutachten: „Insbesondere nimmt er (i. e. Zunz) sie von der Zurücksetzung her, welche die Juden lange erlitten . . . Indessen ist an dieser Stelle kein Gegenmittel mehr nötig. Die Kraft dieses Grundes hat aufgehört, weil die unbedingte Gleichstellung erfolgt und verbürgt ist, seit die Zeit gekommen ist, daß unter uns auch die Juden ein besonderes politisches Gemeinwesen nicht mehr bilden werden . . . Eine Professur, die mit dem Nebengedanken gestiftet würde, das jüdische Wesen in seiner Besonderheit . . . geistig zu stützen und zu bekräftigen, widerspräche dem Sinne der neuen, die starren Unterschiede ausgleichenden Freiheit. Sie wäre eine Bevorrechtigung der Juden, ein Mißbrauch der Universität . . ., die für ihre Lehrfächer zunächst kein anderes Maß kennt als den inneren Gehalt der Wissenschaft, und in der . . . keine äußere Zweckmäßigkeit das reinere wissenschaftliche Interesse verdrängen soll. Daher muß die philosophische Fakultät für die Errichtung einer eigenen die jüdische Geschichte und Literatur vertretenden Professur jeden Grund ablehnen, der lediglich aus der äußeren Politik, der vergangenen oder gegenwärtigen staatsbürgerlichen Stellung der Juden geschöpft wäre . . ."[9] Es wird dann weiter ausgeführt, es sei „für die Geschichte nur e i n e Nominalprofessur bestimmt", und es bestehe „keine besondere Professur der deutschen, keine besondere der preußischen Geschichte . . . Daher wird es nicht zweckmäßig sein, daß die jüdische Geschichte aus dem wissenschaftlichen Verbande mit der allgemeinen herausgerissen werde"[10]. Das betreffe die jüdische Geschichte zur Zeit des Bestehens eines eigenen Staates; sie gehöre in die Geschichte des Altertums. Nach dem Untergang des selbständigen Gemeinwesens aber sei die Geschichte der Juden Bestandteil der allgemeinen Kulturgeschichte geworden. Doch dafür existiere überhaupt keine eigene Professur, so daß man auch nicht eine Professur für jüdische Kulturgeschichte einrichten könne. Das Gutachten befaßt sich dann noch mit der religiösen Seite der jüdischen Geschichte und Literatur, und auf folgenden Tatbestand wird verwiesen: Zwei preußische Universitäten haben neben einer evangelischen theologischen Fakultät auch eine katholische; diese beiden Universitäten besitzen auch im Rahmen der philosophischen Fakultät katholische Lehrstühle für Philosophie und Geschichte. Die Berliner philosophische Fakultät habe stets eine derartige Praxis als ihr wesensfremd abgelehnt; folglich könne sie den Juden nicht konzedieren, was sie aus prinzipiellen Gründen den Katholiken verweigere. Aber natürlich habe die Fakultät nichts gegen die Pflege jüdischer Wissenschaft an der Universität einzuwenden, und sie sei gern bereit, wenn sich ein geeigneter Kandidat finde, diesem die Möglichkeit zu geben, als Privatdozent auf diesem Gebiet tätig zu werden.[11]

Damit war der Antrag von Zunz gescheitert. Das Aktenmaterial liefert uns nur Vordergründiges; was sich hinter den Kulissen abspielte, bleibt im dunkeln. Ob die Ablehnung der Fakultät wirklich nur von sachlichen wissenschaftlichen Beweggründen bestimmt war, vermag wohl niemand mehr zu sagen. Das Gutachten ist erstaunlich ausführlich und besser begründet als der Antrag von Zunz, der nicht nur auf die Sache, sondern auch auf seine eigene Person hinweist. Man muß annehmen, daß es sowohl Kräfte gab, die den Antrag befürworteten, denn sonst hätte sich die Fakultät kaum so ausführlich mit ihm beschäftigt, als auch solche, die entweder die Sache oder die Person oder beides ablehnten und deren Ansicht die Kommission der vier Professoren teilte.

Daß mehr hinter der Affäre stand, als aus den beiden Schreiben hervorgeht, läßt sich auch daraus schließen, daß bereits zwei Jahre später von jüdischer Seite ein neuer Vorstoß in dieser Angelegenheit unternommen wurde, und zwar schlug die Veitel-Heine-Ephraimsche Stiftung, die in Berlin ein Beth-Midrasch unterhielt, die Errichtung eines Lehrstuhls für rabbinische Literatur an der Universität vor, der aus den Geldern dieser Stiftung finanziert werden sollte. Doch mindestens aus der Ablehnung des Zunzschen Antrages durch die philosophische Fakultät geht in keiner Weise hervor, daß die Frage der Finanzierung für die Zurückweisung eine Rolle gespielt haben könnte. Aber ebenso sicher ist es, daß die Treuhänder der Veitel-Heine-Ephraimschen Stiftung sich Hoffnungen auf die Annahme ihres Angebots gemacht haben. Interessant in dem ablehnenden Gutachten der philosophischen Fakultät, die im Grunde ihre Argumente von 1848 wiederholte und vor allem einwandte, daß der Vorschlag zur Errichtung eines Lehrstuhls für rabbinische Literatur ein noch engeres Gebiet betreffe, als das bei dem Zunzschen Antrag der Fall gewesen sei, der ja eine Professur für jüdische Geschichte und Literatur gefordert hatte, ist allerdings der Hinweis auf die Tatsache, daß inzwischen „ein Mann von philosophischer Bildung und umfassender linguistischer Kenntnis, Dr. Steinthal, bei seiner Habilitation auch das Rabbinische als einen Gegenstand bezeichnete, auf den er seine Vorlesungen auszudehnen denke".[12]

Und in der Tat hat Heymann Steinthal als Privatdozent für das Sommersemester 1851 eine Einführung ins Neuhebräische, d. h. die nachbiblische Sprachstufe des Hebräischen, sowie eine Lehrveranstaltung über rabbinische theologische oder grammatische Schriften angekündigt, 1852 über eine ähnliche Thematik gelesen und 1855 eine einführende Erklärung rabbinischer Schriften geboten. Sonst las Steinthal vor allem auf sprachwissenschaftlichem Gebiet und wurde 1862 a. o. Professor für Sprachwissenschaft. Bekanntlich ist er, zusammen mit seinem Schwager Moritz Lazarus, als Begründer der Völkerpsychologie von Bedeutung gewesen. Steinthal hat auch noch später, und zwar im Wintersemester 1879/80 und im Wintersemester 1880/81, Vorlesungen über Geschichte der jüdischen Literatur gehalten, aber im wesentlichen betrieb er jüdische Wissenschaft im Rahmen der 1872 eröffneten Hochschule für die Wissenschaft des Judentums, wo er den Lehrstuhl für Bibelwissenschaft und Religionsphilosophie innehatte.

Übrigens war diese Hochschule, die de jure jedem offenstand, aber praktisch eine Ausbildungsstätte für Rabbiner war, nicht die erste jüdische Bildungsstätte, die in Berlin entstand. Schon 1856 hatten die Treuhänder der Veitel-Heine-Ephraimschen Stiftung das von ihnen unterhaltene Beth ha-Midrasch zu einer wissenschaftlichen Institution umgestaltet, die jüdische Wissenschaft allen daran Interessierten vermittelte. Seit 1859 wirkte dort bis 1906 die neben Zunz bedeutendste Persönlichkeit, die die Wissenschaft des Judentums aufzuweisen hatte: Moritz Steinschneider. Als Semitist war an dieser Bildungsstätte Theodor Haarbrücker tätig, der 1854 und 1855 auch an der Universität als Privatdozent rabbinisches Hebräisch las. Die Ephraimsche Lehranstalt ist darum von Bedeutung, weil sie im Gegensatz zur Hochschule für die Wissenschaft des Judentums und zum 1873 eröffneten orthodoxen Rabbinerseminar keine Ausbildungsstätte für Rabbiner zu sein beabsichtigte und auch keine Diplome verlieh, sondern nur Wissen anbot.

Doch zurück zur Universität: Zu erwähnen ist die Tätigkeit von Richard Gosche, der sich 1853 in Berlin habilitierte und dessen Interessen nicht nur auf dem Gebiet der orientalischen Sprachen lagen, sondern vor allem auf dem der allgemeinen Literaturgeschichte. Gosche behandelte in seinen Vorlesungen neben der Geschichte der hebräischen Sprache auch die jüdische Literatur und beschränkte sich dabei nicht auf das Altertum, sondern befaßte sich auch mit der mittelalterlichen hebräischen Poesie. Er stand dem

Judentum vorurteilsfrei gegenüber, und es wäre denkbar gewesen, daß durch ihn einiges von Zunz Intendierte hätte verwirklicht werden können. Doch wurde nicht er zum Ordinarius berufen, sondern man zog ihm den Hallenser Ordinarius Emil Roediger vor, der 1860 nach Berlin kam, während Gosche bald darauf nach Halle ging. Roediger, ein Geseniusschüler, konzentrierte sich im wesentlichen, was das Hebräische angeht, auf die biblische Sprache. Allerdings gibt es von ihm eine Abhandlung über den mittelalterlichen jüdischen Grammatiker Jehuda Chajjudsch, aber dessen Werke beziehen sich ja auf den Bibeltext, so daß sie unter dem Aspekt der Erforschung des biblischen Hebräisch von Wichtigkeit sind.

Seit 1876 war an der Berliner Universität Jacob Barth tätig, zunächst als Privatdozent, dann ab 1880 als Extraordinarius für orientalische Philologie. An der Universität hat er das Hebräische nur am Rande betrieben, im wesentlichen war die Arabistik sein Aufgabengebiet. Gleichzeitig war Barth am orthodoxen Rabbinerseminar tätig, wo er neben der hebräischen Sprache auch Bibelexegese und jüdische Philosophie betrieb. Aber auch an der Universität hat er neben Veranstaltungen über hebräische Sprachwissenschaft Vorlesungen über die Mischna und die sogenannte neuhebräische Literatur gehalten. Barth war in erster Linie Philologe im Sinne einer formalen Philologie; für ihn hatten die sprachlichen Erscheinungen in jeder Weise Vorrang vor den Textinhalten.

Schließlich sei noch Hermann Leberecht Strack genannt, der an der theologischen Fakultät seit 1878 lehrte und dessen Berufungsgebiet Altes Testament und semitische Sprachen war. Strack hat sich nicht nur mit dem antiken Judentum und dem biblischen Schrifttum befaßt, sondern er richtete sein Interesse auch auf die talmudische und rabbinische Literatur und galt auf diesem Gebiet als die maßgebliche nichtjüdische Autorität seiner Zeit. Seine ›Einleitung in Talmud und Midrasch‹, die in erster Auflage 1887 erschien, ist mehrfach wiederaufgelegt worden und gilt noch heute als ein Standardwerk. Von wesentlicher Bedeutung ist auch der von Strack gemeinsam mit Billerbeck publizierte ›Kommentar zum Neuen Testament aus Talmud und Midrasch‹ (1922–1928), in dem es darum geht, Jesus in die jüdische Tradition zu stellen und im einzelnen die meisten seiner Aussprüche auf rabbinische Quellen zurückzuführen. Wesentlich ist auch Stracks aktiver Kampf gegen den Antisemitismus; er hat die Juden leidenschaftlich gegen böswillige Angriffe verteidigt. So trat er vor allem gegen den Hofprediger Adolf Stöcker auf und bekämpfte auch energisch die immer wieder gegen die Juden erhobene Blutbeschuldigung. Trotzdem muß man betonen, daß Stracks Haltung gegenüber den Juden und dem Judentum ambivalent war. 1883 hat er an der Universität das Institutum Judaicum gegründet, dessen Zielstellung es war, die Konversion von Juden zum Christentum zu fördern. Das schloß aber nicht aus, daß Strack das Institutum Judaicum zu einer Lehr- und Forschungsstätte von hohem Rang machte. Es ist Strack zu verdanken, daß dort eine erstklassige, reichhaltige judaistische Bibliothek entstand, die noch heute zur Verfügung steht, wenngleich sie leider nicht in zureichendem Maße weiter ausgebaut wurde. Zu erwähnen ist auch Stracks Interesse am osteuropäischen Judentum, das sich in der Herausgabe eines Wörterbuches und einer Chrestomathie des Jiddischen offenbart. Aber natürlich muß man konstatieren, daß Stracks Konzeption der Pflege jüdischer Wissenschaften derjenigen von Zunz diametral entgegengesetzt ist aufgrund der missionarischen Ausgangsposition.

In der Zeit nach dem Ersten Weltkrieg ist an der Berliner Universität kein Aufschwung der Pflege der Judaistik zu konstatieren. Man muß feststellen, daß die Judaistik im wesentlichen ghettoisiert war; sie wurde in speziellen jüdischen Lehranstalten betrieben, wo sie zwar eine der Zunzschen Forderungen erfüllen konnte, nämlich die Stärkung des jüdischen Selbstbewußtseins, wo sie aber nicht nach außen wirksam wurde; denn wenn es auch Nichtjuden nicht verwehrt war, jüdische Bildungsstätten zu besuchen, so war es doch nur höchst selten der Fall, daß jemand von einer solchen Möglichkeit Gebrauch machte.

Über die Zeit des Faschismus ist nichts zu sagen, und das ist immerhin ein gutes Zeichen. Biblisches Hebräisch und Geschichte des alten Israel wurden weiter betrieben wie eh und je, im Rahmen der theologischen Fakultät. Es wäre denkbar gewesen, daß man Judaistik mit einer antisemitischen Zielstellung geboten hätte, aber darüber läßt sich aus den Vorlesungsverzeichnissen nichts entnehmen. Eine institutionalisierte Antijudaistik hat es also im Rahmen der theologischen Fakultät nicht gegeben.

Nach dem Zweiten Weltkrieg war zunächst die Lage unverändert, indem nur an der theologischen Fakultät biblisches Hebräisch als notwendige Grundlage für die Beschäftigung mit dem Bibeltext unterrichtet wurde.

Erst im Jahre 1958 wurde an der Alma mater, die seit 1949 den Namen Humboldt-Universität trägt, ein Vorderasiatisches Institut gegründet, zu dessen Fachgebieten die Hebraistik gehörte, die auf diese Weise wieder einen Platz im Rahmen der philosophischen Fakultät erhielt. Seit 1960 ist Hebraistik durch eine Professur vertreten, seit 1969 gibt es einen Lehrstuhl für dieses Fach. Damit wurde eine Grundlage geschaffen, an dasjenige anzuknüpfen, was Zunz um die Mitte des vorigen Jahrhunderts konzipierte, aber nicht durchsetzen konnte. Bewußt wurde der Name Hebraistik gewählt, um auf diese Weise auf die zentrale Rolle hinzuweisen, die die hebräische Sprache, und zwar alle ihre Entwicklungsstufen, und besonders die moderne hebräische Sprache, für die Wissenschaft vom Judentum spielt und spielen muß. Ausgehend von der sprachlichen Basis werden an der Humboldt-Universität Studenten ausgebildet, die mit jüdischer Geschichte und hebräischer Literatur vertraut gemacht werden, wobei die Beschäftigung mit

Problemen des modernen Israel einen wichtigen Bestandteil bildet. Neben der hebräischen Sprache wird auch die Jiddistik gepflegt; im Jahre 1988 wurde eine Dozentur für Jiddistik errichtet. Darüber hinaus ist auch beabsichtigt, das Spaniolische zu betreiben und eine entsprechende Mitarbeiterstelle einzurichten, sobald geeignete Bewerber vorhanden sein werden, die diese Vakanz füllen können. Wesentlich ist auch die Pflege der Geschichte der Juden in Deutschland unter dem Aspekt, daß diese Geschichte der Juden nicht nur jüdische Geschichte, sondern auch deutsche Geschichte ist, ein Bestandteil der historischen Entwicklung in Deutschland und folglich auch deutsches Erbe.

Man kann dasjenige, was sich in der faschistischen Ära ereignet hat, nicht ungeschehen machen, aber man kann versuchen, dazu beizutragen, daß die Mentalität, die die Bestialität ermöglichte, völlig überwunden wird. Dazu kann, wie wir hoffen, eine Wissenschaft vom Judentum behilflich sein, soweit überhaupt die Wissenschaft in der Lage ist, eine Wirkung auf das Bewußtsein einer breiteren Öffentlichkeit auszuüben. In dieser Hinsicht in übertriebene Euphorie zu verfallen, wäre verfehlt, doch für die Hoffnung gibt es immerhin eine reale Grundlage, und in diesem Sinne versuchen wir an der Berliner Humboldt-Universität, unser Bestes zu tun, um Kenntnisse auf dem Gebiet der Wissenschaft vom Judentum zu vermitteln und die Möglichkeiten zu nutzen, die uns das Bestehen eines hebraistischen Lehrstuhls eröffnet.

Anmerkungen

[1] Leopold Zunz, Gesammelte Schriften, Bd. 1, Berlin 1875, 4.

[2] Gershom Scholem, Wissenschaft vom Judentum einst und jetzt, in: G. Scholem, Judaica I, Frankfurt a. M. 1963, 147–164.

[3] Ludwig Geiger, Zunz im Verkehr mit Behörden und Hochgestellten, Monatsschrift für Geschichte und Wissenschaft des Judentums 60 (1916) 258.

[4] Vgl. Geiger 1916, 321 ff.

[5] Geiger 1916, 324.

[6] Zunz 1845, 21.

[7] Geiger 1916, 335.

[8] Geiger 1916, 337.

[9] Geiger 1916, 337 f.

[10] Ebd. 338.

[11] Vgl. Geiger 1916, 338 ff.

[12] Geiger 1916, 344.

ZUNZ ALS BEGRÜNDER DER ONOMASTIK IM RAHMEN DER WISSENSCHAFT DES JUDENTUMS

Von Marie Simon

Im Jahr 1837 veröffentlichte Leopold Zunz unter der Überschrift ›Namen der Juden‹ eine Studie, die den Untertitel ›Eine geschichtliche Untersuchung‹ trägt. Durch die Formulierung des Titels bekundet er seine wissenschaftliche Absicht. Er verwirklicht diese seine Intention, indem er 'lege artis' umfangreiches Textmaterial auswertet und systematisiert; das schließt jedoch nicht aus, daß er politische Ziele verfolgt: Seine bis heute grundlegende Arbeit ist zugleich eine Tendenzschrift.

Rund fünfzig Jahre später konstatiert Moritz Güdemann in seinem Standardwerk ›Geschichte des Erziehungswesens und der Cultur der Juden‹, daß die jüdischen Vornamen „ihre sehr interessante Geschichte haben, die noch geschrieben werden soll", und bemerkt dazu in einer Fußnote: „Wir besitzen dafür in Zunz' Namen der Juden . . . eine ausgezeichnete Vorarbeit."[1] Diesem ausgewogenen Urteil ist zuzustimmen. Leopold Zunz gilt als Begründer der Wissenschaft des Judentums; zu würdigen ist er auch speziell als Begründer der Onomastik im Rahmen der Judaistik. An seine Leistung knüpfen weiterführende Arbeiten an, doch bestehen bis heute Forschungslücken.

Ist mit Güdemann die Studie von Zunz im Hinblick auf das noch zu Leistende als Vorarbeit zu betrachten, so darf auf der anderen Seite nicht übersehen werden, daß der Autor der ›Namen der Juden‹ in einer Tradition steht und seinerseits auf Vorarbeiten zurückgreifen kann. Seit Jahrhunderten nämlich bestand ein eminent praktisches Interesse daran, Verzeichnisse der Nomina propria anzulegen, in denen die verbindliche Schreibung sowohl geographischer Bezeichnungen – der Orts-, Flußnamen usw. in den Siedlungsgebieten der Juden – als auch der jüdischen Personennamen fixiert wurde. Urkunden, in erster Linie Scheidebriefen, sollte durch korrekte Schreibung die Gültigkeit gesichert werden. Gestützt auf die Arbeiten aschkenasischer und sephardischer Autoritäten, auf die hier nicht einzugehen ist, hat Simcha Efraim ben Gerschon Hakohen Freudemann sein klassisch gewordenes ›Sefer Schemot‹ verfaßt. Dieses Buch, das auch ›Schmot ha-Gittin‹ genannt wird, erschien 1657 in Venedig; es enthält neben geographischen Bezeichnungen die bei Juden üblichen Personennamen hebräischen, lateinischen, spanischen und deutschen Ursprungs. Freudemann, ein Gelehrter aschkenasischer Provenienz, wurde etwa 1622 in Belgrad geboren, wo er mit einer kurzen Unterbrechung bis zu seinem Tode im Jahr 1669 als Rabbiner wirkte.[2]

Die von Zunz durchgeführte onomastische Untersuchung ist also keine 'creatio ex nihilo', aber doch insofern neuartig, als sie eine im modernen Sinne wissenschaftliche Abhandlung darstellen sollte. Dabei dient sie auch einem praktischen Zweck: der Judenemanzipation. Die Schrift ist polemisch und apologetisch zugleich, weil sie aus einem bestimmten Anlaß verfaßt wurde, auf den der Verfasser im Vorwort anspielt. Er schreibt: „Ältere und neuere Schriftsteller . . . haben wie über vieles die Juden Berührendes, so auch über deren Namen Irrthümer verbreitet, und es schien ein tieferes Eingehen in den Gegenstand, zumal in einem Augenblick nicht überflüssig, wo demselben in Folge einer bekannten – wie es heißt, suspendirten – Maassregel, ein grösseres Interesse sich zugewandt hat."[3] Ohne Hintergrundwissen ist den Ausführungen nicht zu entnehmen, um welche Maßregel es sich handelt. Die notwendigen Informationen und darüber hinaus genaue Auskunft über die Geschichte der Entwicklung, Drucklegung und Verbreitung des Werks bietet ein Aufsatz von Ludwig Geiger ›Zunz im Verkehr mit Behörden und Hochgestellten‹ in der ›Monatsschrift für Geschichte und Wissenschaft des Judentums‹.[4] Dort heißt es: „Eine Kgl. Kabinettsordre hatte den Juden die Führung christlicher Namen untersagt. Die Ältesten der Jüdischen Gemeinde in Berlin beauftragten Zunz, in einem Gutachten die Geschichte der Namen zu beleuchten."[5] Das Gutachten bildete die Grundlage der späterhin publizierten Studie.

Sinn und Zweck dieses Gutachtens war es zu zeigen, daß die die ganze jüdische Geschichte durchziehende Dialektik von Wahrung der eigenen Identität und Anpassung an die jeweilige Umwelt es mit sich brachte, daß Juden zu allen Zeiten die in der Umgebung üblichen Personennamen angenommen haben; es sei also nicht „von jüdischen und christlichen Namen wie von zwei unverträglichen Elementen" zu sprechen.[6] Zweifellos bereitet Zunz Geschichte in tendenziöser Weise auf, jedoch ist er weit davon entfernt, sie zu verfälschen. Das wäre nicht nur mit dem für ihn verbindlichen Prinzip der Redlichkeit, sondern auch mit seiner Grundüberzeugung unvereinbar gewesen; denn angesichts der Verleumdung der Juden und der Vorurteile gegen sie besteht „das Heilungsgeschäft in der Verscheuchung der Finsterniss . . ., die Humanität unmittelbar in der Wissenschaft".[7] Den Fortschrittsoptimismus samt dem Vertrauen auf die Macht der Wissenschaft, der hier durchscheint, bringt Zunz expressis verbis zum Ausdruck: „Näher als jemals stehen in den civilisirten Staaten die Juden der Emancipation. Die zermalmten Widersacher verstummen; hie und da kräht ein Hahn, – nicht den Tag verkündet er, nur seinen Misthaufen."[8]

Neben die ursprünglichen hebräischen Namen traten, wie der Autor feststellt, aramäische, persische und während der griechischen Herrschaft griechische. Er bietet lange Listen griechischer Personennamen für Männer und Frauen; römische Namen folgen auf dem Fuße. Jedoch muß der Verfasser eingestehen: „Der fremde Name ging zuweilen neben einem nationalen begleitend her, beide bildeten dann einen Doppelnamen. Solche Doppelnamen, die in der Fremdherrschaft und dem Zudrange ausländischer Cultur ihre Erklärung finden, hatten auch Carthager ... Man hat sich wohl des fremden Namens nur bei dem Gebrauche der fremden Sprache, oder in dem Verkehr mit Heiden und der fremden Staatsgewalt bedient ...; allein seit der Mitte des ersten Jahrhunderts wurde derselbe gewiss auch in den Scheidebrief eingetragen ... Ueberhaupt aber mussten bei zunehmender Einbürgerung der bisher fremden Sprache, unter dem Einflusse andauernder Gewohnheit, die ausländischen Namen sich verbreiten, und als alleinige Namen gewissermassen zu einheimischen werden."[9] Wir müssen schärfer differenzieren: Ob die in der Umwelt geläufigen Namen als religiös gültige jüdische Namen anerkannt werden, schwankt je nach Zeit und Ort. Selbstverständlich konnte ein alexandrinischer Jude mit einem griechischen Namen zur Tora aufgerufen werden, stand doch das Griechische nicht als „unheilige" Sprache dem Hebräischen als *leschon ha-kodesch* gegenüber, und der Text der Septuaginta galt als gleichwertiges Äquivalent des Originals. Diese griechische Bibelübersetzung wurde als inspiriert betrachtet, wie die im Aristeasbrief niedergelegte Entstehungslegende erweist und eben ausdrücklich erweisen sollte. Späterhin bestanden übrigens auch gegen die religiöse Gültigkeit arabischer Namen keine Bedenken.

Von den zahlreichen griechischen Namen, die belegt sind und von Zunz aufgelistet werden, waren in späteren Epochen, wie der Verfasser vermerkt, nur mehr Alexander, Kalonymos und Theodoros als „jüdisch" anerkannt.[10] Beiläufig erwähnt der Autor,[11] daß eine vermutlich ins vierte Jahrhundert gehörige Katakombeninschrift uns überliefert, eine Veturia Paulla habe als Proselytin den Namen Sara angenommen.[12] Diese – und nicht nur diese – Inschrift scheint mir gerade zu erweisen, daß es bereits in den ersten Jahrhunderten im lateinischen Sprachbereich üblich war, parallel bürgerliche und jüdische Namen zu führen, wodurch sich wichtige Interpretationsansätze gewinnen lassen, wie zu zeigen sein wird.

Es entspricht nicht Zunz' Anliegen, mit Nachdruck auf die Relativität der Geltung fremder Namen im intern jüdischen Bereich hinzuweisen, wenn er auch diese Tatsachen weder frisiert noch gar unterschlagen hat. Sein Werk dient einem politischen Zweck, und das wird mit aller Deutlichkeit zum Ausdruck gebracht: „Dieses natürliche Ereigniss, Sprache und Namen des Volkes, unter welchem man lebt, sich anzueignen, hat den Juden Niemand verpönt, und hätte die herrschende Nation es auch als ein Recht angesehen, – immer war es ein natürliches, das sie keinem versagte, sich wenig darum kümmernd, ob der jüdische Bürger Daniel hieß oder Peter. Denn die Sprache ist, wie das Sonnenlicht, ein Gemeingut, den Unterscheidungen von Kasten und Sekten unzugänglich." [13]

Da sich die jüdischen Gemeinschaften im Mittelalter desto treuer an das eigene religiöse Erbe hielten, je größer der Druck der Umwelt wurde, bürgerte es sich ein, jedem Knaben bei der Beschneidung einen religiös gültigen Namen zu geben, mit dem er späterhin zur Tora aufgerufen werden sollte. So wurden häufig Doppelnamen geführt, die teils beliebig kombiniert, teils als fixe Entsprechungen verfestigt waren. (Da Frauen keine gottesdienstlichen Funktionen haben, finden sich Doppelnamen bei ihnen nur selten.) Etwa vom 9. Jahrhundert an wurde es Brauch, Kinder nach verstorbenen Verwandten, vor allem nach dem Großvater väterlicherseits, zu nennen, um dessen Andenken lebendig zu erhalten, so daß wir schließlich in Genealogien immer wieder denselben Namen begegnen.

Besonders umfangreich sind die von Zunz zusammengestellten Listen der genuin deutschen männlichen und weiblichen Personennamen, die von Juden im deutschen Sprachraum angenommen worden waren. Wir müssen hinzufügen: Es mutet wie eine Ironie des Schicksals an, daß einige dieser auf deutsche Etyma zurückgehenden Namen in späteren Zeiten als typisch jüdisch galten und nicht selten Zielscheibe des Spotts waren, so Heilman, Seligman, Süßkind u. a., worauf noch zurückzukommen ist.

Güdemann geht insofern über Zunz hinaus, als er konstatiert: „Manche deutschen Vornamen gingen in alter und im Laufe der Zeit veralteter Form von einem Geschlechte auf das andere über und wurden alsdann, da man ihren Ursprung nicht mehr kannte, für hebräische gehalten." [14] So brachte z. B. Moses Minz – er stammte aus Mainz und verließ diese Stadt bei der Plünderung 1455 – den Frauennamen Brecha mit Bracha (Segen) zusammen, weil er den zugrunde liegenden Namen Berchtha (andere Form: Bertha) nicht mehr erkannte. Es unterläuft aber auch der entgegengesetzte Irrtum: Den Namen Semmel oder Sämel, in Wahrheit eine Kurzform von Samuel, deutete Moses Minz als einen Namen für schöne weiße Kinder, so weiß wie das Mehl, aus dem Semmeln gebacken werden. Wir bezeichnen den Vorgang heute als eine Phantasieetymologie. Sie ist aufschlußreich, zeigt sie uns doch, daß das Bewußtsein des Moses Minz durch seine deutsche Muttersprache geprägt war, zumindest in diesem Fall.

Dem Phänomen der Phantasieetymologie begegnen wir auch bei biblischen Namen in ihrer durch Christen im deutschen Sprachraum umgeformten Gestalt. Güdemann meinte, Christen machten sich die ihnen nicht geläufigen hebräischen Namen mundgerecht. Wir können heute den Vorgang mit größerer linguistischer Präzision beschreiben. Wenn aus Israel Isserlein wird, so wurde der Wortbestandteil el (Gott) von Israel als deutsches Diminutivsuffix aufgefaßt – wie bei Hänsel und Gretel oder Mädel und Häusel –

und durch ein anderes Diminutivsuffix, nämlich 'lein', ersetzt. Von Juden wurden diese neuen deutschen Namensformen übernommen und bewahrt. Das aber waren – so Güdemann [15] – „unheilige" Beinamen, die zusätzlich zu den „heiligen" Namen gegeben wurden. Die Feststellung ist wichtig; sie stimmt aber nur cum grano salis, nämlich nicht für jeden Ort und jede Zeit. Es sind Urkunden bekannt, die als vollgültige Unterschrift allein einen „unheiligen" – mithin in der betreffenden Umgebung eben nicht als unheilig geltenden – Namen tragen. Es täte not zu differenzieren, allein hier volle Klarheit zu schaffen, wäre eine Lebensaufgabe für eine Gruppe von Wissenschaftlern.

Soweit ich den gegenwärtigen Stand der Forschung übersehe, ist es bisher denen, die sich um Onomastik im Rahmen der Judaistik bemühen, entgangen, daß gegen Ende des 18. Jahrhunderts auch ein christlicher Gelehrter jüdische Personennamen untersucht hat. Ihn zitieren weder Zunz noch Güdemann. Der Lector publicus Gottfried Selig ließ 1792 sein ›Lehrbuch zur gründlichen Erlernung der jüdisch-deutschen Sprache‹ erscheinen. Die Adressaten sind auf dem Titelblatt genannt; das Buch ist „für Beamte, Gerichtsverwandte, Advocaten und insbesondere für Kaufleute" bestimmt. Wir haben es also hier nicht mit einer der alten Missionsgrammatiken zu tun, sondern mit einem Hilfsmittel für den geschäftlichen und behördlichen Verkehr. Dieses Werk stellt die erweiterte Fassung einer früheren Arbeit des Verfassers zum selben Gegenstand dar, die 1767 erschienen war, mir aber nicht vorliegt. Der den jüdischen Personennamen gewidmete Abschnitt trägt die Überschrift ›Von der Veränderung der Namen bey den Unterschriften ihrer Briefe, Documente und Wechsel‹. Der Verfasser stellt fest, die Juden haben „mehrentheils zwey Namen, besonders wenn sie deutsche Namen haben; denn wenn dieses ist, so wählen sie sich noch einen selbstbeliebigen ebräischen Namen, den sie entweder von einem der angesehensten in ihrem Geschlechte sich wählen, oder einen solchen, der mit ihrem deutschen Namen entweder der Bedeutung nach, oder um einiger anderer Ursachen willen, in etwas conectiret, z. E. der Jude heist Löwe, Leo oder auch Leib, welches nach ihrer verdorbenen Mundart ebenfalls Löwe heißen soll; so läßt er sich, wenn er in der Synagoge zur Gesetzrolle hingerufen wird, entweder Arje (d. h. Löwe) oder auch Jehudah nennen, weil dieser in dem Segen, womit der Erzvater Jacob seine Söhne vor seinem Tode segnete, einem Löwen verglichen wird" [16]. Hier werden feststehende Namenpaare behandelt, die nach des Autors Meinung bekannt sein sollten, damit, wenn Juden bald mit diesem, bald mit jenem Namen unterschreiben, die Identität der Person klar ist.

In dem Zitat ist, der 'communis opinio' der Zeit entsprechend, von verdorbener Mundart die Rede; dieses Werturteil ist aufgrund des heutigen Standes der Linguistik nicht mehr haltbar. Es gehört zum Wesen von Sprache überhaupt, daß sie sich stetig wandelt. Ebenso unangemessen wäre es, beispielsweise die Namen Hänsel und Gretel als abscheuliche Verballhornungen zu brandmarken; denn weit ist der Weg vom hebräischen Jochanan über Johannes zu Hans und schließlich zu Hänsel. Ausgangs- und Endform haben nur noch einen Buchstaben gemeinsam, nämlich das *n*.

Aufschlußreich ist es zu vergleichen, mit wie entgegengesetzter Tendenz Güdemann dasselbe Beispiel für ein Namenpaar, Juda-Leib, kommentiert: Während bei Christen die Formen Leo, Leon, Leone üblich waren, hätten die Juden das mittelhochdeutsche Wort für 'Löwe', nämlich *Lewe,* beibehalten, das durch die hebräische Schreibung zu *Leib* geworden sei, da sie späterhin das Etymon nicht mehr verstanden hätten. Die Juden wurden mit diesem Namen nicht selten gehänselt „zum Danke dafür, daß sie aus Liebe zu ihrer deutschen Muttersprache dem Vornamen Löwe oder Lewe vor dem fremdländischen Leo den Vorrang gaben".[17] Völlig kann ich Güdemanns Erläuterung allerdings nicht zustimmen. Die Form *leb* ist nämlich im Frühneuhochdeutschen belegt, und die Schreibung mit hebräischen Buchstaben (l-j-b) ist zunächst nichts weiter als die Wiedergabe von *leb,* weil *j* in den älteren jüdischen Texten als Mater lectionis für Zere steht; die Wiedergabe von *e* durch Ajin ist jüngeren Datums. Daß dann Zere mancherorts, besonders in Osteuropa, als *ej* gesprochen wurde, so daß also *leb* als *lejb* realisiert wurde, kann schwerlich dazu geführt haben, daß man um die Etymologie nicht mehr wußte, denn auch die Bezeichnung für das Raubtier ist ja im Jiddischen zu *lejb* geworden. Nur wenn man das nun wieder ins Deutsche zurücktranskribiert und nach heutiger deutscher Üblichkeit ei = ai liest, ergibt sich für das Deutsche ein anderes Etymon, nämlich Leib im Sinne von 'Körper'. Güdemann geht offensichtlich von der heutigen deutschen Aussprache des rücktranskribierten Wortes (Leib) aus und unterstellt sein eigenes, erst durch ein philologisches Aha-Erlebnis korrigiertes Mißverstehen jiddischen Muttersprachlern.

Eine andere in der gesamten onomastischen Literatur angeführte Namenkombination ist die von Naftali und Hirsch oder Zwi, die ebenfalls auf den Jakobssegen zurückgeht, wo allerdings nicht Zwi, sondern Ajala (Hirschkuh) steht. Die mittelhochdeutsche Form *hirz*$_s$ (gesprochen Hirß) wurde nach ihrem Veralten nicht mehr verstanden und phantasieetymologisch als Herz gedeutet, wodurch der Rufname Herz sich einbürgerte, der schließlich auch zum Familiennamen erstarrte und weite Verbreitung fand.

Selig erwähnt in seinem Lehrbuch auch das Phänomen der unter besonderen Umständen erfolgenden Namensänderung, wodurch es erschwert werde, die Identität einer Person zu ermitteln. Er schreibt, es geschehe auch jetzt noch, daß sich die Juden „in langwierigen gefährlichen Krankheiten oder andern lang anhaltenden unglücklichen und nach ihren Gedanken unverdienten harten Schicksalen, so wie sie zu reden pflegen, entweder auf ihrem Krankenlager, oder auch öffentlich in der Synagoge von den Rabbinen benschen lassen, d. h. segnen und einen andern Namen geben lassen, welches denn mit einigen darzu eingerichteten Gebetsformeln geschiehet“ [18]. Wie diese Sitte motiviert ist, sagt der Autor nicht. Wir wollen es ergänzen: Die Befürchtung, der Todesengel könne auf einen Schwerkranken dadurch aufmerksam gemacht werden, daß man ihn mit seinem Namen anredet, hat dazu geführt, ihn umzunennen, wobei gleichsam beschwörende Namen, wie Chajim (‘Leben’) und Rafael (aus den Bestandteilen ‘heilen’ + ‘Gott’) bevorzugt werden.

Das Lehrbuch von Selig bietet ein Namenregister, das jetzt und hier nicht auf die Formen hin analysiert werden kann, und der Verfasser betont, es habe ihn viel Mühe gekostet, die richtige Aussprache der jüdischen Namen zu ermitteln. Daß er sich mit der Materie gründlich vertraut gemacht und die durch Sprachkontakte entstandene Formenvielfalt beobachtet hat, geht aus der Bemerkung hervor, die Liste der Namen der Juden solle zeigen, „wie und auf was Weise sie ebräische Namen in deutsche, und deutsche oder pohlnische wiederum in ebräische verwandeln“ [19].

Wann und wo immer Juden Zielscheibe des Spotts waren, richtete sich dieser auch gegen typische Judennamen. Es würde lohnen zu untersuchen, welche Namen Juden in der Karikatur, im antisemitischen oder geschmacklosen jüdischen Witz – der Übergang ist fließend! – und überhaupt in fiktionalem Schrifttum tragen. Da derartige Forschungen noch ausstehen, begnügen wir uns mit einigen wenigen Hinweisen in der Hoffnung, Detailuntersuchungen dadurch anzuregen. Vorerst können nur Eindrücke aus der Erfahrung formuliert werden. Der in Deutschland häufigste jüdische Familienname Cohn und der zweithäufigste Lewi wurden bevorzugt Witzfiguren angehängt. Auch im jüdischen Witz begegnen uns Cohn und Lewi im deutschen Sprachraum, denn wegen der Häufigkeit waren diese Namen das Pendant zu Müller und Schulze bzw. Hinz und Kunz, also jedermann. In der Karikatur begegnen neben diesen beiden Namen zahlreiche Namen auf -sohn, wobei der erste Bestandteil gewöhnlich eine jiddische Form eines hebräischen Namens darstellt, also z. B. Itzigsohn oder Schmulsohn, aber nicht Isaaksohn bzw. Samuelsohn. Als Männernamen fallen Itzig und Chajim auf, als Frauennamen Sara und Rebekka bzw. Riwke. Es gibt noch andere als charakteristisch geltende Namen, auf deren Nennung verzichtet werden kann. Der Name Mausche darf allerdings nicht unterschlagen werden, denn von ihm ist das Verbum *mauscheln* abgeleitet, weil Mausche einst – mein Beleg stammt aus dem 17. Jahrhundert (Wagenseil 1699) – für den Juden schlechthin stand. Abgelöst wurde er in dieser Funktion durch den Namen Itzig. Es ist ein in der deutschen Sprache und in anderen Sprachen geläufiger Vorgang, daß Namen, die einen Typus repräsentieren, als Typenbezeichnungen benutzt werden und in der Folge nicht mehr wie Eigennamen, sondern wie Sachen benennende Substantive behandelt werden, z. B. ein Goliath, ein Kroisos, eine Xanthippe. Die Bezeichnungen können auch in den Plural gesetzt werden: die Goliaths usw. Die Itzigs sind die Juden. Den Itzigs im deutschen Sprachraum entsprechen in Amerika die Goldbergs und im zaristischen Rußland die Schapiros.

In antisemitischen Kontexten im deutschen Sprachgebiet werden mit besonderer Gehässigkeit Formen wie Itzigleben oder Saraleben verspottet. In dankenswerter Weise ist Güdemann auf dieses Phänomen eingegangen. Er konstatiert, bei Juden sei der Gebrauch von Diminutiva sehr beliebt gewesen, wofür er zahlreiche Beispiele bietet, von denen wir lediglich die weiblichen Namen Rechlin, Schonlin, Perlin und die männlichen Isserlein, Meisterlein, Süßel, Judel herausgreifen wollen.[20] Das zärtliche Anhängen von *leben* an Namen oder andere Anreden, wie Vater, Kind usw., „ist auf ein Mißverständnis zurückzuführen, das sich ebensowohl die Juden, die ihm huldigen, wie diejenigen, die darüber spotten, zu Schulden kommen lassen“[21]. Worauf beruhte das Mißverständnis? Güdemann klärt es auf: In geistlicher Literatur im Rheinland begegnen häufig Fügungen wie *Kind leve,* d. h. ‘liebes Kind’; in moderner Terminologie: Das adjektivische Attribut *lieb* in seiner dialektalen Form wird nachgestellt. Diesen Sprachgebrauch machten Juden sich zu eigen und nahmen ihn nach Osteuropa mit, verstanden ihn aber im Laufe der Zeit nicht mehr und deuteten phantasieetymologisch *leve* als *leben.*[22]

Nicht nur hebräische Namen galten als typisch jüdisch und eigneten sich daher als Zielscheibe des Spotts, sondern auch jene nichthebräischen, die bei Juden in Deutschland besonders verbreitet waren. Es hatte sich nämlich eingebürgert, einen bürgerlichen Namen zu wählen, der entweder in der Bedeutung dem hebräischen nahestand oder an ihn anklang, indem er zumindest mit demselben Buchstaben begann, so daß sich feste Entsprechungen herausbildeten. Siegbert, Siegfried, Siegmund usw. galten als Äquivalent für Salomon oder Samuel, Isidor für Isaak, Moritz für Moses usw. Der kleine Moritz ist als ständige Witzfigur allgemein bekannt. So kam es, daß Namen wie Siegbert, Isidor, Moritz und andere nach der ‘communis opinio’ als jüdische Namen galten. Es ist statistisch erwiesen, daß diese Namen von Juden häufig, von Nichtjuden fast nie gegeben wurden. Dieser Befund ist einer speziellen Untersuchung von N. Pulvermacher zu entnehmen.[23] Woran mag das liegen? Durch die Tradition, Kinder nach verstorbenen Großeltern zu benennen, erhielten die Neugeborenen häufig Namen, die in der nichtjüdischen Umgebung längst aus der Mode gekommen waren. Außerdem wage ich die Vermutung, ohne einen Beweis erbringen zu können, daß Nichtjuden bewußt vermieden haben mögen, ihren Kindern typische Judennamen zu geben.

Obwohl unter Juden stark verbreitet, galt der Name Wolfgang nicht als typisch jüdisch, denn er erfreute sich bei Christen ebenfalls großer Beliebtheit. Offenbar lagen verschiedene Motive für die Namenwahl vor: Während Nichtjuden an Johann Wolfgang von Goethe dachten, wenn sie den Namen Wolfgang für ein Kind aussuchten, wählten ihn Juden zum Andenken an einen Vorfahren, der Benjamin oder, spezifisch ostjüdisch, Wolf geheißen hatte, weil Benjamin und Wolf, zurückgehend auf den Jakobssegen, ein festes Namenpaar darstellen.

Unsere besondere Aufmerksamkeit beansprucht der „Judenname" Isidor, dem in jüngster Zeit eine Studie gewidmet worden ist. Der Verfasser ist Dietz Bering, der Titel lautet ›Der Kampf um den Namen Isidor – Polizeivizepräsident Bernhard Weiß gegen Gauleiter Joseph Goebbels‹[24]. Welcher Vorgang wird hier untersucht? Ein Komplex von Prozessen zog sich von 1928 bis 1931 hin, weil Bernhard Weiß die Zeitung ›Der Angriff‹ wegen Beleidigung verklagte, nachdem Goebbels folgendes Spiel inszeniert hatte: „Er raubte dem assimilierten Juden Weiß seinen Vornamen Bernhard, und er gab ihm einen, der als typischer Judenname galt und schon seit längerer Zeit zu despektierlichen Seitenhieben benutzt wurde: Isidor."[25] Isidor ist selbstverständlich kein hebräischer, sondern ein griechischer Name, worauf Bering hinweist. Isidor bedeutet 'Geschenk der Isis', mithin stammt der Name aus dem hellenistischen Ägypten. Es sei hinzugefügt, daß in hellenistischer Zeit der Name Isidor bei Juden nicht belegt ist; Christen hingegen nannten Knaben Isidor, weil es Heilige dieses Namens gab. Erst um die Mitte des 19. Jahrhunderts in Deutschland wählten Juden gern den Namen Isidor als bürgerliche Entsprechung zu Isaak, was der Verfasser der Studie im einzelnen statistisch belegt. Zur Methode seiner Untersuchung sagt er, die Komplexität und Tiefsinnigkeit des Vorgangs könne allein durch interdisziplinären Zugriff erfaßt werden: „Deshalb finden sich hier sprachwissenschaftliche, historische, psychologische und juristische Gedankengänge. Zusammen können sie vielleicht diesen einzigartigen Fall von Alltagsantisemitismus erklären. Der Onomastik fällt in diesem Ensemble die Funktion der Leitwissenschaft zu, denn sie vermag den faktenliefernden Nachbardisziplinen einen explizierenden Hintergrund zu geben, so daß im abzuhandelnden Fall alles aufeinander reimt. Eben diese Erklärungsstärke dürfte die Wichtigkeit der Namenkunde auf neue Weise bezeugen . . ."[26]

Daß auf dem Auswechseln des Vornamens des jüdischen Polizeivizepräsidenten von Berlin der Publikumserfolg des Hetzblattes beruhte, weist der Autor überzeugend nach. Mit großer Akribie hat er die historischen Gegebenheiten zur Zeit der Prozesse untersucht und das umfangreiche Aktenmaterial ausgewertet. Im Mittelpunkt steht die „Geschichte des Namenkampfes zwischen Polizeivizepräsident Weiß und Gauleiter Goebbels. Man wird über die Durchschlagskraft der Invektive 'Isidor' staunen und deshalb zur Frage drängen: Aus welcher Legierung war diese Verbalwaffe geschmiedet?"[27] Für die Gerichte war der Fall ein Problem: War es denn beleidigend, jemanden Isidor zu nennen, der in Wahrheit nicht so hieß? Goebbels war schlau und vorsichtig zu Werke gegangen. Die Lage spitzte sich zu: „Die Gemeinheit erreichte unerträgliche Dimensionen. Die Stigmatisierung gelang. Berlin lachte. Weiß klagte. Berlin lachte noch mehr. Ich halte es nun für oberflächlich, wenn sämtliche Biographen von Goebbels diesen unerhörten Vorgang damit erklären, dem sturen Beamten Weiß hätte eben der Humor gefehlt. Es ist an der Zeit, dem Verdacht nachzugehen, daß tiefsitzende Schemata diesen Fall strukturieren, Schemata, die zwar in allen existent, für Juden aber besonders heikel waren und kalkulierbar vor allem für Goebbels, dessen Giftauge ein eigenes körperliches Stigma scharfsichtig gemacht hatte."[28]

Auf ein Groteskum weist Bering hin: „Die Gegner standen sich gegenüber, verschieden sogar noch in einem delikaten Punkt: Der eine hatte einen Namen jüdischer Herkunft (Joseph) und der andere einen germanischen (Bernhard)."[29] Eine Pointe möchte ich noch dazugeben: Bernhard war ein von Juden bevorzugter Name, ohne jedoch als typischer Judenname zu gelten und die Qualität eines Stereotyps wie Isidor je zu erreichen. War einst der Vorfahr eines Juden als Dow oder Issachar zur Tora aufgerufen worden, der auch Bär oder Berl genannt wurde, so gab eine assimilierte Generation dem Nachkommen den Namen Bernhard – stark wie ein Bär.

Der Name Isidor, dem Dietz Bering seine bemerkenswerte Studie gewidmet hat, erscheint schließlich in dem Verzeichnis derjenigen männlichen und weiblichen jüdischen Vornamen, die es aufgrund des „Erlasses des Reichsministers des Innern über die Führung von Vornamen vom 18. 8. 1938" (Ministerialblatt, Seite 1345) nicht erforderlich machten, den Zusatznamen Israel bzw. Sara zu führen. Die Verfügung trat am 1. 1. 39 in Kraft. Neugeborenen Kindern durfte nur einer der in ihr aufgelisteten Judennamen gegeben werden; wer nicht den Zwangsnamen Israel oder Sara führen wollte, hatte die Möglichkeit, eine Änderung des Vornamens zu beantragen, um einen der erlaubten Judennamen anzunehmen.

Von dem Verzeichnis dieser Namen soll abschließend die Rede sein. Ausgehend von der Leistung des Leopold Zunz, habe ich die Anfänge der Onomastik zu beleuchten gesucht und Güdemanns Werk herangezogen. Ohne neuere Literatur in englischer Sprache zu berücksichtigen, weil dies ins Uferlose geführt hätte, wollte ich doch einen Ausblick geben.

Anfang und Ende der Darlegungen schließen sich zu einem Kreis: Die Studie von Zunz, durch die er systematische onomastische Forschung einleitete, stellt die erweiterte Fassung eines Gutachtens dar, das er angefertigt hatte, um dem beabsichtigten Verbot für Juden, christliche Namen zu führen, entgegenzuwirken. Sein Bemühen hatte damals Erfolg, jedoch nicht auf Dauer.

Als 1938 allen Juden die Zusatznamen Israel bzw. Sara zudiktiert wurden, löste diese Maßnahme, so niederträchtig sie war, bei den Betroffenen Gelächter aus: Die jüdischen Frauen waren in den Adelsstand erhoben worden, denn Sara heißt Fürstin; die Männer wurden als Kämpfer für Gott geehrt.

Aufgrund der antisemitischen Tradition wäre als männlicher Zusatzname Itzig zu erwarten gewesen; denn Israel, bei Juden nicht sehr verbreitet, wurde als Spottname nicht benutzt, während Sara, vor allem im Witz, längst die Jüdin schlechthin repräsentierte. Das Verzeichnis der Judennamen umfaßt 185 männliche und 91 weibliche Vornamen, zu viele also, als daß sie hier aufgeführt werden könnten. Bisher hat diese Liste die Aufmerksamkeit der Philologen noch nicht auf sich gezogen, auch ist mir keine Statistik bekannt, aus der hervorginge, welche Vornamen in jener Zeit Neugeborene erhielten, ferner wie viele Anträge auf Änderung des Vornamens gestellt und welche gewünscht wurden. Ich erinnere mich, daß in meinem Bekanntenkreis für Mädchen der wohlklingende und unauffällige Name Tana bevorzugt wurde; wenn ich nicht irre, wurde Tana damals jüdischer Modename. Die Etymologie des Namens ist unklar. Vielleicht liegt eine nicht ganz geglückte Transkription des russischen Namens Tanja vor. Nur wenige der erlaubten Namen waren zumutbar. Wer in Berlin wollte denn sein Kind durch Namen wie Reitzsche, Rause, Geilchen (mit peinlichen Assoziationen aufgrund des deutschen Adjektivs *geil*) oder Peirche zum Gespött machen? Neugeborene Knaben nannte man gern Denny, wohl wegen des Anklangs an Jimmy oder Jonny, da man ihnen so ungewöhnliche Namen wie Malchisua oder Schoachana nicht antun wollte.

Die Zusammenstellung des Namensverzeichnisses ist ein absurdes Sammelsurium, das nicht etwa nur hebräische, sondern auch griechische und germanische Namen enthält; auch der rumänische Name Lupu, auf lateinisch lupus = Wolf zurückgehend, ist vertreten. Biblische Namen finden wir in verschiedenen Varianten, jedoch nur in gezielter Auswahl. Es fehlt der Name Josef, wohl mit Rücksicht auf Joseph Goebbels und überhaupt auf den deutschen Seppl, den man nicht durch die Feststellung beleidigen wollte, er trage einen Judennamen, und sicher deswegen ist auch auf so verbreitete jiddische Ableitungen wie Joske und Jossel verzichtet worden. Die auch bei Christen üblichen Vornamen Jakob und Abraham erscheinen nicht, letzterer lediglich in der jiddischen Kurzform Awrum.

Als der Erlaß, gerade bekanntgegeben, in jüdischen Kreisen lebhaft diskutiert wurde, ging die allgemeine Meinung dahin, die Namenkollektion beruhe auf Registern galizianisch-jüdischer Namen aus dem vorigen Jahrhundert. Eine onomastische Analyse erweist, daß die Behauptung – falls sie überhaupt einen wahren Kern enthält – nur für einen kleinen Teil der Namen zutreffen könnte. Wie das Verzeichnis zustande gekommen ist, geht aus bisher publizierten Dokumenten nicht hervor; wer weiß, ob überhaupt die Genese jemals schriftlich fixiert worden ist, jedoch kann sie aus der Auswahl der Namen, den Formen, den Schreibungen weitgehend erschlossen werden.

Die diskriminierende Absicht des Gesetzgebers, Juden durch befremdlich oder gar abstoßend klingende Namen zu brandmarken, ist an der Zusammenstellung ablesbar, aber diese Intention wurde nicht konsequent verwirklicht. Im deutschen Sprachraum ungewohnt klingende Namen, wie Reitzsche, Geilchen, wurden bereits erwähnt. Es fällt auf, daß männliche und weibliche Vornamen, die mit *ch* anlauten, reichlich vertreten sind. Das überrascht nicht, weil es zur Sprachparodie des Jiddischen gehört, den Ach-Laut als signifikantes Merkmal dem Gespött preiszugeben. Dagegen ist zu fragen: Würden denn Namen wie Elias, Hiob, Noa, oder als weiblicher Name Bela in deutscher Sprachumgebung als exotisch oder scheußlich empfunden? Wäre denn ein jüdischer Mann, der – vielleicht mit Rücksicht auf die Position der nichtjüdischen Ehefrau – nicht Hans Israel Müller heißen wollte, als Jude kenntlich gewesen, wenn er sich in Denny Müller oder Berl Müller umgenannt hätte? Den Anträgen auf Namensänderung wurde automatisch stattgegeben. Berl, jiddisches Diminutiv von Bär, klingt an Bernd an; nicht zufällig, denn dasselbe germanische Etymon liegt beiden Namen zugrunde. Der Auslaut gemahnt an den geläufigen Namen Karl, so daß Berl, gewissermaßen als Kontamination aus Bernd und Karl, im Ensemble der in Deutschland üblichen Vornamen nicht aufgefallen wäre.

Die Verfügung über die Führung des Zusatznamens Israel bzw. Sara sagt übrigens nichts darüber aus, an welcher Stelle dieser eingefügt werden sollte, ob nach dem bisher alleinigen Vornamen oder vor diesem. Daraus ergab sich für die Betroffenen zunächst eine Unklarheit, und bei Inkrafttreten der Verfügung sah man in Berlin die vorgeschriebenen hellblauen Schilder jüdischer Krankenbehandler – so die Bezeichnung für ehemalige Ärzte –, auf denen erst Israel und dann der gewohnte Name stand, und auch die umgekehrte Reihenfolge, bei der Israel direkt vor dem Familiennamen erschien. Später wurde dann diese zuletzt genannte Variante als verbindlich erklärt.

Mohelbücher, Friedhofsregister usw. bildeten entweder gar nicht oder nur neben anderen Quellen das Reservoir, aus dem die Namen entnommen worden sind: denn das Verzeichnis enthält Vornamen, die als unbekannt bezeichnet werden müssen. Belege sind nicht aufzufinden; die Etymologie ist nicht durchschaubar. Der bereits erwähnte weibliche Vorname Tana kann als Beispiel dienen. Rätselhaft ist mir der Männername Nazary. Welche Sprache soll das sein? Nicht anders steht es um die weiblichen Vornamen Gelea und Ginendel.

Neben biblischen Namen in ihrer über Septuaginta und Vulgata eingedeutschten Form – wie Absalom, Jesaja, Manasse, Moses, Ruben, Samuel usw. – finden wir jiddische Namensformen, teils der deutschen, teils der polnischen Orthographie entsprechend fixiert. Hebräische Namen begegnen uns in aschkenasischer, sephardischer und gemischter Version, die man scherzhaft und durchaus treffend als „aschkesphardisch“ bezeichnet. Die Liste enthält auch Namen, angesichts deren wir staunend feststellen: So heißt kein Jude! Als Beispiele nenne ich Ahasver und Korach. Achaschwerosch war, nach dem Buch Esther, ein persischer König, nach dem Juden nicht benannt zu werden pflegen. Jedoch heftete sich der erst im 17. Jahrhundert entstandene christliche Mythos vom ewigen Juden an diesen Namen. Korach war ein Bösewicht, der mit seiner Rotte vom Erdboden verschlungen wurde. So heißt deswegen kein Jude, weil man Kinder nicht nach Bösewichten nannte; in der mittelalterlichen Traditionsliteratur wird eine derartige Namenwahl nachdrücklich verboten. (Dies ist bei dem 1349 verstorbenen Alexander Suslin ha-Kohen belegt in seinem ›Sefer ha-Aguda‹[30].)

Bei der Sonderung männlicher und weiblicher Vornamen sind Irrtümer unterlaufen. Es gibt einige jüdische Vornamen, die sowohl männlich als auch weiblich sind, jedoch ist der Gebrauch differenziert nach Kulturkreisen festgelegt. Der Name Jona z. B. dient sowohl als männlicher als auch als weiblicher Vorname; im aschkenasischen Kulturkreis ist er ein Männername, im sephardischen ein Frauenname. Dieser Name ist in dem Verzeichnis richtig als männlicher Vorname aufgeführt. Jedoch erscheint Chawa (= Eva) unter den männlichen Vornamen, und Simche, die jiddische Form des hebräischen Simcha, wird als weiblicher Vorname genannt. Das ist eine Contradictio in adjecto; denn nur im sephardischen Kulturbereich ist Simcha ein Frauenname, im aschkenasischen aber, um den es sich durch die jiddische Version eindeutig handelt, fungiert Simcha als Männername. Der männliche Vorname Jedidja ist bei den weiblichen aufgeführt, während Sally richtig als Männername registriert ist. Er ist von Salomon hergeleitet; hingegen geht das Homonym, der weibliche Vorname Sally im englischen Sprachraum, auf Sara zurück.

Bei biblischen Namen finden wir häufig neben der geläufigen eingedeutschten Form die hebräische, z. B. Saul – Schaul, Moses – Mosche, oder eine jiddische Kurzform: Samuel – Schmul, Isaac – Eisig. Die Schreibung des Namens Isaac mit *c* am Ende entspricht nicht den Regeln der damaligen deutschen Rechtschreibung, sondern denen der englischen. Bei Eisig mit auslautendem *g* statt *k* ist die Phantasieetymologie *eisig kalt* im Spiel. Hebräische Namen sind entweder entsprechend der aschkenasischen Aussprache transkribiert (z. B. Oscher) oder entsprechend der sephardischen, wie Mosche oder Jochanan. Der Name, der ‘Segen’ bedeutet, muß sephardisch Bracha, aschkenasisch Brocho, jiddisch Broche geschrieben werden.

Er erscheint aber in der Mischform Brocha. Hier liegt offensichtlich ein Interferenzfehler vor: Angestrebt wurde zweifellos die sephardische Version, aber beim ersten Vokal schlug die vertrautere aschkenasische Aussprache durch. Die Schreibung des jiddischen Namens Gittel entspricht der deutschen Phonetik: Der kurze dumpfe Vokal der ersten Silbe wird durch *i* wiedergegeben. Für denselben Laut in den weiblichen Namen Jyske und Jyttel steht ein *y*, im Einklang mit dem polnischen Regelsystem.

Bei genauerer Betrachtung sehen wir eine chaotische Mannigfaltigkeit der Formen, die nicht nur darauf schließen läßt, daß denkbar heterogene Quellen ausgewertet worden sind, sondern auch die Vermutung nahelegt, verschiedene Personen haben Namenlisten beigetragen, aus denen dann als Blütenlese das Verzeichnis zusammengestellt wurde. Die verschiedenen „Handschriften" heben sich nämlich voneinander ab. Nur ein christlicher Theologe transkribiert den Namen Zwi als Zewi, nur er schreibt den jiddischen Namen Jontew in der Form Jomteb. An ihren Fehlern sollt ihr sie erkennen! Selbst der Setzer bzw. die Stenotypistin hat eine Spur in Schreibfehlern hinterlassen; weder ein Jude noch ein Christ würde Chajin statt Chajim schreiben. Der Form Brocha ist anzusehen, daß sie von einem Juden herrührt, der, mit der aschkenasischen Aussprache aufgewachsen, sich dann nach 1933 in einem sogenannten Iwritkurs aufs Sephardische umschulen ließ, was ihm nicht ohne Interferenzfehler gelang. Diese Behauptung wird gestützt durch einen anderen Fehler, den man als klassisch bezeichnen kann, nämlich durch eine Hyperkorrektur: Die Namensform Dewaara, die sich in der Liste findet, existiert nicht. Sie ist zustande gekommen, indem zunächst die aschkenasische Form Dewauro als Dwora ins Sephardische transponiert und dann zum zweitenmal durch die Sephardisierungsmühle gedreht worden ist, wobei am Ende Dewaara herauskommt.

Schließlich enthält das Verzeichnis eine witzige Pointe, die ich dem jüdischen Mitwirkenden zuschreiben möchte, der zwar in unmoralischer Weise seinen Auftraggebern Dienste geleistet hat, aber, um sein Gewissen zu salvieren, diese Auftraggeber zugleich verspottete: Es findet sich ein Appellativum, das durchaus kein Personenname, sondern eine Tierbezeichnung ist und in übertragener Weise als Schimpfwort dient. In lupenreinem Sephardisch prangt, alphabetisch korrekt eingeordnet, das Substantiv Chamor – Esel.

Anmerkungen

[1] Moritz Güdemann, Geschichte des Erziehungswesens und der Cultur der Juden, Bd. 3, Wien 1888, 105 nebst Fußnote 3.

[2] EJdt, Bd. 6, Spalte 1166.

[3] Gesammelte Schriften, Bd. 2, Berlin 1876, 1.

[4] MGWJ 60 (1916) 245ff.
[5] Ebd. 254.
[6] Zunz 1876, Bd. 2, 2.
[7] Ebd.
[8] Ebd. 1.
[9] Ebd. 15f.
[10] Ebd. 25.
[11] Ebd. 17.
[12] J.-B. Frey konjiziert den Namen in Paucla in seinem Corpus Inscriptionum Iudaicarum, Bd. I, Rom 1936.
[13] Zunz 1876, Bd. 2, 18.
[14] Güdemann 1888, Bd. 3, 105.
[15] Ebd. 104.
[16] Selig 1792, 60.
[17] Güdemann 1888, Bd. 3, 107.
[18] Selig 1792, 61.
[19] Ebd. 62.
[20] Güdemann 1888, Bd. 3, 108f.
[21] Ebd. 109.
[22] Ebd. 110.
[23] N. Pulvermacher, Berliner Vornamen, Berlin 1902.
[24] In: Beiträge zur Namensforschung, N. F. 18 (1983) 121–153.
[25] Ebd. 125.
[26] Ebd. 121.
[27] Ebd. 122.
[28] Ebd. 128.
[29] Ebd. 125.
[30] Schabbat c. 1 § 17, fol. 122d, Krakau 1571.

DIE JÜDISCHEN WISSENSCHAFTLICHEN ZEITSCHRIFTEN IN DEUTSCHLAND VON DEN ANFÄNGEN BIS ZUM ERSTEN WELTKRIEG

Ein Überblick

Von BARBARA SUCHY

I

Jüdische Zeitschriften und Zeitungen sind Rara in Deutschland. Schon vor 1933 fanden die wenigsten von ihnen Aufnahme in die großen Bibliotheken. Vieles, allzu vieles ist nach 1933 verlorengegangen, wurde verbrannt, zerstört. Manches gelangte nach Jerusalem, nach New York oder Cincinnati. Für den Historiker deutsch-jüdischer Geschichte sind sie indessen eine unersetzliche Quelle, unersetzlich besonders hinsichtlich des Blicks in innerjüdisches Leben, der so leicht verstellt wird, wenn man sich mit Regierungs- und anderen Akten staatlicher oder städtischer Überlieferung beschäftigt und begnügt, zumal ja nur in den seltensten Fällen noch Gemeindearchive vorhanden sind.

Am Anfang jüdischer Zeitschriften in Deutschland stand ein hebräisches Blatt, ›ha-Meassef‹, der Sammler, begründet von einem Verein junger Männer in Königsberg im Jahre 1783, noch zu Lebzeiten Moses Mendelssohns. Die jungen Anhänger der Aufklärung nannten sich „Aufsucher des Guten und Nützlichen". Bis 1811 konnte sich das Blatt – mit Unterbrechungen – halten. Ab 1786 erschien es in Berlin.

Nur zwanzig Jahre später gab es bereits eine Leserschaft, die – ebenfalls den Ideen der Aufklärung anhängend – die deutsche Sprache beherrschte. Sie war die Zielgruppe des ersten Blattes in deutscher Sprache, das den schönen Namen ›Sulamith‹ hatte, die Friedensstifterin, und das antrat, um „Kultur und Humanität unter der jüdischen Nation" zu befördern, wie es im Untertitel hieß. Joseph Wolf und David Fränkel hatten sie 1806 in der kleinen herzoglichen Residenzstadt Dessau ins Leben gerufen. Sie erschien bis 1848, zunächst monatlich und seit 1816 in loser Folge.[1] Ab 1810 hieß es im Untertitel bezeichnenderweise nicht mehr „jüdische Nation", sondern „Israeliten", und ab 1815 fiel der Untertitel, der ja in der Tat sehr ähnlich klang wie das Postulat christlicher Aufklärer nach „bürgerlicher Verbesserung der Juden".

›Sulamith‹, der Abraham Geiger „gutmütige Gemütlichkeit" attestierte, kam ohne Zweifel das Verdienst zu, eine Verbindung zwischen den einzelnen Gemeinden in Deutschland hergestellt zu haben, zumindest zwischen denen, die aus der Ghettoexistenz herausstrebten. Sie verbreitete Kenntnisse über gottesdienstliche Reformen in den einzelnen Gemeinden, ebenso über Reformen im Schulwesen und in der Mädchenerziehung, die sie ihrerseits kräftig befürwortete. Und sie informierte über den Kampf um die Emanzipation in den einzelnen Landesteilen. Auch hatte ›Sulamith‹ durchaus den Sinn für historische Entwicklungen zu wecken versucht durch kleinere historische Abhandlungen, Rezensionen und Miszellen.

Eng verbunden mit dem Kampf um die bürgerliche Gleichstellung war der neue Zeitgeist, dem sie Ausdruck verlieh: Juden lebten nicht mehr in der Galuth, in der Zerstreuung, sondern seien eine Religionsgemeinschaft geworden, eine Glaubenspartei. Der Untertitel wurde geändert, weil man nicht mehr von Juden und jüdischer Nation reden solle. Man könne sich nicht nach einem Land – Judäa – nennen, das es gar nicht mehr gäbe. „Hinwegnehmen laßt uns endlich die Leier, die einst vor langen Jahren unsere Voreltern trauernd auf die Gesträuche an Babylons Bächen hingen, fröhlich laßt uns anstimmen das Lob Gottes, der wundervoll uns erhalten und unser sich annimmt. Laßt uns beten für das Wohl unserer Fürsten."[2] Und an anderer Stelle wurde dieses neue Credo bekräftigt: „Deutschland ist für uns kein Babel."[3]

Wissenschaftlichkeit beanspruchten diese beiden Blätter auf keinen Fall, doch manches, was in ihnen anklingt, zieht sich wie ein Leitmotiv, manchmal schwächer, manchmal deutlicher vernehmbar, durch viele wissenschaftliche Periodika der Folgezeit: das Bemühen, den Juden mit Hilfe rationaler Aufklärung und Wissenschaft den Weg in die Moderne zu bahnen – unter Beibehaltung, ja Festigung jüdischen Lebens- und Traditionsgefüges.

II

Die erste wissenschaftliche jüdische Zeitschrift ist mit dem Namen des großen Gelehrten Leopold Zunz verbunden und mit dem Verein für Cultur und Wissenschaft der Juden, der 1819 in Berlin gegründet worden und dessen Seele Zunz war.[4]

Das wissenschaftliche Werk von Zunz ist an sich schon beeindruckend, um so mehr, wenn man bedenkt, wie diese Gelehrtenlaufbahn begonnen hatte. Die Startbedingungen waren denkbar schwierig: Armut, ungeordnete Verhältnisse und der erschwerte Zugang zu einer allgemeinen, säkularen Bildung. Zunz hatte als Waisenkind in der Samsonschule in Wolfenbüttel eine traditionelle Erziehung erhalten: viel Talmud, kaum Deutschunterricht, nur wenig Mathematik. Das Lesen deutscher Bücher war damals, vor 1806, untersagt. Bis zum Alter von elf Jahren hatte Zunz noch kein einziges Buch auf deutsch gelesen. Auch sein Freund, der Historiker Isaak Markus Jost, ebenfalls ein armer jüdischer Waisenjunge, war ein Schüler dieser Schule. Jost hatte seinen ersten deutschen Brief erst mit siebzehn Jahren geschrieben. Ein neuer Direktor, Samuel Meyer Ehrenberg, beendete die materiellen und geistigen Entbehrungen der Schüler. Zunz konnte als erster jüdischer Schüler auf das Gymnasium in Wolfenbüttel gehen und besuchte später die Berliner Universität.

Der Culturverein, in dem sich eine Anzahl junger Juden zusammenfand, unterschied sich von den damaligen Salons, in denen geistreiche und gebildete Juden und vor allem auch Jüdinnen im Kreise von Nichtjuden auf eine sehr individualistische Weise ihre eigenen persönlichen Probleme zum Gegenstand geistreicher Diskurse machten. Die jungen Leute des Culturvereins wollten etwas für die Gemeinschaft, für alle Juden tun. Sie wollten ihre Glaubensgenossen aufnahmebereit und -fähig für das politisch-kulturelle Leben ihrer Umwelt machen, um ihnen damit den Prozeß der Akkulturation, das Hineinwachsen in diese Umwelt zu erleichtern und somit auch die Akzeptanz durch eben diese Umwelt. Das war das eine. Das andere Anliegen war, jüdisches Erbe zu bewahren und den Erfordernissen der Moderne anzupassen. In diesen beiden Bestrebungen lag ein tiefgehender Konflikt, ein Kulturkonflikt, an dem in der Tat etliche aus dem Kreis des Culturvereins scheiterten: Flucht, Taufe, Selbstmord sind die Stichworte.[5]

Doch es waren nicht nur Judennot und Judenschmerz, die an der Wiege des Culturvereins standen, es waren auch die Historische Schule und die Hegelsche Philosophie: „Wir haben also eine klare Idee unseres Daseins, und zwar unseres gemeinschaftlichen Daseins als Juden, weil wir sonst nicht mehr wir, also gar nicht wären."[6] So einer von ihnen, Joel Abraham Jost, bei der Gründung. Und er fuhr fort: „Die intellektuelle, industrieuse und bürgerliche Verbesserung der Juden, so wohltätig sie auch wäre, sollte dennoch nur als Folge, als Nebenzweck des Vereins betrachtet werden. Denn dergleichen ist Sache der gesamten Menschheit und Pflicht der Regierungen, unter denen Juden leben. Uns aber muß nichts so sehr am Herzen liegen als die Integrität der Nation." Eduard Gans brachte die ganze, konfliktträchtige Problematik auf die knappe Formel: „Es geht nicht um das wie der Juden sondern um das was! Nicht wie sind die Juden, sondern was sind die Juden!" – das gälte es zu beantworten.[7] Dem Verein war keine lange Lebensdauer beschieden. Wegen mangelnder Unterstützung ging er 1824 ein. Zwei Jahre zuvor war das erste Heft der Zeitschrift des Vereins erschienen: ›Zeitschrift für die Wissenschaft des Judentums‹. Zunz war ihr Redakteur, von ihm stammen die meisten, sehr gewichtigen Beiträge.

Ein anderes Mitglied des Vereins, Immanuel Wolf (früherer Name Wohlwill), schrieb den programmatischen Aufsatz für das erste Heft: „Wenn von einer Wissenschaft des Judentums die Rede ist, so versteht es sich von selbst, daß hier das Wort Judenthum in seiner umfassendsten Bedeutung genommen wird, als Inbegriff der gesamten Verhältnisse, Eigenthümlichkeiten und Leistungen der Juden, in Beziehung auf Religion, Philosophie, Geschichte, Rechtswesen, Literatur überhaupt, Bürgerleben und alle menschlichen Angelegenheiten, – nicht aber in jenem beschränkenden Sinne, in welcher es nur die Religion der Juden bedeutet. Allerdings ist es die religiöse Idee, welche das Judenthum in allen seinen Verzweigungen begründet und bedingt ... Im Judenthum ist mehr als irgendwo der Einfluß der religiösen Uridee auf alle Verhältnisse des menschlichen Lebens sichtbar.“[8] Die Wissenschaft des Judentums begreife das Judentum in seinem ganzen Umfang, „um seiner selbst willen“, ohne vorgefaßte Meinungen und bestimmte Absichten und, wie es heißt, „unbekümmert um das letzte Resultat“[9]. Das ist eine deutliche Absage an apologetische Tendenzen. Dennoch wird der Wissenschaft des Judentum von Wolf größte Bedeutung für das Leben zugewiesen. Mit ihrer Hilfe verschwände die Fremdheit zur Außenwelt, sie sei die Brücke zur Wahrheit. Nur mit ihr fänden die Juden in der zukünftigen Menschheitsgeschichte, im Rahmen Europas, ihren berechtigten und anerkannten Platz, berechtigt und anerkannt in ihren eigenen Augen und in denen der anderen. „Und soll“, zu dieser Hymne steigert sich Wolf am Schluß, „je ein Band das ganze Menschengeschlecht umschlingen, so ist es das Band der Wissenschaft, das Band der Vernünftigkeit, das Band der Wahrheit“[10].

Wegweisend waren, neben diesem programmatischen Artikel Wolfs, der heutzutage wahrscheinlich häufiger und intensiver gelesen wird als zur Zeit seines Erscheinens, die Beiträge von Zunz in diesem kleinen Zeitschriftenband. ›Über die Grundlinien einer zukünftigen Statistik der Juden‹ beispielsweise und, vor allem, seine Biographie Raschis, die erste wissenschaftlich fundierte Gelehrtenbiographie in der jüdischen Literatur. Mehr als diesen einen Jahrgang hat es von dieser Zeitschrift nicht gegeben. Es fehlte an Unterstützung, nicht nur in materieller Hinsicht.

Zunz ließ sich in seinem langen Leben, im Gegensatz zu vielen seiner Freunde und Kollegen im Culturverein, nie in seinem Festhalten am Judentum beirren, obwohl es ihm nie gelang, eine dauerhafte, gesicherte Lebensstellung zu finden, die seinem Rang als Gelehrten entsprochen hätte und die er mit seinen Überzeugungen in Einklang hätte bringen können. Er war Hauslehrer, Prediger, Redakteur der Spenerschen Zeitung, Leiter der Berliner Gemeindeschule, Direktor des Berliner Lehrerseminars. 1864 ehrten seine Freunde den hochangesehenen Altertumswissenschaftler anläßlich seines siebzigsten Geburtstages mit der Gründung der Zunz-Stiftung, deren Zinsen seinen weiteren Lebensunterhalt sichern sollten und die nach seinem Tod zur Förderung wissenschaftlicher Arbeiten in seinem Sinne benutzt wurden.

Die nächste wissenschaftliche Zeitschrift erschien erst nach elf Jahren, 1835, ein Jahr, nachdem Zunzens wichtiges Werk ›Die gottesdienstlichen Vorträge der Juden‹ erschienen war: Abraham Geigers ›Wissenschaftliche Zeitschrift für jüdische Theologie‹.

Abraham Geiger war der Begründer der Reformbewegung, auch er ein Gelehrter von immenser Bildung und Produktivität.[11] Seine früheste Bildung umfaßte nicht nur traditionelle talmudische Studien, sondern auch weltliche Fächer. Er studierte 1829 klassische und semitische Sprachen an der Universität zu Heidelberg, danach Philosophie und Geschichte an der Universität zu Bonn. Eine Laufbahn als Professor für Orientalistik an einer Universität blieb ihm als Juden versagt. Geiger wurde 1832 Rabbiner in Wiesbaden, die nächsten Stationen waren Breslau, Frankfurt am Main und dann, gegen Ende seines Lebens, Berlin, wo er an der neueröffneten Hochschule für die Wissenschaft des Judentums bis zu seinem Tode lehren konnte.

Mit dem Gedanken, eine wissenschaftliche Zeitschrift ins Leben zu rufen, hatte sich Geiger seit 1832 beschäftigt. 1835 konnte er sein Vorhaben verwirklichen, in Verbindung, wie es hieß, mit einem Verein jüdischer Gelehrter. Diese Gelehrten waren, mit wenigen Ausnahmen, fast alle Rabbiner. Den Doktortitel der gelehrten Kollegen bezeichnete Geiger kurioserweise mit D., also Doctor theologiae. Er gab diese Bezeichnung später wieder auf. Schließlich gab es ja keine Fakultäten für jüdische Theologie, auf denen von angehenden Rabbinern so ein akademischer Grad hätte erworben werden können. Geiger gehörte zu denen, die das besonders heftig bedauerten.

Geiger mußte sehr kämpfen, um seiner Zeitschrift das Überleben zu sichern. Einige Male mußte er den Verleger wechseln. Sie kam in Frankfurt am Main, Stuttgart, Grünberg, Leipzig und dann wieder in Stuttgart heraus. Ein paar Jahre lang erschien sie gar nicht. Insgesamt sind nur sechs Jahrgangsbände vorhanden. Im Revolutionsjahr 1848 ging sie endgültig ein.

Die Mitglieder des Vereins, also die Mitarbeiter der Zeitschrift, waren Gelehrte, die alle der Reformbewegung nahestanden und die sich in den verschiedensten Zweigen der Altertumswissenschaft, der klassischen Philologie und Orientalistik einen Namen gemacht hatten. Zunz gehörte zu ihnen, ebenso Isaak Markus Jost. Er hatte die jüdische und auch die gelehrte Welt in Erstaunen gesetzt mit seiner neunbändigen ›Geschichte der Israeliten aller Zeiten‹. Sie war, zwischen 1820 und 1828 erschienen, das erste umfassende Geschichtswerk dieser Art, das von einem Juden nach Flavius Josephus geschrieben worden war. Andere Gelehrte, die Beiträge lieferten, waren Jehuda Löb Rapaport in Lemberg, Salomon Munk in Paris, Samuel

Ludwig Steinheim in Altona, Salomon Formstecher in Offenbach, Salomon Herxheimer in Eschwege, Theodor Creizenach in Frankfurt. Eine länderübergreifende jüdische Gelehrtenrepublik!

Neben wissenschaftlichen Abhandlungen enthielt die Zeitschrift auch bibliographische Beiträge, Rezensionen und Nachrichten aus dem jüdischen Leben des In- und Auslands, die sehr deutlich Geigers reformerisches, ja reformatorisches Engagement verraten. Die Wissenschaft stand also durchaus im Dienste der Reform, im Dienste der Umgestaltung jüdischen Lebens.

Der Gegenwartsbezug drängte sich in jedes Heft hinein. In seiner programmatischen Vorrede hatte Geiger gesagt: „Es ist nicht zu leugnen, daß seit fünfzehn Jahren die Jünger der Wissenschaft jubelnd den Anbruch einer schönern Morgenröthe begrüßten, aber daß diese Ansichten auch recht bald durchdringen und so der Kampf überall baldigst ein würdigerer werde, dahin muß freilich das Streben gehen, und diesem Dienste will auch unsere Zeitschrift sich mit voller Hingabe weihen." „Die Morgenröthe ist angebrochen", rief der Reformator seinen Lesern zu, „der Kern der Synagoge ist gesund!" [12]

Geiger wollte mit seiner Zeitschrift eine Position zwischen den Extremen einnehmen, er wollte vermitteln zwischen den Kräften, die auf Beharren und denen, die auf Umsturz sannen, zwischen denen, die nicht einen Schritt von den tradierten Pfaden abwichen und denen, die aufriefen, mit Riesenschritten vorwärtszugehen, um nur ja nicht vor der Außenwelt als Obskuranten, als Heuchler dazustehen. Die polemischen Kontroversen, die sich Geiger in der Zeitschrift mit seinen jüdischen Gegnern, aber auch mit christlichen Theologen lieferte, sind flüssig und temperamentvoll geschrieben und noch heute sehr gut lesbar. Anfang 1836 preschte Geiger in seiner Zeitschrift vor mit einem Aufruf zur Gründung einer jüdisch-theologischen Fakultät an einer Universität. „Das innerste Lebensmoment", so Geiger, „der tiefste Gehalt aller wahrhaft geistigen Bewegung ist die Wissenschaft. Wo sie mit ihrer eindringenden Kraft sich hinwendet, da wird es licht und helle . . . Doch die jüdische Wissenschaft", so stellte er fest, „steht im Vergleich zu den anderen Confessionen verwaist da. Der Fortschritt in Institution und Leben entbehrt meist des sichern Haltepunktes . . . Solange die Wissenschaft nicht ihre Wurzeln tiefer zu schlagen vermag, werden auch die Früchte unserer Aufklärung schal bleiben." Die Gefahr einseitiger Erstarrung und klösterlicher Dumpfheit – er meinte die Dumpfheit der Rabbinerstuben – ließe sich nur durch die Errichtung einer ganz der jüdischen Theologie und Lehre geweihten jüdisch-theologischen Fakultät an irgendeiner Universität vermeiden. Zu diesem Zwecke solle sich ein Verein bilden, ein Maimonides-Verein, und zwar am 1. April 1836. [13]

Dieser berechtigte Wunsch ist in dem Zeitraum, den dieser Überblick umfaßt, ja nicht einmal in der Weimarer Republik, in Erfüllung gegangen.

Auch andere hatten das versucht; Zunz beispielsweise hatte 1848 einen Vorstoß in diese Richtung unternommen. Doch alle diese Pläne scheiterten an den mehr oder weniger judenfeindlichen Vorbehalten der Universitäten und ihrer vorgesetzten Behörden.

1848 mußte Geiger seine Zeitschrift aufgeben. Resignation und Wut wechselten zuvor ab in den Betrachtungen, in denen er sich mit dem Zeitgeschehen befaßte. Geiger war empört darüber, daß den Juden noch immer die Gleichstellung vorenthalten wurde, empört auch darüber, daß die Rede noch immer von Judengesetzen, wenn auch von neuen Judengesetzen sei. Man wolle keine verbesserten Judengesetze, man wolle die Aufhebung der Sonderstellung! Es ist bezeichnend, daß der anderen jüdischen Periodika gegenüber äußerst kritische Geiger Gabriel Riessers kurzlebige politische Zeitschrift ›Der Jude‹ [14] begrüßt: „Man schämt sich nicht mehr Jude zu sein! Längst hat man die Phase hinter sich, in der man immer den Christen sagt, sie möchten doch mit mitleidiger Liebe auf die armen Juden herabsehen, welche so hübsch artig ihnen nacheiferten." [15]

Das reformerische Anliegen wird, bei aller Gelehrsamkeit, besonders auch in der historisch-kritischen Methode sichtbar, die Geiger und seine Mitautoren gegenüber rabbinischen und biblischen Texten anwandten. Geiger betonte oft, diese Texte müßten relativiert und von ihren historischen Entstehungsbedingungen her verstanden werden. Er sprach ihnen einen normativen Charakter ab. Wenn es die Anforderungen der Natur, der Zeit verlangten, dann könne man sich nicht an die Bestimmungen einer alten Zeit klammern, sonst – das steht unausgesprochen dahinter – liefen einem die Leute weg. Das kommt besonders auch in den Artikeln über eine Änderung des Status, der Rolle der Frau zum Ausdruck: ›Hellere und bessere Ansichten über den Werth und die Bestimmung des Weibes‹. [16]

„Man soll nicht nur Gelehrsamkeit anbauen, sondern der Geist muß in das Leben dringen!" So hatte Geiger 1839 in seiner ›Zeitschrift für jüdische Theologie‹ geschrieben. Als Rabbiner mußte Geiger andere Aufgaben wahrnehmen. Als Gelehrter versuchte er, die Zeitschrift zu seinem Katheder zu machen, indem er ihr eine Rolle zuwies, die eigentlich von einer Institution hätte ausgehen müssen, die es indessen nicht gab.

In Breslau, wo Geiger seit 1838 Rabbiner war, startete er 1862 einen neuen Versuch mit einer wissenschaftlichen Zeitschrift. Daß er in Breslau nicht Direktor des 1854 gegründeten Jüdisch-theologischen Seminars geworden war, hatte ihn sehr enttäuscht. Ein Jahr, nachdem die neue Zeitschrift erschienen war, verließ Geiger Breslau, wo er jahrelang die unangenehmsten Auseinandersetzungen mit seinem konservativen Rabbinerkollegen Salomon Tiktin gehabt hatte, einem unerbittlichen Gegner aller Reformen.

Der Name der neuen Zeitschrift war ›Jüdische Zeitschrift für Wissenschaft und Leben‹. Fünfzehn Jahre nach der oben zitierten Forderung, der Geist der Gelehrsamkeit müsse auch in das Leben dringen, brachte Geiger diese nicht erlahmte Hoffnung nun sogar im Titel seiner Zeitschrift zum Ausdruck, die Hoffnung, auch das gebildete jüdische Publikum zu erreichen und nicht nur die Rabbiner und andere Gelehrte. Die Zeitschrift enthielt Abhandlungen, Rezensionen, auch von Zeitschriftenartikeln, sowie Miszellen. Die Nachrichten hatte er nun weggelassen. Dafür gab es ja seit 1837 die ›Allgemeine Zeitung des Judentums‹.[17] Überall in Deutschland, so schrieb Geiger in der Vorrede des ersten Heftes, habe sich der Mehltau der Reaktion auf das geistige Leben gelegt, auf die Philosophie, die Wissenschaft, die Theologie. Doch die jüdische Wissenschaft habe sich inzwischen etablieren können, sie sei anerkannt, habe an Umfang und Tiefe zugenommen. Auch umgehe sie nun nicht mehr die Bibelkritik. Und an seine Gegner gewandt, beschwor Geiger die Wissenschaft des Judentums, so wie er sie verstand: „Sie ist frei und gläubig, offenbarungsgläubig. Beschränkt ihr ihr die Freiheit, so raubt ihr ihr auch den lebendigen Glauben an die Offenbarung und an die Tradition und ihr gebt ihr dafür deren wertlose Blätter, die entgeisteten Buchstaben.“[18] Wissenschaft des Judentums als Überlebenshilfe für das Judentum.

Ende 1865 wandte sich Geiger noch einmal in Sachen jüdisch-theologischer Fakultät in seiner Zeitschrift an die Öffentlichkeit, die freilich eine sehr eingeschränkte Öffentlichkeit war: „Man hat fürs erste nur dafür zu sorgen, daß an einem Universitätssitze, etwa Heidelberg, einige tüchtige Männer die Disciplinen lehren, welche der Wissenschaft des Judentums vorzugsweise angehören und allmählich wird daraus eine Fakultät sich bilden, deren Beziehung zur Universität bei dem lebendigen Sinne der Betreffenden Regierung unschwer geregelt würde.[19]

Wofür sich Geiger immer wieder, auch in seiner Zeitschrift, einsetzte, war ein Plenum zur Besprechung jüdischer Fragen, um nicht zuletzt auch auf die öffentliche Meinung, auf die Gesamtgesellschaft effektiver einwirken zu können. Ende der sechziger Jahre räumte Geiger neuzeitlich-historischen Themen mehr Raum ein, ebenso aktuellen Berichten: über die Rabbiner-Konferenzen, über die rumänischen Zustände, über die Tätigkeit der Alliance Israélite und gar über „unsere jüdischen Abgeordneten“, um nur einiges herauszugreifen. Nach Geigers Tod im Jahre 1874 ging die Zeitschrift ein. Insgesamt sind zwischen 1862 und 1874 elf Bände erschienen. Die letzten Hefte enthalten Berichte über Geigers Lehrtätigkeit an der Hochschule für die Wissenschaft des Judentums in Berlin.

Eine Zeitschrift mit wissenschaftlichem Anspruch, die sich aber nicht lange halten konnte, waren die ›Israelitische Annalen. Ein Centralblatt für Geschichte, Literatur und Cultur der Israeliten aller Zeiten und Länder‹.

Ihr Herausgeber war der bereits erwähnte Historiker Isaak Markus Jost. Von 1839 an erschienen drei Jahrgänge in Frankfurt.

Etwas erfolgreicher war ›Der Orient‹. Über ganze elf Jahre hinweg, von 1840–1851, konnte diese Zeitschrift sich in Leipzig halten. Ihr Herausgeber und Redakteur war Julius Fürst.[20] Fürst war nicht Rabbiner, sondern Orientalist, Lexikograph und Bibliograph. Seit 1839 lehrte er an der Universität zu Leipzig Orientalische Sprachen. 1866 wurde er dort – als erster Jude – zum Professor ernannt.

Der anfängliche Titel der ersten drei Jahrgangsbände lautete ›Der Orient, Studien und Kritiken für jüdische Geschichte und Literatur. Zunächst für Staatsmänner und Gesetzgeber, für höhere Theologie und Orientalismus, für Bibliotheken und Museen‹. Da aber wohl kaum Staatsmänner und Gesetzgeber als Lesergruppe zu gewinnen waren und „höhere Theologie" sicherlich auch mißverständlich war, fiel der entsprechende Zusatz später weg.

Das Hauptblatt des ›Orient‹ enthielt in erster Linie Berichte über Gemeindeleben im In- und Ausland, Erziehungswesen, Reformbestrebungen und den „Kampf um die innere und äußere Emancipation"[21] neben Gedichten und kleineren historisch-philologischen Beiträgen. In der Beilage, dem ›Literaturblatt‹, wurde wissenschaftlichen Abhandlungen, Rezensionen und Miszellen Raum gegeben.

Wiederholt beschwor Fürst die Verdienste seiner Zeitschrift: „Eine Pflanzstätte der Wissenschaft, war er die Amme vieler junger Gelehrter ... Die verschiedenartigsten Zweige der jüdischen Wissenschaft hat er angebaut: Poesie, Philosophie, Geschichte, Exegese, Alterthumskunde, Biographik, Philologie ..."[22] Oft verwies Fürst auf seine unparteiische Vermittlerposition zwischen Reformen und Reformgegnern. Was die Vermittlerrolle zwischen der „verschlossenen Bücherwelt und Volk" anbetrifft, so hatte ja dieses auch Geiger angestrebt.

Mit seinem Anspruch, „unparteiisches Forum für jüdische Gesamtinteressen" zu sein, geriet ›Der Orient‹ wohl zunehmend ins Abseits. Fürst sah sich „Mißverständnissen von allen Seiten" gegenüber und beklagte sich über Geldmangel und „Selbstgefälligkeit der reichen Juden, Mangel an Interesse für Judenthum bei jüdischen Zeitungslesern, kleinlichen Neid und neidische Kleinlichkeit kleinlicher Gelehrter, wissenschaftlichen Terrorismus der jüdischen Koryphäen, selbstvergötternden Egoismus vieler Rabbiner ..."[23] Nur mit großer Mühe konnte Fürst seine Zeitschrift über die unruhigen und schwierigen Revolutionsjahre retten und mußte sie 1851 aufgeben.

Der Rabbiner-Generation Abraham Geigers gehörte Mendel Hess an, „Großherzoglicher Land-Rabbiner zu Stadt Lengsfeld bei Eisenach"[24]. Auch er hatte bereits eine Universitätsausbildung genossen. Hess gab die Zeitschrift ›Der Israelit des Neunzehnten Jahrhunderts‹ heraus, die von

1839 bis zum Revolutionsjahr 1848 in Hersfeld und während der letzten Jahre in Frankfurt erschien. Im Untertitel sprach Hess deutlich sein Programm aus: ›Eine Wochenschrift für die Kenntniß und Reform des Judenthums‹ (später „für die Kenntniß und Reform des Israelitischen Lebens besonders in religiös-kirchlicher Beziehung").

Eine wissenschaftliche Zeitung im eigentlichen Sinne war der ›Israelit des Neunzehnten Jahrhunderts‹ freilich nicht. Hess schwebte vor, ein möglichst breites Publikum im Sinne seiner Ideen von einem „erleuchteten und lebenskräftigem Judentum", also im Sinne seiner Reformvorstellungen zu informieren und zu belehren. Diesem Zweck dienten nachgedruckte Beiträge seiner Rabbiner-Kollegen sowie Berichte zur aktuellen Situation der Gemeinden unter der Rubrik ›Geschichte des Tages‹, die ihm gleichgesinnte Korrespondenten nicht allzu zügig zukommen ließen. Das, was außerhalb Deutschlands in der jüdischen Welt geschah, fand so gut wie keine Berücksichtigung. Ein ›Literaturblatt‹ als Beilage kam nach den ersten Jahren[25] hinzu „Abhandlungen, Aufsätze, Recensionen, literarische Aphorismen für die gesammte höhere Wissenschaft des Judenthums und unter Mitwirkung von Geiger, Holdheim, S. Hirsch, Jost, Rießer, Herzfeld, Wechsler, Maier, Rebenstein, Dukes, Adler". Es enthielt scharfe Polemiken aus der Feder des Herausgebers, ausführliche Rezensionen sowie ältere, aus anderen Periodika und Büchern übernommene Aufsätze und, fortlaufend, Lebensbilder aus der „Gallerie berühmter Israeliten".

Mendel Hess war selbst unter den Reformern wegen seiner Radikalität sehr umstritten, was sicherlich mit zum Scheitern seines Zeitschriftenunternehmens beigetragen haben dürfte.[26]

III

Die einzige, wirklich erfolgreiche jüdische wissenschaftliche Zeitschrift war die berühmte ›Monatsschrift für die Geschichte und Wissenschaft des Judentums‹, die 1851 von Zacharias Frankel begründet wurde und bis 1939 bestand. Sie ist die wichtigste Zeitschrift dieses Zeitraums überhaupt. Zacharias Frankel[27] gilt als der Vater des konservativen Judentums. Als Rabbiner strebte er gemäßigte Reformen an. Michael Meyer bezeichnet ihn als Mann der goldenen Mitte, der eine vermittelnde Position zwischen Orthodoxie und Radikalreformen einzunehmen wußte.[28] Frankel wirkte nach seinem Studium eine kurze Zeit als Rabbiner in Böhmen und danach, von 1836 bis 1854, als Oberrabbiner in Dresden. 1854 wurde er an das kurz zuvor gegründete Jüdisch-Theologische Seminar in Breslau als dessen Direktor berufen.

Die ›Monatsschrift‹ hatte Frankel noch in Dresden drei Jahre zuvor begründet. Er nahm sie sozusagen mit nach Breslau, wo sie zum Hausblatt des Seminars wurde. Die Gründung des Seminars war durch die großzügige Stiftung des wohlhabenden Breslauer Kaufmanns Jonas Fraenckel ermöglicht worden. In gewisser Weise war die ›Monatsschrift‹ eine Fortsetzung von Frankels ›Zeitschrift für die religiösen Interessen des Judentums‹, die sich nur knapp zwei Jahre, von 1844 bis 1846, hatte halten können.

Seit 1904 wurde die ›Monatsschrift‹ offiziell zum Organ der Gesellschaft zur Förderung der Wissenschaft des Judentums, eine Tatsache, die vor allem die Finanzierung gewährleistete. Sie blieb aber weiter die Frankelsche, die Breslauer Monatsschrift. Die eben erwähnte Gesellschaft war 1902 in Berlin von dem Historiker Martin Philippson gegründet worden und hat sehr viel für die Zusammenfassung der Kräfte innerhalb der Wissenschaft des Judentums beitragen können, sowie zur Veröffentlichung ihrer Resultate.

Frankel war bis 1869 der Herausgeber der ›Monatsschrift‹. Er hatte nahezu ein Viertel von ihr selber geschrieben und steuerte auch später noch Artikel bei.

Der große Historiker Heinrich Graetz war sein Nachfolger, unterstützt seit 1881 von Pincus Fritz Frankl. Als dieser starb, stellte Graetz – er war damals siebzig Jahre alt – die Zeitschrift ein. 1892 wurde sie von Marcus Brann und David Kaufmann fortgeführt. 1899, nach dem Tode Branns, führte sie Kaufmann allein weiter. Ihm folgte Isaak Heinemann, der sie bis 1938 redigierte. Der letzte Jahrgang erschien als Jahrbuch 1939 in Berlin, herausgegeben von Leo Baeck als eine Veröffentlichung des Jüdischen Kulturbundes.[29]

Heinrich Graetz hatte erst mit vierzehn Jahren eine geregelte Schulausbildung erhalten. Im Hause des damaligen Oberrabbiners Samson Raphael Hirsch erwarb Graetz sich profunde Kenntnisse in jüdischen Dingen. Griechisch, Latein, Aramäisch, Hebräisch und Mathematik eignete er sich als Autodidakt an. Als solcher erhielt er auch die Genehmigung zum Studium an der Universität zu Breslau. Zum Rabbiner war er ungeeignet. Graetz, so heißt es in den Biographien, entbehrte der Gabe der Beredsamkeit völlig. Als Lehrer schlug er sich durch und arbeitete nebenbei an seiner ›Geschichte der Juden‹, die ihm Weltruf einbringen sollte. Als das Jüdisch-Theologische Seminar eröffnet wurde, wurde Graetz an ihr Dozent. Mit zweiundfünfzig Jahren wurde er an der Breslauer Universität zum Honorarprofessor ernannt.

Markus Brann stammte auch aus dem Posenschen. Er war Rabbiner in Breslau, Waisenhausdirektor, Rabbiner in Pleß, bevor er der Nachfolger von Graetz als Dozent am Seminar und als Herausgeber der ›Monatsschrift‹ wurde. – David Kaufmann stammte aus Mähren. Er hatte bereits am Seminar studiert. 1877 wurde er Professor an der Landesrabbiner-Schule in Budapest. Er war ein sehr produktiver Gelehrter. Ebenso Isaak Heinemann aus Frankfurt am Main, der auch bezeichnenderweise nicht mehr Rabbiner war.

Er symbolisiert gleichsam eine neue Generation. Heinemann war Dozent für Religionsphilosophie des Altertums und des Mittelalters am Seminar in Breslau und Professor für klassische Philologie an der Universität.

Die ›Monatsschrift‹ ist auch noch heute eine Fundgrube für Judaisten und Historiker. Kurt Wilhelm spricht in seinem Essay über sie: „Sie ist eines der imponierendsten Denkmäler, das sich der jüdische Geist in der Diasporageschichte geschaffen hat.“ [30] Möglicherweise gelangte sie häufiger als alle anderen hier erwähnten Zeitschriften auch in die allgemeinen Bibliotheken.

Im ersten Band der ›Monatsschrift‹ findet sich ein flammendes Plädoyer für die Errichtung eines jüdisch-theologischen Seminars, damit gerettet werde, so lange es nicht zu spät sei. Der Artikel war überschrieben: „Die Wissenschaft, das einzige Regenerationsmittel des Judentums“ und stammt von Frankels Freund W. Landau. Ohne Erkenntnis der großen Idee des Judentums sei die Überzeugung von seinem Reichtum und seinem Wert nicht möglich. „Ohne Überzeugung keine Begeisterung, ohne diese kein fester Halt, kein Charakter!“ Anhänger der Juden zu sein ohne Anhänger des Judentums zu sein sei Unvernunft.[31] „Die Wissenschaft ist die Wiege und die Ernährerin des Judentums und sein untrüglicher Schutz jetzt und immerdar.“ [32]

Während der Herausgeberschaft von Frankel enthielt die ›Monatsschrift‹ die aus seiner Feder stammende Jahresschau und auch andere Aufsätze zum aktuellen Tagesgeschehen. Immer waren es die Probleme der politischen Reaktion in dem sich als christlich definierenden Staat einerseits und die innerjüdischen Streitigkeiten oder die religiöse Gleichgültigkeit weiter Kreise andererseits, die ihn bewegten. Wissenschaft des Judentums war auch in seinen Augen das Heilmittel gegen diese Zeitübel. Der nichtjüdischen Gesellschaft sollte sie zeigen, daß Juden nicht nur von alten Hosen und vom Wucher lebten. Und die abgespannten Gemüter der Juden selber würde die Wissenschaft wieder in Bewegung setzen. In dieser Phase waren also die apologetischen Tendenzen nach innen und außen unübersehbar.

Für Frankel war Wissenschaft des Judentums ohne Glaube nicht denkbar. Ohne Glauben sind die Manifestationen des Geistes außerhalb des Judentums: „Geschichte in ihrer letzten Deutung ist die Vereinigung der auseinanderliegenden wechselnden und vorübergehenden Erscheinungen in einem Brennpunkt, von dem aus der Strahl der Gottheit auf die Gegebenheit fällt und in ihnen über Jahrhunderte hinaus der waltende Plan offenbar wird. Wissenschaft, die die schauderhaften Bilder früherer Zeiten zu erforschen sich bemüht“, so fuhr Frankel fort, „wird aber bald den Griffel ermüdet niederlegen, so sie nicht in jenem Wiederstrahle des göttlichen Gedankens den würdigsten Gegenstand der Geschichtsschreibung erblickt: sie nimmt in der jüdischen Geschichte zwei große hervorragende Resultate wahr: in dieser Erhaltung der Juden waltet die Gottheit, in diesem Selbsterhalten der Juden waltet ein Inneres, Göttliches."[33] Das alles sichtbar zu machen, sei eine der Aufgaben der ›Monatsschrift‹, mit den Mitteln moderner, kritischer Geschichtsschreibung, Talmudforschung und philologisch-kritischer Erforschung der rabbinischen Literatur.

Graetz führte die Jahresübersichten und die aktuellen Aufsätze nicht fort. Die Zeitschrift wurde gleichsam wissenschaftlicher unter seiner Ägide. Auch von ihm stammt etwa ein Viertel des Inhalts. Er führte die philologische Bibelkritik in die ›Monatsschrift‹ ein. Die bedeutendsten Gelehrten schrieben Beiträge. Sie wurde, um noch einmal Kurt Wilhelm zu zitieren, „zum führenden wissenschaftlichen Forum des Judentums"[34].

IV

Welche wissenschaftlichen Zeitschriften wurden auf seiten der Orthodoxie ins Leben gerufen? Unter dem Vorsitz des Altonaer Rabbiners Jacob Ettlinger, der ein höchst militanter Gegner der Reformbewegung war, wurde 1845 ›Der Treue Zionswächter‹ begründet: ›Organ zur Wahrung der Interessen des orthodoxen Judentums‹. Dr. Samuel Enoch war der Redakteur. Dieses Blatt, das erklärtermaßen nichts mit fader Neuigkeitskrämerei im Sinn hatte, diente vor allem der innerjüdischen Auseinandersetzung, einen Anspruch auf Wissenschaftlichkeit beanspruchte es nicht. ›Der getreue Zionswächter‹ ging nach 1854 ein. Ebensowenig ein Blatt mit wissenschaftlichem Anspruch war der 1854 in Berlin von Samson Raphael Hirsch begründete ›Jeschurun‹, der in orthodoxen Kreisen sehr beliebte und relativ weitverbreitete, von Marcus Lehmann 1866 in Mainz ins Leben gerufene ›Israelit‹ oder die von Esriel Hildesheimer 1870 in Berlin initiierte Wochenzeitung ›Jüdische Presse‹.

1874 erschien, wie es hieß, „in Verbindung mit der Jüdischen Presse und unter Mitwirkung namhafter Gelehrter" das zweimonatlich erscheinende ›Magazin für jüdische Geschichte und Literatur‹. Herausgeber war Abraham Berliner.[35] Berliner, der aus dem Posenschen stammte, war ans Hildesheimersche Seminar gekommen, wo er als Dozent und Bibliothekar wirkte. Vorher war er Lehrer und Prediger gewesen. Er gehörte zu den Gründern der Berliner Austrittsgemeinde, der Adass Jisroel, deren Vorsitzender er auch war. In der Gelehrtenwelt genoß er einen hervorragenden Ruf u. a. als Kenner hebräischer Handschriften. Seine wertvolle Bibliothek ging nach seinem Tode in die Bestände der Frankfurter Städtischen Bibliothek über.

Ab Jahrgang 3 präsentierte sich das Magazin unter verändertem Titel und nun im Quartformat: ›Magazin für die Wissenschaft des Judentums‹. Außer Berliner zeichnete David Hoffmann als Herausgeber.[36] Hoffmann war ein bedeutender Talmud- und Bibelforscher. Auch er war Dozent am Rabbiner-Seminar und dessen Direktor nach Hildesheimers Tod. Ab Jahrgang 4 enthielt das Magazin neben Abhandlungen und gelehrten Briefwechseln auch eine teilweise sehr umfangreiche hebräische Abteilung. Es hat insgesamt zwanzig Jahrgänge dieser Zeitschrift gegeben. Neben den Beiträgen der Herausgeber finden sich auch Arbeiten vieler anderer anerkannter Gelehrter, die nicht dem Lager der Orthodoxie zuzurechnen sind: Moritz Steinschneider, Wolf Feilchenfeld, Siegmund Salfeld, Joseph Derenbourg, Eduard Baneth und auch der nichtjüdische Hermann Strack.

V

Eine recht lange Lebensdauer hatte das ›Jüdische Literaturblatt‹, eine für Historiker höchst wertvolle und interessante Quelle. 1872 hatte sie Rabbiner Moritz Rahmer in Magdeburg begründet.[37] Das Zweimonatsblatt enthielt wissenschaftliche, kürzere Aufsätze, eine Journalrevue (Aufsätze aus anderen Zeitschriften) und einen Literaturbericht über Neuerscheinungen sowie Rezensionen. Die kurzen wissenschaftlichen Aufsätze wenden sich, so hieß es im ›Literaturblatt‹, an den jüdisch-gebildeten, aber nicht theologischen gelehrten Leser. Rahmer, der aus Oberschlesien stammte, war von 1878 bis 1904 Rabbiner in Magdeburg. In dieser Zeit redigierte er die ›Israelitische Wochenschrift‹, die der gemäßigten Reformbewegung nahestand. Dieser Wochenschrift war das ›Literaturblatt‹ zunächst als Beilage zugeordnet. Später verselbständigte es sich. Ab 1907 erschien es mit Unterstützung der Zunz-Stiftung in Berlin, Redakteur war nun Ludwig Rosenthal, ein aus Westpreußen stammender Rabbiner und Talmudgelehrter.[38] Er war Dozent an der Hochschule für die Wissenschaft des Judentums in Berlin.

Sein Programm beschrieb Rosenthal folgendermaßen: „Zur Beleuchtung aller Judentum und Juden betreffenden Erscheinungen auf dem Gebiet der Philosophie, Geschichte, Ethnographie, Theologie, Orientalia, Exegese, Homiletik, Liturgik, Pädagogik.“ Ab 1911 erschien das Blatt nur noch vierteljährlich. Ganz im Sinne Frankels rief Rosenthal seinen Lesern zu: es gelte zu verhindern, daß man sich als Vertreter der Wissenschaft des Judentums nicht im planlosen wissenschaftlichen Durcheinander verirren solle. Der Leser möge sich darauf besinnen, daß letztlich Bibel und Talmud den Mittelpunkt jüdischen geistigen Lebens bildeten und somit Sinn und Zusammenhang stifteten. Nur in diesem Sinne werde die Wissenschaft des

Judentums „zum Jungbrunnen und zur Schutzmauer für uns Juden“. Insgesamt erschienen 35 Jahrgänge, das letzte Heft 1915.

VI

Die erste wissenschaftliche Zeitschrift, die außerhalb der Rabbinerwissenschaft ins Leben gerufen wurde, war die ›Zeitschrift für die Geschichte der Juden in Deutschland‹. Sie wurde von Ludwig Geiger, dem Sohn Abraham Geigers, 1887 gegründet und redigiert. Schon fünf Jahre später, 1892, mußte sie aufgegeben werden. Ludwig Geiger[39] war ein ungeheuer produktiver Literatur- und Kulturhistoriker. Bevor er zum außerordentlichen Professor an der Berliner Universität berufen wurde, war er u. a. Lehrer an der Berliner jüdischen Lehrerbildungsanstalt. Ab 1909 war er Herausgeber des ›Goethe-Jahrbuches‹ und auch der ›Allgemeinen Zeitung des Judentums‹.

Die Gründung der Zeitschrift stand im Zusammenhang mit der Arbeit der Historischen Commission für die Geschichte der Juden in Deutschland. Sie war 1885 mit Hilfe des Israelitischen Gemeindebundes ins Leben gerufen worden. Die Commission war das erste deutsch-jüdische Forschungsinstitut mit einer rein wissenschaftlichen Zielsetzung und mit der Beschränkung auf die Erforschung jüdischer Geschichte im deutschsprachigen Raum. Ihr Vorsitzender war der Mediävist und Diplomatiker Harry Bresslau. Ihr Programm lautete: „. . . eine nur von wissenschaftlichen Tendenzen geleitete und von allen anderen Rücksichten freie Durchforschung der Geschichte der Juden in Deutschland“ zu betreiben.[40] Die Grundlage hierfür sollte eine systematische Erfassung aller in öffentlichen oder privaten Archiven relevanten Quellen sein. Die Arbeit der Commission scheiterte nach zehn Jahren wegen mangelnder Unterstützung. Die Zeitschrift, in der die von der Commission geförderten Vorhaben publiziert wurden, mußte, wie schon oben angedeutet, vorher aufgeben, obwohl ihr hohes wissenschaftliches Niveau unbestritten war. Sie lebte, unter demselben Titel, 38 Jahre später wieder auf. Von 1930 bis 1938 erschien in Berlin im Philo-Verlag die ›Zeitschrift für die Geschichte der Juden in Deutschland‹ unter der Herausgeberschaft von Ismar Elbogen.

VII

Die Jahrhundertwende sah eine zunehmende Spezialisierung der (nicht nur jüdischen) wissenschaftlichen Zeitschriften. In gebotener Kürze und ohne Anspruch auf Vollständigkeit sollen im folgenden einige von ihnen erwähnt werden.

Von 1897 bis 1913 erschienen die ›Mitteilungen der Gesellschaft für jüdische Volkskunde‹. Max Grunwald[41], ihr Herausgeber, war zunächst Rabbiner in Hamburg, später in Wien, von wo aus er seine Zeitschrift weiter redigierte. Neben vielen relativ kurzen volks- und namenkundlichen Beiträgen findet man in dieser Zeitschrift unvermutet auch eine sehr umfangreiche Geschichte der Hamburger Juden aus der Feder des Herausgebers.

Auch die Kunstgeschichte fand ihre erste Zeitschrift. Die ›Mitteilungen der Gesellschaft zur Erforschung jüdischer Kunstdenkmäler‹ erschienen 1900 zum ersten Mal in Frankfurt am Main. Sie markieren gleichsam den Ursprung des Frankfurter Jüdischen Museums. Heinrich Frauberger, ein Nichtjude übrigens, hatte diese Gesellschaft 1897 ins Leben gerufen. Finanzielle Hilfe für sie und die mit ihr verbundenen Vorhaben gewährte ihm der große Frankfurter Philanthrop Charles Hallgarten, „der Herr", so die Worte Fraubergers, „der für alles Gute und Große eine offene Hand hatte". Die von Frauberger im Düsseldorfer Kunstgewerbemuseum zusammengetragenen jüdischen Kunstgegenstände bildeten später den Grundstock des Frankfurter Jüdischen Museums. Neben den Mitteilungen erschienen, ebenfalls von der Gesellschaft herausgegeben, noch die ›Notizblätter der Gesellschaft zur Erforschung jüdischer Kunstdenkmäler‹.

1905 wurde das Gesamtarchiv der deutschen Juden gegründet. Der Althistoriker Eugen Täubler war der erste Direktor. Sein Nachfolger wurde 1919 Jacob Jacobson. Die Idee, die dem Gesamtarchiv zugrunde lag, war die Erkenntnis, daß die Geschichte der Juden in Deutschland aus der organischen Bedingtheit der allgemeinen deutschen Geschichte heraus zu erfassen sei. Bestimmende Faktoren seien sowohl die allgemeine deutsche Geschichte als auch die allgemeine Geschichte der Juden. Was Täubler anstrebte, war die Mittellinie, war eine deutsch-jüdische Geschichtsforschung ohne Verleugnung des eigenständig-jüdischen Erbes und unter Berücksichtigung interdependenter Prozesse im Geschichtsablauf. Als wissenschaftliches Organ erschienen ab 1908 die ›Mitteilungen des Gesamtarchivs der deutschen Juden‹, gemeinsam von Täubler und Jacobson redigiert. Die Zeitschrift ging 1914 im Krieg ein. Nach 15 Jahren erschien 1929 ein 6. Jahrgang, ein 7. 1938/1939. Der Inhalt der Zeitschrift waren Berichte über wissenschaftliche Vorhaben des Gesamtarchivs, Akteninventare, urkundliche und bibliographische Beiträge.

In die Reihe wissenschaftlicher Zeitschriften gehört auch die ›Zeitschrift für Demographie und Statistik der Juden‹. Sie wurde 1905 von Arthur Ruppin begründet. Ruppin kam aus dem Posenschen und lebte in Magdeburg, wo er wegen Geldmangels nicht das Gymnasium besuchen konnte. Er arbeitete acht Jahre im Getreidehandel, holte als Externer sein Abitur nach und studierte dann in Halle und Berlin Jura und Nationalökonomie. Eine Zeitlang arbeitete er als Rechtsanwalt in Magdeburg, bevor er 1903 Direktor des neugegründeten Büros für Jüdische Statistik und Demographie in Berlin wurde. Er ging bereits 1907 nach Palästina. Die Zeitschrift erschien zunächst als Monatsblatt, später zweimonatlich und dann vierteljährlich. Ruppins Nachfolger waren Bruno Blau und Jacob Segall. 1930 wurde der Versuch unternommen, die Zeitschrift wieder aufleben zu lassen. Hinter der nüchternen Fassade des von Ruppin und anderen zusammengetragenen, wertvollen statistischen Materials wird in vielen, kleineren Beiträgen und Essays das Ringen mit der sogenannten Judenfrage deutlich, jenseits aller Wissenschaftlichkeit – zumindest während der ersten Jahre. Die Judenfrage, so Ruppin 1910, sei den Juden von ihren Feinden aufgezwungen worden. Doch könne statistisch nachgewiesen werden, daß die Voraussetzung, von der die Judenfeinde ausgingen, nämlich, daß Juden minderwertig seien, haltlos sei. Juden seien eher höherwertig. Daraus ergäbe sich zweierlei: stolz zu sein auf die Rasse und die Verpflichtung, diese unbedingt rein zu halten.[42]

VIII

Nach dem Ersten Weltkrieg ist kaum eine Zeitschrift hinzugekommen. ›Die Mitteilungen der Gesellschaft für Jüdische Familienforschung‹ erschienen unregelmäßig von 1925 bis 1938 in Berlin. Wichtig und hier nicht weiter berücksichtigt sind als wissenschaftliche Periodika die Jahresberichte der verschiedenen Gesellschaften und Institutionen. Genannt seien die der Orthodoxie nahestehenden ›Jahrbücher der Jüdischen Literarischen Gesellschaft‹, die von 1903 bis 1932 in Frankfurt erschienen. Außerdem die ›Berichte der Lehranstalt/Hochschule für die Wissenschaft des Judentums‹ in Berlin (1874 bis 1928), die ›Jahresberichte des Rabbinerseminars zu Berlin‹ (seit 1874) und die ›Jahresbericht/Berichte des Jüdisch-Theologischen Seminars Fränckelscher Stiftung zu Breslau‹ (seit 1854).

In diesem Überblick blieben leser- und rezeptionsgeschichtliche Aspekte unberücksichtigt. Leider ist auch kaum etwas zu ermitteln hinsichtlich der Auflagenhöhe und der Finanzierung dieser Zeitschriften. Mit wenigen Ausnahmen wurden alle diese Zeitschriften nebenberuflich von Rabbinern redigiert und größtenteils auch geschrieben, mit großer Hingabe für die Ideale des Judentums und der Wissenschaft und unter kaum vorstellbaren Entbehrungen. Wer weiß, wieviele jüdische Jünglinge sich durch Abschreiben in den Hinterstuben der Rabbiner eine warme Suppe verdient haben! Den wenigsten Zeitschriften war eine längere Dauer beschieden, nicht nur, weil die finanziellen Mittel fehlten, sondern weil die Resonanz zu gering war. Wer las sie schon, diese Blätter? Die Rabbiner bestenfalls, nicht nur innerhalb Deutschlands, vielleicht der eine oder andere jüdische Lehrer und der eine oder andere christliche Theologe und Orientalist. Erschwerend war ja auch die Tatsache, daß die potentielle Leserschaft, die Gelehrten unter den Juden, eine höchst uneinheitliche Gruppe waren. Die akademisch gebildeten Juden, deren Zahl in diesem Zeitraum auf so beeindruckende Weise zugenommen hatte, blieben von der Wissenschaft des Judentums weitgehend unberührt. Die meisten von ihnen hatte der Lebensweg, der soziale Aufstieg, wenn nicht aus dem Judentum heraus, so doch an die Peripherie jüdischen Lebens geführt. Standen sie dem Judentum nahe, so lasen sie wohl eher die allgemeineren jüdischen Blätter, die gute alte ›Allgemeine Zeitung des Judentums‹, das ›Israelitische Familienblatt‹, den ›Israelit‹ oder die Gemeindeblätter.

Eine dauerhafte Existenz war nur denjenigen Zeitschriften beschieden, die von einer Institution getragen wurden und die darauf verzichtet hatten, allzu direkt Wissenschaft mit Orientierungs- und Lebenshilfe zu verknüpfen. Daß insgesamt trotz großer Schwierigkeiten so viele Zeitschriftenunternehmen ins Leben gerufen worden sind, ist beeindruckend. Oft hatten diese Zeitschriften sicherlich auch eine Ersatz- oder Ventilfunktion für den wissenschaftlichen Betätigungsdrang ihrer hochgebildeten Schöpfer gehabt. Sie waren Ersatzkanzeln und, mehr noch, Ersatzkatheder. Mit größter Beharrlichkeit und Gelehrsamkeit haben die Rabbiner und Gelehrten von ihnen aus die Frage: Was sind die Juden, was ist Judentum zu beantworten versucht. Sie taten es mit Zuversicht und Hoffnung, als Juden und als Deutsche.

Anmerkungen

[1] Siegfried Stein, Die Zeitschrift „Sulamith", in: Zeitschrift für die Geschichte der Juden in Deutschland (ZGJD) (1937) 193–226.

[2] Sulamith, 2. Jg. 158.

[3] Sulamith, 6. Jg. 41.

[4] 1794 (Detmold) – 1886 (Berlin).

[5] H. G. Reissner, The Rebbellious Dilemma. The Case Histories of Eduard Gans and some of his Partisans, LBI-YB 1 (1957) 179–193; Albert H. Friedländer, The Wohlwill-Moser Correspondence, LBI-YB 10 (1966) 261–299.

[6] Siegfried Ucko, Geistesgeschichtliche Grundlagen der Wissenschaft des Judentums, in: Wissenschaft des Judentums im deutschen Sprachbereich, hrsg. von Kurt Wilhelm, Bd. 1, Tübingen 1967, 325.

[7] Ders., ebd. 343.

[8] Immanuel Wolf, Ueber den Begriff einer Wissenschaft des Judenthums, Zeitschrift für die Wissenschaft des Judentums (1823) 1.

[9] Ders., ebd. 17–18.

[10] Ders., ebd. 24.

[11] 1810 (Frankfurt) – 1874 (Berlin).

[12] Abraham Geiger, Vorrede, in: Wissenschaftliche Zeitschrift für jüdische Theologie 1 (1835) 4.

[13] Ders., ebd. 2 (1836) 1–21.

[14] Der Jude. Periodische Blätter für Religion und Gewissensfreiheit. Untertitel 1835 und 1836: Ein Journal für Gewissensfreiheit.

[15] Abraham Geiger, Jüdische Zeitschriften, Wissenschaftliche Zeitschrift für jüdische Theologie 4 (1839) 290f.

[16] Ders., ebd. 3 (1837) 1–14.

[17] Barbara Suchy, Die jüdische Presse im Kaiserreich und in der Weimarer Republik, in: Juden als Träger bürgerlicher Kultur in Deutschland, hrsg. von Julius H. Schoeps, Stuttgart–Bonn 1989, 167–191.

[18] Abraham Geiger, Vorrede, in: Jüdische Zeitschrift für Wissenschaft und Leben (1862) 2, 6, 7.

[19] Ders., ebd. (1864/1865) 254.

[20] 1805 (Zerkov) – 1873 (Leipzig).

[21] Der Orient (1848) 2.

[22] Ebd. (1846) 397.

[23] Ebd., Literaturblatt (1849) 786.

[24] 1807 (Lengsfeld) – 1871 (Eisenach).

[25] Der Verf. stand nur eine unvollständige Verfilmung der Zeitschrift zur Verfügung.

[26] So befürwortete er u. a. die Einsegnung von Mischehen durch einen Rabbiner und erklärte den messianischen Glauben für entbehrlich. Michael A. Meyer, Response to Modernity. A History of the Reform Movement in Judaism, New York–Oxford 1988, 104; David Philipsohn, The Reform Movement in Judaism, Cincinnati 1967, 150, 175.

[27] 1801 (Prag) – 1875 (Breslau).

[28] Michael A. Meyer, Response to Modernity. A History of the Reform Movement in Judaism, New York–Oxford 1988, 85.

[29] Heinrich Graetz, 1817 (Xions) – 1891 (München); Pincus Fritz Frankl, 1848 (Ungarisch-Brod) – 1887 (Johannisbad); Marcus Brann, 1849 (Rawitsch) – 1920 (Breslau); David Kaufmann, 1852 (Kojetein) – 1899 (Karlsbad); Isaak Heinemann, 1876 (Frankfurt am Main) – 1957 (Jerusalem).

[30] Kurt Wilhelm, Die Monatsschrift für Geschichte und Wissenschaft des Judentums. Ein geistesgeschichtlicher Versuch, in: Das Breslauer Seminar, hrsg. von Guido Kisch, Tübingen 1963, 327.

[31] MGWJ 1 (1852) 483.

[32] Ebd. 499.

[33] Ebd. 3/4.

[34] Kurt Wilhelm, ebd. 336.

[35] 1833 (Obersitzko) – 1915 (Berlin).

[36] 1843 (Verbó) – 1921 (Berlin).

[37] 1837 (Rybnik) – 1904 (Magdeburg).

[38] 1855 (Putzig) – 1928 (Berlin).

[39] 1848 (Breslau) – 1920 (Berlin).

[40] ZGJD (1887) 290.

[41] 1871 (Hindenburg) – 1953 (Jerusalem).

[42] Zeitschrift für Demographie und Statistik der Juden 5 (1910) 88–92.

DIE WISSENSCHAFT DES JUDENTUMS UND DEREN VERTRETER IN FRANKREICH: 1830–1970.

Von Maurice R. Hayoun

Einleitende Bemerkungen

Warum muß man von einer Rezeption der deutschen oder deutschsprachigen Wissenschaft des Judentums in Frankreich sprechen und nicht umgekehrt? [1] War es die Leidenschaft der Deutschen für das Allgemeingültige, für das Systematische in den Geisteswissenschaften und daher auch in der Religionswissenschaft gewesen, der wir die Geburt, die Entwicklung und die Ausfuhr der Wissenschaft des Judentums zu verdanken haben? Warum ist diese wissenschaftliche Untersuchung der Religion, insbesondere des Judentums, nicht in Frankreich, sondern in Deutschland oder im deutschen Kulturgebiet entstanden? Ohne auf die uralten Hintergründe zurückgehen zu wollen, können wir in der ziemlich nahen Kulturgeschichte Momente entdecken, die uns über diesen spezifischen Sachverhalt unterrichten können: Auf diesem Rheinufer hatten die deutschen Aufklärer meistens (mit einigen berühmten Ausnahmen, deren größter Vertreter Hermann Samuel Reimarus [2] war) eine sanfte und rücksichtsvolle Kritik an den Offenbarungsreligionen ausgeübt, während ihre Kollegen diesseits des Rheins den Dogmen der Tradition und der Offenbarung eher vernichtend und verheerend gegenüberstanden. Voltaire, dessen Name schon ein ganzes Programm dieser Gesinnung darstellt, ist für seinen Satz «écrasez l'infâme» weltberühmt. Man darf aber diesem Autor kein Unrecht antun, obgleich er ein verfeinerter Antisemit war: Zu der Zeit mußten ein wilder Klerikalismus und eine kräftige Einmischung der Kirche in die Angelegenheiten des Staates und der Bürger hart bekämpft werden. Mir scheint also, daß der Religion in Deutschland eine bessere Umschulung gelungen ist. Damit will ich nahelegen, daß eine gewisse deutsche Geduld und Gründlichkeit die Dogmen der Religion dulden wollte, während die politischen Umstände in Frankreich es fast erforderlich machten, mit der Religion kurzen Prozeß zu machen. Dies scheint mir im großen ganzen der Hauptgrund zu sein, weswegen sich die Wissenschaft des Judentums in Deutschland angesiedelt hatte. Die Art und Weise, wie man an die Religion herantrat, erklärt vieles: in Deutschland ist die Religion immer als akademisches Fach angesehen worden, was in Frankreich seit eh und je nicht mehr der Fall ist.

Jetzt aber, wo wir von einem französischen Zweig der Wissenschaft des Judentums mit Fug und Recht sprechen dürfen, muß man sich die folgende Frage stellen: Wie konnte diese geistige Strömung in Frankreich beheimatet sein? Nur eine Gegend, die jahrelang ein Zankapfel zwischen den beiden Ländern Frankreich und Deutschland war, konnte eine Annäherung bewirken. Ich denke selbstverständlich an Elsaß und Lothringen, deren Hauptstädte Straßburg und Metz näher zu Karlsruhe, Heidelberg und Frankfurt am Main als zu Paris[3] liegen. Diese geographische Stellung erklärt zweierlei: zunächst einmal die hohe Zahl von Rabbinerkandidaten, die in Elsaß-Lothringen gebürtig waren; dann die Begabung dieser Menschen für Fremdsprachen, insbesondere für die deutsche Sprache. Im Elsaß beherrscht fast jedermann – insbesondere der jüdische Anteil der Bevölkerung (die nordafrikanischen Ankömmlinge selbstverständlich ausgenommen) – die deutsche Sprache oder mindestens einen deutschen Dialekt. Hiermit besitzt man die verschiedenen Elemente, die zur Verwurzelung der Wissenschaft des Judentums beitrugen. Es darf aber auch ein gewissermaßen geringeres Element hinzugefügt werden, nämlich die Einwanderung von vielversprechenden jungen Juden aus Deutschland, die in ihrer Heimat studiert hatten, aber keine guten Aussichten auf einen akademischen Beruf hatten. Ich denke hier hauptsächlich an Salomon Munk, der in Groß-Glogau geboren wurde und kurz vor seinem 25. Lebensjahr nach Frankreich auswanderte. Joseph Derenburg (1811–1895) sei auch hier erwähnt.[4]

Indem man Sprache und Kultur nach Frankreich importierte, übernahm man auch eine gewisse Geisteshaltung und Weltanschauung. Ich denke hier an diese noch heutzutage fremd anmutende Institution des „Rabbiner-Doktors". Ich will nicht nahelegen, daß das Rabbineramt und die Forschung nach Licht und Wahrheit einander ausschließen. Aber diese Orientierung bleibt trotz alledem das Produkt einer gewissen Ideologie,[5] die in den beiden Oberrabbinern Frankreichs (Zadoc Kahn, Israel Lévi) und denjenigen von Paris (Julien Weill[6] und Maurice Liber) weiterlebte. Wir dürfen schon zum Schluß dieser einleitenden Bemerkungen feststellen, daß die Vertreter der Wissenschaft des Judentums fast immer Rabbiner waren, sei es, daß sie sich einer Gemeinde annahmen oder nicht. Israel Lévi und Isidore Loeb hingegen gehörten mehr dem Gelehrten- als dem Rabbinerstand an.

Die Wissenschaft des Judentums ist nie eine ausschließliche Sache der Juden[7] gewesen; es gab auch in Frankreich wie in den anderen Ländern Europas christliche Gelehrte, die mehr oder weniger unparteiisch das Judentum zum Hauptgegenstand ihrer Studien machten. Als der französische König François I. den Lehrstuhl für semitische Sprachen einrichtete, durfte kein Jude diese hervorragende Professur innehaben. Erst nachdem Ernest Renan[8] wegen einiger angeblicher Ketzergedanken über Jesus aus dem Amt entlassen wurde, durfte ein Jude, nämlich Salomon Munk, den beneidenswerten Ruf an das *Collège de France* bekommen. Zwar gab es eben zu dieser Zeit einen anderen Juden, dessen Buch über die Kabbala (1844) von Adolph Jellinek,[9] dem Prediger zu Wien, ins Deutsche übertragen wurde, nämlich Adolph Franck. In der Bewegung der Wissenschaft des Judentums kommt ihm aber keine führende Rolle zu.

I. Die Bildungs- und Lehranstalten

Die Stellen in Frankreich, wo das Fühlen und Denken der Juden erforscht werden konnte und kann, sind allem Anschein nach fünf an der Zahl:

a) die *Bibliothèque Nationale* (hauptsächlich die Handschriftenabteilung mit Munk, Zotenberg, Schwab und Vajda)
b) das *Collège de France* (Renan, Munk, Franck und Caquot)
c) die *Ecole Pratique des Hautes Etudes* (EPHE) (die fünfte Abteilung der sogenannten Religionswissenschaften und auch bis zu einem gewissen Grad die vierte Abteilung, wo Joseph Derenburg tätig war)
d) das *Séminaire Israélite de France*, das Rabbinerseminar von Paris, wo die heutigen Rabbiner ausgebildet werden.
   Dieses Rabbinerseminar ist die Fortentwicklung der älteren *École Centrale Rabbinique de Metz*, wo berühmte Rabbiner wie Zadoc Kahn, Isidore Loeb und Israel Lévi ausgebildet wurden.
e) Es bleibt eine fünfte akademische Anstalt zu erwähnen, wo die Wissenschaft des Judentums weitergeführt wird, nämlich das *Centre National de la Recherche Scientifique* (CNRS). Dieses Forschungszentrum, das der Deutschen Forschungsgemeinschaft irgendwie gleichkommt, ist eine Art Dachorganisation, wo verschiedene Institute sich mit bestimmten Forschungsgebieten beschäftigen. Georges Vajda,[10] der im Jahre 1982 dahinschied, war der Begründer einer hebräischen und islamischen Abteilung im sogenannten *Institut de Recherche et d'Histoire des Textes*.

Alle diese Forschungs- und Lehranstalten waren voneinander nicht scharf getrennt. Eine hervorragende Persönlichkeit wie Munk, der seine jüdische Ausbildung schon in Deutschland bekommen hatte, arbeitete an den hebräischen Handschriften der Bibliothèque Nationale, unterrichtete am Collège de France und rief zu sich einige 'Alumni' der École Centrale Rabbinique von Metz. Viel später sollte sein eigentlicher Fortführer und Nachfolger, Georges Vajda in der B. N. seine Forschungen fortsetzen, an der EPHE sowie am Séminaire Israélite de France (Paris) unterrichten. Nur die Ehre einer Berufung zum Collège de France wurde ihm nicht beschieden; der Tod ereilte ihn zu einer Zeit, als er wahrscheinlich den Ruf bekommen hätte.

Die Professoren am Collège de France, die Rabbinerkandidaten, nachdem sie ihre Studien absolviert hatten und auch die Privatgelehrten, die sich für die Geschichte und Wissenschaft des Judentums interessierten, brauchten Zeitschriften, um ihre literarischen Erzeugnisse veröffentlichen zu können. Es hat natürlich eine große Anzahl von Zeitschriften[11], die meist kurzlebig waren, gegeben, die auf Wissenschaftlichkeit keinen Anspruch erheben durften. Erst mit der Begründung der Société des Études Juives und deren Sprachrohr der ›Revue des Études Juives‹ verfügte man in Frankreich über eine angesehene Zeitschrift. Ich darf vielleicht hinzufügen, daß wir der REJ die Ehrenstellung zu verdanken haben, die Frankreich innerhalb der Bewegung der heutigen Wissenschaft des Judentums einnimmt. Eigentlich wurden die SEJ und die REJ dem Jüdisch-theologischen Seminar zu Breslau und dessen ›Monatsschrift für Geschichte und Wissenschaft des Judentums‹ nachgebildet.

II. Die berühmtesten Persönlichkeiten der Wissenschaft des Judentums in Frankreich

Nachdem wir die französischen Forschungs- und Lehranstalten in groben Umrissen dargestellt haben, dürfen wir uns jetzt einigen führenden Persönlichkeiten zuwenden, die dem französischen Zweig der Bewegung Brief und Siegel verliehen haben. In diesem Zusammenhang muß man in erster Linie Munk erwähnen.

Salomon Munk[12] wurde am 14. Mai 1803 in Großglogau geboren. Sein Vater, Lipmann Samuel Munk, war von der Gemeinde angestellt; ihm wurden auch – außer seinem Sohn Salomon – zwei Töchter geboren, Caroline (verehelichte Meyer) und Charlotte (verehelichte Danziger). Munk besuchte den *Cheder* seiner Heimatstadt, wo er sich unter Leitung von Rabbiner Jakob Josef Oettinger eine rabbinische Grundausbildung zu eigen machte. Mit 14 Jahren war er schon *Baal koré* geworden (Vorbeter oder Tora-Lesender). Als Rabbiner Abraham Tiktin nach Berlin übersiedelte, folgte der Siebzehnjährige den Spuren seines Meisters etwa wie Moses Mendelssohn, ein paar Jahrzehnte früher, seinem verehrten Lehrer, Oberrabbiner David Fränkel, nach der preußischen Hauptstadt gefolgt war. In Berlin zog Munk die Aufmerksamkeit von so großen Gelehrten wie Leopold Zunz[13] und Eduard Gans auf sich; letzterer unterrichtete ihn sogar in Griechisch und Latein. Im Jahre 1824 besuchte Munk die Universität, wo er die Vorlesungen von Hegel hörte. Da er, wie bereits erwähnt, keine Aussichten auf eine feste Lehrstelle hatte, beschloß er, ins Nachbarland Frankreich auszuwandern, um sich dort der akademischen Laufbahn widmen zu können. Über Bonn, wo er die orientalischen Sprachen lernte, machte er sich auf den Weg, unterstützt in seiner Absicht durch ein großzügiges Stipendium von Michel Beer, dem Bruder von Meyerbeer. Am 15. September, als dieser junge und ehrgeizige Jude schon unterwegs war, fuhr er über Weimar, wo er – auf seine Bitte hin – von Goethe empfangen wurde; der berühmte Dichter nahm den jungen Mann sehr freundlich auf und riet ihm zu, seine Projekte zu verwirklichen.

Munk litt persönlich unter der antisemitischen Politik der preußischen Regierung. Mit einer gewissen Bitterkeit äußert er sich zu diesem Thema in einem Brief vom 9. Juni 1833 wie folgt: „Mögen die Deutschen ihre Doktorurkunden behalten. Ich verzichte darauf, solange die Lage meiner Glaubensbrüder in Deutschland sich nicht verändert hat. Jeden Juden, der einen solchen Titel zu erwerben versucht, halte ich für einen Tor, der seine Würde und seine Selbstachtung opfert.“ [14]

Die Äußerungen sind auf Proteste der armen Mutter zurückzuführen, die sich um die materielle Lage ihres Sohnes kümmerte. In Paris studierte Munk die orientalischen Sprachen wie in Bonn, und zwar Arabisch unter Leitung von Sylvestre de Sacy, Persisch unter Leitung von Etienne Quatremere und Sanskrit bei de Chézy,[15] alle diese Gelehrten unterrichteten am Collège de France. Um sein Brot zu verdienen, wurde Munk der Privatlehrer von zwei jungen Baronen, Alphonse und Gustave de Rothschild, die ihren verehrten Lehrer nie vergaßen und ihm am Tag seiner Hochzeit, am 26. Oktober 1841, die große Ehre erwiesen, zugegen zu sein. Es ist anzunehmen, daß diese Rothschild-Familie den jungen und mittellosen Gelehrten finanziell unterstützte. Sonst hätte er sich mühsam durchschlagen müssen, was sich negativ auf seine wissenschaftlichen Leistungen ausgewirkt hätte. Erwähnenswert ist auch die Tatsache, daß dieser tugendhafte Mensch nie vergaß, der armen Mutter Geld zu schicken. Bevor Munk zu seiner künftigen Ruhmesstellung gelangte, mußte er vieles über sich ergehen lassen. Am 21. November 1832 schrieb er an den damaligen französischen Kultusminister Girod de l'Ain, um sich um eine Stelle an der Handschriftenabteilung der Bibliothèque zu bewerben. In diesem sehr umständlichen Brief erwähnt Munk die Grundzüge seiner künftigen Tätigkeit, als er später endlich diese heiß ersehnte Arbeitsstelle bekam. Er sprach von hebräischen Handschriften, von arabischen Religionsphilosophen wie Al-Farabi, Avicenna, Al-Ghazali, Ibn Tufayl, Ibn Bajja und Ibn Rushd (Averroes).[16] Die abschlägigen Antworten, die er auf seine Dienstangebote bekam, ließen ihn an der baldigen Verbesserung seiner Lage fast verzweifeln, so daß er an die Mutter (am 14. 9. 1832) schrieb: „Ich erkläre mich gern bereit, Leiter einer Schule oder dergleichen in Schlesien zu werden.“ Ein paar Monate später (am 1. November) schrieb er auch an seine Schwester Charlotte: „Ich habe es Dir des öfteren schon beteuert: Hier ist es nutzlos, Beschützer zu haben, wenn man kein Intrigant oder Scharlatan ist.“

Um leben zu können, schrieb Munk verschiedene Aufsätze für das ›Konversationslexikon‹, die ›Neue Enzyklopaedie‹ und den ›Dictionnaire des sciences Philosophiques‹, insbesondere die Artikel ›Al-Farabi‹, ›Al-Ghazali‹, ›Al-Kindi‹, ›Ibn Ruschd‹ und ›Ibn Sina‹. Er hatte sogar den Artikel ›Cabale‹ (Kabbala) geschrieben, was gewisse Befürchtungen der Mutter erweckt haben soll, so daß der Sohn ihr versichern mußte: „Mutter, Du wirst Dir doch nicht vorgestellt haben, ich wäre etwa eine Art Baalschemtow geworden . . ." (4. Juni 1844).

Munk soll ein für alle Male auf jede Rückkehr nach Deutschland verzichtet haben, als er einen Brief von dem Kultusminister Altenstein erhielt. Munk vergleicht diesen Brief mit einem anderen, den er von dem französischen Kultusminister erhalten hatte: Während der Franzose seiner Anteilnahme und seiner Hochachtung für einen so hochqualifizierten Forscher und Gelehrten wie Munk Ausdruck verlieh, lautete die Antwort Altensteins wie folgt: „Das Ministerium läßt Sie wissen, daß es Ihnen keine Mittel zur Erweiterung Ihrer wissenschaftlichen Tätigkeit zur Verfügung stellen wird, solange Sie der mosaischen Konfession angehören."

Der 1. November 1832 soll ein großer Tag für Munk gewesen sein, denn an diesem Tag wurde er an der B. N. ernannt. Im Jahre 1838, zehn Jahre nach seiner Ankunft in Paris, bekam er die französische Staatsangehörigkeit. Man darf jetzt sagen, daß Munk von nun an ein normales Gelehrtenleben führte. Ab 1834 begab er sich nach Oxford, um die Handschriften der arabischen Vorlage vom ›Führer der Verwirrten‹ abzuschreiben. Der größten und berühmtesten französischen Tageszeitung von damals ›Le Temps‹, lieferte er regelmäßig Beiträge über biblische, persische und arabische Literatur. An der B. N. arbeitete Munk an dreierlei Handschriftenbeständen (Fonds de l'Oratoire, Fonds du Supplément Hébreu, Fonds de la Sorbonne).

1848 ist für Munk ein Schicksalsjahr gewesen: Ohne zu wissen, daß er nurmehr ein einziges Auge hatte, hörte Munk mit der Arbeit an Handschriften nicht auf, was zu seiner totalen Erblindung führte. Jeder andere Mensch wäre zusammengebrochen; mit Munk hatte es aber eine besondere Bewandnis: Der so grausam heimgesuchte Gelehrte verdreifachte, ja verzehnfachte seine wissenschaftlichen Leistungen. Schon 1845, drei Jahre vor seiner totalen Erblindung, hatte er sein erstes Buch veröffentlicht: ›Palestine. Description géographique et archéologique‹, 1845 (deutsche Übersetzung von M. A. Levy 1871/72). Ein Jahr später bewies er die Identität von Ibn Gabirol mit Avicebron oder Avicebrol der lateinischen Scholastik. Der Autor vom ›Fons Vitae‹ (Lebensquelle, *Mekor Chaim*) war also kein anderer als der Dichter der Synagoge, der Autor der ›Königskrone‹ (*Keter Malchut*).

Die zweite hervorragende Leistung von Munk, die der Philosophiegeschichte zugute kommt, ist seine bahnbrechende Arbeit, die noch 1988 neu aufgelegt wurde, nämlich die ›Mélanges de philosophie juive et arabe‹ (1857).[17] Mit dieser grundsätzlichen Arbeit erwies sich Munk als der erste Kenner der jüdisch-arabischen Religionsphilosophie. Nicht allein die hebräischen Texte hatte Munk in diesem Buch besorgt (die hebräische Version von ›Mekor Chaim‹ von Falaqera), er hatte auch die griechisch-arabischen Quellen ergründet. Ich denke zum Beispiel an die längst verschollene Schrift des Ibn Bajja ›Vom Regiment des Einsiedlers‹ (arabisch: *Tadbir al-Mutawahhid*, hebräisch: *Hanhagat ha-Mitboded*)[18], die aufgrund einer von Narboni (gest. 1362) besorgten hebräischen Zusammenfassung von Munk ins Französische übersetzt wurde. Dank dieser Übersetzertätigkeit verhalf Munk dem der hebräischen Sprache unkundigen Abendland zum Verständnis einer Schrift, die für seine eigenen politischen Grundlagen von höchster Bedeutung ist. Es ist hier schwierig, dieses Thema eingehend zu behandeln; das gleiche gilt auch für eine andere Fragestellung, die Munk tiefschürfender als alle seine Vorgänger erforscht hatte. Ich denke hier an die Seele, deren Natur und Unsterblichkeit und deren sogenannte Vereinigung mit dem sogenannten Aktiven Intellekt *(intellectus agens, al-aql al-faᶜal, ha sechel hapoel)*. Ein hervorragender Kenner dieser komplizierten Fragen wie Alexander Altmann übernahm manchmal in seinen Forschungen Analysen von Munk, die in den ›Mélanges‹ erschienen waren.

Heinrich Graetz gratulierte Munk am 16. Mai 1857 zu dieser Arbeit. Diese Schrift hat wahrscheinlich die Mitglieder des berühmten Institut de France dazu veranlaßt, Munk in diese Akademie aufzunehmen (am 3. Dezember 1858).

Aber weltbekannt wurde Munk erst durch die Veröffentlichung seiner Ausgabe und Übersetzung (mit einer wissenschaftlichen Einleitung samt kritischen Anmerkungen) des ›Dalalat al-Hayyirin‹, ›Moreh nebuchim‹, ›Guide des Égarés‹, ›Führer der Verwirrten‹. Die Bedeutung dieser Leistung ist zu bekannt, als daß ich sie zu beschreiben hätte. Es ist genug festzustellen, daß diese französische Ausgabe den Wert eines Originals errungen hat und daß die amerikanische Fassung, besorgt von Schlomo Pines und Leo Strauss, erst im Jahre 1963 veröffentlicht wurde und dem französischen Werk viel zu verdanken hat.

Ich komme jetzt auf Oberrabbiner Zadoc Kahn[19] zu sprechen.

Kahn wurde am 19. Februar 1839 im kleinen Dorf Mommenheim im Elsaß geboren. Seine Eltern waren gesetzestreue, arme Juden. Mit elf Jahren wurde er nach Bischheim verschickt, um dort Mischna und Talmud zu lernen. Ein Jahr später fuhr er nach Straßburg, wo er unter der Fuchtel von Rabbiner Moses Bloch seine Torastudien, oder besser ausgedrückt sein Lernen, fortsetzte. Im Jahr 1856 bestand er die Examina, die ihm den Eintritt in die École Centrale Rabbinique von Metz ermöglichten. 1862 beendete er seinen Aufenthalt in dieser Rabbinerschule mit dem Titel eines „Grand Rabbin“ (Oberrabbiner). Da er keine Gemeinde ausfindig machen konnte, bekam er die Leitung des Talmud Tora, der im Jahre 1853 eröffnet wurde und dessen Zweck es war, nicht wie heutzutage den Kindern die Tora beizubringen, sondern die Erwachsenen zu unterrichten. Kahn wurde einer der ersten Oberrabbiner von Frankreich, der eine Doktorarbeit vorgelegt hatte, und zwar über den ›Status vom Sklaven im Midrasch und Talmud‹. Dieser Gelehrte teilte die Grundansicht der richtigen Wissenschaft des Judentums: Das Judentum darf die unparteiische Suche nach Licht und Wahrheit nicht befürchten. Auch nachdem er zum Oberrabbiner ernannt wurde, wollte er sich der Wissenschaft des Judentums widmen und deren Entwicklung begünstigen. Der Mensch, der einer der Mitbegründer der Société des Études Juives und der ›Revue des Études Juives‹ wurde, hatte schon vorher versucht, einige leider kurzlebige Zeitschriften ins Leben zu rufen; ich denke hier an die ›Société des livres religieux et moraux‹ mit Marchand Ennery, S. Munk und A. Franck), an die ›Société scientifique et littéraire israélite‹ und dann an die ›Revue Israélite‹ (deren Mitbegründer auch Isidore Loeb war).

1880 wurde endlich die SEJ begründet. Nach Zadoc Kahn, der nicht viel publizieren konnte, wurde die REJ von den folgenden Oberrabbinern geleitet, nämlich Israel Lévi, Julien Weill und Maurice Liber. Levi und Liber bekamen einen Lehrstuhl an der Ecole Pratique des Hautes Etudes. Georges Vajda, von dem ich gleich sprechen möchte, hat in einem Aufsatz über die EPHE die historische Entwicklung dieses jüdischen Lehrstuhles berichtet. Im Jahre 1896 wurde Israel Lévi ernannt. 1918 unterrichtete er nicht mehr, und Maurice Liber wurde zum Oberassistenten ernannt. Während seiner Dienstzeit interessierte sich Lévi für die rabbinischen Urquellen und die Entstehung des Christentums. Das ›Annuaire‹, das Jahrbuch der EPHE, enthält unter anderem einen Aufsatz von ihm über die Erbsünde in den älteren Quellen des Judentums. Im Jahre 1927 wurde Liber zum Directeur d'études, d. h. zum habilitierten Professor ernannt. Er hat sich für die Geschichte der Juden im Elsaß, aber auch für die jüdische Mystik interessiert: In seinem Seminar hat er zum Beispiel den ›Sefer Chassidim‹ und auch Exzerpte aus dem ›Sohar‹-Buch erklärt.

Auf Maurice Liber folgte Georges Vajda, der die Wissenschaft des Judentums in Frankreich völlig erneuerte. Die Hauptfächer von Vajda waren Karaismus, jüdisch-arabische Religionsphilosophie des Mittelalters und Islamkunde. Von seinem ersten Buch ›Introduction à la pensée juive du Moyen Age‹ bis zu einer seiner gelehrtesten Darstellungen ›Ezra de Gérone et son Commentaire du Cantique des Cantiques‹ sieht man die Weite seiner wissenschaftlichen Interessen. Schon 1946 interessierte sich Vajda mehr und mehr für die Erforschung der Kabbala, angeregt von den grundlegenden Arbeiten von Scholem, der schon 1940 sein ›Reschit ha-Kabbala‹ in Jerusalem veröffentlicht hatte. Im Jahre 1954 wurde Vajda zum Directeur d'Etudes an der EPHE ernannt. Er war auch der tonangebende Direktor der ›Revue des Études Juives‹ und fungierte zugleich als Professor für nachbiblische Studien am Séminaire Israélite de France.[20] Vajda soll diese Professur vor ungefähr 20 Jahren aufgegeben haben, vermutlich weil seine wissenschaftliche Orientierung dem Anliegen des damaligen Direktors, eines bedeutenden und frommen Oberrabbiners, nicht entsprach. Die Nachfolger von Vajda an der EPHE und an der Spitze der REJ sind Professor Dr. Charles Touati und Professor Dr. Gérard Nahon.

Bei dieser groben Skizze war es nicht möglich, Vajdas Rang und Bedeutung innerhalb der jetzigen jüdischen Geistesgeschichte eingehend zu würdigen. Sein persönlicher Einfluß als hervorragender Wissenschaftler deckt sich fast vollständig mit demjenigen der REJ. Damit möchte ich nahelegen, daß es ohne Vajdas Eintreten wahrscheinlich um den französischen Zweig der Wissenschaft des Judentums geschehen gewesen wäre. In den unmittelbaren Nachkriegsjahren erschien die REJ nicht mehr. Vajda spannte alle seine Kräfte an und gab ganz allein den Band 1941–1946 heraus. Übrigens, indem er den Lehrstuhl an der EPHE im Jahre 1954 bekam (und später auch die erste Professur für hebräische Philosophie an der Sorbonne-Paris III), hielt er die jüdische Wissenschaft in Frankreich aufrecht. Gewisse Aspekte seiner Persönlichkeit standen aber einer möglichen Entfaltung und Entwicklung unserer Disziplin im Wege; hier denke ich insbesondere an eine gewisse Härte, die viele eventuelle Studenten der Judaistik von ihrem ursprünglichen Vorhaben abbrachten, sich der Forschung zu widmen. Der Gedanke sei mir fern, meinem verehrten Doktorvater irgendwelche Verantwortung für den heutigen Stand der Judaistik in Frankreich zur Last zu legen. Seine Forderungen waren vielleicht zu hoch, weil er nur an erstklassigen Schülern und Jüngern interessiert war.

Nach dem Krieg herrschte in Frankreich eine gewisse Atmosphäre, die den Betrieb von jüdischen Studien nicht sonderlich begünstigte. Man verlor die Tatsache nicht aus dem Auge, daß die Frömmigkeit in Deutschland trotz der großen Gelehrsamkeit einiger deutscher Juden dahinschwand. Man stellte sich also die folgende Frage: Ist die Wissenschaft des Judentums mit dem jüdischen religiösen Leben vereinbar? Ist nicht die Entjudaisierung der deutschen Juden auf diese spezifische Wissenschaft des Judentums zurückzuführen? Viele Rabbiner, die den Zweiten Weltkrieg überlebten, stellten fest, daß der deutsch-jüdische Weg nicht zu befolgen war. Was nutzten zum Beispiel einwandfreie kritische Ausgaben von Gabirols ›Königskrone‹ oder ›Lebensquelle‹, wenn die Juden, die sie benutzten, nicht einmal am Versöhnungstag die Synagoge betraten, wenn dieses Gedicht *(Keter Malchut)* gesungen wird? In Frankreich, dem Nachbarland, wo eine neue Ära eintreten sollte, mußte man alles auf den Aufbau nach dem Niedergang einsetzen. Blieb für die reine Wissenschaft noch irgend ein Spielraum? Die meisten verneinten die Frage, Vajda aber gehörte zu den äußerst Seltenen, die sie bejahten. In dem „entgegengesetzten" Lager befanden sich Leute wie Edmond Fleg, Emmanuel Lévinas und selbstverständlich André Néher. Während diese drei hervorragenden Kenner des Judentums ein hohes Ansehen unter den jüdisch-französischen Massen genossen, stand Vajda da etwa wie ein alter Kauz oder Eigenbrötler, der lauter Gelehrsamkeit trieb. So rückte die REJ allmählich in den Hintergrund. Die Rabbiner, die natürlicherweise die Nachkommen von Vajda auf dem Gebiet der Wissenschaft hätten sein sollen, befaßten sich von nun an ausschließlich mit den religiösen Bedürfnissen ihrer Gemeinden. Eine andere Persönlichkeit als Vajda hätte auf diese Lage vielleicht diplomatischer reagiert, indem sie den verlorenen Grund auf Tarnwegen oder Umwegen zurückzuerobern versucht hätte. Vajdas Antwort bestand in der Verschärfung der Unterschiede. Wissenschaft, so betonte er mit Fug und Recht, aber vielleicht auch mit Naivität, habe mit der Erbauungsliteratur oder, noch schlimmer, mit der Apologetik nichts zu tun: Hat man nicht vor mehr als einem Jahrhundert hervorragende Gelehrte gesehen, die eine Apologie des Judentums schrieben? Néher, der am Anfang seiner akademischen Laufbahn der Wissenschaft mehr Sorge zuwandte als am Ende seiner Dienstzeit, schreckte nicht davor zurück, populäre Schriften zu verfassen; er setzte sich damit der Gefahr aus, die mit solcher Literatur unlösbar verbunden ist. Nämlich die Gefahr, in Vergessenheit zu geraten, wenn die Gunst der breiten Öffentlichkeit von anderen, neueren Moden angezogen wird. Néher gereicht es aber zur Ehre, dem kulturellen Bedarf der Juden Genüge getan zu haben, während Vajda sich ausschließlich wissenschaftlichen Darstellungen und kritischen Ausgaben mittelalterlicher Texte widmete. Erst in ungefähr fünfzig Jahren – frühestens – wird die Geschichte ihren Urteilsspruch fällen. Für den Augenblick darf aber ganz unparteiisch beteuert werden, daß sich Vajda mehr als Lévinas und Néher um die Wissenschaft bemüht und verdient gemacht hat. Es muß hinzugefügt werden, daß eine solche Aussage die Bemühungen der anderen nicht aufhebt, da man sich die Frage stellen muß, ob die Bedürfnisse der Juden in der Zerstreuung nur wissenschaftlichen Charakters sein durften. Vajda hätte diese ziemlich betrübende Frage wahrscheinlich nicht gestört: Für ihn war die Wissenschaft ein absoluter Wert.

Diese fortwährende Debatte über das Wesen und das Ziel einer Wissenschaft des Judentums in Frankreich hält bis in die Gegenwart an.

Die Juden und die Nichtjuden, die sich heutzutage für das Judentum interessieren, haben das Spektrum sehr erweitert. Nicht allein die Religionsphilosophie, die Geschichte und die Halacha, alle drei Gebiete, die die gute Kenntnis der hebräischen Sprache und Literatur voraussetzen, ziehen die

Aufmerksamkeit der Studierenden auf sich, sondern auch Randgebiete, die eine klassische Ausbildung nicht mehr erforderlich machen. Früher war das Judentum in der französischen Universität der alleinige Besitz der fünften Abteilung der EPHE. Jetzt ist die EHESS, École des Hautes Études en Science Sociales, ein großer Lehr- und Forschungsort. Zwar sind die Erzeugnisse dieser Abteilung meistens leider nur als oberflächlich zu bezeichnen, aber sie hat die anderen Forschungs- und Lehrstellen wie das Collège de France oder die fünfte Abteilung völlig in den Hintergrund gedrängt. Das jüdische Mittelalter, das bisher das Lieblingsthema von Vajda war, ist jetzt im Begriff, vernachlässigt zu werden. Wer besorgt heute seit Vajdas Tod kritische Ausgaben mittelalterlicher Texte in Frankreich?

Zum Schluß dieser kurzen Darstellung, die ich anläßlich einer längeren Würdigung von Vajda als Lehrer und Forscher zu vertiefen und zu erweitern wünsche, dürfen folgende Punkte hervorgehoben werden:

a) Die Wissenschaft des Judentums in Frankreich stand bis zum Ausbruch des Zweiten Weltkrieges ganz und gar unter dem Einfluß von Deutschland und von deutschsprachigen Gelehrten; man sehe die ersten Hefte der REJ, um sich von dieser historischen Tatsache zu überzeugen.
b) Die Rabbiner sowie andere, die unter rabbinischer Leitung studierten, waren die einzigen, die sich dieser Wissenschaft annahmen. Sogar Vajda, der aber nie die Ordination erhielt, studierte an der Landesrabbinerschule zu Budapest. Er ist es gewesen, der der Wissenschaft des Judentums in Frankreich Brief und Siegel verliehen hat. Diese Zeit gilt als das goldene Zeitalter dieser geistigen Strömung in Frankreich.
c) Die Objekte, mit denen sich die Wissenschaft des Judentums zu befassen pflegte, haben sich bei weitem vermehrt. Man kann von einer Modernisierung sprechen, so daß nicht allein Philologen und Historiker das Bild bestimmen, sondern auch Soziologen.
d) Die Wissenschaft des Judentums wird nicht mehr 'per se' betrieben als eine Art Zufluchtsort sozusagen zwischen den religiösen Gesellschaften. Die Wissenschaft des Judentums wird heute selber zum Objekt des Studiums. Sie muß von nun an der Suche der jüdischen Identität dienen.

Anmerkungen

1 Siehe Kurt Wilhelm, Zur Einführung in die Wissenschaft des Judentums, in: Wissenschaft des Judentums im deutschen Sprachbereich, hrsg. von Kurt Wilhelm, Bd. I, Tübingen 1967, 3–58. Vgl. auch Sinai (Siegfried) Ucko, Geistesgeschichtliche Grundlagen der Wissenschaft des Judentums, S. 315–352 in demselben Band. Aus diesen beiden Studien wird der geistesgeschichtliche Unterschied ersichtlich, der die beiden Nachbarländer hinsichtlich der Entstehung einer Wissenschaft des Juden-

tums voneinander trennt. Abgesehen von der Wachstumsrate der jüdischen Bevölkerung in Frankreich, gab es innerhalb der Grenzen der Republik weniger frühere Ansätze, die später möglicherweise zu einer größeren Entwicklung gedient hätten. Es darf daran erinnert werden, daß einer der Gründe für die Ansiedlung der *École Centrale Rabbinique* von Metz in Paris wohl die Absicht gewesen war, den von der Orthodoxie ausgeübten Einfluß zu untergraben.

[2] Auch Moses Mendelssohn und seinen Freund G. E. Lessing hatte der radikale Deismus und die uneingeschränkte Kritik Reimarus' an den Offenbarungsreligionen nicht zufriedengestellt. S. z. B. Ernst Cassirer, Die Idee der Religion bei Lessing und Mendelssohn, in: Festgabe zum zehnjährigen Bestehen der Akademie für die Wissenschaft des Judentums, Berlin 1929, 31–37. Vgl. auch in Moses Mendelssohns ›Gesammelte Werke‹ (Jubiläumsausgabe, XII, 1, 237f.) den Brief an Lessing. Über Mendelssohns Haltung gegenüber den Wundern s. Alexander Altmann, Trostvolle Aufklärung, Stuttgart 1982, 152–163: Moses Mendelssohn on miracles.

[3] S. Jules Bauer, L'Ecole rabbinique de France (1830–1930), Paris 1930. Am Ende des Buches sind Tabellen von Rabbinerkandidaten zu finden, deren größter Teil aus dem Elsaß und aus Lothringen stammen.

[4] Georges Vajda, Judaisme post-biblique, in: Problèmes et méthodes d'histoire des religions, Paris 1968, 123–127. Herrn Professor Dr. Jean Jolivet (EPHE, Paris), der mir Zugang zu dieser Quelle verschafft hatte, sei mein herzlichster Dank ausgesprochen.

[5] Vgl. hierüber Mordechai Breuer, Jüdische Orthodoxie im Deutschen Reich. Die Sozialgeschichte einer religiösen Minderheit, Frankfurt a. M. 1986. S. auch meine Einleitung zu meiner französischen Übersetzung von S. R. Hirschs ›Neunzehn Briefe über das Judentum‹ (Paris 1986).

[6] Weills Buch ›Le judaisme‹ (Paris: Félix Alcan 1931) ist wahrscheinlich das beste literarische Zeugnis dieser Neigung.

[7] Man siehe z. B. Richard Simon, den Autor der berühmten ›Histoire critique de l'Ancien Testament‹ (1678) bei Maurice Olender, Les langues du paradis, Paris 1989, 43f. Für Renan ebd. 75–111.

[8] Ernest Renan, La chaire d'hébreu au Collège de France. Explications à mes collègues (1862), in: Questions contemporaines, 1866, 143–180.

[9] Adolph Jellinek, Kleinere Schriften zur Geschichte der Kabbala, Hildesheim 1988.

[10] Georges Vajda, Sages et penseurs sefarades de Baghdad à Cordoue, hrsg. von Maurice-Ruben Hayoun–Jean Jolivet, Paris 1989; s. die französische Einleitung.

[11] Vgl. Roger Berg, Le passé en revues: Relecture de l'Amandier fleuri, Pardès 3 (1986) 69–80.

[12] Vgl. Moise Schwab, Salomon Munk, sa vie et son œuvre, Paris 1900.

[13] S. N. N. Glatzer, Leopold Zunz: Jude, Deutscher, Europäer, Tübingen 1964; Maurice-Ruben Hayoun, Le judaisme moderne, Que sais-je, 1989, 64f.

[14] Schwab 1900, 111.

[15] Sylvain Lévi, Les origines d'une chaire. L'entrée du sanscrit au Collège de France, in: Le Collège de France (1530–1930). Livre jubilaire, Paris 1932, 329–344.

[16] Abdulrahman Badawi, Histoire de la philosophie en islam, 2 Bde., Paris 1972.

[17] Mélanges de philosophie juive et arabe, Paris 1988, Extraits de la Source de Vie

de ibn Gabirol. Ibn Gabirol, ses écrits et sa philosophie. Des principaux philosophes arabes et leurs doctrines. Esquisse historique de la philosophie chez les juifs.

[18] Die hebräische Fassung von Narboni wurde in ›Da'at‹ (Tel Aviv: Bar-Ilan Universität 1987) herausgegeben.

[19] Julien Weill, Zadoc Kahn (1839–1905), Paris 1912.

[20] H. Tribout de Morembert, L'Ecole Centrale Rabbinique de Metz, in: Études 16, 1970, 106–110; H. Schilli, Le Séminaire Israélite de France, in: Études 16, 1970, 111–114.

WISSENSCHAFT DES JUDENTUMS UND DIE JÜDISCHE IDENTITÄT IN ITALIEN

Von Amos Luzzatto

Zwei wichtige Merkmale des italienischen Judentums waren immer die geringe Zahl der Juden (nie mehr als 1–2 Juden pro 1000 Einwohner) und deren relative sprachliche und kulturelle Integration in die Gesamtbevölkerung. Lange vor der Emanzipation beherrschten die Juden Italiens die Sprache ihrer Nachbarn. Eines von vielen Beispielen ist das Buch des venezianischen Rabbiners Simon Luzzatto ›Discorso circa il stato degl'Hebrei et in particolar dimoranti nell'inclita città di Venetia‹ (›Bericht über den Status der Juden, besonders der in der noblen Stadt Venedig lebenden‹).[1] Es wurde ursprünglich (1638) in italienischer Sprache geschrieben und erst vor einigen Jahrzehnten ins Hebräische übersetzt.

Damals waren zumindest einige Juden nicht nur in der Lage, Hebräisch zu verstehen, sondern auch zu schreiben. Yehudah Sommo di Portaleone, ein Jude aus Mantua, schrieb 1550 eine Komödie in hebräischer Sprache, was bedeutet, daß es ein Publikum gegeben haben muß, das diese Sprache verstand.

Freiheit und Gleichberechtigung wurden den Juden erstmals gewährt, als französische Truppen unter dem Kommando Napoleons den größten Teil Italiens eroberten. Zu dieser Zeit waren sie dazu bereit, sich mit der italienischen Bevölkerung zu vermischen, und sie nahmen enthusiastisch Anteil an den Bewegungen für und dem Ringen um die italienische Einheit. Während des 19. Jahrhunderts, als es dem 'Risorgimento' gelang, ein einiges Königreich Italien zusammenzuschmieden, wurden die italienischen Juden sehr schnell gleichberechtigte Bürger.

Das italienische Judentum hatte nun eine schwere Wahl zu treffen: Entweder mußte es sich völlig assimilieren und als eigenständige Gruppe aufhören zu existieren; oder man mußte nach gewichtigen Gründen für ein neues Selbstverständnis suchen, das für die nichtjüdische Bevölkerung akzeptabel sein, gleichzeitig aber die Juden selbst in kleinen oder sogar winzigen Gemeinden zusammenhalten sollte.

Die einzige Möglichkeit, die sich ihnen bot, war, als religiöse Minderheit betrachtet zu werden, ohne dabei die 'säkularen', um nicht zu sagen nationalen Eigentümlichkeiten der Juden herauszustellen. Die meisten waren bereit, dem zuzustimmen. Schon 1857 hatte das Königreich Sardinien die Rattazzi-Verordnung erlassen, in der die jüdischen Gemeinden anerkannt wurden und ihnen das Recht zugesprochen wurde, von ihren Mitgliedern Steuern einzufordern und für ihre religiösen und sozialen Bedürfnisse zu sorgen. 1863 trafen sich Vertreter der meisten jüdischen Gemeinden zu einem Kongreß in Ferrara, um darum zu bitten, den Geltungsbereich dieser Verordnung auf das Gebiet von ganz Italien auszuweiten.[2] Dieser Bitte wurde jedoch nicht entsprochen. Gleichzeitig waren gewisse Schwierigkeiten unumgänglich: Ein italienisches Zivilrecht sollte formuliert werden, das teilweise in Kontrast zu jüdischem Familienrecht besonders hinsichtlich der Ehescheidung stand. Tatsächlich kann jüdische Tradition nie auf Gebete und Festtage beschränkt werden. Doch der Preis der Emanzipation mußte bezahlt werden und die Juden gaben nach.

In der zweiten Hälfte des 19. Jahrhunderts hatten die meisten Juden Italiens die hebräische Sprache vergessen und bedienten sich ihrer nur noch für religiöse Zwecke. Im *Talmud Torah* wurde ihnen zwar beigebracht, Hebräisch zu lesen, doch im allgemeinen verstanden sie die Texte nicht, die sie lasen. Auch die Synagoge veränderte sich und nahm zunehmend die Architektur einer Kirche an: die *Bimah* wurde nahe an den *Aron Ha-Kodesch* herangerückt, fast wie ein Altar, Rabbiner trugen Roben, Orgeln und Chöre wurden nahezu überall eingeführt. Im Piemont versuchten Rabbiner wie Olper und auch Cantoni sogar, die Liturgie abzuwandeln, doch sie stießen auf so heftige Gegenwehr, daß sie schließlich davon Abstand nahmen.

In Erstaunen muß uns die Tatsache versetzen, daß zur selben Zeit eine beträchtliche Anzahl an Zeitschriften von italienischen Juden herausgegeben wurde.[3] Die erste Zeitschrift, ›La Rivista Israelitica‹, erschien 1845 bis 1848 in Parma, einer kleinen Gemeinde im Norden (510 Personen 1840). Noch vor dem Ende des Jahrhunderts waren nicht weniger als elf Zeitschriften ins Leben gerufen worden. Ihr kulturelles Niveau war natürlich niedrig, aber es ist bedeutsam, daß eine Menge Juden diese Zeitschriften erhielten und möglicherweise auch lasen. Sie stellten mit Sicherheit eine starke Bindung dar, besonders für die kleinsten Gemeinden. Einige dieser Publikationen, besonders der ›Corriere Israelitico‹ aus Triest und der ›Vessilo Israelitico‹ aus Casale Monferrato, informierten die italienischen Juden über die kulturellen Bewegungen anderer europäischer Zentren, besonders der deutschsprachigen Länder, wo die Wissenschaft des Judentums begonnen hatte, sich zu verbreiten.

Gleichzeitig hatten italienische Gelehrte begonnen, Bücher über jüdische Themen zu publizieren, wobei sie eher eine apologetische als eine wissenschaftliche Richtung verfolgten. Die Juden Italiens waren inzwischen eine winzige religiöse Minderheit innerhalb eines homogen-katholischen Landes, und es war für sie eine Notwendigkeit, den Wert ihrer eigenen Religion zu erkennen und stolz darauf zu sein. So wandten sie sich der antiken

Geschichte zu, der Religionsphilosophie und anderen, weniger bedeutenden Fragestellungen. Nur eine kleine Minderheit im Nordosten Italiens, das unter österreichischer Herrschaft geblieben war, interessierte sich für wirklich wissenschaftliche Forschung im Sinne der Wissenschaft des Judentums.

Meiner Ansicht nach können wir drei Richtungen der jüdischen italienischen Publikationen unterscheiden.

Die erste könnte als die pseudo-aufklärerische Richtung bezeichnet werden. Ihr Hauptziel war es, die *Mizwoth* im Rahmen der modernen Kultur zu rechtfertigen und zu beweisen, daß ihre wissenschaftliche Stichhaltigkeit bereits von Moses und den Söhnen Israels lange vor der westeuropäischen Zivilisation entdeckt wurde.

In seinem Buch ›L'Igiene nella Bibbia e nei Libri rabbinici‹ (›Die Hygiene in der Bibel und in den rabbinischen Büchern‹) versuchte 1897 Isacco Segre, ein jüdischer Militärarzt, zu beweisen, daß Vorschriften wie die Beschneidung, Verbote bestimmter Nahrungsmittel, *Schechitah* usw. in Wirklichkeit nichts anderes als alte Hygienebestimmungen waren und daß das jüdische Volk Verfolgungen dank der Beachtung solcher Bestimmungen überlebte.[4] Um es mit seinen eigenen Worten zu sagen: „. . . Nach 3000 Jahren . . . haben unsere Physiologen die Bibel entdeckt. Die Wissenschaft unterstützt die Torah. Man kann sagen, daß der Pentateuch Pasteur lange vor seiner Zeit kannte."

Die zweite und weit wichtigere Richtung war die philosophische, die ihre Blüte gegen Ende des 18. Jahrhunderts erlebte und deren bedeutendster Vertreter Elia Benamozegh (1822–1900) war, einer der Leiter des Rabbinerseminars von Livorno. Benamozegh unterrichtete eine ganze Generation von Rabbinern, und seine Ansichten zur Apologetik beeinflußten seine Schüler. Dante Lattes, Yoseph Colombo und Alfredo und Elio Toaff (Vater und Sohn), die zu den bekanntesten italienischen jüdischen Gelehrten unseres Jahrhunderts zählen.

Benamozegh war nordafrikanischer Abstammung, und seine Kenntnis der französischen Sprache und seine mystischen Tendenzen sind möglicherweise auf seine Herkunft zurückzuführen. Er ist als Kabbalist bekannt und hatte über dieses Thema einen langen und oft heftigen Streit mit S. D. Luzzatto. *Kabbalah* war für ihn in erster Linie ein philosophischer Weg zum Verständnis des Judentums und zu dessen Verteidigung gegen seine Widersacher.

Benamozegh glaubte, daß das Versagen des Christentums bewiesen sei und daß die Zeit gekommen sei, die Überlegenheit des Judentums zu proklamieren. Dies war das Ziel seines Buches ›Morale juive et morale chrétienne‹, das im Jahre 1867 in Paris in französischer Sprache publiziert wurde.[5] Natürlich interessierte er sich für jüdische Ethik. Er erläuterte seine Ansichten in seinem Buch ›Israel et l'Humanité‹, das er selbst mit der besser bekannten ›Ethik des Judentums‹ von Lazarus verglich.[6]

Obwohl sich die Arbeit Benamozeghs auf einen gewissen Kreis von Gelehrten beschränkte, war ihr Einfluß unter Rabbinern spürbar. Sie half sogar assimilierten Juden, stolz auf ihre Herkunft zu sein; sie konnten sich gewissermaßen einer „jüdischen Mission" rühmen, einer „jüdischen monotheistischen Mission", die dank der Abschaffung säkularer jüdischer Einschränkungen endlich frei zum Ausdruck kommen konnte. Unglücklicherweise war die Kenntnis der italienischen Juden von Benamozegh nur oberflächlich, sogar seine eigenen Schüler wandten sich der Orthodoxie oder dem Zionismus zu. Seine eigentliche Arbeit endete mit ihm.

Die dritte Richtung befaßte sich mit historischer Forschung, und hier war die Konfrontation mit der katholischen Welt notwendig. Resultierend daraus wurden die Kenntnisse über die Wurzeln des Christentums vertieft. Tatsache ist, daß die Juden mit dem Studium der Geschichte ihres eigenen Volkes zur Zeit des Zweiten Tempels begannen. Römische Geschichte war mit diesem Kapitel jüdischer Geschichte eng verbunden, und diese Verbindung bot sich in einem Land wie Italien an, in dem das Studium des klassischen Lateins und der römischen Geschichte immer kultiviert worden war.

Eine der vielen Arbeiten, die auf diesem Gebiet veröffentlicht wurden, der erste Band des Werks von Leone Racah, verdient es, zitiert zu werden. Sein Titel lautete ›Gl'Israeliti – Storia politico-letteraria‹ (›Die Israeliten – politisch-literarische Geschichte‹) und widmet sich den Jahren 70–499 unserer Zeitrechnung.[7] Racah, der zur Zeit der Veröffentlichung einer der weltlichen Führer der jüdischen Gemeinde von Livorno war, beschrieb in seinem Buch die kulturelle Entwicklung der Juden zur Zeit der Ausbreitung des Christentums in der römischen Welt. Katholische Leser konnten nicht umhin, viele ihrer Überzeugungen zu revidieren und die Vielfältigkeit des Judentums zu würdigen, vor allem seine besondere Entwicklung nach der Spaltung der christlichen Kirche. Racahs Buch mag mehr als einem katholischen Gelehrten geholfen haben, seine Meinung über die Juden zu ändern, doch habe ich große Zweifel darüber, als wie nützlich es sich innerhalb der Gemeinden erwies.

Raffaele Ottolenghi ging sogar weiter. In seinem Buch ›Voci d'Oriente‹ (›Stimmen des Ostens‹) versucht er aufzuzeigen, wie die gesamte westliche Zivilisation in der Schuld der östlichen steht.[8] Er ist Jude, aber es ist interessant festzustellen, daß er in seinem Buch auf ganz bestimmte Weise nur die arabischen Beiträge zur Zivilisation betont, und zwar genau zu der Zeit, als die europäischen Länder die östliche Mittelmeerküste kolonisierten.

Während der zweiten Hälfte des 18. Jahrhunderts und bis zum Ausbruch des Zweiten Weltkrieges war dieser Ansatz in Italien weit verbreitet. Zur Unterscheidung von wissenschaftlicher Literatur bezeichnen wir ihn als den apologetischen Ansatz. Nichtsdestoweniger bedienten sich seine Autoren unzweifelhaft einiger wissenschaftlicher Instrumentarien; zumindest waren sie mit wissenschaftlicher Arbeit vertraut. Ihr Ziel war es jedoch, vor allem die Würde, ja sogar die Überlegenheit des Judentums zu beweisen, um Glaubensgenossen zu ermutigen und für alle Juden Ansehen bei den Nichtjuden zu erlangen. Ihr Ziel war schon festgelegt, bevor die Forschung begann, was ihre Objektivität beeinträchtigte. Es ist wahr, daß ihr elementares Interesse an Geschichte sie der 'Wissenschaft des Judentums' näherbrachte, doch glaube ich nicht, daß wir ihre Ergebnisse als wirklich wissenschaftliche Arbeit ansehen können.

Die meisten jüdischen Historiker erkennen eine sehr kleine Gruppe von Italienern als Anhänger der Schule der 'Wissenschaft des Judentums' an, namentlich Samuel David Luzzatto und Lelio Della Torre, beide Lehrer am Rabbinerseminar von Padua, und Isaac Samuel Reggio, den unbezahlten Rabbiner von Gorizia. Von diesen dreien ist Luzzatto der bekannteste. Er studierte praktisch jeden Aspekt jüdischer Kultur: hebräische Sprache und Grammatik, Bibelübersetzungen und -kommentare, mittelalterliche hebräische Poesie (besonders Jehudah ha-Levi), jüdische Liturgie etc.

Meiner Ansicht nach ist sein Interesse an der hebräischen Sprache nie angemessen verstanden worden. Wir wollen es in seinen eigenen Worten ausdrücken: „Ich schreibe ständig in Hebräisch, und ich vermittle der Öffentlichkeit das Nationalgefühl früherer Zeiten, das noch mit entscheidender Kraft in mir lebt; und mit diesen Gefühlen spreche ich zu meinen Schülern." [9] Seine Worte erinnern mich an die folgenden Worte Geigers, die es vielleicht in anderem Sinne ausdrücken: „Wenn die hebräische Sprache als wesentliches Moment des Judentums aufgestellt würde, würde dieses als eine nationale Religion dargestellt werden, da eine besondere Sprache ein charakteristisches Moment eines gesonderten Volkslebens ist." [10]

S. D. Luzzatto selbst bestand in einem seiner Briefe an Reggio auf der Notwendigkeit, sowohl die hebräische Sprache als auch die hebräische Literatur lebendig zu erhalten. Überdies sagt er 1855 in einem Lobesbrief an einen Schüler, der ihm in Hebräisch geschrieben hatte, folgendes: „Die Sprache unserer Väter ist die Achse, die all die Juden vereint, die bis zu den äußersten Grenzen (der Welt) zerstreut sind, nach Norden, nach Süden, nach Osten und nach Westen; darüber hinaus vereint sie alle Generationen, indem sie uns unsere Väter und uns all denen näherbringt, die uns in zukünftigen Jahren folgen werden." [11]

Ich möchte diesen starken Glauben an die Einheit des jüdischen Volkes zu verschiedenen Zeiten und in verschiedenen Ländern und an die Sprache unserer Väter als fundamentales Bindeglied zwischen den Juden herausstreichen. Er ist ein persönlicher Ausdruck jüdischer Identität.

S. D. Luzzatto suchte immer nach konkreten Bindungen, nicht nach abstrakten. An vielen Stellen erinnert er uns daran, daß das Judentum seinen Anhängern nie „befiehlt", an bestimmte Ansichten oder abstrakte Glaubenssätze zu glauben, sondern eher dazu einlädt, Barmherzigkeit, Gerechtigkeit und Nächstenliebe zu praktizieren.

Genauso konkret zeigte er sich 1850 in einem Brief an Rabbi Nachman Nathan Coronel. Bei dieser Gelegenheit wollte er, daß die Juden zu den Berufen ihrer Ahnen zurückkehrten, besonders zur Landwirtschaft im Heiligen Land. 1858 schrieb er dies auch an den französischen Juden Albert Cohn, der vor einer Palästinareise stand. Luzzatto wollte, daß die Juden in Palästina Land und Werkzeuge erhielten, „der Jude wird dann das Land wie zur Zeit der Bibel, der Mischnah und des Talmuds kultivieren."[12]

Ich bezweifle natürlich, ob all dies „von der Wissenschaft des Judentums zum Zionismus" genannt werden kann. Ich bin jedoch sicher, daß wir den Weg von der tiefgründigen Kenntnis eines heftig empfundenen Judentums zu dessen Verankerung in der Wirklichkeit zurückverfolgen können. Es war ein Weg für die italienischen Juden, ihre Identität zu finden, indem sie eine neue Eigenschaft hinzufügten, eine Art „nationaler" Identität.

Es war dazu jedoch noch zu früh. Als S. D. Luzzatto 1865 starb, war das italienische Judentum lediglich in der Lage, seine Gelehrsamkeit zu würdigen und stolz auf seinen Ruhm zu sein. Doch zur selben Zeit assimilierten sich die Juden mehr und mehr. Sogar einige derer, die seine gelehrte Arbeit fortsetzten, verhielten sich in einer Weise, die von anderen europäischen Gemeinden nicht geschätzt werden konnte. Ich möchte mich als Beispiel auf den bekannten Fall Vittorio Castiglionis beziehen. Castiglioni, Rabbiner in Triest und später in Rom, verfaßte eine ausgezeichnete italienische Übersetzung mit Kommentar der gesamten ›Mischnah‹.[13] Er ordnete an, daß sein Körper nach seinem Tode eingeäschert werden sollte, was unter europäischen Rabbinern Empörung hervorrief.

Die Arbeit S. D. Luzzattos in wissenschaftlicher Bibelforschung wurde in unserem Jahrhundert von dem florentinischen Juden Umberto Cassuto fortgeführt, der zu gegebener Zeit Professor an der Hebräischen Universität in Jerusalem wurde.[14] Zu dieser Zeit unterschied sich das Problem jüdischer Identität in Italien nicht maßgeblich von anderen Zentren der Diaspora. Cassuto und das Zentrum jüdischer Intellektualität in Florenz unter der Führung von Rabbiner Margulies folgten mit nur einer Ausnahme der traditionellen Ausrichtung des religiösen Zionismus. Inzwischen war der Erste Weltkrieg vorüber, und polnische, rumänische und russische Juden strömten nach Italien. Die zionistische Bewegung kam nach der Balfour-Erklärung ihrem Ziel näher (wenigstens hatte es den Anschein). Die neue Rechtfertigung für eine jüdische Identität stand bereit und wurde durch das italienische Zusammentreffen zwischen Ost und West formuliert, das von zwei Männern repräsentiert wurde: Moshe Beilinson[15] und Dante Lattes[16]. Beilinson war ein säkularisierter Zionist russischer Herkunft, der eng mit der weltlichen jüdischen Realität und ihren hebräischen, jiddischen und auch russischen Schriften verbunden war. Er stellte eine neue Art des Juden dar, die bis dahin in Italien völlig unbekannt war. Dante Lattes war in Livorno Schüler Benamozeghs gewesen; danach hatte er 17 Jahre lang in der jüdischen Gemeinde von Triest gearbeitet, wo er geheiratet hatte. Er kam aus einem humanistischen italienischen Milieu, hatte aber als junger Mann das mitteleuropäische Judentum kennengelernt. Von Bedeutung ist sicherlich die Tatsache, daß während seines Aufenthalts in Triest Zwi Perez Chajes Oberrabbiner der Gemeinde war, der später Oberrabbiner von Wien werden sollte.

Die enge Zusammenarbeit zwischen den beiden Männern beschleunigte die Entstehung und Festigung einer zionistischen Strömung unter den italienischen Juden, in der die nationalen Gründe für eine jüdische Identität eindeutig ihren Platz fanden. Mendele, Schalom Aleichem und Bialik wurden nun ins Italienische übersetzt. Gruppen junger Leute begannen nun mit dem Studium des gesprochenen Hebräisch. Junge Juden aus Palästina kamen an italienische Universitäten und nahmen Kontakt mit italienischen jüdischen Studenten und Gemeinden auf. Es ist wahr, daß das neue italienische Gesetz, das seit 1930 die alte Rattazzi-Verordnung über die jüdischen Gemeinden ersetzte, das Judentum noch als lediglich religiöse Einheit betrachtete; es ist ebenso wahr, daß die jüdische Bourgeoisie nachhaltig Angst hatte und sich lange Jahre hindurch jeglicher Art nationaler Identität verweigerte. Faschistische Juden gründeten sogar eine Zeitschrift ›La Nostra Bandiera‹ (›Unsere Fahne‹), um ihr Italienertum und ihren Glauben in den Faschismus zu proklamieren. Doch die Beweggründe für eine neue Identität für die italienischen Juden wuchsen ständig.

Die Jahre des Zweiten Weltkriegs und danach sind Teil der Zeitgeschichte und nicht Gegenstand dieser Untersuchung, doch glaube ich, daß sich die Tendenz nicht geändert hat. Sogar die neuen italienischen Gesetze, die einer Übereinkunft zwischen dem Staat und den hebräischen (nicht mehr „israelitischen") Gemeinden folgen, erkennen deren ursprüngliches und einzigartiges Wesen an, das nicht mit protestantischen oder sonstigen rein religiösen Körperschaften verglichen werden kann. Die Assimilation hat dieses ursprüngliche Wesen nicht vollständig zerstört, und wir hoffen, es für zukünftige Generationen bewahren zu können.

Anmerkungen

[1] Simon Luzzatto, Discorso circa il Stato de gl'Hebrei et in particolar dimoranti nell'inclita città di Venezia, Bologna 1976 (Reprint; Erstausg. Venedig 1638; hebr.: Ma'amar 'al Jehude Venezia, Jerusalem 1950).

[2] Yoseph Colombo, Il congresso di Ferrara del 1863, in: Scritti in memoria di Attilio Milano, hrsg. von ›La Rassegna Mensile di Israel‹, Rom 1970, 76–108.

[3] Attilo, Milano, Un secolo di stampa periodica ebraica in Italia, in: Scritti in onore di Dante Lattes, hrsg. von ›La Rassegna Mensile di Israel‹, Rom 1938, 96–136.

[4] Isacco Segre, L'Igiene nella bibbia e nei libri rabbinici, Turin 1897 (Reprint: Rom 1980).

[5] Elia Benamozegh, Morale juive et morale chrétienne, Florenz 1925 (Reprint).

[6] Moritz Lazarus, Die Ethik des Judentums, Frankfurt a. M. 1901.

[7] Leone Racah, Gl'Israeliti, storia politico letteraria, Rom 1898.

[8] Raffaele Ottolenghi, Voci d'Oriente, studi di storia religiosa, Florenz 1905.

[9] Samuel David Luzzatto, Epistolario ebraico, Bd. 7, 1071, Bd. 9, 1253, zitiert nach: Joseph Klausner, Nel primo centenario della scomparsa di Samuel David Luzzatto, Rassegna Mensile di Israel 32/9–10 (1966) 101. Samuel David Luzzatto, Epistolario italiano, Padua 1890, 266 u. 788.

[10] Abraham Geiger, zitiert nach: Simon Dubnow, Weltgeschichte des jüdischen Volkes, Bd. 9, Berlin 1929, 105.

[11] S. Anm. 9.

[12] S. Anm. 9.

[13] Vittorio Castiglioni, Mishnaiot, Rom 1962 (Reprint).

[14] Umberto Cassuto, La questione della Genesi, Florenz 1934.

[15] Martin Buber, Sette discorsi sull'ebraismo, Florenz 1923.

[16] Übersetzungen von Dante Lattes: Achad Haam (Ascher Ginzberg), Al bivio, Florenz 1927. S. J. Agnon, Ma il torto diventerà diritto, Florenz 1935. Übersetzungen von Lina Lattes: Schalom Asch, La piccola città, Rom 1926. Schalom Alejchem, La storia di Tewje il lattivendolo, Rom 1928.

AUSGEWÄHLTE BIBLIOGRAPHIE ZUR WISSENSCHAFT DES JUDENTUMS

Von Julius Carlebach und Uri Kaufmann
unter Mitarbeit von Bettina Kaldenberg

Stand: Juli 1991.

Ein Stern (*) vor dem Eintrag bedeutet, daß es sich um eine Arbeit über die christliche Rezeption der Wissenschaft des Judentums handelt.

Achad Ha'am: Am Scheidewege, Berlin 1923 [Bd. 1, 9f., 210–215, 429–433; Bd. 2, 210–215].

Adler, Cyrus, Hrsg.: The Jewish Theological Seminary in America, New York 1939.

*Almog, Shmuel: The Racial Motif in Renan's Attitude towards Judaism and the Jews, Zion 32 (1967) 175–200 [hebr.].

*Aptowitzer, V.: Christliche Talmudforschung, MGWJ 57, N. F. 21 (1913) 1–23, 129–152, 272–283; 58 (1914) 386–394.

Bacher, Wilhelm: Joseph Derenbourg, sa vie et ses œuvres, Paris 1896.

Bamberger, Fritz: Julius Guttmann, LBI-YB 5 (1960) 3–34.

Baron, Salo W.: History and Jewish Historians, Philadelphia 1964 [240–343: Jost, Graetz, Steinschneider, Herzfeld].

Ders.: M. Steinschneider's Contribution to Jewish Historiography, in: Alexander Marx Jubilee Volume, New York 1950, 83–148.

Ders.: The Revolution of 1848 and Jewish Scholarship. I. France, the USA and Italy, PAAJR 18 (1948/49) 1–66.

Battenberg, Friedrich: Das europäische Zeitalter der Juden, Bd. 2, Darmstadt 1990 [162–164].

Bourel, Dominique: Nostalgie et „Wissenschaft": note sur l'étude du judaisme allemand, Pardès 5 (1987) 187–194.

Dies.: La Wissenschaft des Judentums en France, Révue de Synthèse 2 (1988) 265–280.

Brann, Marcus: Geschichte des jüdisch-theologischen Seminars in Breslau, Festschrift zum 50jährigen Jubiläum der Anstalt, Breslau 1905.

*Ders.: Kurze Mitteilungen, Kritik an der „Wissenschaft vom Judentum", MGWJ 60, N. F. 24 (1916) 74–78.

Braun, Helmuth F.: „Eine unparteiische Pflanzstätte jüdischen Wissens": die Hochschule für die Wissenschaft des Judentums 1872–1942, in: Buddensieg, Tilmann, u. a., Hrsg.: Wissenschaften in Berlin, Bd. 3, Berlin 1987, 120–125.

Carmilly-Weinberger, Mosche: The Rabbinical Seminary of Budapest 1877–1977, New York 1986.

*Delitzsch, Franz: Wissenschaft, Kunst, Judentum. Schilderungen und Kritiken, Grimma 1838.

Della Torre, Lelio: Della necessità di congiungere i filosofici studj ai teologici, in: Cinque discorsi detti in Padova da Lelio Della Torre da Cuneo, Padua 1834, 21–41.

Ders.: Learning based on faith, in: Paul R. Mendes-Flohr, The Jew in the Modern World, New York 1980, 209f.

[Derenbourg, Joseph:] Notice sur les premières publications de la Société Mekitzé Nirdamim, Paris 1865.

Dinur, Ben Zion: Chochmat Yisrael (Wissenschaft des Judentums), in: Encyclopaedia Hebraica, Bd. 17, Jerusalem 1968/69, Sp. 408–417.

Ders.: Dorot u-Reschumot (Ketavim historiim, Bd. 4), Jerusalem 1978. [Generationen und Aufzeichnungen), hebr.: Simon Dubnow: 231–261; Eugen Täubler: 263–276].

Ders.: Wissenschaft des Judentums, Encyclopaedia Judaica, Bd. 16, Jerusalem 1972, Sp. 570–584, s. Bibliographie Sp. 583f.

Disegni, Dario: La formazione dei Rabbini in Italia, Rassegna Mensile di Israel 33 (1967) 62–66.

Dubnow, Simon: Weltgeschichte des jüdischen Volkes, Bd. 9, Berlin 1929 [§ 14: Die literarische Renaissance: die „Wissenschaft des Judentums", 111–122; § 38: Die Historiographie und die nationale Idee, 352–359].

Elbogen, Ismar: Chochmat Yisrael, Dwir 2 (1923/24) 1–15 [hebr.].

Ders.: Festrede 50jähriges Bestehen der Hochschule für die Wissenschaft des Judentums, Bericht der Hochschule für die Wissenschaft des Judentums 42 (1925) 14–24; auch als Separatum, Berlin 1925.

Ders.: Die Hochschule, ihre Entstehung und Entwicklung, in: Festschrift zur Einweihung des eigenen Heims, Berlin 1907, 1–98.

Ders.: Ein Jahrhundert Wissenschaft des Judentums, Berlin 1922, auch in: Festschrift 50jähriges Bestehen . . ., Berlin 1924, 101–144, s. ›Hochschule‹.

Ders.: Leopold Zunz zum Gedächtnis, Bericht der Lehranstalt für die Wissenschaft des Judentums 50 (1936) 14–32.

Ders.: Die Neuorientierung unserer Wissenschaft, MGWJ 62 N. F. (1918) 81–96.

Ders.: Zum Begriff „Wissenschaft des Judentums", Bericht der Hochschule für die Wissenschaft des Judentums 49 (1932) 33–41.

Ders.: Zum Jubiläum der „Gesellschaft zur Förderung der Wissenschaft des Judentums", MGWJ 72, N. F. 36 (1928) 1–5.

Eliav, Mordechai: Das orthodoxe Rabbinerseminar in Berlin [. . .], in: Wissenschaft des Judentums, Darmstadt 1992, S. 59–73.

Ellenson, David–Jacobs, Richard: Scholarship and Faith. David Hoffmann and his Relationship to „Wissenschaft des Judentums", Modern Judaism 8/1 (1988) 27–40.

Eschelbacher, Josef: Zacharias Frankel, MGWJ 45, N. F. 9 (1901) 227–242.

Ettinger, Shmuel: Yitzhak Baer (1888–1980) s. A., in: Sefer-Yovel le-Yitzhak Baer, Jerusalem 1980, 1–12 [Gedenkbuch für Yitzhak F. Baer, hebr.].

Falk, Zeev W.: Jüdisches Lernen und Wissenschaft des Judentums, in: Grözinger, Karl E., Hrsg.: Judentum im deutschen Sprachraum, Frankfurt 1991, 347–356.
Festschrift
s. Rabbinerseminar Berlin.
s. Hochschule für die Wissenschaft des Judentums Berlin.
s. Landes-Rabbinerschule Budapest.
Frankel, Zacharias: Jahresschau, MGWJ 2 (1853) 15–22 [Seminar wissenschaftliche Aufgaben].
Ders.: Das jüdisch-theologische Seminar, MGWJ 3 (1854) 125–130 [s. auch S. 13f. (Jahresschau)].
Ders.: Rede bei der am 28. 1. 1855 stattgehabten Gedächtnisfeier am jüdisch-theologischen Seminar zu Breslau, MGWJ 4 (1855) 45–55 [Glaube und Wissenschaft], existiert auch als Separatum, Leipzig 1855.
Freimann, Aron: Katalog der Judaica und Hebraica. Stadtbibliothek Frankfurt am Main, Frankfurt a. M. 1932, Repr. 1968, 24–33 [E. Hochschulen, Rabbiner-Seminare, Vereine für wissenschaftliche Forschung, Wissenschaftslehre. Siehe insbes. die verschiedenen Publikationsreihen].

Gans, Eduard: Halbjähriger Bericht im Verein für Cultur und Wissenschaft der Juden (am 28. 4. 1822) abgestattet, Hamburg 1822.
Ders.: Rede bei der Wiedereröffnung der Sitzungen des Vereins für Cultur und Wissenschaft der Juden gehalten [Berlin, den 28. 10. 1822], Hamburg 1822.
Geiger, Abraham: Allgemeine Einleitung in die Wissenschaft des Judentums, in: A. Geiger, Nachgelassene Schriften, Bd. 2, Frankfurt 1875, 33–242 [engl. Ausg.: General Introduction to the Science of Judaism, in: Max Wiener, Hrsg.: Abraham Geiger and Liberal Judaism, Philadelphia 1962, 149–157].
Ders.: Jüdische Zeitschriften, Wissenschaftliche Zeitschrift für jüdische Theologie 4 (1839) 286–292, 459–471; 5 (1844) 372–390.
Ders.: Über die Errichtung einer jüdisch-theologischen Facultät, Wiesbaden 1838.
Gesellschaft zur Förderung der Wissenschaft des Judentums: Satzung des Vereins . . ., [Breslau 1925] [Siehe frühere Version d. Satzung in: MGWJ 48, N. F. 12 (1904) 125–128. Betr. Mitarbeiter: „Notiz“ in MGWJ 47, N. F. 11 (1903) 572f.].
Ginzberg, Louis: Zachariah Frankel, in: Louis Ginzberg, Students, Scholars and Saints, New York 1960 (orig. 1928), 195–216.
Glatzer, Nahum Norbert: The Beginnings of Modern Jewish Studies, in: Alexander Altmann, Hrsg.: Studies in 19th Century Jewish Intellectual History, Cambridge/ Mass. 1964, 27–45.
Ders.: Leopold Zunz. Jude – Deutscher – Europäer, Tübingen 1964.
Gordis, Robert: Jewish Learning and Jewish Existence. Retrospect and Prospect, Leo Baeck Memorial Lecture 6 (1963).
Graetz, Heinrich: Geschichte der Juden von den ältesten Zeiten bis auf die Gegenwart, Bd. 11, Leipzig ^{2}1900, 465–477 [über Zunz, Luzzatto, Organe jüd. Wissenschaft, Geiger, Rezeption].
Die Gründung einer jüdisch-theologischen Facultät, ein dringendes Bedürfnis unserer Zeit, Wissenschaftliche Zeitschrift für jüdische Theologie 2 (1836) 1–21 [Verf. evt. Abraham Geiger].

Guttmann, Julius: Die Akademie für die Wissenschaft des Judentums, in: Festgabe zum zehnjährigen Bestehen der Akademie für die Wissenschaft des Judentums, 1919–1929, Berlin 1929, 3–17.
–: Religion und Wissenschaft im mittelalterlichen und modernen Denken, Berlin 1922.

Haberman, Jacob: Some Changing Aspects of Jewish Scholarship, Judaism 35/2 (1986) 183–197.
Hayoun, Maurice-Ruben: Wissenschaft des Judentums und deren Vertreter in Frankreich: 1830–1970, in: Wissenschaft des Judentums, Darmstadt 1992, 199–211.
Heine, Heinrich: Ludwig Marcus – Denkworte, in: Hugo Bieber, Hrsg.: Heinrich Heine – Confessio Judaica, Berlin 1925, 170–181.
Heinemann, Isaac: Die Idee des Jüdisch-Theologischen Seminars vor 75 Jahren und heute, in: Kisch, Guido, Hrsg.: Das Breslauer Seminar. Jüdisch-Theologisches Seminar (Fraenckelsche Stiftung) in Breslau 1854–1938. Gedächtnisschrift, Tübingen 1963, 69–84.
–: The Idea of the Jewish Theological Seminary in the Light of Modern Thought, in: ebd. 101–109.
Herlitz, Georg: Die Lehranstalt (Hochschule) für die Wissenschaft des Judentums in Berlin, LBI Bulletin 35 (1966) 197–212.
Hildesheimer, Esriel: Rabbiner Esriel Hildesheimer, eine Bibliographie, 'Alei Sefer 14 (1987), 143–162 [hebr.].
Hildesheimer, Israel: Über die öffentliche Rabbinatsschule zu Eisenstadt, 3. Veröff. vom Leiter ders., Halberstadt 1869.
Hochschule für die Wissenschaft des Judentums Berlin: Festschrift zum 50jährigen Bestehen der Hochschule für die Wissenschaft des Judentums, Berlin 1922.
Bericht über die Lehranstalt [= Hochschule] für die Wissenschaft des Judentums. Rückblick auf ihre ersten 25 Jahre (1872–1897), Berlin 1898, *s.* Elbogen, Ismar.
Höxter, Julius: Quellenbuch zur jüdischen Geschichte und Literatur, 5. Teil, Frankfurt 1930 (Repr. Zürich 1983) [Kap. B I, Wissenschaft des Judentums: 75–79].
Hoffmann, Christhard: Juden und Judentum im Werk deutscher Althistoriker des 19. und 20. Jahrhunderts, Leiden 1988 [Wissenschaft des Judentums: 32–37].
Hoffmann, F. L.: Zur Literatur des Studiums der hebräischen Sprache im 18. Jahrhundert, Jeschurun (1868), 158–162.
Homeyer, Fritz: Deutsche Juden als Bibliophile und Antiquare, Tübingen 1966.

Italiener, Bruno: Briefe von Leopold Zunz an Immanuel Wohlwill, in: Festschrift zum 120jährigen Bestehen des Israelitischen Tempels in Hamburg 1817–1937, Hamburg 1937.

Jellinek, Adolphe: Salomon Munk, Wien 1865.
Jick, Leon A., Hrsg.: The Teaching of Judaica in American Universities: the Proceedings of a Colloquium, New York 1970.
Jospe, Alfred, Hrsg.: Studies in Jewish Thought, Detroit 1981, 9–37 [Einleitung].
–: The Study of Judaism in German Universities before 1933, LBI-YB 27 (1982), 295–313.

Jost, Isaac Marcus: Allgemeine Geschichte des israelitischen Volkes, Bd. 1, Berlin 1832 [Allgemeine Einleitung – Gegenstand dieses Geschichtswerks; Quellen: 1–27].
–: Geschichte des Judentums und seiner Sekten, 3. Abt., Leipzig 1859 [VIII. Aufblühen der Wissenschaft: 339–349; XI. Selbständiges Schriftthum über Judentum und dessen Hülfswissenschaften: 359–367].
Das Jüdisch-Theologische Seminar Fraenckel'scher Stiftung zu Breslau am Tage seines 25jährigen Bestehens [10. 8. 1879], Breslau [1879].
Jütte, Robert: Die Emigration der deutschsprachigen Wissenschaft des Judentums. Die Auswanderung jüdischer Historiker nach Palästina, Stuttgart 1991 [s. Bibliographie: 216–238].

Kaufmann, David: Die Wissenschaft des Judentums, in: David Kaufmann, Gesammelte Schriften, hrsg. von M. Brann, Bd. 1, Frankfurt 1908, 1–13.
–: Jüdische Wissenschaft und ihre Vertretung an den Universitäten, MGWJ 39, N. F. 3 (1895) 145–167 [s. auch: David Kaufmann, Gesammelte Schriften, Bd. 1, 14–38, bes. 16f., 34–38].
Kisch, Guido, Hrsg.: Das Breslauer Seminar. Jüdisch-Theologisches Seminar (Fraenckelsche Stiftung) in Breslau 1854–1938. Gedächtnisschrift, Tübingen 1963.
Klotz, N.: S. D. Luzzatto als Bibelexeget, Diss. Würzburg 1925.
Korn, Bertram Wallace: German-Jewish Intellectual Influences on American Jewish Life 1824–1972 (B. G. Rudolph Lecture in Judaic Studies), Syracuse 1972.
Kottek, Heimann: Fortschritt oder Rückschritt in der jüdischen Wissenschaft, Frankfurt a. M. 1902.

*Lambert, Mayer: Ernest Renan et les Études Juives, REJ 76 (1923) 1–6 und IX–XIX.
Landau, J. L.: Reggio and Luzzatto, in: Short Lectures from M. H. Luzzatto to N. I. Fischmann, London 1938, 137–180.
Landau, W.: Die Wissenschaft, das einzige Regenerationsmittel des Judentums, MGWJ 1 (1851/52) 483–499.
Landes-Rabbinerschule Budapest: Festschrift zum 50jährigen Bestehen der Franz-Josef-Landesrabbinerschule in Budapest, hrsg. von Ludwig Blau, Budapest 1927.
Lehmann, Marcus: Frankels Erklärung seine Schrift „Hodegetik in der Mischna" betreffend, Der Israelit, 10. 4. 1861, 177–181 [Glauben versus Wissenschaft, Kritik an der Konzeption Z. Frankels].
Lewkowitz, Albert: Das Judentum und die geistigen Strömungen des 19. Jahrhunderts, Breslau 1935 (Repr. Hildesheim 1974), 334–385 [Die Begründung der jüdischen Geschichtswissenschaft].
Liber, Maurice: Cinquante ans d'études juives (1880–1930), REJ 89 (1930) 1–25.
–: Une siècle des études juives en France, Univers Israélit 77/2 (1921/22) 557–561 [Société Asiatique 1822–1922].
Liebeschütz, Hans: Historismus und Wissenschaft des Judentums: Abraham Geiger und Heinrich Graetz, in: Hans Liebeschütz, Das Judentum im deutschen Geschichtsbild von Hegel bis Max Weber, Tübingen 1967.
Lucas, Leopold: Die Wissenschaft des Judentums und die Wege ihrer Förderung, Berlin 1906.

Lucas, Leopold: Zum 25jährigen Jubiläum der Gesellschaft zur Förderung der Wissenschaft des Judentums, MGWJ 71, N. F. 35 (1927) 321–331.
Luzzatto, Amos: Wissenschaft des Judentums und die jüdische Identität in Italien, in: Wissenschaft des Judentums, Darmstadt 1992, 212–219.
Luzzatto, Giuseppe, Hrsg.: Epistolario italiano, francese, latino, 2 Bde., Padua 1890.
Luzzatto, Isaia: Catalogo ragionato degli scritti sparsi di S. D. Luzzatto, Padua 1881.
Luzzatto, Samuel David: Autobiografia, Padua 1882 [dt. Übers. von M. Grünwald, Belovar 1882].
Ders.: Iggerot Schadal, S. D. Luzzattos hebräische Briefe, gesammelt von seinem Sohne Isaia Luzzatto, hrsg. von Eisig Gräber, 9 Teile, Przemysl 1882 – Krakau 1891–1894.
Ders.: Derech Erez o Atticismus, Zion 1 (1840/41), 81–93 [hebr.; italien. Übers. von Esdra Pontremoli: Il falso progresso, Padua 1879].
Ders.: Il Giudaismo illustrato . . ., Padua 1848.
Ders.: Sefer Yesodei ha-Torah, Lemberg 1880.
Nel primo centenario della scomparsa di S. D. Luzzatto, La Rassegna Mensile di Israel 32 (1966), Nr. 9/10 [mit Beitr. von A. und E. Toaff, J. Klausner, Sh. Wersess, I. Abrahams, M. Z. Kaddari, D. Lattes, M. Tedeschi, G. Castelbolognesi, Y. Colombo, P. Nissim (Bibliographie), A. Milano].

Mann, Jacob: Modern Rabbinical Seminaries, in: Central Conference of American Rabbis Yearbook 1925.
Margolies, Morris B.: S. D. Luzzatto: Traditionalist Scholar, New York 1979.
Maybaum, Siegmund: Zur Wissenschaft des Judentums, MGWJ 51, N. F. 15 (1907) 641–658 [Inkl. Brief von Minister Ladenberg (4. 12. 1848) an Zunz, mit der Begründung, weshalb die preußische Regierung einen „Professor für jüdische Geschichte und Literatur“ ablehnt: 654–658].
Mendes-Flohr, Paul R.: The Science of Judaism, in: Paul R. Mendes-Flohr, The Jew in the Modern World, New York 1985, 186–213.
Meyer, Michael A.: H. Graetz and H. Treitschke, a Centennial History, in: Samuel A. Karff, Hrsg.: Hebrew Union College – Jewish Institute of Religion at One Hundred Years, Cincinnati 1976, 1–83.
Ders.: Jewish Religious Reform and Wissenschaft des Judentums – Zunz, Geiger, Frankel, LBI-YB 16 (1971) 19–41.
Ders.: The Origins of the Modern Jew, Detroit 1967 [Kap. 6 und bes. S. 240–243].
Ders.: Response to Modernity, New York 1988 [75–77].
Michael, Reuwen: I. M. Jost und sein Werk, LBI Bulletin 12, Jg. 3 (1960) 239–258.
Modlinger, Samuel: Die Wissenschaft des Judentums in Frankreich [hebr.], Libanon 5 (1868) 36–38, 51–53, 68–70, 84–85, 134–136.
Morais, Sabato: Italian Hebrew Literature, New York 1926, 78–92.

Philipson, D.: History of the Hebrew Union College 1875–1925, HUCA 1925 (Jubilee Volume), 1–71.
Philippsohn, Ludwig: Die Hochschule für die Wissenschaft des Judentums, Berlin 1872.

Picard, Jacques: Vermächtnis als Frage der Zukunft [. . .], in: Wissenschaft des Judentums, Darmstadt 1992, 86–109.

Rabbinerseminar Berlin: Festschrift zum 50-jährigen Bestehen des Rabbinerseminars zu Berlin 1873–1923, Hannover 1924.

Das Rabbinerseminar zu Berlin. Bericht über die ersten 25 Jahre seines Bestehens [1873–1898], Berlin 1898.

Ravenna, Alfredo: Un po' di storia. Il Collegio Rabbinico: da Padova a Firenze, in: Israel Settimanale Ebraica 52 (1967), Nr. 43 (28. 9. 1967), 4.

Reissner, Hanns G.: Der Berliner Wissenschaftszirkel (1816/17), LBI Bulletin 22 (1963), 101–112.

Ders.: Eduard Gans, ein Leben im Vormärz, Tübingen 1965 [besonders S. 59–83 zu ›Geburt der Wissenschaft des Judentums‹].

Richarz, Monika: Der Eintritt der Juden in die akademischen Berufe, Tübingen 1974.

Rosenbloom, Noah H.: Luzzatto's Ethico-Psychological Interpretation of Judaism, New York 1965.

Rosenthal, Erwin: Ismar Elbogen and the New Jewish Learning, LBI-YB 8 (1963) 3–28.

Rosenzweig, Franz: Zeit ist's: Gedanken über das jüdische Bildungsproblem des Augenblicks, Berlin 1918.

Rotenstreich, Nathan: Ha-Machschawa ha-jehudit ba-'et ha-chadascha, Bd. 1, o. O. 1944/45 [Die jüdische Philosophie der Neuzeit, hebr.; S. 35–51: Tochnita schel Chochmat Yisrael (Der Plan der Wissenschaft des Judentums)].

Rothschild, Lothar: Die Geschichte des Breslauer Seminars von 1904–1938, in: Kisch, Guido, Hrsg.: Das Breslauer Seminar. Jüdisch-Theologisches Seminar (Fraenckelsche Stiftung) in Breslau 1854–1938. Gedächtnisschrift, Tübingen 1963, 121–166.

Rubaschoff, Salmann: Erstlinge der Entjudung, drei Reden von Eduard Gans im Kulturverein, Der jüdische Wille 1 (1918/19) Nr. 1–3.

Rudavsky, David: The Historical School, New York 1967 [Kap. 8: Modern Jewish Religious Movements].

Ders.: The Historical School of Zachariah Frankel, J. J. Soc. 5 (1963) 224–244.

Salom, M. A.: Sulla proposta di un collegio rabbinico italiano, Padua 1862.

Schaeffler, Richard: Die Wissenschaft des Judentums in ihrer Beziehung zur allgemeinen Geistesgeschichte im Deutschland des 19. Jahrhunderts, in: Wissenschaft des Judentums, Darmstadt 1992, 113–131.

Schechter, Solomon: Abraham Geiger, in: Studies in Judaism, 3. Series, Philadelphia 1924, 47–83.

Ders.: The Beginnings of Jewish Wissenschaft, in: Solomon Schechter, Seminary Adresses, Cincinnati 1915 (Repr. New York 1969), 173–193.

Ders.: Inaugural Address . . . delivered November 20, 1902, New York 1903.

Ders.: Leopold Zunz, in: Studies in Judaism, 3. Series, Philadelphia 1924, 84–142.

Schill, Salamon: A Budapesti Országos Rabbiképzö-Intézet története, Budapest 1896 [Die Geschichte der Landes-Rabbinerschule in Budapest, ungar.].

Scholem, Gershom: Metoch Hirhurim 'al Chochmat Yisrael, in: Luach Ha-Aretz 4 (1944/45) [Aus Überlegungen über die Wissenschaft des Judentums, hebr.].
Ders.: The Messianic Idea in Judaism, New York 1971, 304–313 (The Science of Judaism – Then and Now; dt. Version: Wissenschaft vom Judentum einst und jetzt, in: LBI Bulletin 9 [1960] 10–20, und in: Judaica 1, Frankfurt a. M. 1977, 147–164).
Schorsch, Ismar: Breakthrough into the Past, the Verein für Cultur und Wissenschaft der Juden, LBI-YB 33 (1988) 3–28.
Ders.: The Emergence of Historical Consciousness in Modern Judaism, LBI-YB 28 (1983) 413–437.
Ders.: From Wolfenbüttel to Wissenschaft, the Divergent Paths of I. M. Jost and L. Zunz, LBI-YB 22 (1977) 109–128.
Schwab, Moise: Salomon Munk, Paris 1900.
Schweitzer, Józef: Die Budapester Rabbinerseminare [...], in: Wissenschaft des Judentums, Darmstadt 1992, 74–85.
Sidersky, David: Quelques portraits de nos maîtres d'études sémitiques, Paris 1937 [19. Jh.].
Siegele-Wenschkewitz, Leonore: Das Verhältnis von protestantischer Theologie und Wissenschaft des Judentums, in: Juden in der Weimarer Republik, hrsg. von Walter Grab, Stuttgart 1986, 153–178.
Simon, Heinrich: Wissenschaft vom Judentum in der Geschichte der Berliner Universität, in: Wissenschaft des Judentums, Darmstadt 1992, 153–164.
Simon, Marie: Zunz als Begründer der Onomastik im Rahmen der Wissenschaft des Judentums, in: Wissenschaft des Judentums, Darmstadt 1992, 165–179.
Stern-Taeubler, Selma: Eugen Taeubler and the Wissenschaft des Judentums, LBI-YB 3 (1958) 40–59.
Strauss, Herbert A.: Das Ende der Wissenschaft des Judentums in Deutschland: Ismar Elbogen und Eugen Taeubler, in: Bibliographie und Berichte. Festschrift für Werner Schochow, hrsg. von Hartmut Walravens, München 1990, 280–298; unter dem Titel: Die letzten Jahre der Hochschule (Lehranstalt) für die Wissenschaft des Judentums, Berlin: 1936–1942, in: Wissenschaft des Judentums, Darmstadt 1992, 36–58.
Strodtmann, Adolf: Heines Leben und Werke, Hamburg 1884, bes. Kap. 8.

Täubler, Eugen: Antrittsrede, Berlin 1913.
Ders.: Ausgewählte Schriften zur Alten Geschichte, Stuttgart 1987, Bibliographie: 326–332.
Trepp, Leo: Die Wissenschaft des Judentums und die deutsche Universität, Mainz 1989 [Mainzer Universitätsreden].
Toury, Jacob: Der Aufbruch der Juden in die Wissenschaften, in: Juden in der deutschen Wissenschaft, hrsg. von Walter Grab, Tel Aviv 1986, 13–51.

Ucko, Siegfried: Geistesgeschichtliche Grundlagen der Wissenschaft des Judentums, ZGJD 5 (1935) 1–35.

Verband der Vereine für Jüdische Geschichte und Literatur, Hrsg.: S. D. Luzzatto – ein Gedenkbuch zum hundertsten Geburtstag, Berlin 1900 [mit Beitr. von S. Bern-

feld, M. Brann, Ph. Bloch, A. Berliner, M. Kayserling, W. Bacher, H. Hirschberg].
Verein für Cultur und Wissenschaft der Juden: Entwurf von Statuten des Vereins für Cultur und Wissenschaft der Juden, Berlin 1822.
Vielmetti, Nikolaus: Die Gründungsgeschichte des Collegio Rabbinico in Padua, Kairos 12 (1970) 1–30; 13 (1971) 38–66.
Völker, Heinz Hermann: Die Gründung und Entwicklung der Hochschule für die Wissenschaft des Judentums 1869–1900, Trumah 2 (1990) 24–46.
Ders.: Die Hochschule für die Wissenschaft des Judentums in Berlin, 1900–1942, in: Bibliographie und Berichte. Festschrift für Werner Schochow, hrsg. von Hartmut Walravens, München 1990, 196–230.

Wachstein, Bernhard: Die hebräische Publizistik in Wien, Wien 1930 [124–142: Bibliographie zu S. D. Luzzatto].
Wallach, Luitpold: The Beginnings of the Science of Judaism in the 19th Century, Historia Judaica 8 (1946) 33–60.
Ders.: Liberty and Letters: the Thoughts of Leopold Zunz, London 1959.
Waxmann, Meyer: A History of Jewish Literature, New York–London 1960 (Orig. 1936), 424–545 [Bd. 3, Kap. 10: The Builders of Jewish Science].
Wecerka, Hugo: Die Herkunft der Studierenden des Jüdisch-Theologischen Seminars zu Breslau 1854–1938, Zeitschrift für Ostforschung 35/1 u. 2 (1986) 88–139.
Weill, Julien: Jacob Bernays et Ernest Renan, REJ 95 (1933), 76–81.
Ders.: Mayer Lambert (1863–1930), REJ 91 (1931) 113–134.
Wiener, Max, Hrsg.: Abraham Geiger und Liberal Judaism, Philadelphia 1962.
Ders.: Abraham Geiger's Conception of the „Science of Judaism“, Yivo Annual of Jewish Social Science 11 (1956/57) 142–162.
Ders.: The Ideology of the Founders of Jewish Scientific Research, Yivo Annual of Jewish Social Science 5 (1950) 184–196.
Ders.: Die religiöse Idee in der Wissenschaft vom Judentum, in: Max Wiener, Jüdische Religion im Zeitalter der Emanzipation, Berlin 1933, 175–257.
Wilhelm, Kurt, Hrsg.: Wissenschaft des Judentums im deutschen Sprachbereich, 2 Bde., Tübingen 1967 [Bes. die Einleitung S. 1–58].
Wiseltier, Leon: Etwas über jüdische Historik: L. Zunz and the Inception of Modern Jewish Historiography, in: History and Theory (1981) 135–149.
Wolf, Immanuel: On the Concept of a Science of Judaism (1822), LBI-YB 2 (1957) 194–204.
Ders.: Über den Begriff einer Wissenschaft des Judentums, in: Zeitschrift für die Wissenschaft des Judentums 2 (1823) 1–24 (Repr. Hildesheim 1976) [engl. Version s. ders.: On the Concept of a Science of Judaism (1823), LBI-YB 2 (1957) 194–204].

Yaron, B. (Hrsg.): Samuel David Luzzatto 1800–1965, Exhibition on the 100th Anniversary of His Death, Jerusalem 1966 [Ausstellungskatalog].
Yerushalmi, Yosef Haim: Zachor, erinnere Dich! Jüdische Geschichte und jüdisches Gedächtnis, Berlin 1988 [engl. Orig.: Zakhor. Jewish History and Jewish Memory,

Seattle 1982 (Kap. 4: Modern Dilemmas. Historiography and its Discontent, 77–103)].

Zinberg, Israel: A History of Jewish Literature, Bd. 10, Teil 11 (Übers.: Bernard Martin), New York 1977 [Kap. 1: The Science of Judaism: Leopold Zunz and Heinrich Heine].

*Zunz, Leopold: Beleuchtung der Théorie du judaisme des Abbé Chiarini, Berlin 1830 [Thesen über Talmud, Reform-Judentum].

Ders.: Etwas über die rabbinische Literatur [1818], in: Leopold Zunz, Gesammelte Schriften, Bd. 1, Berlin 1875 (Repr. Hildesheim 1976), 1–31.

Ders.: Grundlinien zu einer künftigen Statistik der Juden [1823], in: Zeitschrift für die Wissenschaft des Judentums 1 (1823) 523–532 (Repr. Hildesheim 1976) [s. auch: Gesammelte Schriften, Bd. 1, Berlin 1875, Repr. Hildesheim 1976, 134–141].

*Zur Geschichte der Bibelkritik in Frankreich, MGWJ 15 (1866), 32–37.

AUTOREN

Prof. Dr. Julius CARLEBACH, Rektor der Hochschule für Jüdische Studien Heidelberg

Prof. Dr. Mordechai ELIAV, Professor an der Bar-Ilan Universität, Ramat Gan, Israel, wohnhaft in Jerusalem

Prof. Dr. Maurice Ruben HAYOUN, Professor für jüdische Philosophie an der Universität Straßburg und an der Hochschule für Jüdische Studien Heidelberg

Dr. Christhard HOFFMANN, wissenschaftlicher Mitarbeiter am Zentrum für Antisemitismusforschung, TU Berlin

Prof. Dr. Gerda KOMPOSCH, Prorektorin der Universität Heidelberg zur Zeit des Symposions

Prof. Dr. Amos LUZZATTO, Professor in Venedig

Prof. Dr. Michael A. MEYER, Professor am Hebrew Union College, Cincinnati, USA

Lic. phil. Jacques PICARD, Dozent für Kulturgeschichte an der schweizerischen Ingenieurschule SIHS in Biel/Bienne, wohnhaft in Bern

Prof. Dr. Richard SCHAEFFLER, Professor für Philosophie an der Ruhr-Universität Bochum

Prof. Dr. József SCHWEITZER, Rektor des Ungarischen Rabbinerseminars in Budapest, Ungarn

Prof. Dr. Heinrich SIMON, em. Professor der Humboldt-Universität, Berlin

Prof. Dr. Marie SIMON, em. Professorin der Humboldt-Universität, Berlin

Prof. Dr. Herbert A. STRAUSS, ehemaliger Direktor des Zentrums für Antisemitismusforschung, TU Berlin, heute wohnhaft in New York

Dr. Barbara SUCHY, Mitarbeiterin der Mahn- und Gedenkstätte Düsseldorf und des Leo Baeck Instituts London

Dr. Nikolaus VIELMETTI, Dozent am Institut für Judaistik der Universität Wien